孩子读得懂的
山海经

神话

兰梦醒-著　王庆松-绘

北京理工大学出版社
BEIJING INSTITUTE OF TECHNOLOGY PRESS

版权专有　侵权必究

图书在版编目（CIP）数据

孩子读得懂的山海经. 神话 / 兰梦醒著；王庆松绘. —北京：北京理工大学出版社，2020.11（2025.4 重印）

ISBN 978-7-5682-9068-5

Ⅰ. ①孩… Ⅱ. ①兰… ②王… Ⅲ. ①儿童故事—作品集—中国—当代 Ⅳ. ① I287.5

中国版本图书馆 CIP 数据核字（2020）第 177646 号

责任编辑：宋成成	文案编辑：宋成成
责任校对：刘亚男	责任印制：施胜娟

出版发行 / 北京理工大学出版社有限责任公司
社　　　址 / 北京市丰台区四合庄路 6 号
邮　　　编 / 100070
电　　　话 /（010）68944451（大众售后服务热线）
　　　　　　（010）68912824（大众售后服务热线）
网　　　址 / http://www.bitpress.com.cn

版 印 次 / 2025 年 4 月第 1 版第 35 次印刷
印　　　刷 / 武汉林瑞升包装科技有限公司
开　　　本 / 880 mm × 1230 mm　1/16
印　　　张 / 13
字　　　数 / 100 千字
定　　　价 / 209.00 元（全 3 册）

图书出现印装质量问题，请拨打售后服务热线，负责调换

前言
PREFACE

  我最初听到《山海经》这本书，是来自鲁迅先生写的《阿长与〈山海经〉》。当时年龄小，对于"人面的兽，九头的蛇，三脚的鸟，生着翅膀的人，没有头而以两乳当作眼睛的怪物"感到害怕，但好奇心又无限地膨胀起来，很想知道《山海经》中到底还有哪些神秘又奇特的故事。不过之后一直都没有接触到《山海经》，中国神话故事倒是看了很多——一直以为神话故事和《山海经》是两码事，事实上，像夸父逐日、羿射九日、精卫填海等故事都来自这本奇特的书。

  而捧起《山海经》来读，却又如置身于幻境中，那些半人半神半兽的古怪形象、奇特瑰丽的玉石矿物、罕见神奇的参天大树、珍稀而又绚烂的神鸟、延绵神秘的高山、灵动魅惑的碧水……无不把你带入仙境或者幽冥之地，令人惊叹不已。

  《异人国》卷就是根据《山海经》中所描述的国邦来展开的故事。远古的风吹来，清冽中有时光的厚度，每每迎面，刹那之间就仿佛有一个国家重新鲜活过来，有一个故事正在诞生。那些有鸟羽的人，有鱼尾的人，有三副面孔的人，有蛇身的人，有马蹄的人，有狗脸的人……也都一一在故事中复活，变得立体、形象。默默地观望着他们，仿佛能在山川长河与日升月落中，想象出他们的生活：有的奇异，有的神秘，有的古怪……

  《神兽》卷里的动物不但长相奇特，而且大多有着神奇的"特异功能"：样子

1

前言
PREFACE

像猿猴,长着白色耳朵的狌狌,食之擅跑;样子像马,却有老虎斑纹,长着一条红色尾巴的鹿蜀,将它的皮毛佩戴在身上,可以使子孙昌盛;身形似鹤,只有一只脚的毕方鸟,出现在哪里,哪里就会有火灾。此外,还有长了一只翅膀和一只眼睛,只能双双起飞的比翼鸟;样子像牛,却只有一只脚的夔;带来天下太平的凤凰……这些稀奇古怪的动物,一个个都像是外星球的生物,充满了奇幻神秘的色彩。

《神话》卷里的神话传说是后世幻想文学的源头,是我们中华民族宝贵的精神财富。女娲造人、大禹治水、精卫填海、夸父逐日、羿射九日……这些瑰丽的上古神话,宛如璀璨夺目的星辰,闪耀在幻想王国的星空里,开启了一代又一代孩童的智慧,照耀了一代又一代孩童的心灵,激发了一代又一代孩童的想象。孩子们通过阅读这些《神话》卷里的故事,不但能了解我国源远流长的历史,还能增长知识见闻,丰富内心体验,获得趣味和愉悦。

是不是有点迫不及待地想要去了解这套神奇的书了呢?请你缓缓地打开书本,去邂逅那些"人面的兽,九头的蛇,三脚的鸟,生着翅膀的人,没有头而以两乳当作眼睛的怪物"吧。

目录 CONTENTS

西山经
- 陆吾——昆仑山上的园丁……2
- 英招——槐江山的保护神……4
- 天神——喜欢挑起战争……8
- 长乘——九德山神……10
- 耆童——山上的天神老童……12
- 白帝少昊——百鸟之王……14
- 帝江——喜欢唱歌跳舞的神鸟……16

北山经
- 精卫——炎帝的女儿……18

中山经
- 武罗——青要山上的女神……21
- 泰逢——带来好运的神……24
- 骄虫——管理蜂类的山神……26
- 帝台——解百毒的仙人……28
- 女尸——巫山神女瑶姬……30
- 尧帝二女——娥皇和女英……34
- 于儿——帮愚公一家移山……36

海外南经
- 祸斗——火兽……38
- 尧——上古时期的贤明君主……40
- 帝喾——尧的父亲……42
- 姬昌——周朝的开国君主……44
- 凿齿——被羿射杀的妖兽……46
- 祝融——火神……48

海外西经
- 启——夏朝第二个君王……50
- 刑天——无头的战神……52
- 乘黄——白民国人的宠物……54

目录 CONTENTS

海外北经
- 龙鱼——黄帝的坐骑……56
- 蓐收——掌管刑罚的天神……58
- 烛阴——钟山山神……60
- 相柳——天神共工的臣子……62
- 夸父——追日的巨人……64
- 大禹——治水英雄……68
- 颛顼——北方天帝……70

海外东经
- 天吴——朝阳谷里的水伯……74
- 句芒——春天的象征……77
- 竖亥——测量鼻祖……80

海内南经
- 丹朱——尧帝之子……82

海内西经
- 帝舜——以德为先的帝王……86
- 孟涂——公正审判的神……88
- 巴蛇——能够吞象的巨蛇……90
- 贰负——变成僵尸的叛变者……92
- 后稷——农业始祖……94
- 昆仑山——天帝之都……96
- 巫彭——精通巫术的巫师……98

海内北经
- 龟山——口衔息壤治水的旋龟……100
- 冰夷神——河伯……102
- 王亥——开创了贸易先河……104
- 神女——登比氏的女儿……106
- 袜——迷惑人的鬼魅……110

2

目录 CONTENTS

海内东经
- 琅邪台——琅邪山的传说 …… 112
- 雷神——雷泽里的神 …… 114
- 鳖灵——死而复生的人 …… 116

大荒东经
- 司幽的后人——因精气感应而生育后代 …… 120
- 龙伯——波谷山上的巨人 …… 122
- 中容——帝俊的儿子 …… 124
- 扶桑树——汤谷中的神树 …… 126
- 禺䝞——东海海神 …… 128
- 黑齿人——帝俊神的后代 …… 130
- 帝俊——天帝 …… 132
- 女丑——暴晒下的尸体 …… 134
- 应龙——能呼风唤雨的功臣 …… 136

大荒南经
- 夔——流波山上的神兽 …… 138
- 不死树——天帝的神仙药 …… 140
- 三身人——娥皇之子 …… 142
- 因因乎——被制伏的风神 …… 144
- 羲和——生十日的神 …… 146

大荒西经
- 昆吾——陶瓷的发明者 …… 148
- 女娲——造人补天之神 …… 150
- 太子长琴——乐曲始祖 …… 152
- 黄帝——轩辕国创建者 …… 154
- 弇兹——西海海神 …… 156
- 常羲——生十二个月亮女儿 …… 160
- 黄姬——金门山上的黄姬尸 …… 162
- 西王母——拥有无边仙力的神 …… 164

目录 CONTENTS

大荒北经

- 夏耕——无头将……166
- 鱼妇——颛顼死后的附身……168
- 附禺山——仙人居住的地方……170
- 强良——天柜山上的神巫……174
- 戎宣王尸——犬戎国的神灵……176

海内经

- 嫘祖——养蚕始祖……178
- 素女——人面蛇身女神……180
- 延维——苗民的首领……182
- 相顾——被反绑着的尸体……184
- 羿——射下九个太阳……186
- 般——弓箭始祖……188
- 殳——箭靶的发明者……190
- 鲧——偷盗息壤的治水者……192
- 番禺——船的发明者……194
- 晏龙——琴瑟的发明者……196
- 帝俊八子——歌舞的发明者……198

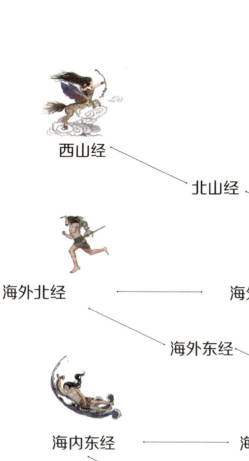
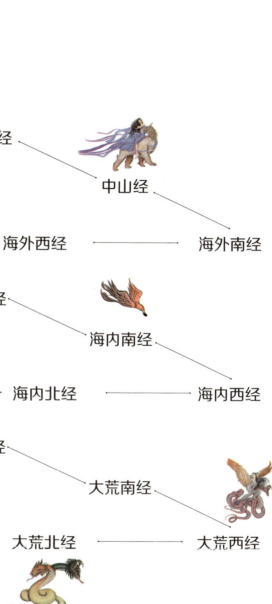

西山经 — 北山经 — 中山经 — 海外南经 — 海外西经 — 海外北经 — 海外东经 — 海内南经 — 海内西经 — 海内北经 — 海内东经 — 大荒东经 — 大荒南经 — 大荒西经 — 大荒北经 — 海内经

陆吾 lù wú

昆仑山上的园丁

等级	颜值	形态	异兆
神兽	九条尾巴，人的面孔，老虎的身体和爪子	人脸九尾的老虎	无

　　传说，天帝很会享受，他有很多花园，在天上，在半空中，到处有他的花园。

　　有一天，天帝在空中巡游的时候，突发奇想："我要在人间建一所下界的都邑，以后我到人间去巡视的时候，就可以有游玩休息的地方了。"

　　天帝看到西方的昆仑山河水无比清冽，风景千变万化，鸟禽成群嬉戏，野兽自由出没，这正是自己最理想的地方啊！于是，他把昆仑山定为自己的下界都邑。

　　这么重要的地方让谁去管理呢？天帝看看诸位天神，似乎对哪个也不放心。

　　忽然，天帝想到了整日里忙忙碌碌的天神陆吾。陆吾在天界是一位地位很高的天神，他相貌非常威武：身体像巨大的老虎，长着九条尾巴，并且长着一张人的脸。陆吾原来掌管着天上的九部（整个上层宇宙）和天帝花园的时令与节气，他平时就像天帝的一个尽职尽责的大管家，从来没有出一点儿差错。正是因为有了陆吾的尽心辅佐，天帝才能安心做事和休息。

　　天帝想："陆吾做事尽职尽责，他正是我派往昆仑山最合适的人选。"于是，他派天神陆吾掌管昆仑山。

　　陆吾接到掌管昆仑山的任务以后，经常到昆仑山来巡视。陆吾做起事来，严肃认真，一丝不苟。他始终表情严肃，瞪大眼睛环视昆仑山的角角落落，不允许任何异常生物进入昆仑山，昆仑山上的奇禽怪兽见了他无不心生敬畏。

以前在昆仑山横行霸道的凶兽土蝼兽和钦原鸟，在陆吾的管辖下再也不敢轻举妄动。只要有陆吾在，昆仑山就一直保持着和平安宁。

　　陆吾不负天帝所望，把昆仑山治理得充满仙气，成了被世人世世代代称赞的一座仙山。

【西山经·西次三经】

　　西南四百里，曰昆仑之丘①，是实惟帝之下都②，神陆吾司之。其神状虎身而九尾，人面而虎爪。是神也，司天之九部及帝之囿（yòu）时③。

【注释】

① 昆仑之丘：即昆仑山，神话传说中天帝居住的地方。
② 是实惟帝之下都：这里确实是天帝在下界的都邑。
③ 司天之九部及帝之囿时：（这个神）主管天上的九部和天帝苑囿的时节。九部，据古人解释是九域的部界。囿，天帝的苑囿。时，时节。

yīng zhāo
英招

槐江山的保护神

等级	颜值	形态	异兆
神兽	马身人脸	有老虎的斑纹和禽鸟的翅膀	世代保护和平

　　从泰器山向西走三百二十里的地方，有一座槐江山。这槐江山啊，有很多神仙的传说呢！

　　丘时水从这座山中发源，然后向北流入洵水，洵水中有很多漂亮的螺。山上蕴藏着丰富的石青和雄黄，还有很多仙树、黄金、玉石，山的南面有很多细粒的丹砂，山的北面盛产带着色彩的黄金白银。

　　天帝发现了这个有黄金美玉、流水潺潺的风景秀美之地，心中大喜，他要把这里当成自己的花园。

　　于是，槐江山就成了天帝悬在半空的花园。天帝打算派自己信得过的天神来掌管。因为天神英招曾参加过多次诛伐邪神恶兽的战争，是名副其实的和平保护神，天帝就放心地让英招掌管槐江山。

　　这天神英招长得威风凛凛：马的身体上有一颗人的脑袋，全身布满了老虎的斑纹，背上生有一双翅膀，能在天空中自由飞行。

　　英招奉天帝之命来到槐江山，他站在山顶向南眺望：南方正是天帝在人间的都邑昆仑山，那里光焰耀耀，云雾缭绕，气势恢宏。英招知道，昆仑山由另一个天神管理。他暗下决心：我决不能让槐江山输给昆仑山，我一定要把天帝的这座花园管理好。英招每天都在山中巡游，他和山中的花神、树神都成了好朋友，还把那些山精树怪管理得服服帖帖。槐江山变得更美了。

　　天帝看英招把槐江山花园管理得这么好，非常高兴。他知道英招很活泼，喜欢到处游逛，就又给他安排了新的职责：在管好槐江山花园之外，还负责巡游四海，替天帝传布旨意。

【西山经·西次三经】

又西三百二十里，曰槐江之山。丘时之水出焉，而北流注于泑（yōu）水。其中多嬴（luó）母①，其上多青雄黄，多藏琅玕（láng gān）②、黄金、玉，其阳多丹粟③，其阴多采黄金、银。实惟帝之平圃④，神英招司⑤之，其状马身而人面，虎文而鸟翼，徇（xùn）⑥于四海，其音如榴。南望昆仑，其光熊熊，其气魂魂⑦。

【注释】

① 嬴母："嬴"同"螺"，一种贝壳类的小动物。
② 琅玕：像玉一样的石头。
③ 丹粟：细粒的丹砂。
④ 实惟帝之平圃：确实是天帝在人间的苑圃。实，确实。惟，为，是。
⑤ 司：主管，掌管。
⑥ 徇：巡行。
⑦ 其气魂魂：气势恢宏。魂魂，盛大盛兴的样子。

tiān shén
天神
喜欢挑起战争

等级	颜值	形态	异兆
恶神	八只脚、两个脑袋，长着一条马尾巴	形状像八只脚的牛	他出现在哪里，哪里就有战争

　　槐江山上一年四季树木郁郁葱葱，河水汩汩流淌，景色格外迷人。令人想不到的是，就在这美丽的槐江山上，有一个幽深的山洞，山洞里住着一个脾气古怪、长相怪异的天神。

　　天神的身体像一头大牛，他长着八只脚、两个脑袋，身后拖着一条马的尾巴。他的啼叫声就像人在吹奏乐器时薄膜发出的声音，这声音似乎有一种可怕的魔力，无论谁听到他的叫声，都会变得疯狂，失去理智。

　　山中的禽鸟野兽因为天神的叫声让它们感觉害怕，再加上他喜欢打架，动不动就欺负弱小，所以大家都不愿意靠近他，天神就孤零零地独自住在山洞里。无聊的天神除了数自己的几只脚之外，实在没事可做。

　　有一天，他百无聊赖，下山溜达，发现自己哼哼的小曲引得两个村民吵起架来，觉得很好玩，于是，他想到了一个解闷的游戏：看人打架。

　　天神每次闷了的时候，就跑出山洞，到人们居住的地方去。他躲在人们看不见的地方，用他怪异的声音不停地喊叫，人们听到他的叫声，一个个都变得脾气暴躁、好勇斗狠，一个眼神不对，一句话说不好，就会在人们中间引起一场打斗。天神呢，从人们的打斗中得到了从来没有过的快乐。

　　天神频繁下山，人们的争斗越来越多，后来更多的人参与进来，发展成规模很大的战争。再后来，有人发现了这个秘密：只要天神在哪里出现，哪里就会发生战争。为了不被天神影响，更是为了避免战争，人们一旦发现了天神，在他喊叫之前就赶紧用棉纱把耳朵堵起来。人们心里都在期盼：可恶的天神啊，你什么时候才能停止你那邪恶的游戏呢？

【西山经·西次三经】

（槐江之山）爰（yuán）有淫（yáo）水①，其清洛洛②。有天神焉，其状如牛而八足二首，马尾，其音如勃皇③，见（xiàn）则其邑有兵④。

【注释】

① 爰有淫水：这里有大水下泻。爰，这里，那里。淫水，洪水，这里的意思是水从山上流下时广阔而四溢的样子。
② 其清洛洛：清清冷冷而汩汩流淌。洛洛，形容水汩汩而流的声音。
③ 其音如勃皇：啼叫声就像人在吹奏乐器时薄膜发出的声音。勃皇，吹奏乐器的薄膜。
④ 兵：战争。

cháng chéng
长 乘

九德山神

等级	颜值	形态	异兆
山神	人身豹尾	温文尔雅	汇聚九德之气

　　大禹治水有方，渐渐平息了洪水，走到哪里，人们都感念他的功德，很多神仙也敬畏他。

　　有一次，大禹走到洮水河，望着波涛滚滚的河水，他仔细观察着水流的规律。"大禹！"忽然一声呼唤，远远从天上传来。

　　大禹抬头一看，一个长得像人，却有着一条跟狗（zhuó）一样的尾巴的神，驾着一片云彩从天而降。"敢问你是何方的神仙？"大禹好奇地问。

　　"我是嬴（luó）母山山神长乘，这次特意来向你献上嬴母山特产的黑玉——玄圭。"长乘神缓缓递过玄圭。

　　"谢谢长乘神！"大禹欣喜不已，双手接过玄圭，急忙拜谢。

　　大禹早就听说过山神长乘的威名。他是九德之气汇聚所生，具有无边的神力。九德就是忠、信、敬、刚、柔、和、固、贞、顺九种优良的品格。天帝曾赐给长乘很高的官位，但他淡泊功名，不想要很高的官职，只希望自己能体恤人间疾苦，踏踏实实地为百姓多赐一些福气。于是，长乘便向天帝请求做了嬴母山的山神。嬴母山在流沙附近，山上盛产美玉，山下遍地是青色的石头。奇怪的是，山中没有一滴水。

　　山神长乘文质彬彬、谦逊有礼。前来嬴母山拜见他的人络绎不绝。

　　长乘会善待每一个有求于他的人，认真地倾听对方遇到的难处，然后再恰当地赐福给人们。山神长乘给大禹的这块玄圭是珍贵、稀有的黑色的玉器，形状上尖下方，专门用来赏赐建立特殊功绩的人。大禹珍藏着玄圭，继续努力做更多有益于百姓的事。

【西山经·西次三经】

　　西水行四百里，曰流沙，二百里至于蠃母之山，神长乘司之，是天之九德①也。其神状如人而豹②尾。

【注释】

① 九德：忠、信、敬、刚、柔、和、固、贞、顺九种优良的品格。
② 豹：一种异兽，外形像豹，身上没有花纹。

耆童 (qí tóng)

山上的天神老童

等级	颜值	形态	异兆
音乐之神	少年老成	满头白发	生下来便满头白发，声如钟磬

天帝颛顼（zhuān xū）在叔叔少昊的百鸟之国做客时，百鸟婉转悠扬的歌声使他养成了对音乐的爱好。颛顼的儿子耆童一生下来就满头白发，颛顼通过占卜知道这个满头白发的婴儿将会让家族子孙兴旺，于是给他起名叫耆童。耆童遗传了颛顼在音乐方面的天赋。他天生一副好嗓子，自通几千种乐曲，学鸟叫还能引来百鸟。

颛顼晚年，黎氏部落发生叛变，发动内战，他亲自率军队前去讨伐。可是黎氏英勇作战，奋力冲杀，颛顼的士兵们很快被打退到一个山脚下，不敢向前半步，将士们也完全丧失了信心。

颛顼急得团团转，若吃了败仗，国家必将陷入一片混乱之中。随军作战的耆童皱着眉头，在颛顼的营帐中走来走去。营帐外有几只喜鹊在叽叽喳喳地鸣叫，耆童心烦不已：明明快战败了，这几只喜鹊还乱叫什么？

忽然，耆童灵机一动，他靠近颛顼耳边小声说："父王别急，让我来试试！"说完，他走出营帐，高声唱起激奋人心的歌曲，歌声像敲钟击磬（qìng）一样洪亮。士兵们听了热血沸腾，斗志顿起，立刻聚集起来，勇猛地冲向敌人的阵地，打的打，杀的杀。黎氏部落里的士兵听了耆童的歌声，吓得心惊胆战，斗志全消。颛顼转败为胜，黎氏部落的叛乱很快平定。

颛顼再次意识到音乐的重要性，又命令耆童创作更多乐曲供百姓们练习与欣赏。

神奇的是，耆童年老的时候，声音也没有变化，依然如钟磬般洪亮。他一直住在有很多美玉的騩（guī）山上，经常发出像敲击编钟和磬乐那样的声音。山下有很多蛇也常常赶来听耆童的声音，它们堆积在一起，陶醉在乐声中，久久不愿离去。

【西山经·西次三经】

又西一百九十里，曰騩山，其上多玉而无石。神耆童居之①，其音常如钟磬②。其下多积蛇③。

【注释】

① 耆童：即老童，传说是上古帝王颛顼的儿子。
② 磬：古代一种乐器，用美石或玉石雕制而成。悬挂于架上，用硬物敲击它而发出音响，悦耳动听。
③ 其下多积蛇：山下有很多堆积在一起的蛇。

白帝少昊

百鸟之王

等级	颜值	形态	异兆
天神	高贵帝王相	人的样子	掌管百鸟和晚霞

　　白帝少昊，又名玄嚣，是中国神话中五方上帝之一的西方天神。传说白帝少昊是太白金星和天山仙女皇娥的儿子，他很小的时候便听得懂鸟语，经常跟鸟儿们一起玩。

　　长大以后，少昊到东方海外建立了自己的百鸟之国。他的侄儿颛顼小时候常常过来玩，少昊特别偏爱颛顼。

　　"叔叔，为什么你的国家跟别的国家不同，文武百官是各种各样的鸟儿？"颛顼不解地问。

　　"那是因为叔叔爱鸟啊！在叔叔眼里，百鸟和人类是平等的。"少昊慈爱地答道。

　　"你是怎么给它们分配职位的呢？"颛顼接着问。

　　"这很简单，凤凰威信高，做总管；四种对季节感受较强的鸟中，燕子掌管春天，伯劳掌管夏天，鹦雀掌管秋天，锦鸡掌管冬天；这五种鸟同时也掌管国家的政事。另外，孝顺的鹁鸪掌管教育，凶猛的鸷鸟掌管军事，公平的布谷掌管建筑，威严的雄鹰掌管法律，善辩的斑鸠掌管言论……"少昊耐心地解释。

　　"原来是根据每种鸟的特点来分的呀，真有意思！叔叔，我也想跟鸟儿们玩。"颛顼扑进少昊怀里欢呼。

　　少昊特地给颛顼制作了琴和瑟，让他用来指挥鸟儿们跟他玩耍。后来颛顼做了中央天帝，少昊便把琴和瑟丢在了东海。每当夜静月明，乘船过海的人还会隐约听见一阵阵悠扬的琴瑟声。

很多年之后,少昊回到了西方的故乡,居住在长留山的宫殿里。长留山上的野兽都是花尾巴,飞鸟都是花脑袋,山中出产大量带有彩色花纹的玉石。少昊的工作比较清闲,主要掌管晚霞。每天傍晚时分,他会站在山顶上看向西方沉没的太阳,察看它反射的光辉是不是正常。

【西山经·西次三经】

又西二百里,曰长留之山,其神白帝少昊居之①。其兽皆文尾,其鸟皆文首。是多文玉石。实惟员神磈(kuǐ)氏之宫②。是神也③,主司反景④。

【注释】

① 其神白帝少昊居之:天神白帝少昊居住在这里。
② 实惟员神磈氏之宫:长留山实际上是员神磈氏的宫殿。员神磈氏,古人认为可能就是少昊。
③ 是神也:这个神。
④ 主司反景:主掌太阳西沉时光线射向东方的反影。

帝江 dì jiāng

喜欢唱歌跳舞的神鸟

等级	颜值	形态	异兆
神兽	形貌像黄色口袋	六只脚，四只翅膀，没有面目	发出的光像红色的火

在很久以前，盛产黄金玉石的天山（位于新疆）北面生活着一个很大的部落，部落里的人都能歌善舞。人们热爱生活，除了放牧、采集玉石、冶炼黄金外，闲暇的时候，大家就聚在一起娱乐：有人吹笛，有人弹琴，有人边歌边舞。那优美的音乐旋律、悠扬动听的歌声、轻盈曼妙的舞姿，无不让人陶醉。

有一天傍晚，就在部落里的人们弹琴唱歌跳舞的时候，忽然，有一团红光灿灿的火从天山中飞出，向人群扑过来。人们都吓坏了，四散逃开。然而，火光却没有引起火灾，也没有伤人，它只是停在空中。

人们战战兢兢地躲起来偷看，这才发现，原来那团红光不是真正的火，而是一只怪鸟。它的身体像个黄布口袋，浑身散发着红色的光，使它看起来就像一团燃烧的火。它长着六只脚、四只翅膀，脸上没有眼睛耳朵嘴巴鼻子。

部落中有一个见多识广的老人，他仔细看了看怪鸟后，恍然大悟，说："我记得小时候听过一个传说，天山上有一种名字叫帝江的神鸟，就是这个样子。"

有人担心地问："帝江神鸟为什么到我们这里来？它会不会害我们啊？"

"帝江是喜欢唱歌跳舞的神鸟，它不会伤人的。"老人说。

人们放心了，返回去继续唱歌跳舞。这个没有耳目口鼻的帝江先在人们头顶上盘旋，接着，它开始随着人们的音乐节奏摇头晃脑，一边翩翩飞舞一边唱起歌来，只是它的歌声是从肚腹处传出来的。直到深夜人群散

去,帝江才飞回天山中。

从那以后,每当人们的琴声歌声在山下响起来,帝江就从天山中飞来,和人们一起唱歌跳舞,这种情形一直持续了很多很多年。

【西山经·西次三经】

又西三百五十里,曰天山,多金玉,有青雄黄。英水出焉,而西南流注于汤(yáng)谷。有神焉,其状如黄囊(náng)①,赤如丹火②,六足四翼,浑敦无面目③,是识歌舞④,实为帝江也。

【注释】

① 其状如黄囊:形貌像黄色口袋。黄囊:黄色的口袋。囊,袋子,口袋。
② 赤如丹火:发出的精光红如火。
③ 浑敦无面目:混混沌沌没有具体的形状。浑敦,混混沌沌。
④ 是识歌舞:它却知道唱歌跳舞。

精卫
jīng wèi

炎帝的女儿

等级	颜值	形态	异兆
神鸟	花脑袋、白嘴壳、红脚爪	形状像普通的乌鸦	无

　　太阳神炎帝，也叫神农氏。

　　炎帝有四个女儿，他最钟爱的小女儿名叫女娃。炎帝事务繁忙，不仅掌管太阳，还掌管五谷和药材。每天一大早，炎帝就要去东海，指挥太阳东升西落。

　　炎帝不在家时，女娃便只能独自玩耍，她很希望父亲能多陪陪自己，常常央求父亲带她去东海看日出。每次父亲都回答她说："下次一定带你去！"可惜，炎帝实在太忙了，总是没时间带她去。

"哼,不带我去,我就自己去!"这一天,炎帝刚离开家,女娃便悄悄溜出了家门。她找来一只小船,独自驾着小船向东海划去。不幸的是,海上刮起了风暴,像山一样的海浪汹涌着、咆哮着,把小船打翻了,可怜的女娃被无情的大海吞没,再也回不来了。

女儿的死让炎帝悲痛极了,可他再怎么悲痛也无法让女儿死而复生了。

女娃死后,她的精魂化作了一只小鸟,花脑袋、白嘴壳、红脚爪,人们根据它的叫声,把它叫作"精卫"。

精卫痛恨无情的大海夺去了自己年轻的生命,因此,她不停地从发鸠山(今山西发鸠山)上衔小石子、小树枝投入东海,想把大海填平。

大海奔腾着、咆哮着,凶恶地嘲笑道:"小鸟儿,算了吧!你就算衔上一百万年,也休想把我填平!"

精卫在高空回答:"无情的大海啊!你夺走了我年轻的生命,将来还会有更多无辜的生命被你夺去!哪怕要衔上一千万年,一万万年,我也要把你填平!"

后来,精卫和海燕结成了夫妻,他们生了许多许多小鸟,雌的像精卫,雄的像海燕。小精卫和她们的妈妈一样,也去衔石填海。直到今天,她们还在做着这个工作。

【北山经·北次三经】

又北二百里,曰发鸠之山,其上多柘(zhè)木。有鸟焉,其状如乌①,文首、白喙(huì)、赤足,名曰精卫,其鸣自詨②。是炎帝之少女,名曰女娃。女娃游于东海,溺而不返,故为精卫,常衔西山之木石,以堙(yīn)于东海③。

【注释】

① 其状如乌:形状像一只乌鸦。
② 其鸣自詨:它发出的叫声就是自己的名字。
③ 以堙于东海:用来填塞东海。

武罗 wǔ luó
青要山上的女神

等级	颜值	形态	异兆
天神	耳朵上装饰着金银环	人面豹纹	无

　　敖岸山再往东十里是青要山，这里是天帝的密都。从青要山上向北可以望见黄河拐弯的地方，那里有很多野鹅飞来飞去。从青要山向南可以望见墠（shàn）渚，是大禹的父亲鲧（gǔn）变化成为黄熊的地方，那里有很多蜗牛、蒲卢，山神武罗掌管着那里。她长着美人的面孔，洁白的牙齿，浑身有豹子一样的斑纹，腰身细小，耳朵上还装饰着金银环。她的声音就像是玉石的碰击声，十分悦耳动听。

　　青要山附近的居民，谁家生了女儿都要到山上去拜一拜女神武罗，祈求能采到山中的荀草。荀草的形状似兰草，四方形的茎干，黄色的花朵，红色的果实，根部像藁（gǎo）本的根。吃了它，女孩们的皮肤会变得洁白、漂亮。

　　女儿们长大出嫁后，也要到青要山去拜一拜女神武罗，祈求能捕到山中的禽鸟鴢（yǎo），鴢的样子像野鸭子，青色的身子，浅红色的眼睛，深红色的尾巴，吃了它的肉就能多生孩子。

　　但是武罗可不会轻易见人。她每天哼唱着天神曲，在山间游玩，经过的草地变得更绿了，遇见的花朵开得更艳了，喝过的溪水变得更清澈了。心情好的时候，她还会即兴跳一支舞，飞禽走兽也跟着舞动起来。青要山在武罗的庇佑下气候适宜，物产丰富，风景优美。

　　人们远远地听到歌声，便向山中寻来，但从来见不到武罗。不过，勤劳善良的人求荀草，会采到荀草；求禽鸟鴢，会捕到禽鸟鴢。懒惰、邪恶的人无论求什么，只会遇到毒蛇或老鼠。

青要山有一座青女峰，非常险峻，极难攀登。在峰顶有一根石柱，远远望去，如一个亭亭的少女在侧身回首。据说，这根石柱就是女神武罗的化身。

【中山经·中次三经】

（敖岸山）又东十里，曰青要之山，实维帝之密都①。北望河曲，是多驾鸟②。南望墠渚，禹父之所化③，是多仆累、蒲卢④。䰠（shén）武罗司之，其状人面而豹文，小要而白齿⑤，而穿耳以鐻（jù）⑥，其鸣如鸣玉。是山也，宜女子。畛（zhěn）水出焉，而北流注于河。其中有鸟焉，名曰鴢，其状如凫（fú）⑦，青身而朱目赤尾，食之宜子。有草焉，其状如葌（jiān），而方茎、黄华、赤实，其本如藁本，名曰荀草，服之美人色。

【注释】

① 实维帝之密都：其实是天帝的密都。密都，隐秘深邃的都邑。
② 驾鸟：俗称野鹅。
③ 南望墠渚，禹父之所化：从青要山向南可以望见墠渚，是大禹的父亲鲧变化成为黄熊的地方。禹父，指大禹的父亲鲧。
④ 仆累：即蜗牛。蒲卢：属蛤（gé）、蚌之类。
⑤ 要："腰"的本字。
⑥ 而穿耳以鐻：而且耳朵上穿挂着金银环。鐻，金银制成的耳环。
⑦ 名曰鴢，其状如凫：鴢是一种禽鸟，形状像野鸭子。

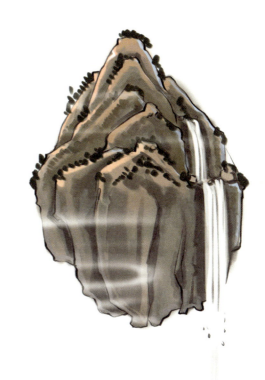

泰逢 tài féng

带来好运的神

等级	吉神
颜值	形貌像人
形态	长着虎一样的尾巴
异兆	能兴起风云，出入时都有闪光

宜苏山再往东二十里，有一座和山（今河南省西北部），那是黄河上游九条水源汇聚的地方。和山光秃秃的，没有花草树木，但是山上盛产瑶、碧之类的美玉。

一天，山下的村民阿土干完了农活，哼着歌兴高采烈地向家中走去。几个乡亲好奇地和他打招呼："阿土，这么开心，遇到什么好事了？"阿土掩饰不住内心的欢喜，高声说道："什么好事我还不知道，但我肯定是有喜事啦！"

乡亲们更好奇了："为什么这样说？"

阿土笑道："刚才我在田间锄地，一抬头竟然看见守护和山的吉神泰逢了。吉神总会给人带来福音，你们说我能没有喜事吗？"

众人羡慕不已，一位老者说："小伙子，真行啊！我活到七十三岁，还没见过吉神泰逢。你快说说他长啥样？"

阿土挠挠头，回想着泰逢的模样："他出现的时候，周围闪耀着彩色的光环。长得跟我们人类差不多，但他身后有一条老虎的尾巴，我瞅着那尾巴足足有两尺长。"

老者接着说道："你太幸运了！听说吉神泰逢喜欢住在贲（bèi）山向阳的南坡，性格开朗外向，讲究排场。他还能行云布雨，变换天地之气。不过，吉神轻易不出山。很少有人能见到。"

乡亲们饶有兴致地议论纷纷，有的干脆直接去阿土刚才锄地的田埂上，巴望着吉神再次出现。

告别乡亲，阿土向家中飞奔。刚踏进院子就大喊："妈！我回来啦！"

阿土妈妈笑眯眯地走出屋子，说："儿子，妈正想去田里唤你回家。这提亲的媒人在咱家等半晌了，人家可是赶了大老远的路才到咱家的啊。"

阿土一听此话，急忙向着刚才遇见吉神的方向，拜了三拜，感谢吉神给他带来的好运。

【中山经·中次三经】

（宜苏山）又东二十里，曰和山，其上无草木而多瑶碧，实惟河之九都①。是山也，五曲，九水出焉，合而北流注于河，其中多苍玉。吉神泰逢司之②，其状如人而虎尾，是好居于萯山之阳，出入有光。泰逢神动天地气也③。

【注释】

① 都：汇聚。
② 吉神：对神的美称，即善神的意思。
③ 泰逢神动天地气也：泰逢这位吉神能兴起风云。

骄虫
jiāo chóng
管理蜂类的山神

等级	山神
颜值	形貌像人
形态	长着两个脑袋
异兆	身上长有毒刺，能伤人

中央第六列山系是缟羝（gǎo dī）山系（今河南一系列山脉总称），缟羝山第一座山叫平逢山。山上不生长花草树木，也没有水。站在山上，放眼看到的全是沙子、石头，又荒凉又贫瘠。但是，缟羝山下却是一片良田沃土，山下的村民们安居乐业，生活得非常闲适、幸福。

这一年，村民们种的水稻、大豆、玉米长势喜人。可眼看到了秋天收获的季节，却不见庄稼跟往年一样结籽、挂果。村民们急得团团转，收不到庄稼，来年家家户户可是都会挨饿的呀！束手无策的村民们聚集到了村里德高望重的长老家，恳求他想想办法，救救全村的人。

长老走到邻山去问万年旋龟，万年旋龟闭上眼睛想了片刻，才缓缓地告诉长老："今年，你们村里人杀的鸡太多，惹怒了山神，所以才让庄稼只开花，不授粉，没有结果。平逢山的山神骄虫，身形长得像人，长有两个脑袋，他专管所有的蜂类。你们去求求他，肯定能帮到村民们的！"

告别了万年旋龟，长老回到村子里。他赶紧召集了几个身强力壮的人去平逢山。刚走到山下，还没开始爬山，众人便被蜂群蜇得鼻青脸肿。长老把带来的公鸡从袋子里放出来，在前面领路，蜂群这才渐渐散开。

原来，凡有人想拜见山神骄虫，必须要拿一只公鸡做贡品。而且，在祈祷请愿后，不能杀死公鸡，而是要把公鸡放生。长老率领着众人，按照礼节祭拜完了山神骄虫，离开时，便有成群的蜜蜂"嗡嗡嗡"地飞到山下的田野开始给庄稼授粉。半个月后，水稻、大豆、玉米都结出了饱满的籽粒。村民们开始敬畏山神骄虫，从此以后再也不敢吃太多鸡了。

【中山经·中次六经】

中次六经缟羝山之首,曰平逢之山,南望伊洛,东望谷城之山,无草木,无水,多沙石。有神焉,其状如人而二首①,名曰骄虫,是为螫(shì)虫②——实惟蜂蜜之庐③。其祠之:用一雄鸡,禳(ráng)而勿杀④。

【注释】

① 其状如人而二首:形貌像人却长着两个脑袋。
② 名曰骄虫,是为螫虫:形貌像人却长着两个脑袋,叫作骄虫,是所有螫虫的首领。螫虫指一切身上长有毒刺能伤人的昆虫。
③ 实惟蜂蜜之庐:也是各种蜜蜂聚集做巢的地方。
④ 禳而勿杀:在祈祷后放掉而不杀。

帝台 dì tái

解百毒的仙人

等级	神仙
颜值	容貌俊美
形态	仙风道骨
异兆	庇护人类，能解百毒

一天，一个叫阿木的村民在休与山上打猎。正当他发现了一只野鸡，准备取箭拉弓时，却发现箭囊中只剩下一支箭了。剩下的一支得留着防身啊！于是，阿木放弃了打野鸡，开始在山上采摘长着红色的叶子、形状像锯齿、根茎连结丛生的夙（sù）条，准备用来做箭杆。

阿木专心地采摘着夙条，一条毒蛇趁他不备，"刺溜刺溜"从草丛中钻了出来，咬伤了他的左腿。阿木倒在地上，绝望地大声呻吟。

此时此刻，往东三百里的鼓钟山上，神仙帝台正在召集各方的神灵们聚会，商讨如何保护人类，免受妖魔鬼怪侵扰之苦，众神们纷纷献计献策。就在大家议论纷纷的时候，神仙帝台隐约听见人的呼救声。他侧耳细听，确定呼救声是从休与山上传来的。于是，他暂别了众神，驾起一朵白云飞到了阿木身旁，捣碎了一些草药给他服用。阿木服下草药后，毒液从伤口流了出来，发紫的左腿不再疼痛，脸上也渐渐有了血色。

神仙帝台又给了阿木一些草药，并告诉他，鼓钟山上这种有方形的茎干、重叠着三层圆形叶子、开黄色小花的草，叫作焉酸草，吃了可以解毒。

神仙帝台还告诉阿木，休与山上形状像鹌鹑蛋、有五种颜色花纹的石子，是温润如软玉的帝台之棋，可以佩戴，也可以食用，能帮助人们抵御各种毒害。

另外，鼓钟山再往东南五十里的高前山上，有一条小溪，溪水甘甜、清澈而冰凉，人喝了可以预防心痛病。

神仙帝台还说，他会和神灵们一起庇佑勤劳、善良的村民们。

阿木感激涕零,急忙下山把这些好消息告诉大家。村民们听说后,虔诚地在山下供奉帝台和诸神灵,祈求平安和幸福。

【中山经·中次七经】

中次七经苦山之首,曰休与之山,其上有石焉,名曰帝台之棋①,五色而文,其状如鹑卵。帝台之石,所以祷百神者也,服之不蛊(gǔ)②。有草焉,其状如蓍(shī)③,赤叶而本丛生,名曰夙条,可以为簳(gǎn)④。

【注释】

① 帝台:神人之名。棋:指博棋,古时一种游戏用具。
② 服之不蛊:吃了它就不会受邪毒之气侵染。
③ 蓍:蓍草,又叫锯齿草,长线状披针形,古人取蓍草的茎占卜。
④ 可以为簳:可以用来做箭杆。

女尸 (nǚ shī)

巫山神女瑶姬

等级	天神
颜值	美丽可爱
形态	十六七岁的少女
异兆	能化朝云变暮雨

　　大禹为了疏通洪水，带领助手们凿山通河。洪水来势汹汹，大禹经过巫山，准备在山脚下再修一条峡道，把洪水引向东边的大江里去。但人们挖出多少土，一眨眼又被填回到坑里。还遇到龙卷风，把人吹得东倒西歪。大禹很纳闷，一打听，原来是他们在巫山开渠，惹怒了巫山的一只蛤蟆精，蛤蟆精施了法术，让他们的治水工程无法开展。

　　大禹去求助当地村民。

　　一位村民告诉他："你要向巫山上的女神瑶姬求助，她美丽善良，住在附近的村民遇到难事，只要去求她，她肯定会帮忙。"

　　大禹谢过村民，立刻爬上巫山去寻找瑶姬。

　　瑶姬是炎帝的女儿，从小聪明伶俐，深得炎帝喜欢。不幸的是，她刚长到十六七岁的年纪，就生病死了，又被称为女尸。她的精魂到了姑瑶山（今河南省西北部）上，化作了一棵䔄草。䔄草的叶子一层叠着一层，花儿是黄色的，果实像菟（tù）丝子的果实。平凡的女子服用了䔄草的果实，就会变得又漂亮又讨人喜爱。

　　后来，天帝怜惜瑶姬，就封她做了巫山的云雨之神。清晨，她化作一片美丽的朝云，悠闲地飘荡在高山岭和峡谷之间；到了黄昏，她又变成一阵阵潇潇的暮雨，向翠绿的大山、清澈的小河，轻声诉说心底的孤独与忧伤。

　　傍晚，山上下起淅淅沥沥的小雨。大禹知道是瑶姬来了，便双膝跪下，冲着天空高喊："恳请天神瑶姬出手相助！"瑶姬从空中现身，缓缓落地，传授给大禹制伏蛤蟆精的法术，帮助他治好了洪水。

洪水平息后，长江三峡渐渐有了船只通行，瑶姬每天站在高高的山崖上为过往的船只导航，久而久之化作了一座山峰，就是有名的神女峰。

【中山经·中次七经】

又东二百里，曰姑媱（yáo）之山。帝女死焉，其名曰女尸，化为䔄（yáo）草，其叶胥（xū）成①，其华黄，其实如菟丘②，服之媚于人③。

【注释】

① 其叶胥成：叶子都是一层一层的。胥，相与，皆。
② 其实如菟丘：果实与菟丝子的果实相似。菟丘，即菟丝子。
③ 服之媚于人：女子服用了就能变得漂亮而讨人喜爱。媚是讨人喜爱的意思。

尧帝二女

娥皇和女英

等级	颜值	形态	异兆
女神	美艳绝伦	仙袂飘飘	出入时会刮起旋风，下起急雨

帝王尧有两个聪明美丽的女儿，名字分别叫作娥皇和女英。娥皇和女英住在洞庭山（今湖南省岳阳市境内），山上盛产黄金，山下出产银和铁，山上生长着很多佳木和香草，还有许多怪鸟。除此之外，山中还住着很多怪神，他们的样子像人，身上却盘绕着蛇，两只手里也握着蛇。

娥皇和女英常常结伴在江边的深潭中游玩。从澧（lǐ）水和沅（yuán）水吹来的清风，交会在幽清的湘水深潭处，这里正是九条江水汇合的地方，而每当她们出入时，这些地方便会刮起旋风，下起急雨。

尧晚年的时候，想到他的长子丹朱修养不好，爱跟别人争吵，不想传位给他。尧将四方的诸侯们召集起来开了一个会，希望大家能推荐一个合适的接班人选，众人推荐了贤能的舜。尧经过仔细考察，把帝位传给了舜，并把娥皇和女英嫁给了他。舜和娥皇、女英搬到沩（wéi）水河边居住。他不负尧的信任，把国家治理得井井有条，使人民过上了安居乐业的生活。娥皇、女英也一心一意辅佐舜，为百姓做了许多好事。

舜晚年时，九嶷（yí）山一带发生了战乱，舜想到那里视察一下情况，娥皇和女英不放心舜，想追随他一起去，但舜觉得山高路远，没有答应。

他只带了几个随从，便悄悄地出发了。后来，舜不幸死在苍梧，埋在九嶷山下。噩耗传来，娥皇、女英悲痛不已，她们立即起程，坐船到九嶷山奔丧。一路上她们都在不停地流泪，泪水洒在了竹林里，把竹子染得泪痕斑斑，后来南方便有了"湘妃竹"，也叫"斑竹"。娥皇和女英在过湘江的时候，因为过度悲伤，投湘水而亡，她们死后化作了湘水的神灵。

【中山经·中次十二经】

（洞庭之山）帝之二女居之，是常游于江渊。澧、沅之风，交潇湘之渊①，是在九江之间，出入必以飘风暴雨。是多怪神，状如人而载蛇②，左右手操蛇。多怪鸟③。

【注释】

① 澧、沅之风，交潇湘之渊：从澧水和沅水吹来的清风，交会在幽清的湘水深潭处。

② 是多怪神，状如人而载蛇：洞庭山中还住着很多怪神，形貌像人而身上绕着蛇。

③ 多怪鸟：这里还有许多怪鸟。

于儿
yú er

帮愚公一家移山

等级 山神
颜值 人的身子
形态 手握两条蛇
异兆 出入时发出耀眼的光芒

有一天，愚公召集全家人商量，要移走太行、王屋两座大山。他说："这两座大山挡住了我们的路，我们全家要齐心协力把它们搬到别的地方。"他的儿孙们一致同意他的决定，他们准备把挖出来的泥块和石头倒到渤海边上。

愚公和家人移了半年，还在坚持着。他告诉别人："我死了，还有儿子，儿子死了还有孙子。我们世世代代地干下去，一定会把这两座山移走。"愚公的话恰巧被驾云经过的山神于儿听到了。山神于儿住在夫夫山，他长着人的身子，手里握着两条蛇。他常常在长江的深渊中巡游，出入时身上发出耀眼的光芒。

山神于儿怕愚公这么一直挖下去，真把太行、王屋两座大山移成平地。而且，他们挖出的山石全堆在渤海边上，也会影响到夫夫山的风水。于是，山神于儿赶紧飞到天庭找到天帝。

他报告天帝说："太行、王屋两座大山看来真要被愚公移走了，恳请天帝想想办法！"

天帝捋着胡子沉思了一会，问山神于儿："你说愚公真能把山移走？"

山神于儿说："真能！愚公的精神确实值得钦佩。他都九十多岁了，还在坚持移山，他的儿孙们也会一直坚持下去。"

天帝听后发了愁："这可不行！我马上派巨人把太行、王屋两座大山移走。"山神于儿谢过天帝，看着巨人把两座大山移到别的地方，才又安心地回到夫夫山上过悠闲自在的生活。

夫夫山上有许多黄金，山下有许多青石、雄黄，山中生长着许多桑树、构树，还有蒿竹草、鸡鼓草。有时，附近的村民到夫夫山上采集草药迷路，山神于儿还会好心地用手势给他们指路。

【中山经·中次十二经】

又东一百五十里，曰夫夫之山，其上多黄金，其下多青雄黄，其木多桑楮（chǔ），其草多竹、鸡鼓①。神于儿居之，其状人身而身操两蛇，常游于江渊，出入有光。

【注释】

① 其草多竹、鸡鼓：草类多是蒿竹、鸡鼓。鸡鼓，一种草。

37

祸斗
huò dòu
火兽

等级	颜值	形态	异兆
神兽	黑色毛皮，像狗	像黑狗的神兽	以火为食，排泄物也是火

昆仑山西面，厌火国内的一条大路上，有两个人站在那里吵架。他俩长得奇丑，非常像猿猴，浑身都是黑色的毛发。

"你太不讲理了！去年借我的大锅到现在还没还我！"一个人大声嚷嚷。

"我早还你了，是你自己忘了！"另一个人抗议。

"你没还！"

"我还了！"

两个人你一言我一语越吵越凶。吵着吵着，两个人嘴里喷出火来。两条长长的火焰，中间是红色的，边缘是蓝色的，热浪滚滚，很是壮观。

对方的衣服被烧着了，他俩依然没有停止喷火，眼看着再喷火就要烧到路边的房屋了，旁边的几个人赶紧跑过来劝解，拉扯了很久，才把这两人拉开。他俩愤愤不平地看着对方，不甘心地各自回家了。

厌火国的人长得跟他俩一样，而且都有一种神奇的本领——喷火。他们平时轻声说话时也会冒火星，发怒的时候更会喷出熊熊大火。通常，他们会有控制地喷火。

厌火国的人从来不怕冷，也不怕热，他们本身就像一个大火炉一样。

厌火国里有很多叫祸斗的怪兽，样子看起来长得跟普通的黑狗差不多。然而祸斗能吞食火焰，排泄物也是火焰。在远古时代，祸斗曾做过火神祝融的助手。

有一次，雷神驾驶雷车在大地上巡游，他不小心打了一个大喷嚏，从鼻孔里喷出的火焰引发了森林大火。天神派了一大群祸斗冲上去，很快吃光了大火。

　　但祸斗在厌火国到处乱跑，排泄物引发许多火灾，给厌火国的人造成极大的麻烦。只是祸斗曾经立过几次大功，厌火国的人怕天神发怒，从来不敢捕杀他们。

　　厌火国里所有的人都不喜欢祸斗，这正是他们给国家取名为"厌火国"的原因。

【海外南经】

　　厌火国在其国南，兽身黑色①，生火出其口中。一曰在讙（huān）朱东②。

【注释】

① 兽身黑色：那里的人都长着野兽一样的身子，而且是黑色的。
② 一曰在讙朱东：另一种说法认为厌火国在讙朱国的东面。

yáo尧

上古时期的贤明君主

异兆	形态	颜值	等级
无	高十尺	相貌不凡	圣君

帝喾（kù）的第三个妻子名叫庆都。庆都有一次和父母坐船在一条河上游玩，看见一条赤龙在天空中飞舞，第二天又见到一条身形稍小的赤龙。晚上，庆都做了一个奇怪的梦，梦见赤龙扑到了自己身上。之后，她就怀孕了，过了十四个月，她生下了一个儿子，就是尧。传说尧身长十尺，相貌不凡。他曾梦见自己是条龙，威风凛凛地盘旋在天上。二十岁时，尧登上了帝位。

虽然是帝王之身，但尧的生活非常简朴。他住的是茅草盖的房子，吃的是粗米饭，穿的是鹿皮、麻布做成的衣裳。

尧是个贤明的人，他非常注意倾听百姓们的意见。他在简陋的宫门外设了一张"欲谏之鼓"，任何人都可以随时击鼓。尧听到鼓声，便会接见来的人，听取意见。由于能及时听到民众的意见，尧对民间的疾苦非常了解。

如果有哪一个人挨饿，尧就说："这是我使他挨饿的呀！"如果有哪一个人受了冻，尧就说："这是我使他受冻的呀！"如果有谁犯了罪，受了惩罚，尧就说："这是我使他陷入罪恶的呀！"

尧对人民这么好，就连天上的神明都受了感动，都来帮助他。传说，他在位的时候，喂马的草都变成了稻子；碗橱里生了一种像扇子一样的草，扇出凉风让食物不会变坏；海上出现了一条闪闪发光的小船，一到晚上就来为人们照亮。

在尧的治理下，百姓们过着丰衣足食的生活。尧也得到了百姓们的爱戴。

槐山上有个采药的老汉叫韩仕,他看到尧日夜为国事操劳,特地采来了一种神奇的松子送给尧,吃了这样的松子能活三百岁。可惜尧忙于国事,忘记吃,只活了一百多岁就死了。尧死后,埋在狄山(今九嶷山)的南面。

【海外南经】

狄山,帝尧葬于阳①。

【注释】

① 狄山,帝尧葬于阳:狄山,唐尧死后葬在这座山的南面。帝尧,号陶唐氏,名放勋,史称唐尧。

帝喾

尧的父亲

等级	颜值	形态	异兆
圣君	牙齿连成一片	神采奕奕	春夏乘着龙，秋冬乘着马

　　帝喾是黄帝的曾孙，传说他母亲在生他时，一条金龙从天而降，落入了怀抱，而且他刚生下来就叫着自己的名字。

　　传说帝喾外出时，春夏乘着龙，秋冬乘着马，帝喾从小聪明能干，德行高尚，十二三岁便远近闻名。

颛顼让帝喾帮忙出点子战胜九个国家的敌人。帝喾觉得如果硬碰硬的话，颛顼肯定不是九国的对手，所以要想办法让他们之间互相打起来，等他们彼此之间削弱了力量，再去打他们，胜算就大了。

颛顼觉得这个主意不错，就派人分别到九个国家的敌人中去挑拨关系。很快，九国之间发起了战争。后来，颛顼没费多大力气，就平定了九国之乱。帝喾辅佐颛顼有功，被封作辛地的诸侯。

辛地经常闹水灾，老百姓常常被迫迁徙，无法安居乐业。帝喾便去找天帝辩理："天既然生了人，为什么又故意为难人，让人活不下去呢？"天帝辩不过他，便派天神把"辛"这个地方的地势抬高到了水面以上。从此，这里的老百姓再也不用为洪水烦恼了。正因为如此，辛地也被称为"高辛"，帝喾便被称为"高辛氏"。

颛顼去世之后，将帝位传给了帝喾。帝喾是个贤能的君主，他定立了节气，使人们能够按照四季节令从事农业生产；他喜爱音乐，叫乐师咸黑和乐垂制作乐器、演奏音乐，音乐声引得凤凰飞来殿堂。在古时候，只有德行高尚的人才能招来凤凰。

在帝喾的治理下，社会富足，人民安居乐业。他博爱、诚信的美德传遍了天下，百姓纷纷臣服于他。他在位七十年，深受百姓爱戴，死后葬在狄山的北面。

【海外南经】

狄山，帝尧葬于阳，帝喾葬于阴①。

【注释】

① 帝喾葬于阴：帝喾死后葬在这座山的北面。

姬昌
jī chāng

周朝的开国君主

等级	颜值	形态	异兆
帝王	皮肤深黑、有四个乳房	体形颀长	会推演八卦

周文王是商代末年的西伯侯，本名姬昌。他贤明、仁厚，又重视人才，他自己的生活非常勤俭，常穿着老百姓的粗布衣服，还亲自到田间劳作。

他在周国实行"怀保小民"的政策，让人把田地划成一个个"井"字形，把周围的八块分给百姓自己耕种，留下中间一块让老百姓替国家耕种。人民有了自己的土地，都用心耕作，生活也越来越富足。周文王还为商人免去了赋税，于是，商人们都愿意来周国做生意，为周国带来了大量财富。

周文王要求周国的子民相亲相爱，互相礼让。因此，周国人人尊老爱幼，个个乐于助人，那些贫弱、孤寡的人也都得到了很好的帮助和照料。据说，周文王擅长占卜，能掐会算，因此周国人如果犯了罪，根本不用关进大牢，只要在地上画一个圈，让犯人站在里面，犯人也会乖乖听话，绝对不会逃跑。因为不管逃到天涯海角，周文王都能掐算出来，跑也白跑。这就叫"画地为牢"。

那时，统治商朝的纣王非常暴虐，诸侯们都招兵买马想要推翻他的统治。周文王也有这个打算，为了增强实力，他到处求才访贤。有一次，他路过渭水河边的磻（pán）溪，看见一个老人坐在河边钓鱼。他好奇地凑过去看，发现老人的鱼钩是直的，而且鱼钩上也没有鱼饵，周文王和老人攀谈起来，发现他很有学问，于是便向他询问治国的方法，并将他带回王宫，让他做了自己的老师。这位直钩垂钓的老人就是姜子牙。

在姜子牙的帮助下,周国逐渐强大,领土也超过了商朝。

就在周文王计划讨伐商纣王的时候,他却不幸生病死了,死后葬在了狄山。后来,他的二儿子姬发继承了他的事业,成功推翻了商朝的统治。

【海外南经】

(狄山)爰(yuán)有熊、罴(pí)、文虎、蜼(wěi)、豹、离朱、视肉①,吁咽、文王皆葬其所②。一曰汤山③。

【注释】

① 爰有熊、罴、文虎、蜼、豹、离朱、视肉:这里有熊、罴、花斑虎、长尾猿、豹子、三足乌、视肉等动物。
② 吁咽、文王皆葬其所:吁咽和文王也埋葬在这里。吁咽,所指待考。一说指舜。
③ 一曰汤山:另一种说法认为狄山也叫汤山。

 凿齿

被羿射杀的妖兽

等级	妖兽
颜值	长相丑陋、凶狠
形态	兽头，人身
异兆	吃人

在南方的沼泽地带，有一片叫寿华的荒野。住在这附近的居民常常被一种叫凿齿的妖怪袭击。凿齿长相丑陋、凶狠，长着五六尺长、形状像凿子一样的牙齿，以捕食人类为生。

太阳落山后，人们便不敢再走出家门。白天也是十几个人结伴外出寻找食物。但还是躲避不了凿齿的攻击。凿齿甚至会在夜深人静时，到村庄里吃人。人们恐惧万分，去求尧帝，尧帝派出士兵捕杀凿齿，结果士兵们有去无回，全都被凿齿吃掉了。尧帝苦于没有更好的办法，只好去求天帝帝俊。

帝俊命神箭手羿去射杀凿齿。羿手提宝剑，身背神弓，来到荒野中，到处寻找凿齿的踪迹。在一处沼泽旁，羿发现了凿齿的脚印。他握紧手中的宝剑，准备随时战斗。

只听"嗷呜"一声长啸，震得地动山摇。凿齿拿着一面盾牌、一根长戈前来迎战。他心里暗暗高兴：好几天没吃到人，刚好有个送上门的，可以填饱肚子了！可当他一眼瞥见羿身上那红色的神弓、白色的神箭时，却吓得掉头就跑。这弓箭曾射死过九个太阳，他哪能抵挡得住？

尽管凿齿恐慌不已，但他知道这一战自己躲不过去。便用盾牌保护自己，"嗷呜嗷呜"露出长牙，冲向羿。羿挥剑就砍，盾牌顿时被劈成两半，凿齿吓得扔下盾牌拔腿就跑。羿收起宝剑，从背上取下神弓，紧追不舍。

眼看时机已到，羿取出神箭，拉满神弓，瞄准凿齿，"嗖"的一箭射向他的心窝。凿齿立刻倒地而死。死去的凿齿倒在沼泽地中，一点点深

陷，直到被沼泽完全吞没。

等候消息的人们闻讯纷纷赶来，欢呼着向羿表达谢意。

【海外南经】

羿与凿齿战于寿华之野①，羿射杀之。在昆仑虚东。羿持弓矢，凿齿持盾，一曰戈②。

【注释】

① 羿：神话传说中的天神。凿齿：传说中亦人亦兽的神人，据说他的牙齿像凿，有五六尺长。
② 一曰戈：另一种说法认为凿齿拿着戈。

祝融
zhù róng
火神

等级	赤帝
颜值	长着野兽的身子、人的面孔
形态	威武雄壮
异兆	善于用火

　　祝融是炎帝的后人，他长着野兽的身子、人的面孔，常常乘着两条龙出行。祝融生性火爆，遇到不顺心的事常常火冒三丈、大发雷霆。

　　祝融生活的那个时代，燧人氏已经发明了钻木取火，但当时的人们还不大会保存火和利用火。传说祝融从小特别喜欢玩火，十几岁就成了管火

的能手。祝融教大家用火烧菜、煮饭，天冷时用火取暖，夜里用火照明、赶跑蚊虫，遇到野兽时，用火驱逐它们。这些本领，在当时的人们看来都是很了不起的本事。明灭无定的火，到了祝融的手里，总能长期保存下来。所以，部落里的人们都很敬重他。

在一次部落迁徙中，祝融带着的火种熄灭了。为了让火重新燃起来，祝融开始像燧人氏一样钻木取火，可是带着的木头因为淋了雨、受了潮，无论怎么用力，也钻不出一个火星儿。脾气火爆的祝融气得把手里的钻头扔了出去，钻头重重击打在石头上，溅起了火花。祝融灵机一动，找来一些干燥、易燃的芦花放在石头上面，就这样发明了击石取火。

击石取火的方法比钻木取火方便多了，从此人们再也不用为保存火种费尽心机了。因为火是红色的，所以人们便把教大家用火的祝融尊称为"赤帝"。

黄帝很欣赏祝融的本领，决定重用他，就把他请去，封他做了专门管火的火正之官。南方的氏族首领蚩尤经常来侵扰黄帝所统领的中原，黄帝便派祝融带着人马去讨伐蚩尤。祝融看到蚩尤的部下都披着兽皮作战，便教自己的部下用火攻。蚩尤的队伍被烧得焦头烂额，仓皇逃走，黄帝的队伍乘胜追击，大获全胜。祝融也因此立了大功，成了黄帝重要的大臣。

【海外南经】

南方祝融，兽身人面，乘两龙[1]。

【注释】

[1] 南方祝融，兽身人面，乘两龙：南方的祝融神，长着野兽的身子，人的面孔，乘着两条龙。

启 qǐ

夏朝第二个君王

等级	帝王
颜值	半神半人
形态	乘驾着两条巨龙，飞腾在三层云彩之上
异兆	能与天帝交流

大禹年老时，很想将王位让给启，但在他之前还没有人这样做过。于是，他仍然像尧和舜那样，通过召开部落首领会议，选了伯益为继承人。

大禹死后，伯益为他举行了隆重的葬礼。为了显示自己的宽宏大度，也有意试探一下夏后启和众首领对自己的态度，经过一番准备之后，伯益又召开了一次首领大会。

他对众首领说："我本无意做继承人，但当时禹王相信我，诸位首领也看得起我，我实在是盛情难却。现在，夏后启已经十五岁了，而且，他为人谦虚谨慎，又有才干，我们大家共同扶持他，他定能担当治国安邦的大任。因此，我想把继承人的位置让给他，不知大家的意见如何呢？"

伯益的几个心腹赶忙奉承道："这些年您辅佐禹王建功立业，劳苦功高，禹王也有意将王位传给您，您是当之无愧的啊！"

伯益听了心中暗喜，觉得自己胜券在握。没想到夏后启身边的四位重臣却说："夏后启能力过人，很有禹王当年的风采。让他来当君主，禹王所开创的大业定能发扬光大。禅让制度本来是不可改变的，但既然伯益有意让位，我们也同意。"

在场的其他首领也纷纷表示同意，夏后启便顺水推舟坐上了王位。

传说，夏后启是个神通广大，能与天帝交流的圣贤之神。他曾在大运山北面的大乐野举行盛大的宴会，乘驾着两条巨龙，飞腾在三重云雾之上，左手握着一把羽毛华盖，右手拿着一只玉环，腰间还佩挂着一块玉璜，悠然观看《九代》乐舞。夏后启废除了禅让制，实行王位世袭制。

【海外西经】

大乐之野，夏后启于此儛（wǔ）九代①，乘两龙，云盖三层②。左手操翳（yì）③，右手操环，佩玉璜（huáng）④。在大运山北。一曰大遗之野。

【注释】

① 夏后启：传说是夏朝开国君主大禹的儿子，夏朝第二代国君。夏后，即夏王。儛：同"舞"。
② 乘两龙，云盖三层：乘驾着两条龙，飞腾在三重云雾之上。
③ 翳：用羽毛做的像伞形状的华盖。
④ 璜：一种半圆形玉器。

刑天
xíng tiān
无头的战神

等级	巨人猛将
颜值	无头,双乳为目,肚脐为口
形态	身躯巨大,一手举盾,一手拿斧
异兆	无

　　刑天本来是个没有名字的巨人,他力大无穷,骁勇善战,是炎帝手下的一员猛将。阪泉之战的时候,炎帝被黄帝打败。刑天不服气,主动请缨,想去跟黄帝争个高低,但炎帝坚决不同意。刑天便偷偷去向黄帝宣战。

　　刑天一手举着盾牌,一手拿着大斧,向黄帝所在的中央天庭奔去。他一路过关斩将,谁也不是他的对手,一直杀到了黄帝的宫门前。

　　黄帝气愤不已,拿起剑飞奔出宫门和刑天打了起来。他们打啊打啊,一直从天庭打到凡间,打到常羊山旁。刑天敌不过黄帝的进攻,渐渐败下阵来,黄帝趁刑天不注意,猛挥宝剑,砍下了刑天的头颅。

　　刑天没了头,内心十分恐慌。他在常羊山的草地上一阵乱摸,巴望着能找到自己的头颅,重新接到脖子上。刑天没有找到头颅,恼羞成怒,拿着大斧乱砍乱挥。山坡上树枝、石头横飞,到处布满尘土。

　　黄帝担心刑天摸到头又重新接上,便一剑劈开了常羊山,将刑天的头埋在了里面。刑天找不到自己的头颅,内心十分悲愤,但他仍然不肯向黄帝认输。他又重新站了起来,挥舞着盾牌和大斧,要继续和看不见的敌人战斗。一阵胡挥乱砍之后,他的半个身子竟然变成了脸,两个乳头变成了眼睛,肚脐张开变成了嘴,于是他再一次向黄帝砍去。

　　刑天最终还是被黄帝打败了。他死后,常羊山被阴云笼罩,终年不见天日,路过这里的人们常常听见轰隆隆的雷声在山谷中回响,据说那是刑天的魂魄一直心有不甘,在继续战斗。天帝也被刑天的精神打动,封他做了无头天神。他那永不服输的精神一直被后人所传诵。

【海外西经】

形天与帝至此争神①,帝断其首,葬之常羊之山。乃以乳为目,以脐为口,操干戚以舞②。

【注释】

① 形天:即刑天,神话传说中一个没有头的神。此神原本无名,在被断首之后才有了刑天神的名称。
② 操干戚以舞:一手持盾牌,一手操大斧挥舞。

乘黄
chéng huáng

白民国人的宠物

等级	颜值	形态	异兆
神兽	黄色，背上长角	状如狐狸	人骑了可以活两千岁

在北方，有一个国家叫白民国。白民国的人是黄帝的子孙，他们个个白发披身。白民国不产五谷，他们种植玉石和黄米为食。玉石和一种特殊的植物叶子混在一起就会变得柔软，便于进食。如果有人来做客，他们就用甘露搅拌玉屑作为招待。

有一天，一个白民国的人得了很严重的病，气息微弱地躺在床上。这时，他的神兽走了过来，他靠近神兽耳边，告诉神兽自己生病的详细症状，神兽便驮起主人，跑到山上去采集草药。熬制服用后，这个人的病很快好了起来。

这种神兽叫作乘黄，它的样子长得像狐狸，但背上长着一个角，白民国的人经常骑着它外出。骑了它的人，至少能活两千岁。

其他国家的人羡慕白民国的人长生不老，想尽办法要到白民国讨取长生不老的药方。但白民国所在的地方偏僻、隐蔽，很难找到。即使好不容易找到，白民国的神兽乘黄只为自己的主人服务，不会理睬其他的人，即使是它主人命令这样做，它也不会答应。

每个白民国的人都有一头神兽乘黄，他们像家人一样相亲相爱。不过，白民国最幸福的事是长生不老，最不幸的事也是长生不老。

每一天的开始和每一天的结束，对白民国的人来说没有太大的不同，因为他们知道他们拥有无数个这样的日子。每一天都是相似的，也挺没意思。

后来，越来越多的白民国的人，离开神兽乘黄的帮助，选择自然地生老病死。时间对于白民国的人，越来越珍贵。一天过去，生命中便少了一天。这样，反倒使人活得更有劲头。

渐渐地，白民国便在这个世界上消失了。

【海外西经】

白民之国在龙鱼北，白身被（pī）发①。有乘黄，其状如狐，其背上有角，乘之寿二千岁。

【注释】

① 白身被发：那里的人都是白皮肤，披散着头发。被，通"披"。

龙鱼 lóng yú

黄帝的坐骑

等级 神鱼

颜值 头上有角,长长的胡子,四条腿

形态 长得像鱼又像龙

异兆 会飞、会走、会游

射姑国在沃野北面,海上的一座仙岛上,国内个个都是仙人,他们不吃五谷,靠呼吸新鲜空气、喝露水为食。射姑国养有很多龙鱼,长得像鱼又像龙,头上有一对角,长长的胡子,四条腿。既可以在水中游,也可以在山野中跑,还可以在天上飞。龙鱼在海中翻个身,能卷起滔天的巨浪。

有一年,射姑国的人送给黄帝一条龙鱼。黄帝十分喜爱,专门建造了一个水池喂养它,并把它作为出行的坐骑,常常骑上它到处视察民情。很多神巫也把龙鱼当坐骑,骑着它畅游在天地之间。

后来,天地之间的通道被阻断,神和人之间的往来也受到了限制。天帝命射姑国的人严格控制龙鱼流出的数量,一般道行浅、法术不深的神巫便无法再拥有龙鱼。神巫们开始没日没夜地修炼法术,努力提升自己的道行,好让自己早日拥有一条龙鱼坐骑。

黄帝战胜了蚩尤,让人去首阳山开采了很多铜矿,在荆山脚下铸成了一个宝鼎,召集天上的神仙和八方的百姓都来参加庆功大会。庆功大会开了一半,突然,一只金光闪闪的龙鱼从天而降,长长的胡须垂到宝鼎上。黄帝知道龙鱼这是来迎接他回天庭了,便纵身一跃,跨上龙鱼的后背,向天上飞去。

大臣和百姓们看见黄帝要到天上,都想随黄帝一起去。很多人又蹦又跳,想骑上龙鱼的背,但怎么也够不着。他们争先恐后地拉扯龙鱼的胡须,被扯掉的胡须,掉在地上长成了龙须草。少了很多胡须的龙鱼好不容易才摆脱众人,带着黄帝飞到了天上。

【海外西经】

龙鱼陵居在其北,状如狸。一曰鰕(xiā)①。即有神圣乘此以行九野②。

【注释】

① 鰕:体型大的鲵(ní)鱼叫作鰕鱼。鲵鱼是一种水陆两栖类动物,有四只脚,长尾巴,眼小口大,生活在山谷溪水中。因叫声如同小孩啼哭,所以俗称娃娃鱼。
② 即有神圣乘此以行九野:有神圣骑着它遨游在广大的原野上。

蓐收
rù shōu
掌管刑罚的天神

等级 刑神

颜值 面目狰狞

形态 人面虎爪，身披白毛，左耳穿蛇，手执大斧

异兆 乘两条龙出行

春秋时期，虢（guó）国是一个比较小的国家。

有天夜里，虢国公梦见自己置身于一座宗庙之中，一个长着人的面孔、老虎爪子的神仙乘驾两条龙飞到宗庙里。那个神仙浑身长着白色的毛发，左耳上挂着一条蛇，手中挥舞着一柄大斧头。

虢国公心惊胆战，转头就要跑。这时，背后的神仙喊道："不要跑，我奉天帝命令，要让晋国的军队开进虢国的都城。"虢国公连忙跪在地上，像捣蒜一样磕头。

眼前一道光闪过，神仙不见了，虢国公吓出一身冷汗。他醒来后，立刻喊来太卜史嚚（xiāo）推断吉凶祸福。史嚚取出一个龟壳焚烧，口中念念有词。他仔细看了看龟壳裂纹的形状，一下子皱起眉头，显出一副凝重的神色。

史嚚说："大王，你梦见的是蓐收，它是天上掌管刑罚的神啊！他也是金神，还掌管着与秋天有关的事宜。"

虢国公大惑不解，问道："天神蓐收为何出现在我梦里？在梦里对我说的话又是何意呢？"

史嚚接着说："一定是天帝对您实行的治国政策不满，怪罪您了，所以派蓐收在梦中提醒您！从卦象上看，晋国的军队已经准备进攻我们国家的都城。我们得马上做好迎战准备！"

虢国公听了史嚚的话，勃然大怒。他一拍桌子，命令身旁的侍卫："来人！太卜史嚚胡言乱语，妖言惑众，立即将他拖下去，关进监牢。"

史嚚流着眼泪恳求虢国公："我的性命无关紧要，可您不能不顾全国的百姓啊！"

虢国公哪里听得进去？第二天，虢国公还大摆宴席。

没过几年，晋国果然派出军队，借了虞国的道路直接攻打虢国，虢国很快灭亡了。

【海外西经】

西方蓐收①，左耳有蛇，乘两龙。

【注释】

① 蓐收：神话传说中的刑神、金神，样子是人面孔、虎爪子、白毛发，手执钺（yuè）斧。

烛阴
zhú yīn

钟山山神

等级	颜值	形态	异兆
山神	人脸蛇身	身子有一千里长，全身赤红，口中衔烛	睁眼白天，闭眼黑夜；吹气为冬，呼气为夏

有一年，无䏿（qǐ）国的百姓陷入了无尽的黑夜之中。没有白天，只能靠木材点火照明。因为照不到太阳，庄稼和植物都死了，可以吃的食物越来越少；阴冷、潮湿的天气让很多人都生病死去。

眼看着日子越来越难，一位长老说："一定是这些年我们杀生太多，得罪了烛阴。烛阴不肯睁开眼睛，所以才没有白天。"直到无䏿国的人拿出最丰厚的礼品祭祀烛阴，太阳才又重新在无䏿国升起。人们恢复了正常的日出而作、日落而息的生活。

烛阴又叫烛龙，住在无䏿国东边的钟山脚下。他全身赤红，长着人的面孔、蛇的身子，身子有一千里长。烛阴的两只眼睛睁开像两枚橄榄一样直竖着，合拢就是两条笔直的缝。烛阴睁开一只眼睛，人间便是白天；闭上一只眼睛，黑夜就降临大地；他同时睁开两只眼睛，人间就会连年干旱；同时闭上两只眼睛，人间就会陷入一片黑暗。烛阴的嘴里常常衔着一根蜡烛，烛光照耀在北方幽暗的天门之中，人们因此称他为"烛阴"。

烛阴用呼气和吸气左右着风。他用力吹气的时候，冬天就来了；他轻轻吐气的时候，夏天就来了。烛阴是钟山的山神。

【海外北经】

钟山之神，名曰烛阴，视为昼，瞑为夜①；吹为冬，呼为夏。不饮，不食，不息，息为风，身长千里。在无䏿之东。其为物人面蛇身，赤色，居钟山下。

【注释】

① 视为昼，瞑为夜：睁开眼睛便是白昼，闭上眼睛便是黑夜。

相柳
xiàng liǔ
天神共工的臣子

等级	颜值	形态	异兆
上古凶神，水神之臣	长相恐怖	蛇身九头	以土为食，涎水有毒且恶臭无比

水神共工和火神祝融历来水火不容。共工掌管着所有江河湖海，但他脾气暴躁。

人类感念祝融教他们使用火的方法，因此对祝融十分敬仰。共工很不服气，调来五湖四海的水和祝融交战，使得人间洪水泛滥。

舜让大禹治理水患。大禹用疏导法，眼看就要将洪水治理好了。共工却又生气了，他想到自己堂堂一个水神，洪水无法治理的时候，可以八面威风，人间处处供奉他，如果被大禹治理好了，人类还会对他有敬畏之心吗？于是，共工便派他的臣子相柳去阻挠大禹治水。相柳相貌丑陋，青色的蛇身上，长有九个脑袋，巨大得能同时吃掉九座山头的土，从他嘴里喷出的毒液能够形成恶臭的沼泽，发出的臭味连路过的飞禽走兽都能杀死。

相柳到了大禹治水的地方，卷起巨大的风浪。他大口吞食着堤坝上的土，使河道中的洪水不断地奔涌而出。眼看着刚有进展的工程被相柳破坏得不成样子，又要发洪水，大禹怒不可遏，在众神的帮助下杀死了相柳。

相柳的血流经的地方草木枯萎，五谷不生，口中流出的毒液形成一个恶臭的沼泽。大禹带领众人往沼泽里填土，可是填了三次，三次都塌陷下去了。大禹实在没有办法，只能把沼泽挖成一个大池子，并用泥土在池边修建了帝尧、帝喾、帝舜等众帝之台，用来祭祀诸神，镇压相柳。

这些帝台在昆仑山的北面，柔利国的东面。据说，这里的人都不敢向北方射箭，因为敬畏共工威灵所在的共工台。共工台在众帝之台的东面，台呈四方形，每个台角有一条蛇，蛇身上的斑纹与老虎相似，头向着南方。

【海外北经】

共工之臣曰相柳氏，九首，以食于九山。相柳之所抵，厥（jué）为泽谿（xī）①。禹杀相柳，其血腥，不可以树五谷种。禹厥之，三仞（rèn）三沮（jǔ）②，乃以为众帝之台。在昆仑之北，柔利之东。相柳者，九首人面，蛇身而青。不敢北射，畏共工之台。台在其东。台四方，隅（yú）有一蛇，虎色，首冲南方。

【注释】

① 相柳之所抵，厥为泽谿：相柳氏所触动之处，便掘成沼泽和溪流。厥：掘。谿：同"溪"。

② 禹厥之，三仞三沮：大禹挖填这地方，多次填满而多次塌陷下去。三：表示多数。

夸父
追日的巨人

- 等级：巨人
- 颜值：耳挂两蛇，手握两蛇
- 形态：身材高大的巨人
- 异兆：力气极大，善于奔跑

  大神后土传下来的子孙夸父族，居住在北方荒野中的成都载天山。山上奇峰汇聚，直冲云霄。夸父族的人身材高大，力大无比。他们喜欢捉恶毒的黄蛇，把它们缠绕在自己的耳朵上，两只手里还各挥舞着一条蛇。尽管他们看起来无比凶狠，但实际上他们脾气温和，心地善良，好打抱不平。

  上古时期，有一年发生了严重的干旱，太阳像个大火炉，烤焦了江河，烘干了大地，晒干了禾苗。

  有个夸父族的人，决心要去追赶太阳，把太阳捉起来归人类控制。他迈开长长的双腿，向着西斜的太阳追去。一眨眼，已经追了三千里。太阳见了，十分慌张，加快速度向西落去。

  他翻过山岭，跨过河流，脚步震得大地隆隆作响，飞禽走兽见了他，都远远地躲开。没有人知道他到底跑了多少里路，人们只知道，从他鞋里抖出来的土，都能堆成一座大山。

  他像风一样飞驰，虽然汗如雨下，但一刻也舍不得停下来休息，在他心里只有一个念头——用自己的力量拯救族人。他跑啊跑啊，眼看着离太阳越来越近了，当他追到一个叫禺谷的地方，一团红亮的火球就在他的眼前。他伸出双臂，想要用力捉住太阳。可是他渴得实在厉害，只好停下来，去喝黄河、渭河里的水。两条河里的水全被他喝光了，他又向北方跑，想去喝海里的水。可惜还没跑到，这个夸父族的人就在半路上渴死了。

  "轰隆"一声，他像一座高山一样倒下，形成了夸父山。临死的时候，他想念自己的族人，就把手中的木杖向家的方向扔去。木杖落地后，立即生根发芽，长成了一片桃林，给后来的人们遮荫解渴。这片桃林被人称作邓林。

【海外北经】

夸父与日逐走，入日①。渴欲得饮，饮于河渭，河渭不足，北饮大泽。未至，道渴而死。弃其杖，化为邓林②。

【译文】

① 夸父与日逐走，入日：神人夸父追赶着太阳跑，离太阳越来越近。
② 弃其杖，化为邓林：他临死前抛掉了手杖，这根手杖变成了邓林。

大禹
dà yǔ
治水英雄

等级	颜值	形态	异兆
帝王	黑黑瘦瘦	每只耳朵有三个窟窿	能战水神

　　尧的时代，洪水常常泛滥，天地间一片汪洋，人们漂泊无依，居无定所。天上有一个大神名叫鲧（gǔn），他非常同情人间的百姓，便从天帝那里偷了一种叫作"息壤"的神土，私自来到人间。

　　哪里洪水泛滥，鲧便把息壤撒在哪里，只要一点点，就能长出一片堵住洪水的陆地。就在他快要制伏洪水的时候，天帝知道了他的所作所为，非常震怒，派火神祝融下界杀掉了鲧。

　　鲧死后，舜安排鲧的儿子禹继承了治水的使命，并派伯益和后稷协助他的工作。禹翻山越岭，走遍全国各地，仔细察看地形。他决心吸取鲧治水失败的经验，用疏导的方法取代了"围堵"。

　　禹路过黄河的时候，一个河精从水里跳出来，给了他一块有花纹的石头。禹仔细一看，发现这是一幅治水的地图，便带领老百姓们信心百倍地干了起来。禹让一条巨龙走在他前面，用尾巴画地，凡是巨龙画过的地方，就开沟挖渠，让水一直流到东海，那些沟渠就是今天的江河；禹让一只神龟背着剩下的息壤跟在他身后，遇到深的地方就把它填平，那些填得特别高的地方，就是今天四方的名山。

　　离开家时，禹才刚刚成婚。为了治水，他十三年没有回过家。其中有三次经过家门口，都没有进去。第一次他的妻子正在生孩子；第二次他的孩子刚会说话；第三次他的孩子已经十三岁了。

　　在禹的精心治理下，九州的水患渐渐平息。从前被淹没的高山露出来了，肥沃的农田又可以重新得以耕种，禹成了人们心中的治水英雄。

舜老了以后，把君王的位置传给了禹，禹是夏朝的第一位君王，因此，后人也称他为夏禹。

【海外北经】

禹所积石之山在其东，河水所入①。

【注释】

①禹所积石之山在其东，河水所入：禹所积石山在博父国的东面，是黄河流入的地方。

颛顼
zhuān xū
北方天帝

等级	北方天帝
颜值	长脖、小眼
形态	人形
异兆	生下时头戴干戈，上有"圣德"字样

颛顼是黄帝的曾孙，白帝少昊的侄子。他长相奇特，有着长长的脖子，小小的眼睛。传说他的母亲有一次梦见一条直贯日月的长虹飞入腹中，然后便孕育了他。颛顼降生时头戴兵器，上面还有"圣德"字样。

颛顼小时候，常常去少昊建立的鸟国游玩。少昊常常拿琴和瑟给他玩，培养了他对音乐的兴趣。少昊尤其喜欢颛顼，把自己所有的本领都传授给了他，还让他帮忙治国理政。

长大后，颛顼还与他的手下海神禺强，共同管理北方冰天雪地、寒风刺骨的一万两千里荒野。

黄帝战胜了蚩尤后，就把天帝的位置传给了他的曾孙颛顼。

那时，天和地之间本是有路可通的，很多地方竖着天梯。天神可以随意在天上和人间飞来飞去，凡人凭着自己的智慧和勇敢也有机会登上天梯，到天庭去。人和神之间没有严格的界限。

当时的九黎族人信奉巫神，不信奉天帝，每天只靠占卜生活，听从巫神的指示。由于他们忙于祭祀巫神，不到田间劳动，导致很多地方大旱，

庄稼颗粒无收。

有的恶神还趁机煽动一些人对抗天帝。颛顼一怒之下，便命令他的孙子，大神重和大神黎去将天和地之间的道路切断。重用力托着天，不断抬升天的高度，黎使劲按着地，使大地不断下陷。他俩力大无比，本来隔得不远的天和地，距离变得越来越远。天上的神偶尔还可以偷偷下凡，地上的人却再也不能上天了。颛顼又下令让黎的儿子噎协助重和黎，管理天上日月星辰的秩序。

颛顼死后，埋葬在务隅山的南面，他的九个妃子埋葬在北面。传说死去的颛顼附在鱼的身上，重新复活。复活的颛顼，半边是人的身体，半边是鱼的身体。

【海外北经】

务隅之山，帝颛顼葬于阳①，九嫔葬于阴②。

【注释】

① 务隅之山，帝颛顼葬于阳：务隅山，帝颛顼葬在它的南面。颛顼，传说中的上古帝王。
② 九嫔葬于阴：九位妃嫔葬在它的北面。九嫔，指颛顼的九个妃嫔。

 天吴 tiān wú

朝阳谷里的水伯

等级	东荒海神
颜值	八个脑袋，八张人脸，八只爪子，八条尾巴
形态	老虎的身子
异兆	吐云雾，保护吴人狩猎和出海

  水伯天吴住在虹虹北面的两条水流中间，一个叫朝阳谷的地方。

  他长着老虎的身子，有八个脑袋、八张人脸、八只爪子、八条尾巴。

  以狩猎为主要生活方式的吴人崇拜天吴，把他当作自己的祖先供奉。吴人常常身披虎皮，一边奔跑，一边高声喊叫，围追猎物。他们也会挖好陷阱，装好弓箭，等待凶猛的野兽出现。收获猎物时，便模仿动物的姿态跳舞庆祝。如果遇到野兽攻击，祖神天吴会来解救他们。

  炎帝和黄帝的部族不断向东扩张，严重影响了吴人的生活。到了尧舜时期，吴人只得告别山林里的狩猎生活，浩浩荡荡迁到东南海滨长江三角洲一带，开始以打鱼为生的海上生活。波涛滚滚的大海给吴人带来许多新的挑战。吴人还没学会划船和游泳，也不懂捕鱼的技巧与潮涨潮落的规律，海里的神龟和大蛇趁机欺负吴人。他们一出海，就掀起巨浪把他们的渔船打翻。这时，天吴吞云吐雾，从天而降，一手拎着神龟，一手握住大蛇，狠狠教训了它们一通。神龟和大蛇再也不敢兴风作浪，伤害吴人。

  就这样，原来保护他们在狩猎时多有收获的天吴，也变成了水伯，保护他们在海上打鱼时的丰收和平安。

  后来，水伯天吴娶了妻子古怀氏，生了四个女儿，每个女儿都有两首两面、两足两尾，刚好平分了天吴的八首八面、八足八尾的特点。

  天吴、烛阴、据比、毕方、竖亥，原本是上古的五大神兽。因为他们占据了东、南、西、北四方以及中央，创造了五大方位，所以，又被称为上古五大创世神，在诸多神兽中具有极高的地位。

【海外东经】

朝阳之谷,神曰天吴,是为水伯。在虹虹北两水间①。其为兽也,八首人面,八足八尾,皆青黄。

【注释】

① 在虹虹北两水间:他住在虹虹北面的两条水流中间。

句芒
gōu máng
春天的象征

等级	青帝
颜值	鸟身、人面、青衫、方脸
形态	鸟的形态，穿青色衣衫
异兆	乘两条龙出行

句芒长着人的面孔，鸟的身子，脸是方形的。他身穿青色长衫，驾着两条龙上天入地。

"句芒"两个字是春天和生命的象征，所以，他是春神和生命神，又被称为青帝。传说，太阳每天早上从神树扶桑上升起，句芒掌管着扶桑，也掌管着那片太阳升起的地方。

句芒展翅飞过的地方，春天便悄然而至。他轻轻挥一挥长袖，大地便冰雪消融，草木竞相发芽。句芒乘着风到处游荡，风里盈满草叶和花朵的香味。群鸟跟在他身后，从云层中穿过，清脆婉转的鸣叫声在天地间回荡。句芒带来了春天，也安排庄稼一年的生长。

每到祭祀的日子，人们穿着青衣，敲锣打鼓，纷纷扔出五谷杂食，夹道欢迎他，祈求来年有个好收成。

如果是经常做好事的人，句芒还会给他延长寿命。春秋的时候，秦国的国君秦穆公大胆任用人才，治军有方，厚爱百姓。有三百个百姓因为饥饿，偷杀了秦穆公的马煮着吃，秦穆公知道后，非但没有怪罪，还给他们发了粮食。秦穆公曾经还用五张羊皮，从楚国人手中赎回了百里奚，百里奚成了秦穆公的贤臣。

有一次，秦穆公到一座庙内拜祭神灵。句芒乘着两条龙从天而降。秦穆公有些害怕，准备到后院躲避。句芒轻声说道："你不用怕我，我是青帝句芒。天帝知道你治国有方，深受百姓爱戴。特意派我来，给你增加十九年的寿命。同时，保佑你的国家繁荣昌盛、人丁兴旺。"说完，句芒乘龙离

【海外东经】

东方句芒,鸟身人面,乘两龙①。

开,只留下一缕青烟。秦穆公立即拜谢。

正因如此,那时的人们常常积德行善,期待句芒下到凡间,延长他们的寿命。

【注释】

① 东方句芒,鸟身人面,乘两龙:东方的句芒神,是鸟的身子人的面孔,乘着两条龙。句芒,神话传说中的木神。

竖亥
测量鼻祖

等级	颜值	形态	异兆
测量鼻祖	野猪头，人身子	形状像人	善跑

大禹平息洪水之后，继承了舜的帝位。洪水退去，国家的领土有了陆地和江河湖海的区分。陆地的面积广阔无边，各个部落不需要再像以前一样，拥挤地居住在巴掌大的陆地上。大禹准备重新规划国家的领土，把它平均划分成几十个区域，分别指派给大臣们治理。

天神中以跑步最快出名的是竖亥，他长着野猪的头、人的身子。大禹派他测量领土面积，并将其划分成面积平均的几十个区域。

竖亥接到任务后，右手拿着长六七寸左右、叫作"筭（suàn）"的竹片，来测量土地的长和宽。竖亥指了指青丘国的北边，带上另一位善走的天神大章，迎着初升的太阳出发了。

测量的工作非常艰苦，国土面积大，时间紧急。无论刮大风，还是下暴雨，竖亥都没有停止丈量土地的脚步。他每天最多躺在路边休息三个小时，就连吃饭也没有一个准确的时间，常常是饥一顿、饱一顿。竖亥翻越了无数座高山，横渡了无数条江河。路过的百姓看他这么辛苦，都觉得很心疼，想拉竖亥到家里休息一会儿，全被竖亥一口拒绝了。人们只好准备好干粮和水，等竖亥路过的时候，给他装到袋子里背着。

竖亥踏遍中华大地，从最东端走到最西端，一共走了五亿零十万九千八百步，对国土进行了比较精确的测量。他们在测量时，发明了测量土地的步尺，为华夏民族的计量学创造了测量仪器——步尺以及量度的基本单位尺、丈、里等。因为竖亥是最早发明测量工具的神，所以他被称为"测量鼻祖"。

【海外东经】

　　帝命竖亥步①，自东极至于西极，五亿十选②九千八百步。竖亥右手把算，左手指青丘北③。一曰禹令竖亥。一曰五亿十万九千八百步。

【注释】

① 帝命竖亥步：天帝命令竖亥用脚步测量大地。竖亥：传说中一个走得很快的神人。
② 选：万。
③ 竖亥右手把算，左手指青丘北：竖亥右手拿着算筹，左手指着青丘国的北面。算，通"筹"。

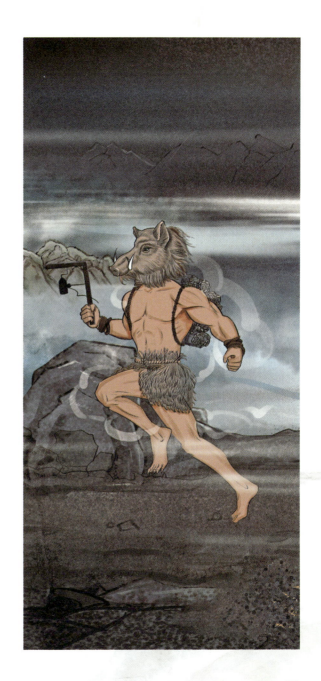

dān zhū丹朱

尧帝之子

等级	华夏第一棋圣
颜值	粗眉大眼，目光炯炯有神
形态	长着人手，外形像猫头鹰
异兆	死后灵魂化为鸟

丹朱是尧帝的大儿子，出生时全身红彤彤的，所以取名为"丹朱"。丹朱小时候十分聪慧，喜欢下围棋，尧帝找人用犀角和象牙雕刻，专门制作了一副围棋送给他。传说丹朱是华夏第一棋圣。

长大后的丹朱脾气暴躁，常常跟人争吵，还比较固执，听不进别人的意见。有大臣建议尧帝把帝位传给丹朱，但尧帝觉得丹朱并不是自己心目中理想的人选。尧帝对大臣说："如果让舜管理天下，那所有的百姓都会得到利益，只有丹朱一人受损；如果让丹朱管理天下，那只有丹朱一人得到利益，所有的百姓都要受损。"尧帝不想因为爱儿子，而使天下的百姓受害，于是就选了舜做接班人。

尧帝把丹朱流放到三苗部落附近，做了一个诸侯。这时，尧帝准备传位给舜的事，天下百姓已经全知道了。丹朱心中不满，与三苗部落的人勾结起来，准备叛乱。尧帝早就料到丹朱会造反，亲自出征三次，平息了叛乱。丹朱做了三苗部落的首领，并且称帝，在三苗部落里受到人们的尊敬。

尧帝死后，舜有意把帝位让给丹朱，自己隐居到南河的南岸。但大臣们遇到事，并不去找丹朱，仍然去找舜。打官司的，歌颂功德的，每天都会有很多人找舜。

三年之后，丹朱把帝位还给了舜，自己重新回到三苗部落做首领。

在古代能有帝号的人，都是德行、名望被所有百姓认可的人。但提起丹朱，人们也会称他为帝丹朱。也许是因为舜的谦让，丹朱才有了这样的称号。

【海内南经】

苍梧之山,帝舜葬于阳,帝丹朱葬于阴①。

丹朱死后,葬在了苍梧山的北面。传说,南方柜山有一种鸟,长着人的手,外形像猫头鹰,发出"朱"的鸣叫,是丹朱灵魂的化身。

【注释】

① 苍梧之山,帝舜葬于阳,帝丹朱葬于阴:苍梧山,帝舜葬在这座山的南面,帝丹朱葬在这座山的北面。

帝舜
dì shùn

以德为先的帝王

等级	颜值	形态	异兆
帝王	每只眼里有两个瞳仁，嘴巴大得可以放下拳头	头突出，眉骨隆起，头大而圆，面黑而方	无

瞎眼的瞽（gǔ）叟有一天做了一个奇怪的梦，梦见一只凤凰，衔米喂给他吃，还告诉他，要来给他做儿子。几个月后，瞽叟的妻子生下了舜。舜的两只眼睛跟别人不一样，每只眼睛里都有两个瞳仁。他额头突出，眉骨隆起，头大而圆，面黑而方，嘴巴大得可以放下拳头。

舜的妈妈在他出生不久后就去世了，瞽叟又娶了一个妻子，生下一个叫象的儿子。瞽叟宠爱象，常常虐待舜，动不动就打他，下手很重。心肠狠毒的后妈和阴险的弟弟也想尽办法陷害舜，想把他杀死。

舜没有办法，便一个人住到了妫（guī）水附近的历山脚下，但他仍然对父母以礼相待，十分孝顺。历山的人被舜的勤劳善良所感动，纷纷效仿他的德行，互相争着帮邻居耕田。舜住哪里，人们就靠近他住。舜在雷泽打鱼，渔场的气氛就变得和睦起来；舜在黄河边上做陶器，陶工们做陶器的技术越来越好。舜的德行不断影响他周围的人，凡是舜住过的地方，很快会发展起来，成为一个土地肥沃、民风优良的好地方。

尧帝想找接班人的时候，大臣们异口同声地推荐舜。尧帝把他的两个女儿娥皇和女英，嫁给舜做妻子，并派舜去做各种工作，不断地考验他的工作能力。

舜顺利通过重重考验，开始参与治理国家，管理百姓。舜将各种事务处理得井井有条，还改进了一些用人政策。尧帝非常欣赏舜的才干，于是把帝位传给了他。

舜继位后，改国号为虞。他到处跑来跑去，体察民情，勤勤恳恳治理国家。

舜晚年时，南方九嶷（yí）山一带发生战乱。舜准备到那里视察实情，平定民心，不幸在路途中病死了。死后埋在了苍梧山的南面。

【海内南经】

苍梧之山，帝舜葬于阳，帝丹朱葬于阴①。

【注释】

① 苍梧之山，帝舜葬于阳，帝丹朱葬于阴：苍梧山，帝舜葬在这座山的南面，帝丹朱葬在这座山的北面。

mèng tú
孟涂

公正审判的神

夏朝国王启手下有一个大臣,叫孟涂。他长相奇特。夏王启派他在巴地做主管诉讼的神。

孟涂住在一座山上,这座山在丹山的西面。丹山在丹阳的南面,而丹阳是巴的属地。孟涂的住处门口放着一面大鼓,巴地的百姓想打官司的时候,就敲一敲大鼓,孟涂便会出来判案。

一天,孟涂正准备吃午饭,听见外面的大鼓响得震天。孟涂走过去一看,有两个百姓互相厮打着向他走来。他俩你一拳,我一脚,边打边吵。

"是你杀了我弟弟!"穿灰衣的人满脸通红,扯着嗓子喊道。

"是你自己杀的,你想抢你弟弟的财产!"另一个穿青衣的人也涨红了脸争辩道。

"你杀的,昨天我弟弟还跟我说你想牵走他的牛。"

"是你,你一直巴望着你弟弟死去。"

孟涂没有说话,围着两个人转了几圈,就下令让人把穿青衣的人抓起来,关进大牢里。穿青衣的人高声喊冤:"大人饶命!不是我!我没有杀他的弟弟。"孟涂指了指他衣襟上一小块黄豆大的血迹,厉声道:"你还敢狡辩,我已经作了法术,谁衣服上露出血迹,谁就是有罪的人。"

穿青衣的人"扑通"一声跪下,"砰砰砰"连连磕头,"大人饶命!小人知道错了!再给我一次机会吧!"他这才说出自己是因为想抢夺对方的财产,一时起了杀心。穿灰衣的那个人听到这里,哭着拜谢孟涂的公正。

孟涂爱护百姓,品德高尚。巴人到他那里去告状,孟涂通过作法术观察告状者中谁的衣服上有血迹，就叫人把他捉住，从来没有错断过案。

孟涂死后，人们把他葬在巫山上，并修建了"孟涂祠"来纪念他。

【海内南经】

夏后启之臣曰孟涂，是司神于巴①。人请讼于孟涂之所，其衣有血者乃执之②，是请生③。居山上，在丹山西。丹山在丹阳南，丹阳居属也。

【注释】

① 夏后启之臣曰孟涂，是司神于巴：夏朝国王启的臣子叫孟涂，是主管巴地诉讼的神。
② 其衣有血者乃执之：衣服上沾上血迹的告状人就被孟涂拘禁起来。
③ 是请生：这样就不出现冤枉而有好生之德。

巴蛇 bā shé

能够吞象的巨蛇

等级	颜值	形态	异兆
毒兽	青、黄、红、黑四色混杂	身长一百多米	能吞象，肉吃了可以治病

在洞庭湖附近，住着一条凶恶的巨蛇，叫作巴蛇。巴蛇的皮为青、黄、红、黑四色混杂，身长一百多米。巴蛇常常生活在犀牛生活地的西边，它能一口吞下整只大象，大象在它肚里要被慢慢消化三年，象骨才会被吐出来。

巴蛇张开大口，毒液能喷射百米远。凡是它经过的地方，立刻荒芜一片，寸草不生。山林里的飞禽走兽越来越少，渐渐满足不了巴蛇的胃口。

巴蛇开始在洞庭湖中兴风作浪，把过往的渔船打翻，再吃掉落水的渔民。它还会潜藏在湖底，袭击在湖边行走的人。周围的百姓苦不堪言。

帝俊知道后，派羿到洞庭湖铲除祸害。

羿接到命令，独自驾着小船，到洞庭湖寻找巴蛇，但找了很长时间也不见它的踪影。突然，湖心刮起狂风，大浪中羿发现一座"小山"冒了出来。小山飞快地向羿奔来，羿仔细一看，正是巴蛇。巴蛇高昂着巨大的头，伸着树枝一样的红芯。

羿毫无惧色，他臂力如神，搭箭迎面射去。可是，巴蛇的鳞片坚硬如铁，像铠甲一般，箭在它身上弹了一下便落入水中。羿又连射几箭，依然没射中。

巴蛇发怒了，扭动着身子，试图把羿的小船掀翻。羿瞅准时机，举起手中的宝剑，向巴蛇的脖子砍去。一股腥臭的鲜血喷出，染红了湖水。巴蛇嗞嗞叫着向湘楚一带逃去。羿紧追不舍，又猛挥几剑把巴蛇砍成两段。

得知巴蛇已死，百姓们欢呼着赶到湖边。

羿把巴蛇拖上岸，把蛇肉分给大家吃。人们吃了巴蛇的肉，便不会得心痛或肚子痛之类的病。吃剩下的骨头堆成了一座山丘，就是现在的巴陵。

【海内南经】

巴蛇食象，三岁而出其骨①，君子服之，无心腹之疾②。其为蛇青黄赤黑。一曰黑蛇青首，在犀牛西。

【注释】

① 巴蛇食象，三岁而出其骨：巴蛇能吞下大象，吞吃后三年才吐出大象的骨头。
② 心腹之疾：心痛或肚子痛之类的病。

贰负
èr fù
变成僵尸的叛变者

等级	颜值	形态	异兆
杀戮之神	人面蛇身	僵尸	受天帝惩罚变成僵尸

开题国的西北面有座疏属山（今陕西省境内），疏属山上的石室中，有两个面对面被反绑着的僵尸，这是贰负和他的臣子危。

贰负是天神窫窳（yà yǔ）的部下，跑得极快，脾气急躁，为人残暴好斗。窫窳很有才干，又受众人爱戴。贰负一直嫉妒窫窳人缘好，办事能力强，得到的赏赐也多。一看到窫窳，他心中就有无名之火在熊熊燃烧。

有一天，贰负实在按捺不住，便唤来他的臣子危，怒气冲冲地说："窫窳太霸道了，我什么都得听他的！想想就来气！"

危说："可惜我们没有他的什么把柄，不然可以在天帝面前告他一状。现在我们还是姑且忍耐吧！"

贰负露出凶狠的目光说："我有一个计谋，我假装跟他要好，约他去喝酒，你趁他不注意把他杀了。"

危吓得连连后退，结结巴巴地说："这……这我可不敢！"

贰负拽住危的衣襟，威胁道："你是我的臣子，必须听从我的指挥。你杀了他后，我接替他的位置，你也能升到我的位置。"危只好点头答应。于是他们二人真的合伙杀死了窫窳。天帝知道后大怒，立刻派人将两人用枷锁铐起来，右脚也戴上刑具，用他俩自己的头发反绑上自己的双手，面对面捆在山上的大树下。二人死后，心中还是不甘心，就化作了两个僵尸。

天帝又连忙请来神巫巫彭救窫窳，巫彭带领巫师们拿来不死药，围在窫窳的尸体周围来抵抗死气，帮助他复活。但贰负和危下手太狠，窫窳已经救不活了。窫窳死后化作了一个长着红色身子、人的面孔、马的蹄子的吃人怪兽。

窫窳的部族因为失去了首领，便离开了蛇巫山，脱离了西王母的管理。

【海内西经】

贰负之臣曰危①，危与贰负杀窫窳②。帝乃桎(gù)之疏属之山③，桎(zhì)其右足④，反缚两手与发，系之山上木。在开题西北。

【注释】

① 贰负之臣曰危：贰负神的臣子叫危。贰负，神话传说中的天神，样子是人的脸面、蛇的身子。
② 窫窳：也是传说中的天神，后被贰负及其臣子危杀死。
③ 帝乃之疏属之山：天帝便把危拘禁在疏属山中。
④ 桎：古代拘系罪人两脚的刑具。

后稷
hòu jì
农业始祖

等级	颜值	形态	异兆
农神	朴实庄重	成年男子	善于种植农作物

帝喾的妻子姜嫄，有一天在郊野中游玩，看见地面上有一个硕大的巨人脚印，觉得很好奇，于是忍不住用自己的脚去踩了这个大脚印。

回家后，姜嫄就怀孕了，十个月后生下了后稷。人们认为后稷来历不明，会带来凶兆，把他抛弃了三次，分别抛弃在小巷里、森林中、荒野上，纷纷以失败而告终。后稷大难不死，又回到妈妈身边。

后稷小时候做游戏，总喜欢从野外搜集一些花草的种子，天天浇水，观察它们什么时候发芽。那时候，人们仅仅靠打猎维持生活，饥一顿饱一顿，还常被野兽攻击，生活十分艰难。

后稷长大后，立志要改变人们的生活状况。他日夜待在山林里，观察花草树木的生长。他开始翻山越岭，一种一种地试吃野生的植物。尝过可以食用的，就等着它结果实，留下它的种子。

后稷采集了几十包种子，种在家附近的山坡上，辛勤地照料它们。路过的百姓窃窃私语，嘲笑后稷："你不去山上打猎，光种那些花花草草有什么用？"

后稷收获的种子越来越多，他热情地邀请人们也来尝一尝。一开始，人们不敢把种子往嘴里送。后稷先吃了示范给大家看，来尝种子的人才陆续多了起来。有时，后稷还拿出一些可以食用的茎叶给大家品尝。

大家吃后啧啧称赞，也学着后稷的样子，根据天气的变化和不同类型的土地，挑选优良的种子播种。他们还抓住一些野生动物，驯服后帮助自己耕田种地。渐渐地，远古的人类学会了种植农作物，不再食不果腹。

后稷死后,人们把他葬在氐(dī)国的西面,让青山绿水环绕着他。人们感念他的功德,称他为农业始祖。

【海内西经】

后稷之葬,山水环之①。在氐国西。

【注释】

① 后稷之葬,山水环之:后稷所葬之地,有青山绿水环绕。

kūn lún shān
昆仑山

天帝之都

等级	颜值	形态	异兆
天帝都城	每面九眼井，九个门	高耸入云，宫阙林立	无

　　海内的昆仑山，屹立在西北方，是天帝在人间的都城。昆仑山方圆八百里，高一万仞。昆仑山的每一面都有九眼井，每眼井都有用玉石制成的栏杆环绕在周围。每一面有九道门，门内即是帝宫，是天帝和众多天神聚集的地方。在八方山岩之间，靠近赤水的岸边，天神陆吾管理这座宫殿里的所有事务。帝宫里有五座城和十二座楼。最高的地方生长着一株像大树一样的稻子，有十三米那么高，有五个人合抱起来那么粗。

　　它的东边有棵琅玕树，树上能长像珍珠一样的美玉，非常宝贵，天帝

派三个头的天神离朱看守它；西边有凤凰和鸾鸟；南边也有生长美玉的碧树、瑶树；北边有不死树，树上结着长生不老果。

　　昆仑山上到处是奇花异木和拥有神力的珍禽异兽。它的最高峰设有天梯，能直达天庭。天帝常常从天上顺着天梯来到人间的帝宫办公或游玩。但昆仑山有九重，一层一层的山重叠起来跟城门关口一样。昆仑山下面被深渊包围，四周环绕着熊熊燃烧的火焰山。帝宫大门的开明门，由九个头的神兽开明兽威风凛凛守卫在那里。

【海内西经】

　　海内昆仑之虚在西北，帝之下都①。昆仑之虚方八百里，高万仞。上有木禾，长五寻，大五围。面有九井，以玉为槛；面有九门，门有开明兽守之，百神之所在②。在八隅之岩，赤水之际，非仁羿莫能上冈之岩③。

【注释】

① 海内昆仑之虚在西北，帝之下都：海内的昆仑山，屹立在西北方，是天帝在下方的都城。
② 百神之所在：是众多天神聚集的地方。
③ 非仁羿莫能上冈之岩：不是仁德如羿那样的人是不能攀上那些山冈岩石的。

精通巫术的巫师

等级	颜值	形态	异兆
巫师	长得丑陋而神秘	左手青蛇，右手红蛇	占卜吉凶，能让人起死回生

"不好啦！天神窫窳被贰负和危杀死了。"陆吾慌慌张张地跑到天帝的寝宫，向天帝报告这个不幸的消息。

"真不像话！给我把贰负和危抓起来。"天帝的眉头皱成了个大大的川字。他狠狠拍了一下桌子，震得寝宫剧烈地晃动起来。

"天帝，窫窳怎么办？他死得太冤了！而且窫窳被贰负的臣子危剁得粉碎，用不死药都很难复活。"陆吾带着哭腔，掩饰不住心底的悲伤。

"快去找巫彭，快让他拿着不死药施法术！现在只有他能救窫窳。"天帝急切地说。

陆吾迅速找来天上和人间最著名的巫师巫彭。昆仑山上云雾缭绕，脚步纷乱，都在忙着想办法救窫窳。巫彭右手握一条红蛇，左手握一条青蛇，围着窫窳的尸体来回走动。想让窫窳复活，希望太渺茫了，巫彭心里一阵发紧。看来，只能使出自己的绝招了，尽管有可能会耗尽体内的元气，但他还是决定试一试。

巫彭取来天庭中仅剩的六颗不死药，自己拿一颗，再分给巫抵、巫阳、巫履、巫凡、巫相各一颗。六位巫师手捧不死药，从六个方向围住窫窳。巫彭面色凝重，口中念念有词，终于用法术唤回窫窳的魂魄，魂魄像影子一样在尸体周围打转。

这时，巫彭满头大汗，摇摇晃晃地快要倒下，一旁的巫阳及时扶住了他。巫彭继续施法，准备把窫窳的尸体拼凑完整，这是最难也是最关键的一步。只听"轰隆"一声巨响，窫窳变得金光四射。巫彭急忙把一颗不死药送到他的嘴里。终于听到窫窳"嗷呜嗷呜"叫了几声。巫彭如释重负，疲惫地瘫坐在地上。

哪知，眨眼间，窫窳竟然跳到昆仑山脚下的深渊中，完全迷失了本性，变成一个吃人的怪物，成为人间的祸害。

【海内西经】

开明东有巫彭、巫抵、巫阳、巫履、巫凡、巫相，夹窫窳之尸，皆操不死之药以距之①。窫窳者，蛇身人面，贰负臣所杀也。

【注释】

① 夹窫窳之尸，皆操不死之药以距之：他们围在窫窳的尸体周围，都手捧不死药来抵抗死气而要使他复活。距，通"拒"，抗拒。

龟山
guī shān

口衔息壤治水的旋龟

等级	颜值	形态	异兆
神兽	鸟头，蛇尾	浑身红黑色	能驮动息壤

    鲧奉尧帝的命令去治理洪水，准备用填塞的方法止住洪水。但是所有的材料搬到洪水里，一瞬间就被冲得毫无踪影。

    鲧正望着洪水发愁时，洪水中突然卷起漩涡，一开始像涟漪，后来水纹越来越大，漩涡越来越猛，一声巨响，一只旋龟从水中露了出来。旋龟长着鸟的脑袋，浑身红黑色，蛇一样的尾巴在水里扑腾着，发出的叫声像木头被劈开的声音。

    "平息洪水，要用天帝生长不息的土壤——息壤。"旋龟粗声粗气地说。

    "那可不容易弄到啊！"鲧忧心忡忡地说。

    "总有办法的！"旋龟说完，消失在洪水中。

    鲧受到旋龟的指引，想办法在天帝那偷到一些息壤。息壤虽然只有巴掌那么大，却重达万钧，没有人能驮得动。旋龟又过来帮鲧驮息壤。

    但因为治理的方法不当，九年还没见到任何效果。

    舜派鲧的儿子大禹去治水，禹总结了父亲的经验与教训，用的是疏通法。

    大禹请来应龙。应龙有翅膀，能在天空飞翔。它盘旋在半空中，瞄准了大禹告诉他的水道位置，用巨大的尾巴在大地上那么一划，一条宽阔的水道就开凿好了。应龙又带来几个帮手，很快把引流水道也开凿完。

    滚滚的洪水被引入泄洪水道，眼看着水道渐满，大水要漫出土堤。这时候，旋龟从天而降，嘴里衔着息壤，一点点吐在洪水中。息壤一瞬间飞长，很快积山成堤。

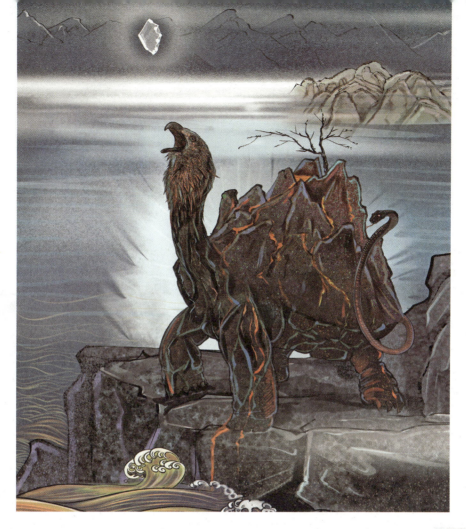

在应龙和旋龟的帮助下,大禹平息了洪水,得到了舜帝的赏识。旋龟因为帮助大禹治水而被后人尊敬。后来,旋龟化为一座高山,远远看去,仿佛是一只大旋龟趴在那里,人们称这座山为"龟山"。

【海内北经】

蛇巫之山,上有人操杯(bēi)而东向立①。一曰龟山。

【注释】

① 蛇巫之山,上有人操杯而东向立:蛇巫山,上面有人拿着一根棍棒面向东站着。杯,即"棓",棓,同"棒",棍子,大棒。一说同"杯"。

冰夷神

bīng yí shén

河伯

等级	颜值	形态	异兆
黄河水神	人面鱼尾、长相俊美	长长的鱼尾	能使黄河发大水

黄河水神河伯，名叫冰夷。他面容白净，身躯修长，是一个英俊的美男子。他在河里的时候，腿就会变成鱼的尾巴。他经常乘着两条龙，在三百仞深的从极渊巡游。

河伯要求人们每年送一个年轻貌美的姑娘，嫁给他做妻子。不然，他就会发洪水淹没村庄、田野。很多善良的姑娘只好背井离乡，逃到遥远的地方去。

河伯看到黄河流到中原，没有固定的河道，到处是水灾泛滥，便请求天帝让自己好好治理黄河。但河伯品质恶劣、道行不够，又没什么法术，只好请百姓们帮忙画河图。无奈他的名声很坏，没有人愿意帮忙。找来找去，只有后老汉听说了他治理黄河的大志后，愿意帮他。

河伯和后老汉一起，每天察看水情，记录水流规律，再画在河图上。河图上清晰标注了黄河水深浅的具体位置，冲堤、决口的方向，断水、排洪的地点。用了几十年，一张完整的河图才画好。河伯望着河图直叹气，只恨自己年岁已高，身体虚弱，无法再治理黄河。黄河仍然是年年发洪水，百姓们饿着肚子到处逃难，无家可归。

大禹到黄河治水的时候，正站在岸上观察水流的方向，忽然看见白脸、长身、鱼尾的河伯从滚滚奔腾的洪水中跳跃出来，递给他一块水淋淋的大青石。大禹刚要说话，河伯一转身不见了。大禹仔细琢磨大青石上那些弯弯曲曲的线条形花纹，恍然大悟——自己手里的正是黄河的河图，可以帮助他了解黄河流域的所有地形、水势。

河伯因为帮助大禹治水，立了功，于是得以坐稳水神的位置。

【海内北经】

从极之渊深三百仞①，维冰夷恒都焉②。冰夷人面，乘两龙。一曰忠极之渊。

【注释】

① 从极之渊深三百仞：从极渊有三百仞深。
② 维冰夷恒都焉：只有冰夷神常常住在这里。维，通"唯"，独，只有。冰夷，即河伯，传说中的水神。

wáng hài
王亥

开创了贸易先河

等级	颜值	形态	异兆
商人始祖	粗眉毛，大眼睛	高大	善于畜牧

王亥即王子夜，是殷地商部落的首领。部落的人们放牧牛羊，过着漂泊无定的生活。

王亥对于饲养牛、马、羊有自己一套独特的经验，他喂的牲畜又肥又壮。商部落的人在他的带领下放牧牲畜，很快牛羊遍地。

商部落的人生活得越来越好，剩余的牛羊也越来越多。王亥和他的弟弟王恒商量，准备把多出来的牛羊赶到有易国去交换谷物等用品。有易国缺少牛羊，他们一定会换到很多需要的东西。

王亥和王恒带着大批的牛羊，在河伯的帮助下，平安渡过了波涛汹涌的黄河，到达有易国。

有易国的首领绵臣，看到王亥兄弟二人带了成群的牛羊，欣喜万分。他备了最丰盛的宴席款待他们，还告诉他们，交换物品的事不着急，可以在有易国多住些日子，好好休息一段时间。

有美食、有好酒、有歌舞，生活快乐、安逸。王亥和王恒一住就是好几个月。

但是后来，绵臣的妻子看上了粗眉毛、大眼睛、聪明能干的王亥。绵臣得知此事后非常生气，准备派身边的一个卫士暗杀王亥，再将他们兄弟二人的所有财货据为己有。

有一天，王亥打猎归来，喝醉了酒，躺在床上倒头就睡。那个卫士悄悄溜进房间，举起斧头，砍掉王亥的头。王亥死后，卫士又把他的两只手、两条腿、胸脯、脑袋、牙齿全砍断，东一块、西一块地抛到不同的地方。王亥死后，王恒连夜逃回了家乡。

因为王亥最先开创了赶着牛羊到外部落去交易的先河，久而久之人们就把从事贸易活动的商部落人称为"商人"，用于交换的物品叫"商品"，把商人从事的职业叫"商业"。王亥也因此被尊称为商人的始祖。

【海内北经】

王子夜之尸，两手、两股、胸、首、齿皆断异处。

【注释】

① 王子夜之尸，两手、两股、胸、首、齿皆断异处：王子夜的尸体，两只手、两条腿、胸脯、脑袋、牙齿，都被斩断并抛到不同地方。一说王子夜即王亥。

神女

登比氏的女儿

等级 神女

颜值 美丽温柔

形态 柔美的少女

异兆 生来便有日月神光，灵光能照百里

    黄河附近的大泽中，住着舜的另一位妻子登比氏和她的两个女儿——宵明、烛光。宵明、烛光生来便有日月神光，一阴一阳。姐姐宵明发出的光像太阳一样，温暖、明亮；妹妹烛光发出的光好似月亮，柔和、皎洁。两人的性格也是一个热情似火，一个沉静如水。

    大泽中水草丰美，鱼鲜蟹肥，但附近的渔民因为惧怕水深浪大，很少有人敢到这里打鱼，只在靠近岸边几公里内的水域撒网，每天的收获少得可怜。大家吃了上顿没下顿，衣衫破烂，茅草房四处透风，生活得十分清苦。

    登比氏跟两个女儿叹息道："你们的父亲每天公务繁忙，不知什么时候才能顾及这里的百姓。"

    宵明笑了笑说："妈妈，我有一个好办法！"她站起来转了一圈，身上的光芒是那么耀眼，"我可以用我的光去给渔民们照亮！"

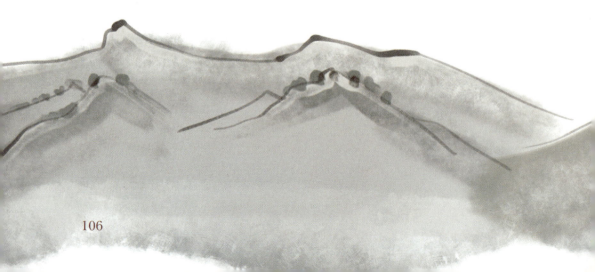

"我也可以!"烛光说道。

登比氏搂过两个女儿,慈爱地说:"那么,从今天起,就用你俩的光在河面上给渔民们带路。你俩一人一天轮着换班,妈妈每天都陪着你们。"

"好啊!好啊!"宵明、烛光连声答应。

太阳落山了,打鱼的人们垂头丧气地准备收网回家。忽然,有人看见不远处的亮光,"咦!那边的河面上怎么会有亮光?"正在大家纳闷的时候,登比氏高声喊:"跟着亮光来,你们会打到鱼的!"渔民们好奇地划着渔船,追着亮光,驶向大泽。

到了大泽,渔民们撒下渔网。等收起网的时候,欢笑声、呼喊声响彻夜空。一网捕上来的鱼足够一家人吃半个月的了,剩下的可以拿出去卖掉。

在登比氏和两个女儿的帮助下,黄河附近的渔民渐渐过上了富足、美好的生活。

【海内北经】

舜妻登比氏生宵明、烛光,处河大泽,二女之灵能照此所方百里①。一曰登北氏。

【注释】

① 二女之灵能照此所方百里:两位神女的灵光能照亮附近方圆百里的地方。

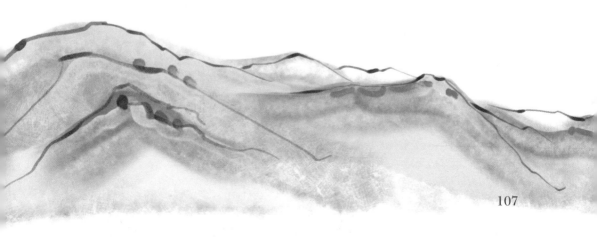

mèi
袜
迷惑人的鬼魅

黄帝的军队正在战场上跟蚩尤的士兵厮杀，眼看就要获胜，忽然漫天的大雾扑面而来，把黄帝和他的军队团团围在中心。

"快！快向前冲！"

"冲出去啊！"

黄帝的士兵们刚喊几声，忽然听到一阵奇怪的乐声，乐声里仿佛夹杂着人的轻唱低语。黄帝的士兵们开始变得迷迷糊糊，失去意识，都向着乐声发出的方向走去，有的干脆径直走进蚩尤的阵营，乖乖被绑了起来。

黄帝急得大声喊："回来，你们快回来！"但是士兵们根本听不见。

原来蚩尤的军队里有一群鬼魅，鬼魅也被称为"袜"，是一些飞禽走兽修炼多年而变成的鬼怪。他们长着人身子，黑色的头颅，眼睛是竖立着生长的。鬼魅擅长迷惑人心智，人听到他们的声音就会听他们的指挥。

有个大臣给黄帝提出建议："听说鬼魅一听到龙的声音，他们的妖术就会失效。"

黄帝听了大喜："真的吗？那太好了！赶紧派人找一只龙来。"

大臣为难地说："情况紧急，这会儿到哪里去找龙呢？"

黄帝又开始愁眉不展，眼看士兵们都不由自主地跑向蚩尤的方向，拦都拦不住。

大臣沉思片刻："我倒有一个办法，不知好不好用？"

黄帝追问："什么办法？赶紧告诉我！"

大臣说："我们可以找一些牛羊角做成军号，但吹的时候一定要有技巧，吹出低沉的龙吟一般的声音。"黄帝急忙派人找到吹号手，让他们练习几次之后，在战场上吹。

没多久，战场上响起龙的低吟，声音回环婉转，响遍战场。只见鬼魅们一个个浑身颤抖，像是进入了催眠的状态，没法再发出迷惑人的声音。黄帝的士兵们也都清醒过来，重新回到战场上英勇战斗。

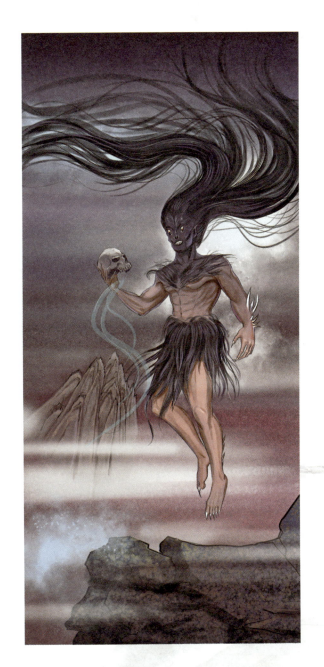

【海内北经】

袜①，其为物人身、黑首、从（zòng）目②。

【注释】

① 袜：即魅，古人认为物老则成魅。就是现在所说的鬼魅、精怪。
② 从：通"纵"。

琅邪台
láng yá tái

琅邪山的传说

等级	名山
颜值	风景秀美
形态	巍峨壮丽
异兆	有动人的传说

　　春秋时期，越国灭了吴国，越王勾践想要称霸中国，便在渤海上修建琅邪台，用来观望东海。

　　相传从前的琅邪台是一片肥沃的田地，无论种什么谷物，都会有很好的收成。秦朝二世皇帝时，山上住着两户人家，一家以打鱼为生，一家靠种田为生。两家人在同一天生了孩子，种田人生了个儿子，起名叫琅哥；打鱼人生了个女儿，起名叫邪姑。孩子满月后，两家人就定了娃娃亲。

　　琅哥和邪姑从小在一起玩耍、游戏，一见面有说不完的话。他俩长大后，琅哥壮实帅气，邪姑温柔美丽。两家人看着心里十分欢喜，期待着两人结婚后，一人打鱼养家，一人在家养蚕织布，过上幸福的生活。

　　"邪姑，咱们中秋节就结婚吧！"琅哥说。

　　邪姑羞红了脸："我听我爸妈的，他们说了算。"

　　琅哥带着父母到邪姑家商定婚期，两家人开始添置新衣被，准备给两个人结婚用。

　　丞相赵高是秦二世的老师。赵高虽然博学多识，但心术不正，整天溜须拍马，欺压百姓。他喜欢美女，常派人到民间抓美丽的姑娘。

　　中秋这一天，琅哥和邪姑两家人喜气洋洋，正举行婚礼。

　　"一拜天地，二拜高堂……"大家都沉浸在幸福和快乐中。

　　突然，从门外闯进来十几个士兵把邪姑抓走。邪姑吓得嘤嘤直哭，琅哥拼命抵抗，家人们也冲上来帮忙，一直追到大海边。邪姑绝望地喊："琅哥，逃不了，我就跳海！你别追了，以后好好过日子！"琅哥高喊："不！

要死我跟你一起死!"刚说完,海浪就迎面打来,两人跳进大海。

琅哥和邪姑死后变成了琅邪山,远看是一座山,近看却是两座山,两座山紧紧依偎在一起,永不分离。

【海内东经】

琅邪台在渤海间,琅邪之东,其北有山。一曰在海间。

【注释】

① 琅邪台:据古人讲,琅邪台本来是一座山,高耸突起,形状如同高台,所以被称为琅邪台。

léi shén
雷神

雷泽里的神

等级	颜值	形态	异兆
神	龙身人头	半人半龙	鼓动肚皮就会响起雷声

    吴地西面的雷泽中，住着一位雷神。他长着人的脑袋，龙的身子。他喜欢鼓动自己的肚皮玩，一鼓动肚子，天空就会响起轰隆隆的雷声，倾盆大雨应声而落。雷泽两岸住着华胥国的人民，雷神心情不好时，就掀起浊浪，波涛汹涌，河水流得非常凶猛，人们为此十分发愁。

    有个姑娘去找雷神理论，雷神喜欢她的智慧和勇敢，娶她做了妻子。雷神结婚后，脾气越来越好。从此，只在必要的农事时节打雷闪电，行云布雨。雷泽两岸风调雨顺，五谷丰登。雷神无虑无忧地过着安稳的日子。突然有一天，黄帝派人逮捕了雷神。雷神一脸茫然，除了鼓动肚子打雷，他没做过什么坏事，更没走出雷泽半步。还没等雷神申冤，他就被抓走了。

    原来，战场上，黄帝的军队跟蚩尤的军队正打得激烈。蚩尤的军队太凶猛，还找来各路山精水怪迷惑士兵，眼看黄帝马上要战败。黄帝急得团团转，有人给他出了一个主意，让他用特别的材料，制作一面能发出巨大声响的军鼓，来鼓舞士气，击退敌人。

    东海流波山上的神兽夔（kuí），张口吼叫时，声音像打雷。它的皮可以用来制鼓。但鼓槌要用雷神身体里那根最大的骨头做。

    所以，黄帝抓来雷神和夔，让人取下雷神的骨头、剥下了夔的皮。用雷神的骨头做成的鼓槌，敲打神兽夔的皮制成的军鼓，发出的声音比打雷还响，五百里以外的人都能听见。这面军鼓被搬到战场上，连敲九下，山鸣谷应，天地变色。黄帝的军队在震耳欲聋的鼓声中，打败了蚩尤的军队。只可惜少了一根骨头的雷神，变得虚弱了很多，再也没有以前威风了。

【海内东经】

　　雷泽中有雷神，龙身而人头，鼓其腹①。在吴西。

【注释】

① 鼓：这里是动词，即鼓动。据传这位雷神只要鼓动他的肚子就会响起雷声。

鳖灵
biē líng
死而复生的人

等级	颜值	形态	异兆
帝王	人的样子	漂浮在江水上的尸首	尸体逆流而上，死而复生

蜀国的君王望帝正准备外出视察民情的时候，一个大臣匆匆忙忙过来汇报："大王，不好了，岷江江水里冲上来一具男子的尸体。"

"不要慌张，待我们查明原因。"望帝说。

"可是大王，这具尸体奇怪得很，平时江上浮着的东西总是顺流而下，他却是逆流而上。"大臣继续说道。

"走，我们一起去看看。"说完，望帝和大臣来到岷江边。望帝立刻派人把尸体打捞上来。哪知尸体刚一接触地面，就腾地站了起来。他复活了，看起来和正常的人一样。望帝和众人大吃一惊，连连后退，问他是谁。

那人答道："我是楚国人，名叫鳖灵。昨天在江边玩，不小心失足落水。可能是江水一直把我冲到这里的。估计我的家人现在正到处找我。"

望帝看鳖灵言谈举止彬彬有礼，不像是妖魔鬼怪，心里就不那么害怕了。他说："楚国离这很远，你就先在蜀国住下吧！"

鳖灵跟随着望帝来到望帝的住处。

望帝说："你们楚国好啊！不像我们蜀国，经常闹水灾，百姓们难呀！"

"治理水灾一定要开河挖江，把洪水引入大海，只有这样治理才能有效。"鳖灵说。

望帝看鳖灵学识渊博、脑子灵活，还很懂水性，心里特别高兴。蜀国现在缺的正是这样的人才。两人越聊越投机，他便任命鳖灵为蜀国的宰相。

鳖灵一上任就到王垒山去治理洪水。他带领人们把王垒山凿开一条通路，使洪水顺着岷江流了下来。又把岷山凿开，从岷山中分出三条支流，

【海内东经】

岷三江[①]，首大江出汶山，北江出曼山，南江出高山。高山在城都西[②]，入海在长州南。

首先是长江从汶山流出，再者北江从曼山流出，还有南江从高山流出，三条江水最终注入大海。

鳖灵平息了洪水的灾患，望帝和百姓十分感激他，望帝还把王位禅让给了他，号称开明帝。

【注释】

① 岷三江：有三条江水从岷山中流出。
② 高山在城都西：高山坐落在成都的西面。

司幽的后人
sī yōu de hòu rén
因精气感应而生育后代

等级	颜值	形态	异兆
神的后人	人的样子	身后跟着野兽	男女互看一眼能生孩子

  天帝帝俊生了晏龙，晏龙生了司幽，司幽生了思士，而思士不娶妻子；司幽还生了思女，而思女不嫁丈夫。思士和思女分别住在司幽山的两边，思士带领着男人，思女带领着女人。女孩们成人之前，不允许见到男人。因为司幽山两边的男人和女人，只要和喜欢的人对视三秒，就算是结婚了，不久女人就会生下孩子。思士和思女带领着他们的族人吃黄米饭，也吃野兽肉，能驯化驱使四种野兽。他们从来不跟其他国家的人来往。

  思士的部落里有个男孩，和这里所有的男孩子一样，他妈妈生下他

后，他就被抱到爸爸这一边抚养，从来没见过女人，只是听说山那边住着温柔美丽的女人。男孩越长大越好奇，有一天，他实在按捺不住自己的好奇心，便悄悄翻过司幽山来到女人住的这一边。他看到女人们正在田里插秧。少年呆呆地站在田边不敢说话，盯着美丽的女孩怎么都看不够。有几个女孩也偷偷瞥了少年几眼。这时有人大喊："你闯大祸了，赶紧回家吧！"少年这才回过神来，急忙往山那边跑。过了一段时间，那天在田里跟少年有过短暂对视的女孩都怀孕了。后来，这里建立了司幽国，思士和思女就是司幽国的祖先。

【大荒东经】

有司幽之国。帝俊生晏龙，晏龙生司幽。司幽生思士，不妻；思女，不夫。①食黍(shǔ)，食兽，是使四鸟。

【注释】

① 司幽生思士，不妻；思女，不夫：司幽生了思士，而思士不娶妻子；司幽还生了思女，而思女不嫁丈夫。神话传说他们虽然不娶亲，不嫁人，但因精气感应、魂魄相合而生育孩子，繁衍后代。

lóng bó
龙伯

波谷山上的巨人

等级	颜值	形态	异兆
奇人	白头披肩、招风耳	身形高大威猛	一步能走几百里，会腾云驾雾

　　龙伯是龙的后代，住在波谷山上。他的身材非常高大，横躺下来，能占九亩地，两只手臂又大又长，长着一对招风耳，白色的长发披在肩上。龙伯走路很快，一步能迈五百里，还会腾云驾雾。

　　平时，龙伯喜欢在波谷山附近的集市上闲逛。有时，他会拿着东西跟其他的巨人交换。龙伯虽然是一个巨人，但他纯朴、善良，从来不欺负比他弱小的人。

　　有一天，龙伯闲得实在没事干，闷得心慌，就带了鱼竿，几步走到东方海外的大洋中去钓鱼。不过，龙伯的运气不好，钓了半天什么也没有钓到。龙伯垂头丧气地蹲在岸边。突然，他隐约看到海底有十五只巨大的神龟。"真是好龟！我得用点法子把它们全钓上来。"龙伯在心里开心地计划着。

　　这十五只神龟是北海海神禺强派来顶五座神山的。五座神山上住着许多神仙，以前它们一直漂浮在大海之中。天帝担心这五座神山会漂到北极沉没，神仙们没有住的地方，才令禺强固定这五座神山。禺强把十五只神龟分成三组，把五座神山驮在背上，每六万年换一次班，轮流负担。

　　不过，龙伯可不管这些，他只想钓到神龟带回家美餐一顿。这些神龟一直在顶神山，几千年没有吃东西，哪经得起龙伯香喷喷的食物的诱惑？不一会儿，龙伯就接二连三钓上来六只大神龟。

　　龙伯急忙回到家，迫不及待地把神龟煮着吃了。神龟肉真香啊！龙伯咂巴咂巴嘴，又把神龟壳清理干净，拿到集市上给人占卜。

那五座神山少了六只神龟的支撑，有两座山很快漂到北极沉入海底。居住在这两座神山上的仙人们慌慌张张地到处找新的住所。天帝得知后，大发雷霆。他把龙伯那个国家的国土缩得越来越小，并把龙伯的身体也缩小很多倍。

【大荒东经】

有波谷山者，有大人之国。有大人之市，名曰大人之堂①。有一大人踆（cún）其上②，张其两耳。

【注释】

① 有大人之市，名曰大人之堂：有大人做贸易的集市，名叫大人堂。
② 有一大人踆其上：有一个大人正蹲在上面。踆，是"蹲"的古字。

中容
zhōng róng
帝俊的儿子

等级	颜值	形态	异兆
神仙	形貌像人	鸿衣羽裳	长生不老

烈日炎炎的一天，两个村民在田间锄地，边锄边聊天。

"你看咱们辛辛苦苦种了一辈子的田，最后还是会死去，埋进这田地，成为一把黄土。这人要是能长生不老就好了！"

"长生不老，那是神仙！不过，我倒是听说，吃了赤木、玄木的果实或叶子就可以成仙。"

"真的吗？赤木、玄木是什么树？我怎么从来没见过？"

"你当然没见过了！赤木、玄木生长在神仙中容居住的地方，中容和他国家的人都能长生不老。"

"那咱们别干活了，一起去找神仙中容怎么样？"

"别做梦啦！神仙中容离咱们这儿远得很呢！就是走几十年也未必走得到啊！"

"啊？唉！那我还是好好种地吧！"两个人不再说话，继续闷头锄地。

中容是帝俊的儿子，他到大荒附近建立了自己的国家。凡是中容经过的地方都会变得风景秀丽，百谷自然生长，春夏秋冬均可以播种，收获的果实又大又多。鸾鸟会来这里唱歌，凤凰也到这里舞蹈，各种各样的飞禽走兽都聚集在这里。中容和他国家的人平时吃野兽的肉和树木的果实。中容居住地的附近生长着很多赤木、玄木，它们的树叶、果实都可以吃，而且味道非常鲜美，最神奇的是，吃了之后就能成仙，是很多人梦寐以求的长生不老药。正因为有了赤木和玄木，中容和他国家的人个个都长寿。中容还驯化、驱使了四种野兽，分别是老虎、豹子、熊和罴。

在远古时代，虎、豹、熊、罴四种野兽是人们最喜欢的动物，可以跟人类有同等的机会争夺神位。舜还是一个普通百姓的时候，曾经居住在妫水河畔，妫水河畔生活的就是中容的后代。舜也跟这四种野兽一起竞争过神位。

【大荒东经】

有中容之国，帝俊①生中容，中容人食兽、木实②，使四鸟：豹、虎、熊、罴(pí)。

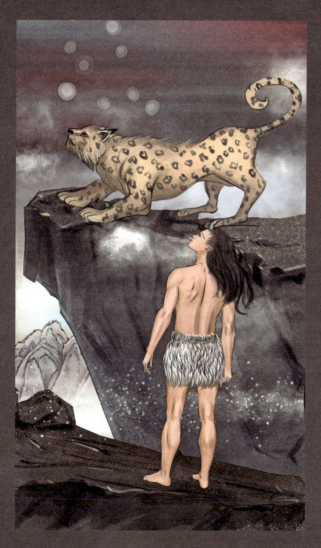

【注释】

① 帝俊：本书屡屡出现叫帝俊的上古帝王，这里的帝俊指的应是颛顼。传说颛顼生八子，其中就有中容。
② 木实：树木的果实。

扶桑树
fú sāng shù

汤谷中的神树

等级	神树
颜值	高大粗壮的巨树
形态	三百里高，一千多围
异兆	太阳的家，连通三界的大门

在大荒当中，有一座山名叫孽（niè）摇頵羝（yūn dī），山上有棵扶桑树，高耸三百里。东方海外的汤谷是十个太阳洗澡的地方，汤谷里的海水每天像开水一样沸腾、滚烫。汤谷中也生长着一棵有三百里高、一千多人手拉手围起来那么粗的扶桑树。扶桑树叶子的形状就像芥（jiè）菜叶一样。

扶桑树是连通人间、神界和冥界的大门，是一个非常重要的通道。人类、神仙、鬼怪经常会从这里经过。神仙和鬼怪有法力，想爬上扶桑树是很容易的事，但对人类来说，需要经历很多挑战。

扶桑树的最顶端，住着一只玉鸡。每当黑夜离去，黎明降临的时候，玉鸡就扑棱着翅膀，喔喔喔地高声啼叫。玉鸡一叫，大桃树上的金鸡、各处名山胜水的石鸡、人世间家家户户的鸡也全都跟着叫起来，天便渐渐亮了。除此之外，扶桑树还是十个太阳的家。当太阳在扶桑树上休息时，会化作三足金乌，其中九只住在下面的枝条上，第二天将要去值班的那只，住在上面的枝条上。轮到谁值班时，他们的母亲羲和便驾着六条龙拉的车子，从扶桑树上出发，送他到目的地。

这样日复一日不知过了多少年，直到尧的时候，十个太阳一起出现在天空中，造成人间大旱、生灵涂炭，天帝不得不派羿去射太阳。羿一直追着太阳跑到汤谷，爬上高高的扶桑树，才把九个太阳射下来。但因为羿用力太猛，不小心将树枝踩断了，这棵扶桑树死了，另一棵也不再枝繁叶茂。虽然剩下的一个太阳还是住在扶桑树上，但连通人间、神界和冥界的大门却被破坏了，从此之后，三界便断了往来。

【大荒东经】

　　大荒之中，有山名曰孽摇頵羝[1]，上有扶木，柱三百里[2]，其叶如芥。有谷曰温源谷、汤谷，上有扶木，一日方至，一日方出，皆载于乌[3]。

【注释】

① 大荒之中，有山名曰孽摇頵羝：在大荒当中，有一座山名叫孽摇頵羝。
② 上有扶木，柱三百里：上面长着扶木，直立高耸达三百里。扶木，就是上文所说的扶桑树，太阳由此升起。柱，像柱子般直立着。
③ 乌：就是踆（cún）乌、离朱鸟、三足乌，异名同物，长得像乌鸦，有三只爪子，栖息在太阳里。

禺虢
yú hào
东海海神

等级　海神

颜值　人面鸟身

形态　耳朵上挂着两条蛇，脚下踏着两条蛇

异兆　乘两条会变色的蛇

　　黄帝跟炎帝打了一仗，又打败了蚩尤，稳稳地坐上了天帝的位置。炎帝则被迫到南方，做了一个小小的天帝。不过，炎帝慈悲、仁爱，并没有过于计较，他把更多的精力用在教百姓播种五谷上。

　　黄帝的儿子禺虢却总是对炎帝的忍气吞声耿耿于怀。他多次向黄帝建议道："不能给炎帝任何权力，最好杀了他！不然，不知哪一天他就会回来夺你的帝位。"

　　黄帝捋着胡子，笑着说："你多虑了！炎帝的德行一直是我欣赏的。东海的秩序乱得一塌糊涂，你还是多花些心思管理东海吧！"就这样，禺虢的活动范围被黄帝限制在东海之内。

　　禺虢再想去拜见黄帝，黄帝都故意躲着不见他。

　　禺虢是东海海神，长着人的脸，鸟的身子，耳朵上挂着两条蛇，脚下踏着两条蛇。他脾气暴躁，生气时会在海里兴风作浪，搅得东海不得安宁。东海里的水神、海怪们经常会观察禺虢身上蛇的颜色，如果蛇由黄色变成青色，那说明禺虢将要怒发冲冠，东海又要遭殃了，他们会以最快的速度做好保护措施。

　　有一天，禺虢想起炎帝，咬牙切齿地痛恨他给自己带来的噩运。禺虢脚踏两条已经变成青色的蛇，在东海上空盘旋飞舞。突然，他露出狰狞的笑容："哈哈哈！真是天赐良机啊！看我怎么报仇！"

　　原来，炎帝钟爱的小女儿女娃正独自驾着小船到东海游玩。禺虢掀起山一样的巨浪，把女娃淹死在了海中。后来，心有不甘的女娃变成了一只精卫鸟，不停地衔树枝，想要填平东海。禺䝞嘲笑精卫："傻小鸟，你就填吧！一千年、一万年也填不平！"但精卫可不管那么多，她每天不知疲倦地填着东海，直到今天还在坚持。

【大荒东经】

东海之渚（zhǔ）①中有神，人面鸟身，珥两黄蛇，践两黄蛇，名曰禺䝞。黄帝生禺䝞，禺䝞生禺京。禺京处北海，禺䝞处东海，是惟海神②。

【注释】

① 渚：水中的小洲。这里指海岛。
② 禺京处北海，禺䝞处东海，是惟海神：禺京住在北海，禺䝞住在东海，都是海神。

黑齿人
帝俊神的后代

等级 奇人

颜值 黑牙，通身如墨

形态 身材矮小

异兆 喜欢驯养蛇，吃蛇

有一个人一心要寻找不死国。他走到东方海外的汤谷附近，遇见的人全都身材矮小，通身如墨，连牙齿也是黑的。他奇怪地问路人："这是哪里？为什么人这么黑？"

路人鞠了个躬，彬彬有礼地答道："远客您好！这里是黑齿国。"

那人说："我还是第一次听说黑齿国。我要到不死国去，请问还有多远？"

路人说："不死国很远，天色已晚，请您到我家休息一晚吧！我叫姜仲。"

那人想了想，便谢过姜仲，点头同意了。姜仲吹了一声口哨，一只斑斓猛虎便飞速地跑到他跟前。姜仲让那人和自己一同骑着老虎回家。

一路上，那人发现，黑齿国的人衣服帽子穿戴得整整齐齐，看起来温和、谦让，遇到认识或不认识的人都会点头行礼。连小孩也是规规矩矩地走在路上，不吵不闹。每个人身边都围着虎、豹、熊、罴（pí），这些野兽在他们面前就像猫儿狗儿一样驯顺。

那人看在眼里，不由得啧啧惊叹。

很快到了姜仲家，那人和姜仲从虎背上跳下来，那老虎便温顺地趴到一旁的屋檐下晒太阳去了。姜仲的家人热情地出来迎接，姜仲的弟弟取来一种草，要帮那人将牙齿染黑，说那样会很好看。那人连忙笑着拒绝了。

吃饭时，姜仲的妈妈端来黄米饭和四盘菜。四盘菜的颜色都是黑色的，但吃起来却和家常的瓜果蔬菜没什么不同，那人觉得十分惊讶！

那人发现,黑齿国的人虽然长得难看,但个个像君子一样,举止文雅,满身的书卷气。那人跟姜仲谈论起诗书来,竟然被姜仲难倒了。

第二天清晨,那人依依不舍地告别姜仲和他的家人,继续赶路。

【大荒东经】

有黑齿之国。帝俊生黑齿,姜姓,黍(shǔ)食,使四鸟[1]。

【注释】

[1] 帝俊生黑齿,姜姓,黍食,使四鸟:帝俊的后代是黑齿,姓姜,那里的人吃黄米饭,能驯化驱使四种野兽。四鸟,指虎、豹、熊、羆四种兽。

帝俊 dì qūn

天帝

等级	颜值	形态	异兆
天神	鸟头猴身，头上有角	只有一只脚	统治诸天万界

帝俊是上古时代的天帝，是统治诸天万界的帝王，拥有至高的权力。他长着小鸟一样的脑袋，头上有两只角；猕猴一样的身子，只有一只脚。手里有一根拐杖，常常弯腰弓背，一瘸一拐地走路。

帝俊喜欢从天上飞下来，到东方的荒野找他的朋友五彩鸟。

帝俊在人间设有两座祭坛，由五彩鸟替他管理。五彩鸟中有一种叫凤凰，它头上的花纹是"德"字的形状，翅膀上的花纹是"义"字的形状，背部的花纹是"礼"字的形状，胸部的花纹是"仁"字的形状，腹部的花纹是"信"字的形状。凤凰鸟吃喝自然从容，常常边唱边舞，一出现天下就会太平。

每个国家的帝王都祈求五彩鸟能在他的领土出现。黄帝曾经问他的大臣，凤凰长什么样？大臣没有见过，只好结合各种动物的特征用想象给黄帝描述凤凰。

在玄丹山上，还有一些五彩鸟。长有人的面孔，但它们虽然美丽，却是凶鸟，出现在哪里，哪个国家就会遇到灾难。

帝俊有三位妻子，分别是太阳女神羲和、月亮女神常羲以及娥皇。

羲和生了十个太阳，常曦生了十二个月亮，地面上的很多国家也都是由他的子孙建立。一个头三个身子的三身国，驯服牛羊带来百谷的西周国，还有中容国、司幽国、白民国、黑齿国……每一个国家都是一个奇异的地方。

帝俊的子孙个个聪明能干，才智出众。船舶、琴瑟等很多东西都是他们创造出来的。

【大荒东经】

有五采之鸟①,相乡弃沙②。惟帝俊下友③。帝下两坛,采鸟是司。

【注释】

① 五采之鸟:即五采鸟,属鸾鸟、凤凰之类。采,通"彩",彩色。
② 乡:通"向"。弃沙:不详何意。
③ 惟帝俊下友:帝俊从天上下来和它们交友。惟,句首语助词。

nǔ chǒu
女丑
暴晒下的尸体

等级	颜值	形态	异兆
女巫	貌美	骑着独角龙鱼	有一只一千里大小的螃蟹

　　女丑是一个神通广大的女巫，喜欢骑着一只独角龙鱼到处巡游。她的龙鱼形状像娃娃鱼，有四条腿，能在海里游，也能在地上走。独角龙鱼一口气可以吞下一艘大船。另外，女丑还养了一只大蟹，背脊有一千里那么宽。大蟹住在北海，随时听候女丑的使唤。

　　帝俊的儿子们——十个太阳，一直以来疏于管教，越来越任性妄为。原本，他们每天轮流爬上天空值班，给人间带来光明和温暖。可有一年，他们却同时出现在了天空中，将大地烤得冒了烟。大地上的百姓们苦不堪

言。他们的妈妈羲和怎么劝说都没有用。人们祈求女丑作法,唤来风雨缓解旱情。女丑穿上青色的衣服,坐在彩色的轿子里,装扮成旱魃的模样,被人们抬到一座小山上。女丑嘴里念念有词,带领人们敲打钟磬,唱着祈雨的歌,跳着祈雨的舞。法事结束,女丑单独留在山头祈雨。

人们禁不住暴晒,纷纷散开,躲在附近的山洞里巴望着大雨的降临。天空中连一片乌云也没见着,更别提下雨了。太阳落山之后,大家纷纷从山洞里走出来,爬上山头。当他们来到女丑身边时,却发现她已经被太阳晒死,干巴巴地倒在地面上。天帝同情女丑死得过于悲惨,也怜悯人们的不易,就派羿射下了九个太阳为民除害。

【大荒东经】

海内有两人[1],名曰女丑。女丑有大蟹[2]。

【注释】

[1] 两人:原文只说了一个,大概是有遗漏。
[2] 大蟹:就是上文所说的方圆有一千里大小的螃蟹。

yìng lóng
应龙

能呼风唤雨的功臣

等级	颜值	形态	异兆
神龙	背生双翅，鳞身脊棘	长着翅膀的黄龙	能呼风唤雨

　　应龙是一种长着翅膀的神龙，又叫黄龙。住在大荒东北角凶犁土丘山的最南端。传说，普通的龙要修炼一千五百年才能化为应龙。

　　黄帝和蚩尤大战的时候，蚩尤派妖魔鬼怪作法，制造出大雾。黄帝的军队看不清方向，没办法作战。黄帝急得团团转，突然想起应龙可以行云布雨。到时倾盆大雨一来，大雾自然就会消失。

　　应龙到战场后，展开翅膀，在天空中飞翔。他摆起呼风唤雨的阵势，准备大显身手。哪知蚩尤也请了救兵风伯雨师，而且早早开始作法。一场暴风骤雨在黄帝的阵地上空降了下来，应龙力量有限，没有办法再施展法术，士兵们只好落荒而逃。

黄帝很是失望，只好又派出她的女儿魃。魃的神性为火，她一走到战场上，风雨瞬间消失，天空变得烈日炎炎。应龙趁机追击蚩尤的军队，一阵厮杀，打得敌军连连后退，先斩杀了蚩尤，又斩杀了帮助蚩尤的夸父。黄帝转败为胜，应龙立下了战功。

大禹治水时，应龙配合大禹，带领他的手下，以尾画地给洪水引路。应龙负责引导主要的河流，他手下的群龙引导河流的分支。大禹跟在应龙的后面，带领人们开挖河道，将洪水引到大海里去。应龙威风凛凛地飞在奔腾的河面上，扇动巨大的翅膀鼓起狂风，让洪水顺着河道朝大海的方向流去，肆虐在大地上的洪水渐渐平息。应龙帮助大禹治水，再次立了大功。

应龙由于杀了神人蚩尤与夸父，再也无法飞回到天庭，只好悄悄飞到南方，蛰居在山泽中。

天上没有了行云布雨的应龙，常年闹旱灾。人们一遇天旱，就装扮成应龙的模样求雨，每次都能求到大雨。

【大荒东经】

大荒东北隅中，有山名曰凶犁土丘。应龙处南极[1]，杀蚩尤与夸父，不得复上[2]，故下数旱[3]。旱而为应龙之状，乃得大雨。[4]

【注释】

[1] 应龙处南极：应龙就住在这座山的最南端。应龙，传说中的一种生有翅膀的龙。

[2] 杀蚩尤与夸父，不得复上：因杀了神人蚩尤和神人夸父，不能再回到天上。

[3] 故下数旱：天上因没了兴云布雨的应龙而使下界常常闹旱灾。数，屡次，频繁。

[4] 旱而为应龙之状，乃得大雨：下界的人们一遇天旱就装扮成应龙的样子求雨，就能求到大雨。

夔 kuí

流波山上的神兽

等级	颜值	形态	异兆
神兽	全身灰色	形状如牛，一条腿	出现时会有狂风暴雨

东海的流波山上，住着神兽夔，他长得像牛一样，全身覆盖苍灰色的皮毛，头上没有长角，只有一条腿。他能自由地在海水里进出，每当他出入大海的时候，海面都会出现狂风暴雨。他发出的光芒，就像太阳和月亮一样。他张开大嘴吼叫时，发出的声音就像打雷一般。

他以吼声如雷闻名，也为此洋洋自得。他经常威风凛凛地在山上和海里游荡，没有谁敢惹他。

没想到，让他骄傲的优点，却要了他的性命。

黄帝和蚩尤大战的时候，因为有妖魔鬼怪帮助蚩尤，蚩尤的队伍异常勇猛，黄帝的军队士气渐渐低落，他焦急万分。擅长用兵的九天玄女献计道："用一种特别的材料，制造一面特别的军鼓，就能重振我军士气。这种特别的材料便是流波山上神兽夔的皮。"

黄帝听后大喜，急忙派出风后、应龙去捉夔。夔钻到深海，不敢出来，想找机会逃跑。应龙哪肯罢休，他游到海底跟夔搏斗。只见应龙一个翻身，抓住夔跃出海面，风后趁机在海上掀起巨浪。夔被擒住了。应龙和众神押着夔向战场飞去。

见到夔，黄帝立刻命人剥下他的皮，制作成一面军鼓。又抓来雷泽中的雷神，取出他身上最大的一根骨头做鼓槌。

军鼓搬到战场上，黄帝扬起双臂，连敲了九下。五百里之外都听到了这惊天动地的响声。黄帝的队伍顿时士气大振，纷纷举起兵器，高喊着冲向蚩尤的阵地。

蚩尤的士兵被军鼓震得心里发慌,看到那一排排杀声震天的人马朝自己冲过来,吓得连连后退。

黄帝的军队大获全胜。

从此以后,黄帝每逢开战,必带这面军鼓。夔也以这种特别的方式屡立战功。

【大荒东经】

东海中有流波山,入海七千里。其上有兽,状如牛,苍身而无角,一足,出入水则必风雨,其光如日月,其声如雷,其名曰夔。黄帝得之,以其皮为鼓,橛(jué)以雷兽之骨①,声闻五百里,以威天下②。

【注释】

① 橛以雷兽之骨:拿雷兽的骨头敲打这鼓。橛,通"撅",敲,击打。
② 声闻五百里,以威天下:响声传到五百里以外,用来威震天下。闻,传。

不死树

天帝的神仙药

等级	神树
颜值	闪耀着仙家的光芒
形态	似树又不是普通的树
异兆	吃了长生不老

昆仑山上种着天帝的一棵不死树。这棵树上结出的果实，能炼出天帝的神仙药。凡人只要吃一颗这神仙药就能成仙，吃上半颗就能长生不老。不死树几千年才开一次花，结一次果，而且一次只能结一到两个果实。

天帝的神仙药数量有限，异常珍贵。神仙药炼好以后，藏在巫山的八个斋舍中，天帝派黄鸟守护着。

在天庭中，神仙药的管控是十分严格的。人间的帝王们想尽各种办法，想求得天帝的神仙药。但天帝不愿破坏人类生老病死的自然规律，对前来讨药的人从来都是毫不留情地拒绝。天帝要管的事太多，实在忙不过来。但他又非常担心神仙药会落入人间，便派他的得力助手西王母专门掌管神仙药。西王母哪敢怠慢，派天神日日夜夜看管。

天帝和西王母住处的附近围绕着万丈深渊和炎火大山，一般人绝对无法靠近。羿射死了天帝的九个儿子，天帝便不准他和他的妻子再回天上。羿觉得自己连累妻子嫦娥，便费尽千辛万苦，找到了西王母，向她求一颗神仙药，使自己和妻子嫦娥长生不老。西王母一向爱惜人才，又同情立过大功的英雄羿，便让三足神鸟取来一颗神仙药，郑重地交给了羿。

羿取到神仙药，兴高采烈地回到家，把药交给妻子嫦娥保管。两人约定，选一个重大的节日，一人吃一半，一起活上千百万年。嫦娥一心想回到天上做神仙，觉得是羿连累自己回不了天庭，就趁羿不在家，偷偷把仙药吃完了。嫦娥飘飘悠悠地朝天宫飞去，但她害怕天神们嘲笑自己，便独自飞到了月亮上面。羿独自留在人间，为妻子的离开悲痛欲绝。

【大荒南经】

有巫山者，西有黄鸟①。帝药②，八斋③。黄鸟于巫山，司此玄蛇。

【注释】

① 黄鸟：黄，通"皇"。黄鸟即皇鸟，而"皇鸟"亦作"凰鸟"，是属于凤凰一类的鸟。
② 药：指神仙药，即长生不死药。
③ 八斋：神仙药就藏在巫山的八个斋舍中。斋，屋舍。

三身人

娥皇之子

等级　神仙后代
颜值　一个头三个身子
形态　走路晃晃悠悠
异兆　能驱使虎豹熊罴

　　天帝帝俊的妻子娥皇生了个一头三身的孩子，被称作三身人。他的三个身子是相通的，一张嘴巴吃东西，营养同时提供给三个身子。因为有六只手，六条腿，他的活动并不是很灵便，偶尔会自己把自己绊倒。

　　后来，三身人的后代越来越多，就在不庭山建立了自己的国家。这个国家里的人都是一个头，三个身子。他们和三身人一样，以黄米为主食，会使用火。他们还驯服了虎、豹、熊、罴四种野兽，能驱使它们。虎能耕地，豹会看家，熊、罴可以帮人打猎。

　　在三身人居住地的附近有一个四方形的渊潭，四个角都能旁通。北边与黑水相连，南边和大荒相通。北侧的渊称作少和渊，南侧的渊称作从渊。渊潭的水纤尘不染、清凉透骨，舜帝常常来这里洗澡。

　　每次舜帝到渊潭里洗澡的时候，三身人都把这一天当作重大的节日来庆祝。他带领自己国家的人穿上好看的衣服，跳起欢快的舞蹈，摆出丰富的食品，盛情招待舜帝。

　　舜帝来时，三身人遇到国家大事还可以直接找他商量。跟其他的国家相比，三身国的人生活得相对安定、富足，人们之间互敬互助，十分友善。

　　周朝建立之后，不停地扩充国土，三身国人不堪压制，四处逃难。最后在一个大荒的西面，重新聚集人口，整顿国家。

　　但此时三身国的人生活水平和精神状态都已经远远比不上从前了。

【大荒南经】

　　大荒之中有不庭之山，荣水穷焉。有人三身，帝俊①妻娥皇，生此三身之国，姚姓，黍食，使四鸟。有渊四方，四隅皆达，北属（zhǔ）黑水，南属大荒②，北旁名曰少和之渊，南旁名曰从渊，舜之所浴也。

【注释】

① 帝俊：这里指虞舜，即帝舜。

② 北属黑水，南属大荒：北边与黑水相连，南边和大荒相通。属：连接。

143

因因乎
yīn yīn hū
被制伏的风神

等级	风神
颜值	孔雀头、鹿身、蛇尾、豹纹
形态	头上有两个角
异兆	掌管风起风停

风神因因乎也叫因乎，住在大地的南极。他的相貌奇特，长着鹿一样的身体，身上布满了豹子一样的花纹；头好像孔雀的头，头上有两个古怪的角；还有着蛇一样的尾巴。他的主要工作是指挥风起风停，配合雷神、雨神帮助万物生长。

因因乎有一个风口袋，用口袋收合大小来控制风向和风速。春风要轻轻柔柔地吹；夏风稍微不一样，要带着点热浪；秋风由凉爽舒适渐渐变得萧瑟苍凉；冬天的风得加大力度，有寒气逼人的感觉。那时人们常常会唱"风伯力气大无比，春风送暖百花开，夏风吹过大雨来，秋风一起霜满地，冬风吹处雪皑皑"。大部分时间里，因因乎都会按照既定的规律管风。

因因乎脾气暴躁，生起气来动不动就掀翻一只小船、折断一棵小树。当他特别生气的时候，便会刮起铺天盖地的龙卷风。龙卷风像猛虎一样咆哮着、旋转着扑向大地，房屋被刮倒，人也跟着飞了起来，造成很严重的自然灾害。所以，人们虔诚地拜祭因因乎，祈求他不要变成凶神毁坏屋舍，伤害人命。

黄帝和蚩尤大战的时候，因因乎被蚩尤请去助阵，和雨师一起施展法术。只见战场上狂风大作、暴雨倾盆，雨过之后又起大雾，黄帝的军队迷失了方向，差点战败。幸好黄帝命人制造了指南车，辨别了方向，布下出奇制胜的阵法，才把蚩尤的士兵打得连连后退。后来因因乎被黄帝降伏后，老老实实地做了风神。

如果遇上天帝出巡，雷神要冲在前面开路，雨师负责洒水压住尘埃，因因乎负责扫清路上的一切障碍。因因乎服从管理、工作认真,在天帝眼中,他是一个比较称职的天神。

【大荒南经】

有神名曰因因乎,南方曰因乎,夸风曰乎民①,处南极以出入风②。

【注释】

① 夸风曰乎民:夸风称他为乎民。此句颇费解,学者尚未有定论。
② 处南极以出入风:他处在大地的南极,主管风起风停。

xī hé
羲和

生十日的神

- 等级：太阳女神
- 颜值：秀丽貌美
- 形态：驾着六条龙拉的太阳车
- 异兆：生了十个太阳

　　天帝帝俊的妻子，太阳女神羲和生了十个太阳。十个太阳住在黑齿国北边，东方海外的汤谷里。十个太阳每天在汤谷洗澡，所以汤谷中的海水每天沸腾着。羲和给十个太阳排好班，让他们轮流出现在天空中。

　　每个太阳值班的时候，羲和都会驾着车子送他。六条龙拉着车子一路疾驰，他们的终点是蒙谷。从汤谷到蒙谷的路程中，每经过一个重要的地方，都代表一个特别的时间点。羲和护送着心爱的儿子，一直送到蒙谷，看到太阳安安稳稳地待在扶桑树上，她才肯驾着车子，穿过满天的星辰和

轻飘飘的云朵，回到汤谷，去接另一个太阳来值班。这样周而复始地过了千百万年，随着太阳们的年岁增长，他们渐渐觉得妈妈管得有点多了，日子也越来越没趣味。十个太阳开始对自己排班的次序感到不满，吵了起来。他们越吵越过分，最后竟然一起飞离了扶桑树，来到了天空中。

十个太阳同时热烈地炙烤大地，要把大地上所有的一切都烤焦了。羲和看到孩子们要闯祸，她焦急地冲孩子们大喊："快回到妈妈这儿来！"十个太阳吵得不可开交，哪里听得见妈妈的呼喊。幸好天帝大义灭亲，派羿射下九个太阳。那剩下的一个太阳，吓得脸都白了，再也不敢随便出来惹事，每天都乖乖地被羲和送去值班。

【大荒南经】

　　东南海之外，甘水之间，有羲和之国。有女子名曰羲和，方日浴于甘渊①。羲和者，帝俊之妻，生十日。

【注释】

① 方日浴于甘渊：羲和正在甘渊中给太阳洗澡。

kūn wú
昆吾
陶瓷的发明者

等级	颜值	形态	异兆
陶瓷业的始祖	朴素庄重	成年男性	会做陶瓷

　　昆吾本名叫作樊，是颛顼曾孙，陆终的长子。

　　昆吾聪明能干，爱思考问题。那时人们已经学会使用火，常常把打来的猎物穿在树杈上烤着吃。但是人们没有盛东西的容器，东西只能东一堆西一堆地放着，各种粮食储存起来就更麻烦了。有的人用泥巴做成罐子，用来盛东西，但过不了多长时间，泥巴就会裂开。

　　有一次，昆吾烤完食物，无意中捏到火堆里一块烤过的泥巴。他发现泥巴很硬，放在水中也不会变软、变形。

　　昆吾喊来同伴："你们看，这泥被烤过之后会变硬。那我们用泥做的罐子烤过之后，是不是也不会裂开了呢？"

　　同伴笑道："别做梦啦！怎么可能呢？"

　　昆吾一心想要尝试一下。他挖来很多泥，做成罐子，点燃柴火，一点一点地烤。一开始烤出来的都裂了，大家笑他白费工夫，但昆吾没有泄气。因为他发现泥的黏度、火的大小、烤的时间都影响着罐子的硬度。如果能调到一个合适的比例，罐子就可能不再裂开了。挖泥、烤罐子成了昆吾每天最重要的事。烤累的时候，他就到白水山上的白渊里去洗澡。

　　很久之后，昆吾终于烤出了第一个不裂的罐子。用这个罐子盛放家中的食物，可以保存很长时间。同伴和邻居看到后都非常惊叹，请昆吾帮他们也烤几个罐子。

　　昆吾烤得越来越多，他用泥巴做了一个大大的炉子，一次可以烤十几个罐子。他又请人在罐子上画上各种各样的花纹，让罐子更美观。

经验多了，昆吾发现可以烤出不同颜色的罐子，而且除了烤罐子，还可以烤碗、烤盘子……烤出各种各样的器皿。

就这样，昆吾成了陶瓷制造业的始祖，受到人们的尊敬。后来昆吾有了自己的部落。

【大荒西经】

大荒之中，有龙山，日月所入。有三泽水①，名曰三淖（nào），昆吾之所食也②。

【注释】

① 三泽水：三个连在一起的大水地。泽，聚水的洼地。
② 昆吾之所食也：是昆吾部落取得食物的地方。

女娲
nǚ wā
造人补天之神

等级	颜值	形态	异兆
女神	端庄美丽	人脸蛇身	可以造人

　　天神女娲走在水池边,看着池里自己的倒影——美丽的脸庞,蛇的身子。她感到有点孤零零的,还缺点什么呢?当天和地分开以后,大地上已经有了山山水水和花草树木,还有一些飞禽走兽来回穿梭。大地还是显得荒寂,怎样才能增添一些生机呢?

　　女娲一边沉思,一边蹲在水池边抓地上的黄泥。她的脑海里突然闪出个好主意。她挖了一大堆泥,仿照水中自己的模样,捏出一个个小人。做了几十个以后,女娲弯下腰,对着小人们轻轻吹了一口仙气。小人"哇啦哇啦"喊着,跳起舞来。面对自己亲手创造出的人类,女娲非常满意。

　　女娲继续手中的工作,揉着泥团,捏出更多男男女女的人。大地上开始变得生机勃勃,她随时听得到周围人们的大笑声、喊叫声,她不再感到孤单,希望能造出更多的人在大地上生活。

　　但是因为长时间捏泥人,女娲早已疲惫不堪。她又想出新的办法,找来藤条往泥里一甩,迸出的泥浆也变成了活蹦乱跳的小人。

　　女娲还创建了许多制度,帮助人类更好地生活。

　　不料,水神共工和火神祝融不知因为什么事打得不可开交,人类陷入可怕的洪灾之中,无法生存。洪水治理好之后,水神共工又碰断了撑天的柱子,顿时天崩地裂,到处一片凄惨。

　　女娲心疼她创造出的人类,找来五色的石子补好天,用大乌龟的四条腿当柱子撑住四方的天空。

　　人类在女娲的帮助下,恢复了安居乐业的生活。但女娲忙完一切之后，已经耗尽所有的精力。她太累了，便躺下来休息。女娲一倒，她的肠子化作了十个神人，他们拦断道路，居住在一个被称作栗广的原野上。

【大荒西经】

有神十人，名曰女娲之肠①，化为神，处栗广之野，横道而处②。

【注释】

① 有神十人，名曰女娲之肠：有十个神人，是女娲的肠子变化而成的。女娲，神话传说女娲是一位神女，长着人的脸面蛇的身子。
② 处栗广之野，横道而处：在称作栗广的原野上，神人们拦断道路而居住。

太子长琴
tài zǐ cháng qín

乐曲始祖

等级	乐神
颜值	优雅俊美
形态	俊逸的男子
异兆	琴声能招来五彩鸟，也能鼓舞士气

　　太子长琴是火神祝融的儿子，住在榣（yáo）山上。他出生的时候，怀中抱着一把小琴，天地间百鸟鸣唱，飞禽走兽发出欢快的叫声。祝融希望他的儿子能够精通音律，给他取名为太子长琴。

　　太子长琴自小喜欢弹琴，从来都是琴不离身。弹琴时，他总是缓缓落座，修长的十指优雅地轻轻抚过琴弦，那些美妙的音符便从琴弦上缓缓流淌出来。时而高亢激昂，像涨潮时的海水拍打着海岸；时而委婉低沉，像幽咽的泉水从深潭中涌出；时而清越明亮，像徐徐的清风拂过翠绿的竹林……

　　他的琴声时常会招来难得一见的五彩鸟，飞到他身边鸣唱。皇鸟、凤鸟、鸾鸟这三种五彩鸟十分吉祥，出现在哪里，哪里就会幸福平安。所以，榣山上年年风调雨顺，草木茂盛。山上的百鸟、百兽也喜欢和着琴声，用自己喜欢的方式叫着、跳着。

　　不过，太子长琴的琴不光能弹出优美的乐曲，还能在战场上成为致命的武器。太子长琴若是弹起欢快的乐曲，天空便会风和日丽，晴空万里；若是奏起悲壮的旋律，则飞沙走石、天昏地暗。他的琴有五十根弦，每弹动一根则威力加大一倍，如果五十根齐奏，则万物凋零，天地间一片混沌。

　　要是遇到战争，在战士出征时，太子长琴弹起慷慨激昂的旋律，士兵们士气大振，一个个奋勇杀敌，便能将敌军打得片甲不留。

　　只是太子长琴长年隐居在山林中，过着悠闲自在的生活，除非是关系到国家危难的战事，不然他是不会在战场上出现的。他最大的乐趣是弹琴给百姓和鸟兽听。他还创作了很多优美的乐曲并将它们教给了百姓，那些曲子在民间久久流传。

【大荒西经】

有芒山。有桂山。有榣山，其上有人，号曰太子长琴。颛顼生老童①，老童生祝融②，祝融生太子长琴，是处榣山，始作乐风③。

【注释】

① 老童：即上文所说的神人耆童。
② 祝融：传说是高辛氏火正，名叫吴回，号称祝融，死后为火官之神。
③ 始作乐风：开始创作乐曲。

huáng dì
黄帝

轩辕国创建者

等级	颜值	形态	异兆
轩辕大帝	相貌不凡	威风凛凛	能指挥神怪

涿（zhuō）鹿平原上尘土飞扬，战鼓声、喊杀声响彻大地。蚩尤带人攻打炎帝，想要霸占炎帝的领土。眼看着队伍节节败退，炎帝急得在军营里来回踱步。

"黄帝的援军怎么还没到？"炎帝着急地问身边的大臣。

"应该快了！"大臣回答。派去的信使已经离开四个小时了，炎帝担心信使在中途被蚩尤的士兵截杀。

正在炎帝急得火烧眉毛的时候，军帐外传来黄帝的军号声。黄帝威风凛凛地站在军帐前，来不及跟炎帝打招呼，就像一阵风一样冲杀到阵地上。此时，炎帝的士兵死得死伤得伤，已经所剩无几。幸好黄帝及时赶到。

黄帝带着天女魃、应龙、四方神怪，还有狗熊、老虎等一些凶猛的怪兽，在战场上奋勇厮杀。蚩尤得知黄帝来救援炎帝，也不甘示弱，搬来许多援兵，有铜头铁额的怪兽、勇敢善战的苗民。战争越来越激烈，经过几十个回合的战斗，黄帝终于取得了胜利。

战争胜利后，黄帝请来天下的鬼神一起庆祝。只见黄帝坐在宝车中，毕方鸟侍卫在一旁站立着，六条蛟龙腾跃盘旋在宝车的两旁，还有凤凰在天上飞舞，场面异常壮观。

后来，黄帝建立了轩辕国，每天在轩辕台上处理国内事务，有四条蛇盘绕在周围守卫着黄帝。轩辕国内珍奇异宝、神花仙草取之不尽，用之不竭。所有的百姓都是黄帝的子孙，个个能活到八百多岁。他们在黄帝的统领下过着平安、快乐的生活。因为轩辕台就在轩辕国的西方，所以，轩辕国的人敬畏黄帝的威灵，射箭从来不敢射向西方。

【大荒西经】

有轩辕之台①，射者不敢西向射，畏轩辕之台。

【注释】

① 轩辕之台：传说中的上古帝王黄帝所居之地。

弇兹 (yān zī)

西海海神

等级	颜值	形态	异兆
海神	人面鸟身	耳朵挂两蛇，脚底踏两蛇	能够永生

在西海的岛屿上，有一个叫作弇兹的神。她长着人的面孔，鸟的身子，耳朵上缠绕着两条青蛇，脚底下还踏着两条红蛇。

弇兹是西海最厉害的海神，因为有她的庇佑，妖怪从来不敢在西海兴风作浪。弇兹温和、善良，不轻易伤害生灵，别人有求于她，她也一定会尽力帮忙。无论神界还是人间，大家都非常尊敬弇兹。

作为海神，弇兹一直暗中保护着渔民出海，过往的船只经过西海，从来不会遇到大风浪。而且，在弇兹管辖的范围内打鱼，全都满载而归。弇兹并不会向渔民们要求任何回报，但渔民们都发自内心地感念弇兹的恩德，家家户户都供奉着弇兹的神像，每次出海前都会虔诚地拿出家中最好的食物拜祭。

弇兹是炎帝神农氏的后代，传承了祖先的谋略与智慧，威力极大。她没被天帝封为海神之前，是弇兹氏部落的第一位女首领。她既懂得医学，又懂得兵法，还发明了用树皮搓绳的技术。经过长久的摸索，她发明了绳索的三种做法：单股的绳称作"玄"，两股合成的称作"兹"，三股合成的称作"索"。

弇兹带领部落里的人跟燧人氏部落联盟、通婚，两个部落合称为燧人弇兹氏。她将姓氏自立为风，这是古代最早的姓氏。新组合的部落人丁兴旺，粮食满仓，很快发展壮大起来。他们在昆仑山上，找到大地的中心，立上木头，直指天空北部最亮的北极星。后来，他们还繁衍出华夏族最重要的始祖之一——华胥氏,并推选伏羲做首领。

天帝看到弇兹的贡献,便封她为西海海神,让她拥有更多的法力,管辖西海里所有的事务,并且长生不老。

【大荒西经】

西海陼(zhǔ)[①]中,有神,人面鸟身,珥两青蛇,践两赤蛇,名曰弇兹。

【注释】

① 陼:同"渚",水中的小块陆地。

常羲
cháng xī
生十二个月亮女儿

等级	颜值	形态	异兆
天神	美若天仙	婀娜曼妙的女子	生了十二个月亮

月亮女神常羲，也叫常仪，是天帝帝俊的妻子。常羲生了十二个女儿，也就是十二个月亮，她又被称为"女和月母"。常羲有着不同寻常的本领，从古时候沿用到今天的时历，相传就是由她制定的。

常羲是创世之神，不但要维护宇宙的秩序，还负责调和阴阳。她有个很重要的任务，就是必须保月亮和太阳同步运行，让阴历月份能够与阳历的季节相协调，达到阴阳调和的目的。人们同时参照太阳和月亮的运行规律劳作，才能安排好适合耕种的日子。

常羲和太阳女神羲和一样，每天驾着车送月亮女儿们值班，车由九只五彩凤凰拉着。十二个月亮女儿长得一模一样，她们非常爱美，一个比一个爱打扮。每天值班前，她们都会换上漂亮的衣服，对着银河里的水，把自己好好收拾一番。值班的时候，为了让人们看到自己不同的样子，月亮会有规律地变化。所以，我们看到的月亮有时像个圆盘，有时像个月牙，有时只露半边脸。月亮女儿们值班是一个月轮换一次，刚好排满一年的十二个月。

常羲载着月亮女儿们在天空中巡游，将柔和的月光轻轻洒向大地，帮助人们驱散了黑暗，也带来夜晚的宁静。月亮女儿们偶尔也有调皮的时候，想抓几颗星星玩，但刚靠近星星，马上会记起自己的职责，不能乱跑乱动，于是便又安安静静地挂在天上。

跟羲和的太阳儿子们比起来，常羲教女有方，她的月亮女儿们也都乖巧听话，总能尽职尽责地完成妈妈交给她们的任务。

每个月值班回家，常羲都会带月亮女儿们到西方荒野的月亮池里去洗澡，用清凉甘甜的泉水，把月亮们洗得皎洁、明亮，光彩照人。

【大荒西经】

有女子方浴月①。帝俊妻常羲（xī），生月十有二，此始浴之②。

【注释】

① 有女子方浴月：有个女子正在替月亮洗澡。
② 此始浴之：这是她刚开始给月亮洗澡。

huáng jù
黄姬

金门山上的黄姬尸

等级	颜值	形态	异兆
异人	年轻貌美	死去的女尸	尸身不腐

炎帝手下的猛将刑天跟黄帝大战的时候，即使被黄帝砍下了头颅，还在以双乳为目，以肚脐化作嘴巴，坚持战斗。刑天的女儿黄姬年轻貌美，心地善良。刑天战败后，黄姬曾想尽办法营救他，但终因寡不敌众，被黄帝杀死，扔到金门山上，她的尸首被称作黄姬尸。

黄姬尸旁边住着一种鸟，叫比翼鸟，形状像野鸭，黑色的嘴壳，黄色的尾巴，羽毛的颜色是青中带红。每只比翼鸟只有一只翅膀，一只眼，一只脚。所以比翼鸟一定要雌雄两只鸟合起来，并翅而飞，才能在天空中自由自在地飞翔，不然寸步难行。正因为如此，后世的人们便把比翼鸟当作恩爱夫妻的象征。

黄姬尸旁边还住着一只红颜色的恶狗——天犬，它长得丑陋、凶狠，在哪个地方出现，哪个地方就会发生灾难或战争，人们一提到它就会惊恐不安。

比翼鸟和天犬不分昼夜地守护着黄姬尸，从来不允许任何人或鸟兽靠近和打扰她。结胸国的人非常同情黄姬，经常给比翼鸟和天犬喂食。

结胸国的人是炎帝的后代，长着鸡一样的胸脯，胸前的骨头凸出一大块。他们之前也跟黄帝打过一仗，战场上他们奋勇向前，顽强抵抗，但最后还是战败了。当时的首领吴回遭受到重刑，先是被砍断右臂，接着又被重物击胸倒地死亡。部落里剩下的人逃到金门山上建立了结胸国。他们认为黄姬跟他们有着同样悲惨的命运，很同情她，也很敬重她。所以，他们便用自己的方式守护着黄姬尸。

后来,黄姬尸化成一座青葱翠绿、风景优美的高山,坐落在金门山旁边。这座山被称为黄姬山。

【大荒西经】

有金门之山,有人名曰黄姬之尸①。有比翼之鸟。有白鸟,青翼,黄尾,玄喙(huì)。有赤犬,名曰天犬,其所下者有兵②。

【注释】

① 有金门之山,有人名曰黄姬之尸:有座金门山,山上有个人名叫黄姬尸。
② 其所下者有兵:它所降临的地方都会发生战争。

西王母
xī wáng mǔ
拥有无边仙力的神

等级 天神

颜值 人面、虎齿、豹尾

形态 头上戴着玉制首饰

异兆 掌管生死，拥有长生不老药

在西海的南面，流沙的边沿，赤水的后面，黑水的前面，屹立着一座大山，就是昆仑山。昆仑山下有条弱水汇聚的深渊环绕着它，山上有一个神人，长着人的面孔、老虎的牙齿、豹子的尾巴，这个神人便是西王母。她头上戴着玉制的首饰，一张嘴便会露出满口的老虎牙齿。

西王母居住在昆仑山西边的一个洞穴中，主管人间的婚配、生育等很多重要的事。在天庭里，她掌管蟠桃园，每五百年召开一次蟠桃大会，是玉皇大帝最得力的左膀右臂。

昆仑山上有棵不死树，树上结的果实就是天帝的神仙药，能使人长生不老。这长生不老药也由西王母掌管。西王母的地位极高。她能惩罚坏人，也能救人性命。

西王母生活在岩洞里，有三只青鸟轮流外出给她寻找食物。三只青鸟住在附近的三危山，都是青身子、红脑袋、黑眼睛，善于飞行，异常凶猛。它们从天空和原野抓捕所有能跑会飞的动物送给西王母。

西王母吃饱后会走到洞穴外，仰起头，向着天空长啸几声。她的声音凄厉、可怕，震得山谷发抖，飞禽走兽四处逃窜。

西王母喜欢到瑶池去洗澡。瑶池的水清澈见底、凉爽无比。洗过澡之后会疲惫全消，仙力大增。但除了西王母，谁也不能到瑶池去洗澡。西王母派了一位天神守护瑶池。这位天神有两个脑袋，八只脚，长得像牛，尾巴像马，发出的声音像军号声。他出现在什么地方，什么地方就会发生战争。

很多人找西王母，想寻得长生不老药，但山高路险、障碍重重，可不是那么容易的事。只有羿凭着自己的智慧和勇敢得到过一颗，最后还被嫦娥独自吞食了。

【大荒西经】

西海之南，流沙之滨，赤水之后，黑水之前，有大山，名曰昆仑之丘。有神，人面虎身，有文有尾，皆白①，处之。其下有弱水之渊环之②，其外有炎火之山，投物辄（zhé）然③。有人，戴胜④，虎齿，有豹尾，穴处，名曰西王母。此山万物尽有。

【注释】

① 白：指尾巴上点缀着白色斑点。
② 其下有弱水之渊环之：昆仑山下有条弱水汇聚的深渊环绕着它。弱水，相传这种水轻得连鸿雁的羽毛都不能在上面漂浮。
③ 辄：即，就。然，"燃"的本字，燃烧。
④ 有人，戴胜：有一个人，头上戴着玉制首饰。胜，古时妇女的首饰。

夏耕 xià gēng

无头将

等级：将士

颜值：威风凛凛的无头武将

形态：一手操戈，一手持盾

异兆：没了脑袋还能逃跑

夏朝的最后一个君王桀（jié），虽然文武双全，但是不走正道。他心狠手辣，贪图享受，不好好治理国家，还各地搜寻美女，藏到后宫中，日夜唱歌、跳舞、饮酒作乐。他派人修建的酒池，大到可以航船。他总命令大臣们陪他喝酒，不愿意陪的马上会被抓到牢房里。大臣们没办法，只好陪他喝酒，喝醉后溺死的事经常发生。

夏桀利用自己的权力，整天寻欢作乐，胡作非为。他甚至在宫里饲养老虎，养大了再放到热闹的集市上。他和他的妃子们站在高高的城墙上，看到人们被老虎追得拼命呼救，四下逃窜，笑得直不起腰。

如果哪位大臣实在看不下去，向夏桀提意见，那他会立刻命人砍下大臣的头，挂在城墙上示众，甚至还有可能杀害大臣的家人。

成汤王相貌英俊，心地仁慈。他常常去安慰那些无辜受祸害的百姓。夏桀得知后，认为成汤王是在故意跟他作对，就把他关进监牢中。

幸好夏桀见钱眼开，成汤王的手下用大量的财物把他赎了出来。成汤王到家后，联合宰相伊尹出兵讨伐夏桀。夏桀罪行滔天，士兵们早已心有怨气。双方开战没几个回合，夏桀就败得一塌糊涂。夏桀往城外逃去，直逃到章山的关隘。

成汤王带兵追击，镇守章山的大将夏耕右手拿着戈，左手拿着盾站在那里，看起来威风凛凛。夏耕本打算保护夏桀，哪知才刚刚摆开架势准备抵挡，就被成汤王一刀砍掉了脑袋。没脑袋的夏耕慌里慌张地转身逃跑，一直逃到巫山。在巫山的一棵大树旁，夏耕死去，手里依然拿着戈与盾站

着,后来被人称为夏耕尸。

夏桀一直逃到了南巢,郁闷地死去。

【大荒西经】

有人无首,操戈盾立,名曰夏耕之尸。故成汤伐夏桀于章山①,克之,斩耕厥(jué)前②。耕既立,无首,走厥咎(jiù)③,乃降于巫山。

【注释】

① 成汤:商汤王,商朝的开国国王。夏桀:夏桀王,夏朝的最后一位国王。
② 斩耕厥前:斩杀夏耕于他的面前。厥,代词,这里指代成汤。
③ 走厥咎,乃降于巫山:为逃避他的罪咎,于是逃到巫山去了。走,这里是逃避的意思;厥,这里指代夏耕尸;咎,罪责。

鱼妇
yú fù
颛顼死后的附身

等级	颜值	形态	异兆
异兽	半边身子是人，半边身子是鱼	半人半鱼	能幻化重生

中央天帝颛顼死后，被埋葬在务隅山的南面。务隅山中有虎、熊等许多野兽，人们常常结伴到这里来打猎。

有一天，几个村民背着弓箭在山中寻找猎物。忽然，一阵北风吹来，刚刚走过的山路一侧"咕噜咕噜"冒出泉水来。不一会儿，就形成一汪小池塘。村民们站在路旁，惊得目瞪口呆，又见四面八方"刺溜溜"蹿出十几条蛇，游到池塘里，立刻变成一条条大鱼。

"这是怎么回事？太神奇了！"

"这鱼挺大，能不能捉回家吃？"

"你敢捉吗？恐怕是妖怪。"

村民们七嘴八舌地议论着，不敢挪动脚步。

一个村民说："咱们也别打猎了，快回家吧！"

另一个村民说："要是有危险，咱跑也跑不掉，不如再看看究竟。"

又有十几条小蛇蹿出来，这时，一团火光出现并盘旋在小池塘上方。十几条蛇游进池塘的那一刻，火光贴近了小蛇。池塘里出现了十几只半边是人、半边是鱼的奇怪生物。

村民们吓得两腿发软，转身向山下飞奔。一直跑到山脚，才敢回头。看到那奇怪的生物并没有追来，他们长舒了一口气，瘫倒在路边。

回到村里，村民们把刚才见到的怪事跟村里的其他人说了。有人提议去问问巫师。

他们找到巫师，巫师手舞足蹈，口中念念有词地举行了仪式，然后告诉村民们:"不要怕,这是死后的天帝颛顼,借蛇变化成鱼的机会,附在鱼身上复活了。复活后,这种半人半鱼的怪物叫鱼妇。"

"那会伤害我们人类吗?"村民们不安地问。

"鱼妇本不是凶猛的东西,不过如果太久没有食物,也是会吃人的,若遭歹人操纵则危害更大。"巫师答道。

村民们听了巫师的话,感到十分后怕。

【大荒西经】

有鱼偏枯①,名曰鱼妇,颛顼死即复苏②。风道北来,天乃大水泉,蛇乃化为鱼③,是为鱼妇。颛顼死即复苏。

【注释】

① 有鱼偏枯:有一种鱼,半边身子瘫痪。偏枯,偏瘫,身体一侧瘫痪。

② 颛顼死即复苏:颛顼死后它就不再偏瘫。也有学者认为是"颛顼死而复苏"。

③ 风道北来,天乃大水泉,蛇乃化为鱼:风从北方吹来,天于是喷出大泉水,蛇于是变化成为鱼。

附禺山 fù yú shān

仙人居住的地方

等级	颜值	形态	异兆
仙山	神奇美妙，物产丰饶	苍郁葱翠	有各种珍禽异兽

在北海海外，大荒当中，河水流经的地方，有一座山叫附禺山，帝颛顼和他的九个妃嫔死后都埋葬在这里。附禺山中有鹞鹰、花斑贝、离朱鸟、鸾鸟、皇鸟、大物、小物。还有青鸟、琅鸟、燕子、黄鸟、老虎、豹子、熊、罴、黄蛇、视肉怪兽、璇玉瑰石、瑶玉碧玉等各种各样的动物植物和珍奇物产。

鸾鸟、凤鸟是会带来好运的五彩鸟。

有三只青身子、红脑袋、黑眼睛的青鸟被西王母看中，专门负责给她捕猎食物。

离朱被天帝派去守卫琅玕树。它长着三个脑袋、六只眼睛，每只眼睛都出奇的明亮。

视肉怪兽就像一团肉，形状像牛的肝。它长着两只眼睛，据说它永远都不会死，割下它身上的一块肉，还会在那个地方长出来一块，和原来一样。

附禺山的卫丘南面是帝俊的竹林，每一根竹子都长得又大又壮，有几百丈高，三丈多粗，八九寸厚。随意砍下一棵竹子，剖开一节，就是一艘天然的大船。

帝俊竹林的南面是封渊。封渊里的水是红色的，水里充满阴浊之气，能够把任何东西化成精怪魔物。封渊旁边长有三棵不生长枝条的桑树，每棵都高达一百仞。

卫丘的西面也有一个深渊，深渊里的水清澈、冰凉，水里的仙气可以把任何东西化成神仙。这个深渊是颛顼洗澡的地方。

附禺山是一个山水环绕、风景优美的地方,山上物产丰富,像是一个世外桃源,就连神仙们的天梯也建在它附近。

【大荒北经】

东北海之外,大荒之中,河水之间,附禺之山①,帝颛顼与九嫔葬焉。爰有鸱(chī)久、文贝、离俞、鸾鸟、皇鸟、大物、小物②。有青鸟、琅(láng)鸟、玄鸟、黄鸟、虎、豹、熊、罴(pí)、黄蛇、视肉、璇(xuán)瑰③、瑶碧,皆出卫于山。丘方员三百里,丘南帝俊竹林在焉④,大可为舟。竹南有赤泽水,名曰封渊。有三桑无枝。丘西有沈渊⑤,颛顼所浴。

【注释】

① 附禺之山:也叫务禺山、鲋鱼山。附、务、鲋,皆古字通用。
② 大物、小物:指殉葬的大小用具物品。
③ 璇瑰:璇玉瑰石。
④ 丘南帝俊竹林在焉:卫丘的南面有帝俊的竹林。
⑤ 丘西有沈渊:卫丘的西面有个深渊。

qiáng liáng
强良

天柜山上的神巫

等级	颜值	形态	异兆
神巫	人身，老虎脑袋，四个蹄子	嘴里衔蛇，手中握蛇	能驱邪逐怪

在北极天柜山上住着三位神人，一个是北海海神禺强；一个是九凤，他有鸟的身子，九个脑袋；另一个是强良，他长着人的身子，老虎的脑袋，四个蹄子，手肘特别长，嘴里衔着蛇，手中还握着蛇。强良能驱邪逐怪，是远近闻名的神巫。

有一天，一个聂耳国的人来到天柜山上找强良。

"强良神，请你去我们国家看一看，帮帮我们吧！"来人说。

"发生了什么事？"强良问。

来人捂住耳朵，表情痛苦地说："最近不知什么原因，我们聂耳国的人突然耳朵疼起来，天天饭也吃不下，觉也睡不好。一向听话的花斑老虎，竟然变得狂躁不安，不听指挥。"

强良皱着眉头说："看来又是什么妖怪来捣乱了。"

聂耳国四面临海，海里经常会出现水怪和妖物，所以聂耳国里家家驯养花斑猛虎防身。聂耳国的人都长着又大又长的耳朵，走起路来，耳朵一晃一晃的像大扇子。他们为了行动方便，不得不用双手托住大耳朵。睡觉的时候，他们还可以把一只耳朵当铺垫，一只耳朵当被子盖在身上。

强良到了聂耳国，立刻摆阵布法，做好了与妖怪大战一场的准备。

强良手舞足蹈地念了一阵咒语，空中飞来一根彩色的羽毛。他捡起来一看，这不是他的邻居九凤身上掉下来的羽毛吗？难道聂耳国的人耳朵疼与老虎狂躁不安跟九凤有关？

强良找九凤一问才知道，原来是聂耳国的人最近到天柜山上砍树砍得太多，而且胡乱射杀野兽，九凤非常气愤，就施了法术惩罚他们。聂耳国的人认识到错误，并保证以后一定注意。他们的大耳朵这才好起来，花斑老虎也像以前一样听话了。

【大荒北经】

　　大荒之中，有山名曰北极天柜，海水北注焉①。有神，九首人面鸟身，名曰九凤。又有神，衔蛇操蛇，其状虎首人身，四蹄长肘，名曰强良。

【注释】

① 海水北注焉：海水从北面灌注到这里。

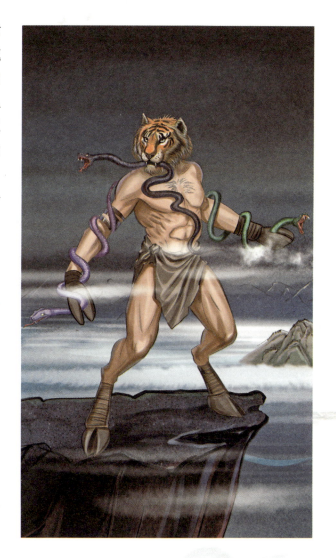

戎宣王尸
róng xuān wáng shī
犬戎国的神灵

等级	神兽
颜值	没有头，浑身红色
形态	形状像马
异兆	能庇佑国民

　　大荒之中，有座融父山，顺水流入这座山。融父山附近有一个犬戎国，又叫犬封国。黄帝的玄孙弄明养了一公一母两只白狗，这两只狗互相结合，就生下了犬戎国的祖先。犬戎国的人长着人的身子，白色的狗脑袋，爱穿长袍，吃肉类食物，以在草原上放牧为生。

　　犬戎国的人供奉的神灵是一个形状像马，没有头，浑身红色的神兽，名叫戎宣王尸。在戎宣王尸的保护下，犬戎国的人有肥沃的土地，嫩绿的草原，成群的牛羊。如果他们安分守己过游牧人的生活，一定会很快发展壮大起来。但他们生性野蛮凶残，不是向其他国家发动战争，就是在自己的国家发动内乱。

　　炎帝曾多次出征犬戎国，想要收服他们，平定叛乱。但因为他们勇猛善战，又居无定所，非常隐蔽，所以，一直没能将他们打败。

　　有一年，三个高大威猛的犬戎国人各带领一批人争夺犬戎国首领的位置。几路人马凶狠残暴，遇到对方的士兵或是不服从的百姓时，便挥起大刀一刀砍去，连眼睛都不眨一下。他们打的打杀的杀，犬戎国被争得四分五裂，无辜的百姓死伤惨重，国内一片哭声、哀号声。

　　戎宣王尸曾多次警告发动内战的那三个人，但他们为了争夺王位，已经杀红了眼，哪里听得进去。无论怎么劝，仍旧拿起手中的砍刀，彼此相残。戎宣王尸失望之极，决定不再庇佑他们。

　　后来，戎宣王尸化身为鲧，从天帝那里偷来神土"息壤"，用拥堵之法治理洪水，治理了九年也没收到理想的效果。天帝责怪他偷了息壤，私自下凡，大发雷霆，决定惩罚他，于是派火神祝融在羽山将他杀死了。

【大荒北经】

大荒之中，有山名曰融父山，顺水入焉。有人名曰犬戎。黄帝生苗龙，苗龙生融吾，融吾生弄明，弄明生白犬，白犬有牝（pìn）牡，是为犬戎①，肉食。有赤兽，马状，无首，名曰戎宣王尸②。

【注释】

① 白犬有牝牡，是为犬戎：这白犬有一公一母而自相配偶，便生成犬戎族人。
② 戎宣王尸：传说是犬戎族人奉祀的神。

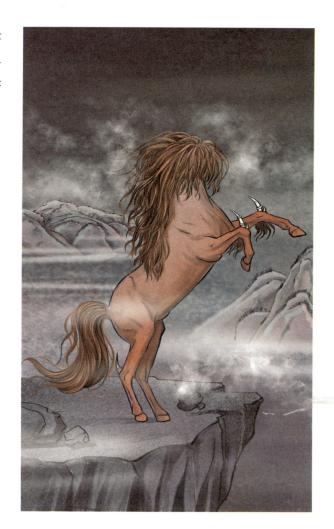

嫘祖 (léi zǔ)

养蚕始祖

等级	颜值	形态	异兆
蚕神	美丽大方	端庄美丽的女性	发明养蚕、抽丝、织布的方法

　　小时候，嫘祖姑娘常常跟妈妈一起上山采摘野果，她们看到野果就尝一口，酸的、涩的都不要，只把香甜可口的采回家吃。

　　有一天，嫘祖在一片桑树林里，发现满树结着一种奇怪的白色果子，她就好奇地把它们都摘了下来，还冲着妈妈高声喊："妈妈！快过来！我找到一种奇怪的果子！"她的妈妈只顾在远处摘果子，没听见嫘祖的喊声。

　　嫘祖拿起一个白色小果放进嘴里，没有尝到什么味道。她又用牙咬了咬，怎么也咬不烂。这时，妈妈走过来笑着说："傻姑娘，那不是果子，是蚕做的窝。"嫘祖噘着嘴说："蚕做的窝说不定煮熟了也能吃呢！咱家不是刚好没粮食了吗？我要采回去试试。"说完，她便开始采摘蚕茧。

　　回家后，嫘祖把蚕茧放进锅里煮，还用棍子不时地搅动。嫘祖发现翻搅蚕茧的棍子上带出很多亮晶晶的细丝来，越搅越多，越拉越长。她仔细观察，发现细丝原来是从蚕茧上出来的。嫘祖灵机一动，心想：若是用它作线串起麻和树皮来，肯定又柔软又结实！那时候人们常常用麻和树皮做衣服。聪明的嫘祖把自己的想法告诉妈妈，并跟妈妈一起把蚕捉到家里养，每天到山上采桑叶喂蚕。蚕结茧后，嫘祖学着蜘蛛结网的办法，把抽出的丝挂到树枝上，横挂竖挂，横编竖编，细细密密织成丝绸。

　　嫘祖把丝绸做成衣裳，穿在身上既舒服又好看。很快，整个部落里的人都学会了养蚕、抽丝、织丝绸。黄帝听说了嫘祖的美名，备了许多礼品向她求婚。嫘祖嫁给黄帝以后，经常不辞劳苦地走到各个地方，教人们植桑养蚕、抽丝织布的技术，深受大家的尊敬和喜爱。

【海内经】

黄帝妻雷祖①,生昌意。昌意降处若水,生韩流②。

【注释】

① 雷祖:嫘祖,相传是教人们养蚕的始祖。
② 昌意降处若水,生韩流:昌意自天上降到若水居住,生下韩流。

素女
sù nǚ
人面蛇身女神

等级	神女
颜值	面容姣好
形态	人面蛇身
异兆	守护都广野灵泉

在西南方黑水流经的地方，有个地方叫都广野，这里是天地的中心。神女素女就住在都广野中灵泉的旁边，她黑发披肩，长着姣好的人脸，蛇的身子。神女素女吃凤凰生下的蛋，喝天上落下的甘露。鸾鸟和凤凰守在她的旁边，随时等候听从她的差遣。都广野灵泉可以让人心想事成，任何人只要捧一口泉水喝，马上就能实现所有的愿望。但是想喝灵泉中的水，必须得有神女素女的凤凰发簪。凤凰发簪只有十支，她从来不会轻易给谁。

在一个天气晴朗的下午，一个面容憔悴的妇女踉跄着走到神女素女的面前。妇女扑通一声跪倒在地，有气无力地哀求道："神女求求你，救救我和我的孩子吧！我跑了很远的路，找了很久才找到你这里。我得了很重的病，快要死了，但是我肚子里的孩子还没出生。"善良的神女素女赶紧弯腰扶起妇女，轻柔地说："你别担心，都广野灵泉可以救你。你拿着这个凤凰发簪到灵泉边，捧一口泉水喝。"妇人双手接过发簪，千恩万谢着去了。

民间一直流传着神女素女美丽、善良和都广野灵泉的神奇，妇人一直半信半疑。如果不是为了救自己的孩子，妇人肯定没有勇气翻山越岭寻找神女素女。幸运的是，终于在快要撑不住的时候，找到了她。

妇人跪在泉边，急切地喝了一口清澈、冰凉的灵泉水。一时间浑身像是有一股电流通过，她马上充满了力量。她缓缓倒在草地上，不一会儿，就听见婴儿"哇哇"的哭声。妇人和孩子都得救了。

神女素女站在不远处露出迷人的微笑，她看着手里仅剩的三支凤凰发簪，继续耐心地等待真正需要它的人。

【海内经·郭璞注】

　　西南黑水之间,有都广之野①,后稷葬焉。其城方三百里,盖天地之中,素女所出也②。

【注释】

① 都广之野:有个地方叫都广野。
② 盖天地之中,素女所出也:在天和地的中心,有名的神女素女便出现在这里。

延维
yán wéi
苗民的首领

等级	颜值	形态	异兆
异族首领	两个头、蛇身、长翅膀	身躯长长的像车辕	无

　　在西北方的海外，黑水的北岸，住着长翅膀的苗民。他们的首领叫延维，长着蛇的身子，左右两边各有一个人的脑袋。他喜欢穿紫色的衣服，戴红色的帽子。延维非常害怕雷声，一打雷，他便双手抱头愣在原地。传说吃了他的肉可以称王天下。

　　尧在位时，延维曾带着苗民烧杀抢夺、祸害百姓。尧派重兵去讨伐，镇压苗民，延维因此怀恨在心。后来，尧把舜选为帝位的继承人，尧的儿子丹朱被流放到丹水流域。

　　延维找到丹朱，假装替他打抱不平。延维气愤地说："尧太不公平了！你是尧的儿子，尧帝为什么不把帝位传给你？"

　　丹朱生性爱争斗，加上本来心中就有怒火，经延维一挑拨，更是怒气冲天："我不服气！我要争夺属于我的帝位。"

　　延维心中窃喜，继续说道："我一向仰慕你的才能，如果你要争夺帝位，我愿意派兵帮你。"

　　丹朱感动不已，动情地说："我现在遇到了最大的困境，真没想到你能帮我。如果我争回帝位，一定给你赐官和封地。"说罢，马上派人摆上好酒好菜，跟延维称兄道弟。

　　于是，丹朱的军队和延维的苗民发动了战争。尧亲自带兵出征，平定了叛乱。丹朱因为太过羞惭，投海而死。苗民被追杀，逃亡到南海附近，建立了三苗国。

　　蚩尤跟黄帝的那场恶战，请的帮凶就是苗民。本来延维不愿意帮蚩尤，但蚩尤到处抓苗民，并用皮鞭抽打他们，用刀砍掉他们的胳膊。在蚩尤的逼迫下，延维只好带领苗民参战。战败后，蚩尤被杀，苗民被灭。

【海内经】

有人曰苗民。有神焉，人首蛇身，长如辕，左右有首，衣紫衣，冠旃（zhān）冠①，名曰延维，人主得而飨（xiǎng）食之，伯天下②。

【注释】

① 冠旃冠：戴着红色帽子。前一个"冠"是动词，戴的意思。后一个"冠"是名词，即帽子。旃，纯红色的曲柄旗。这里仅是红色的意思，与上一句的紫色相对。
② 人主得而飨食之，伯天下：人主得到它后加以奉飨祭祀，便可以称霸天下。飨，祭献。

xiāng gù
相顾

被反绑着的尸体

等级	臣子
颜值	面目狰狞
形态	戴刑具、手拿铁戈
异兆	眼睛能穿透海水,耳朵听得到任何声音

　　北海的冬天快要到了,呼呼的寒风一阵阵刮过,海水卷起滔天巨浪。

　　"完了!完了!冬天来了!"一只神龟露出海面,忧心忡忡地跟另一只神龟说。

　　"唉!可怕的不是冬天,是相顾啊!"另一只神龟重重地叹了一口气。两只神龟刚刚发完牢骚,就被相顾以图谋造反的罪名抓了起来。

　　相顾是北方海神禺强手下的臣子。每年冬天,禺强由鱼变成鸟,从北海迁到南海的时候,相顾便替禺强管理北海。禺强在时,相顾对禺强言听计从,看起来忠厚老实,很受禺强信任。但禺强一走,相顾就露出了凶残的本性。北海中所有的虾兵蟹将,各种水怪,哪个没受过相顾的酷罚?但是,大家敢怒不敢言,即使见到禺强也不敢告状。相顾的眼睛瞪得大大的,能穿透海水,看清一切生物。相顾的耳朵竖起来,可以听得到海底任何微小的声音。所以,北海所有的动静都在他的监视之中。

　　有一次,一个水怪实在受不了相顾的残酷统治,想到南海去找禺强主持公道。但刚准备出发,就被相顾发现了。相顾马上派兵把他捉到海底的水牢中,并施以酷刑。从此以后,再也没有谁敢反抗相顾了。

　　渐渐地,相顾不再满足只在冬天管理北海。他希望自己一年四季都能统治北海。禺强从南海回到北海以后,相顾一边大排宴席,装作热情地欢迎禺强的归来,一边悄悄地找到几个亲信,秘密商量暗杀禺强。

　　宴席结束,禺强喝得醉醺醺地倒在床上,准备好好休息。突然,他看到有个影子在眼前晃了一下。禺强猛地抬头,只见相顾正挥着铁戈向他扑来。禺强大怒，立刻把相顾抓到水牢中关了起来。

相顾被禺强处死后，仍然心有不甘，就化作了戴着刑具、手拿铁戈的相顾尸，在北海之内到处游荡。

【海内经】

北海之内，有反缚盗械、带戈常倍之佐①，名曰相顾之尸。

【注释】

① 有反缚盗械、带戈常倍之佐：有一个反绑着戴刑具、带着戈而图谋叛逆的臣子。盗械，古时，凡因犯罪而被戴上刑具就称作盗械。戈，古代一种兵器。倍，通"背"，背弃。佐，辅助帝王的人。

羿
yì
射下九个太阳

等级	天神
颜值	英俊勇武
形态	手持弓箭，神勇无敌的大力士
异兆	擅长射箭

十个太阳快要把大地烤焦了，人们请女丑祈雨，女丑又被晒死。人们没有任何对付太阳的办法，陷入彻底的绝望中。

天帝帝俊见十个孩子实在太胡作非为，也不忍心看人类被晒死，就派擅长射箭的天神羿到人间去收拾太阳。帝俊心里很矛盾，他给羿一张红色的神弓，一袋白色的神箭，反复叮嘱他一定要手下留情，吓唬吓唬太阳就行。同时，又忧虑心慈手软制伏不了太阳们。

羿来到人间，看到人们已经热得喘不过气来，倒在地上昏迷不醒。一些怪禽猛兽，也都从干涸的江湖和火焰似的森林里跑出来，到处残害人类。

尧和百姓们听说羿能制伏太阳，便打起精神前来观看。

羿举起弓箭，对着太阳高喊："该死的太阳，你们赶紧回去按规矩值班，我便饶过你们！"太阳们哪里肯听，在天空中闪着金光，像是在示威。看着垂死的人们，羿知道他没有时间再跟太阳们讲道理了。他不得不拉满弓，将一支神箭射向天空。只见天空中一团火球爆炸，火光满天，死去的太阳化作一只三足金乌掉到了地上，百姓们欢呼了起来。

其他九个太阳见羿勇不可敌，在天空中乱窜起来。羿顾不得思考天帝的嘱托，又连忙举起弓，向逃窜的九个太阳射去。只听见飕飕的箭声，太阳一个个无声地破裂，三足金乌纷纷落到地上。

羿越射越勇，天空中只剩下一个太阳了。羿刚想拉弓，尧连忙过来阻止，恳求道："留下一个太阳吧！大地也需要太阳的照射。"羿想想也对，太阳毕竟也有功于人类，便留下了一个已经吓得脸色发白的太阳。

从此,这个太阳再也不敢捣乱,每天按部就班地东升西落,给人们带来温暖和光明。

【海内经】

帝俊赐羿彤弓素矰(zēng)①,以扶下国②,羿是始去恤(xù)下地之百艰③。

【注释】

① 彤:朱红色。矰:一种用白色羽毛装饰并系着丝绳的箭。
② 以扶下国:用他的射箭技艺去扶助下界各国。
③ 羿是始去恤下地之百艰:羿便开始去救济世间人们的各种艰苦。恤,体恤,周济。

bān
般
弓箭始祖

等级	颜值	形态	异兆
王族	男子的模样	身强力壮	发明了弓箭

有一天,般和同伴们在树林里打猎。他像往常一样奔跑着,拿起手中的石块,用力朝不远处的野猪砸去。哪知这头凶猛的野猪掉头向般和同伴们冲去。他们吓得四下逃窜,直到爬上很高的树顶,才躲过野猪的反击。

回家的路上,般说:"扔石块袭击猎物,距离太远砸不到,距离太近又会有危险,我们得想一个更好的办法。"

般是少昊的儿子,他擅奔跑,做事爱动脑筋。虽然年轻,但在部落里很有威信。

般边走边思考。只听"刺啦"一声,般的衣服被树枝挂住了。般用力扯开树枝,树枝又弹回去,恢复了原样。般愣了一下,突然又笑了起来。有办法了!他扯过一根树枝用力拉低,又让同伴捡来一块石头,放在树枝上。他一松手,石头"砰"地弹了出去,比以前扔得远多了。同伴们开心地鼓起掌来。

用树枝弹石头打猎没几天,般又不满意了。他琢磨着怎么才能让石头弹得更远一些。

有一次,般没有打猎,专门跑到山上去试验各种草木的韧度。他无意间发现,有一种青藤,天然弯曲成一个弧形,还带着一些弹力。般眼前一亮,他把细草搓成的绳系在青藤的两端,再弹石头,石头可以弹出很远。

般高兴地跑下山,告诉同伴们他的新发明。同伴们立刻跟他一起上山,做了十几个同样的武器。再打猎,他们收获的猎物明显比以前多。

没多久,般又做了一些改进。他把石头换成削尖的树枝,这样射程更远，杀伤力更强。后来，他又把磨尖的石头固定在树枝的一头。般称它们为弓和箭。

般发明了弓和箭，使得人们战胜野兽的能力大大地提高。人们爱戴他，推举他做了部落的首领。

【海内经】

少皞（hào）生般，般是始为弓矢①。

【注释】

① 少皞生般，般是始为弓矢：少皞生了般，般发明了弓和箭。少皞，即上文所说的少昊，号称金天氏，传说中的上古帝王。

shū
殳
箭靶的发明者

等级	颜值	形态	异兆
王族	高大强壮	手持弓箭的成年男子	发明箭靶

般发明弓箭之后，部落里的人都开始用弓箭打猎。殳是炎帝的后代，尤其喜欢弓箭。但令殳苦恼不已的是，每次他跟同伴们一起去打猎，总是他用掉的箭最多，打到的猎物最少。因为他的很多箭都射偏了，没有射中猎物。

邻居们开玩笑喊殳叫"空箭"，殳气得在山上乱跑一通，又捡起小石子乱扔。扔到树上，扔到地上，扔着扔着，殳想到一个好办法。他在一棵树上画一个小圆圈，用石子练习击中小圆圈。

没练习几次，殳又担心用石子能击中，用箭不一定能射中。他用树枝削了一些尖尖的箭，每天在树林中举着弓练习自己的射箭技术。三米、五米、十米……殳每练一段时间，就让自己距离树上的小圆圈更远一些，不断地提高难度。

部落里的人们看殳不打猎了，早出晚归天天上山，很是奇怪。不知道他们眼中的"空箭"怎么了，有的人还说："这下好了！名副其实的空箭，一个猎物也射不着了。"

殳不理会大家的嘲笑，还是一门心思练习箭术。等自己在一百米之外，也能射中树上的圆圈的时候，他再次跟伙伴们一起去打猎。只见殳举弓拉箭，见到什么猎物，一下就能射中，而且箭箭命中要害。

众人惊叹不已，这才明白殳之前是在练习射箭的技术。大家纷纷向殳请教练习的方法，殳担心部落里的人太多，光用树干练习射箭，会让树木枯死。他找来一根粗木头，锯成圆盘的形状，再在圆盘中央画一个大红点。就这样，殳发明了"箭靶"。尧帝因为殳的贡献，封他为殳侯，并赐他以殳为姓，称殳氏。

【海内经】

炎帝[1]之孙伯陵，伯陵同吴权之妻阿女缘妇[2]，缘妇孕三年，是生鼓、延、殳。始为侯[3]，鼓、延是始为钟[4]，为乐风。

【注释】

[1] 炎帝：即神农氏，传说中的上古帝王。
[2] 同：通"通"。通奸。吴权：传说中的人物。
[3] 始为侯：殳最初发明了箭靶。侯，练习或比赛射箭时用的箭靶。
[4] 钟：古代一种打击乐器。

鲧 gǔn

偷盗息壤的治水者

等级	颜值	形态	异兆
天神	相貌不凡	身形高大威猛	死了三年而尸体不腐烂

尧帝时期，人们不知什么原因得罪了天帝，天帝决定用洪水来惩罚人类。大地变成一片汪洋，人们连居住的地方都没有，只能随着洪流漂来漂去，到处找可以栖身的地方。庄稼全被淹坏，飞禽走兽因为没有东西可吃，越来越喜欢袭击人类。人们在艰苦的环境中，死伤无数。

天帝的孙子鲧实在不忍心看到人们再受洪水之灾，一次又一次地去求天帝把洪水收回，放过这些可怜的人，但固执的天帝根本不听劝告。

鲧决定偷偷想办法平息洪水。鲧曾经听说过，有一种生长不息的土壤叫息壤，只要弄一点投向大地，马上就会生长堆积，长成堤，积成山。用息壤来填塞，一定能平息洪水。但天帝的宝物息壤藏得十分隐蔽，还有凶猛的神兽看守，实在很难下手。鲧冒着生命危险，想尽办法偷了一小把息壤，扔到人间。神奇的息壤马上长成大堤、高山，堵住了滔滔洪水。人们从树梢上、山洞中欢呼着爬了出来，面黄肌瘦的脸上露出久违的笑容。

可是，还没等人们喘口气重建家园，天帝发现息壤少了，气得七窍生烟。他掀起更多的洪水冲向人类，并派火神祝融在羽山把鲧杀死了。

鲧担忧人类的安危，死得不甘心，他的尸体竟然过了三年还没有腐烂。天帝担心鲧会变成精怪报仇，便派了一个天神带着宝刀到羽山，把鲧的尸体剖开。鲧被剖开肚皮之后，一条虬（qiú）龙突然从鲧的肚子里飞出，虬龙头上还长着一对尖利的角，这条虬龙化作了禹，禹长大后继承父亲的遗愿，用疏通的办法治理好了洪水，让人们过上了安居乐业的生活。鲧的尸体这才化作黄龙，跳进了羽山旁的羽渊里。

【海内经】

洪水滔天，鲧窃帝之息壤①以堙（yīn）洪水，不待帝命②。帝令祝融杀鲧于羽郊。鲧复生③禹。帝乃命禹卒布土④，以定九州。

【注释】

① 息壤：神话传说中的一种能够自生自长、永不耗损的土壤。
② 不待帝命：而未等待天帝下令。
③ 复生：相传鲧死了三年而尸体不腐烂，用刀剖开肚腹，就产生了禹。"复"即"腹"的同声假借字。
④ 布土：施行土工。

fān yú 番禺

船的发明者

等级：王族

颜值：皮肤黝黑，强壮有力

形态：划着独木舟的成年男子

异兆：发明了船

　　番禺是帝俊的后代，生活在长江的岸边。那时候，人们没法过河，只能在靠近岸边、水浅的地方捕鱼。江对岸有亲戚的人家，要绕很远的路，花上半个月的时间才能走到。

　　番禺擅长游泳，他想如果人在江中，也能像在平地上一样自由自在地走路就好了，那大江里的鱼捕都捕不完，人们会过上越来越好的生活。

　　他尝试抱着树枝或粗树干，漂浮在水里，但江中浪太大，差点把他卷入深水中。

　　家人怕他遇到生命危险，劝他不要再尝试了。番禺不甘心，他又找来粗树干挖空，做成独木舟，这比之前的粗树干更结实也更安全。番禺常常在江中划独木舟。他一边看着滚滚东流的江水，一边想：独木舟越大，人在江中越安全，可以到达的地方就越远。怎样把独木舟造得更大一些呢？

　　番禺跑到江边，把树枝捆成一扎，做成木筏。一开始番禺趴在木筏上，用手划水，但速度太慢。后来他改成坐在木筏上，用两块长木板划水。他无数次地练习控制木筏的速度和方向，木筏这才在江中漂流得渐渐平稳。番禺唤来家人和邻居看他划木筏，大家连连称赞，一个个排着队试坐木筏。大家看木筏很安全，都乘着木筏在江中捕鱼，真的比以前方便多了。

　　番禺不断改进自己的造船技术，他找来木材，把它们分成一块一块的木板，又用木楔把木板钉成独木舟的形状，还做了又宽又长的木桨。番禺把它称作船。船试水的时候，两个人划桨，四个人坐在船里，很多人围在

岸边看。船越划越远,岸上响起热烈的掌声。

番禺发明了船,长江两岸的人可以驾船捕鱼,也可以把船当作交通工具,生活得到了极大的改善。

【海内经】

帝俊生禹号,禹号生淫梁,淫梁生番禺,是始为舟①。番禺生奚仲,奚仲生吉光,吉光是始以木为车②。

【注释】

① 是始为舟:这位番禺发明制造了船。
② 吉光是始以木为车:吉光第一个用木头来制造车。

yàn lóng
晏龙

琴瑟的发明者

有一天，帝俊的儿子晏龙跟部落里的人一起到山上打猎。他们躲在大树的背后等待过往的野兽，等呀等，等了很久，结果连一只野鸡也没等到。太阳快落山了，大家又累又饿，肚子咕噜咕噜直叫。但是打不到猎物，回到家里更没有东西可以吃，他们只好继续等待。

晏龙抱着弓箭，背靠着树，坐在地上唉声叹气。他的手不小心碰到弓弦，发出"嗡嗡嗡"的声音。晏龙实在太无聊了，又随意地拨弄了几下弓弦，"嗡嗡嗡"的声音并不好听，但总比傻傻地坐着发呆强，而且还可以转移自己的注意力，减轻饥饿的感觉。其他人也学着晏龙的样子拨动弓弦，来发泄心中不满的情绪。树林里响起阵阵"嗡嗡嗡"的声音。

晏龙的耳朵十分敏锐，能分辨出轻重缓急、高低不同的声音。

他跟伙伴们说："反正待着也是待着，咱们玩个游戏怎么样？"

同伴们问："玩什么游戏？我们现在什么也没打到呢！"

晏龙把他们拉起来，竖起弓并排站好，他用一只手拨弄一排弓弦，"嗡嗡嗡嗡"发出乱糟糟的声音。

"这是什么游戏？一点儿也不好玩！"伙伴们失望地重新坐回地上。

傍晚回到家，晏龙还在反复琢磨弓弦发出来的声音。他找来一块厚木板，两端钉上钉子，再找几根弓弦紧紧绷在钉子上，他把这个新奇的发明称作"琴"。晏龙用手拨弄琴弦，发出了好听的声音。

过了一段时间，晏龙又发明了瑟（sè）。瑟比琴的体积大，音量较大，弦也较多，声音变化也比较多。

后来，琴一般被用来当着客人的面演奏，瑟常常在帷幕后作为背景音乐演奏，目的是当宾客饮酒谈天时，营造一种轻松愉快的气氛。

【海内经】

帝俊生晏龙，晏龙是为琴瑟①。

【注释】

① 帝俊生晏龙，晏龙是为琴瑟：帝俊生了晏龙，这位晏龙发明制作了琴和瑟。

帝俊八子
dì jùn bā zǐ

歌舞的发明者

等级	颜值	形态	异兆
王族	潇洒俊逸	青年男性	发明歌舞

　　晏龙发明了琴之后，经常弹奏出动听的声音。帝俊的另外八个儿子也跑过来欣赏，他们的耳朵跟晏龙一样，对声音非常敏感，钟和磬（qìng）就是他们发明的。钟声洪亮，磬声清脆。

　　晏龙看到他的八个兄弟拿着钟和磬，就邀请他们兄弟敲钟、击磬，跟他的琴合奏。琴、钟、磬一起发出的声音十分悦耳美妙，在场的观众连声称赞。

　　这八个兄弟活泼好动，走起路来手舞足蹈，嘴里还爱叽哩呱啦唱着不

知名的小调。他们越唱越起劲,干脆跟着乐曲舞动起来,还现场编了一些词直接哼唱出来。气氛很是热闹,其他人也跟随着欢快的旋律跳起来、唱起来。

帝俊的八个儿子回到家,把刚才跳的动作画出来,唱的词写出来,第一支舞蹈和第一首歌曲就此诞生。他们几个反复琢磨,日夜不停地练习,给不同的乐曲配上不同的舞蹈。有欢快的、悲壮的、舒缓的,等等。天上的神仙听到歌声,特意下到人间讨要歌本和舞本,让天上的神仙们都学学。

人们开始学会用歌曲和舞蹈来表达自己的意思和感情。丰收的时候,大家跳起欢快的舞蹈,尽情歌唱内心的喜悦之情。家中有人去世,人们唱起低沉、悲伤的歌。到了重大节日,更少不了歌舞助兴。

舞蹈和歌唱已经成为一种质朴的生活方式和人们感知世界的手段。对那时的人们来说,几乎没有比歌舞更重要的事情了。婚丧嫁娶,生育献祭,播种丰收,驱病除邪,一切都离不开歌舞。

【海内经】

帝俊有子八人,是始为歌舞。①

【注释】

① 帝俊有子八人,是始为歌舞:帝俊有八个儿子,他们创制了歌曲和舞蹈。一说这里是指帝舜。

孩子读得懂的

异人国

许萍萍-著 宋双-绘

北京理工大学出版社
BEIJING INSTITUTE OF TECHNOLOGY PRESS

版权专有　侵权必究

图书在版编目（CIP）数据

孩子读得懂的山海经 . 异人国 / 许萍萍著；宋双绘 . —北京：北京理工大学出版社，2020.11（2025.4 重印）

ISBN 978-7-5682-9068-5

Ⅰ . ①孩… Ⅱ . ①许… ②宋… Ⅲ . ①儿童故事—作品集—中国—当代 Ⅳ . ① I287.5

中国版本图书馆 CIP 数据核字（2020）第 177647 号

责任编辑： 宋成成	**文案编辑：** 宋成成
责任校对： 刘亚男	**责任印制：** 施胜娟

出版发行 / 北京理工大学出版社有限责任公司
社　　址 / 北京市丰台区四合庄路 6 号
邮　　编 / 100070
电　　话 /（010）68944451（大众售后服务热线）
　　　　　（010）68912824（大众售后服务热线）
网　　址 / http://www.bitpress.com.cn

版 印 次 / 2025 年 4 月第 1 版第 35 次印刷
印　　刷 / 武汉林瑞升包装科技有限公司
开　　本 / 880 mm × 1230 mm　1/16
印　　张 / 13
字　　数 / 100 千字
定　　价 / 209.00 元（全 3 册）

图书出现印装质量问题，请拨打售后服务热线，负责调换

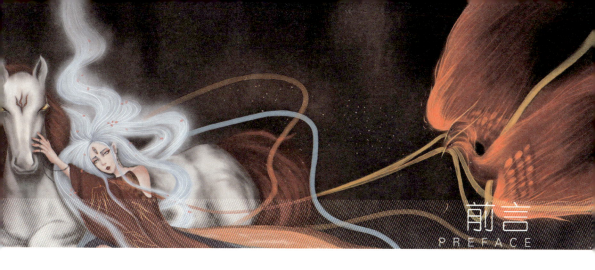

前言 PREFACE

  我最初听到《山海经》这本书，是来自鲁迅先生写的《阿长与〈山海经〉》。当时年龄小，对于"人面的兽，九头的蛇，三脚的鸟，生着翅膀的人，没有头而以两乳当作眼睛的怪物"感到害怕，但好奇心又无限地膨胀起来，很想知道《山海经》中到底还有哪些神秘又奇特的故事。不过之后一直都没有接触到《山海经》，中国神话故事倒是看了很多——一直以为神话故事和《山海经》是两码事，事实上，像夸父逐日、羿射九日、精卫填海等故事都来自这本奇特的书。

  而捧起《山海经》来读，却又如置身于幻境中，那些半人半神半兽的古怪形象、奇特瑰丽的玉石矿物、罕见神奇的参天大树、珍稀而又绚烂的神鸟、延绵神秘的高山、灵动魅惑的碧水……无不把你带入仙境或者幽冥之地，令人惊叹不已。

  《异人国》卷就是根据《山海经》中所描述的国邦来展开的故事。远古的风吹来，清冽中有时光的厚度，每每迎面，刹那之间就仿佛有一个国家重新鲜活过来，有一个故事正在诞生。那些有鸟羽的人，有鱼尾的人，有三副面孔的人，有蛇身的人，有马蹄的人，有狗脸的人……也都一一在故事中复活，变得立体、形象。默默地观望着他们，仿佛能在山川长河与日升月落中，想象出他们的生活：有的奇异，有的神秘，有的古怪……

  《神兽》卷里的动物不但长相奇特，而且大多有着神奇的"特异功能"：样子

前言
PREFACE

像猿猴,长着白色耳朵的狌狌,食之擅跑;样子像马,却有老虎斑纹,长着一条红色尾巴的鹿蜀,将它的皮毛佩戴在身上,可以使子孙昌盛;身形似鹤,只有一只脚的毕方鸟,出现在哪里,哪里就会有火灾。此外,还有长了一只翅膀和一只眼睛,只能双双起飞的比翼鸟;样子像牛,却只有一只脚的夔;带来天下太平的凤凰……这些稀奇古怪的动物,一个个都像是外星球的生物,充满了奇幻神秘的色彩。

《神话》卷里的神话传说是后世幻想文学的源头,是我们中华民族宝贵的精神财富。女娲造人、大禹治水、精卫填海、夸父逐日、羿射九日……这些瑰丽的上古神话,宛如璀璨夺目的星辰,闪耀在幻想王国的星空里,开启了一代又一代孩童的智慧,照耀了一代又一代孩童的心灵,激发了一代又一代孩童的想象。孩子们通过阅读这些《神话》卷里的故事,不但能了解我国源远流长的历史,还能增长知识见闻,丰富内心体验,获得趣味和愉悦。

是不是有点迫不及待地想要去了解这套神奇的书了呢?请你缓缓地打开书本,去邂逅那些"人面的兽,九头的蛇,三脚的鸟,生着翅膀的人,没有头而以两乳当作眼睛的怪物"吧。

目录 CONTENTS

海外南经

- 结胸国——长着凸起的胸脯……2
- 羽民国——长翅膀的鸟人……4
- 讙头国——丹朱的后代……6
- 三苗国——喜欢排队走路……8
- 载国——操弓射蛇国……10
- 贯胸国——国民胸口有洞……12
- 交胫国——交叉双腿走路……14
- 不死国——长生不死民……16
- 岐舌国——舌尖朝里长……18
- 周饶国——小人国……20
- 长臂国——手臂当渔网……22

海外西经

- 一臂国——出门结伴而行……24
- 奇肱国——一臂三目国……26
- 巫咸国——握着蛇的巫师国……28
- 女子国——两个女人的国家……32
- 白民国——白似雪的人……36
- 肃慎国——取雄常树做衣……38
- 长股国——长腿国……40

海外北经

- 无䏿国——没有小腿肚子……42
- 一目国——脸上只长一只眼睛……44
- 柔利国——膝盖反长……48
- 深目国——习惯举着只手……50
- 聂耳国——两手托着大耳朵……52
- 夸父国——追光者……54
- 拘瘿国——脖颈上有大肉瘤……56

1

目录 CONTENTS

海外东经

- 跂踵国——反转着脚的人 …… 58
- 欧丝之野——一女子跪地吐丝 …… 62
- 大人国——巨人国 …… 64
- 君子国——佩宝剑的斯文人 …… 66
- 青丘国——国中有九尾狐 …… 68
- 雨师妾国——浑身漆黑的人 …… 70
- 玄股国——黑腿人 …… 74
- 毛民国——长着坚硬的毛 …… 76

海内南经

- 郁水南岸四国——伯虑国、离耳国、雕题国、北朐国 …… 78
- 枭阳国——长唇黑毛人 …… 80
- 氐人国——人鱼国 …… 82

海内西经

- 夷人国——少数民族 …… 84
- 貊国——被消灭的国家 …… 86

海内北经

- 犬封国——像狗又像人 …… 88
- 射姑国——海中之国 …… 90
- 鬼国——人面蛇身一目 …… 92
- 环狗国——兽首人身 …… 96
- 离戎国——头上长角的人 …… 98
- 林氏国——神兽陪在身边 …… 100
- 大蟹——蟹背大如岛 …… 104
- 明组邑——海岛上的部落 …… 106

目录 CONTENTS

海内东经
- 月支国——一个游牧民族…… 108
- 华胥之国——人身蛇尾…… 110

大荒东经
- 埙民国——乐器之国…… 112
- 盖余国——有神人保护的国家…… 114
- 女和月母国——月亮之国…… 117
- 柔仆民——有沃野千里…… 120

大荒南经
- 季禺国——颛顼的后代…… 122
- 蜮民国——喜欢吃毒虫…… 124
- 张弘国——以鱼为食…… 126

大荒西经
- 伯服国——颛顼建立的国家…… 130
- 菌人国——高不过一寸的小人…… 132
- 淑士国——颛顼的后代…… 134
- 西周国——周王朝的前身…… 136
- 先民国——西北海之外的国家…… 138
- 北狄国——黄帝的后代…… 140
- 昆吾族人——大荒中的部落…… 142
- 轩辕国——长寿之国…… 144
- 沃野国——以凤鸟蛋为食…… 146
- 寒荒国——冷寂而荒凉的国家…… 148
- 寿麻国——异常炎热的国家…… 152
- 大荒野——三面独臂人…… 154
- 盖山国——一臂民…… 156

目录 CONTENTS

大荒北经

- 胡不与国——这里的人姓烈 …… 158
- 叔歜国——有黑虫如熊状 …… 160
- 北齐国——这里的人姓姜 …… 162
- 始州国——有鸟儿在更换羽毛 …… 164
- 儋耳国——大耳国 …… 168
- 赖丘国——生活安逸的人 …… 170

海内经

- 朝鲜——海外的国家 …… 172
- 天毒国——今天的印度 …… 174
- 壑市国——沙漠里的国家 …… 176
- 泛叶国——流沙边上的国家 …… 178
- 盐长之国——鸟民 …… 180
- 巴国——巴人廪君的传说 …… 182
- 流黄辛氏国——养鹿的国家 …… 186
- 朱卷国——有能吃象的蛇 …… 188
- 黑人——吃蛇人 …… 190
- 嬴民国——鸟爪人 …… 192
- 大幽国——赤胫人 …… 194
- 钉灵国——半马人 …… 196
- 幽冥国——黑夜里生活的黑人 …… 198

海外南经

海外西经

海外北经

海内西经 —————— 海内南经 —————— 海外东经

海内北经

海内东经

大荒西经 —————— 大荒南经 —————— 大荒东经

大荒北经

海内经

结胸国
jié xiōng guó

长着凸起的胸脯

等级	颜值	形态	异兆
异人	形貌像人	胸前长着一个硬结	无

灭蒙鸟长得很高大,它全身都是青色的,但是有一条红尾巴。也许是因为长得比较显眼,《山海经》中很多国家的方位都以灭蒙鸟为地理参照。

比如结胸国就在灭蒙鸟的西南面。

结胸国的每一个国民都自带一种特别的武器,而且这个武器不用手拿,不用肩扛,也不用佩带,它就长在人的身上——他们的胸前长着一个巨大的坚硬无比的结。据说结胸国人的心脏不像普通人那样是心形的,而像虬枝一样盘根错节,因这特殊的构造和血液的流动,结胸国人的胸坚硬无比,如盾牌一样刀枪不入。

一天,有个结胸国国民正在山林里砍柴,突然不知从哪里蹿出来一只凶恶的豹子。它张开血盆大口,向砍柴人扑过去。

但是那个人一点都不慌张,他反而站稳了脚,挺起胸膛迎上去。豹子的头正好顶着了砍柴人的胸,它顿时痛得嗷嗷惨叫,横冲直撞地逃走了。

砍柴人不慌不忙地拍了拍手,继续干自己的活。

"哐——哐——"他用力地砍柴,但是砍了好久都没有把那根竹子一样粗的树枝砍下来。砍柴人停下来,看了看柴刀,自言自语地说:"看来又要磨一下了。"只见他把柴刀放在胸口的那个硬结上,"嚯嚯"地来回磨起来。来来回回二十下左右,刀刃上已经明晃晃的了。"哐——"砍柴人一刀下去,树枝就断了。

有了这样一个坚硬无比的胸,无论抵御野兽还是磨柴刀,都方便得很呢。不过听说,结胸国的人也因为有个如铁一样的心脏,情感并不细腻。

他们只顾自己,不会对任何人抱有同理心,包括自己的家人。

这样就有些不近人情了。

【海外南经】

结匈国在其西南①,其为人结匈②。灭蒙鸟在结匈国北,为鸟青,赤尾③。

【注释】

① 结匈国在其西南:结胸国在它的西南。匈,同"胸"。其,指邻近结匈国的灭蒙鸟。
② 其为人结匈:那里的人长着像鸡一样尖削突出的胸脯。
③ 为鸟青,赤尾:它们长着青色羽毛,拖着红色的尾巴。

羽民国
长翅膀的鸟人

异兆	形态	颜值	等级
从蛋中出生	身形像鸟的人	有长长的脸颊,全身长满羽毛,长有鸟的嘴巴	异人

相传,栖息在南山东面的比翼鸟,有着青色和红色相间的羽毛。它们只有一只翅膀、一只眼睛,单独的一只鸟是飞不起来的,要两只合成一对,才能展翅飞向空中,飞到远方。它们成双成对地飞翔,看上去相亲相爱。

比翼鸟栖息地的东南方向,有个羽民国。羽民国的悬崖和山谷之间,树木连绵,青草茵茵,有古老的树群。

在一棵高大的橡树上,有个用草茎编制而成的巨大鸟窝,看上去精美结实。鸟窝里有两个蛋。一个蛋是青色的,另一个蛋是粉色的。阳光投射下来,正好在鸟蛋上闪出两个光斑,熠熠闪烁,温暖而神秘。

突然,随着一阵细微的"哔啵"声,青色的那个蛋裂开三两条细细的口子来。随即,只听"啪嗒"一声,蛋完全裂了开来。真是不可思议啊,鸟蛋里孵出来的不是鸟,却钻出来一个浑身长满了羽毛,有对彩色翅膀的小人儿。他的脑袋长长的,像极了鸟。

接着,又是"啪嗒"一声,粉色的蛋里也孵出一个如鸟一样有羽毛有翅膀的小人儿来。

其实,在羽民国,这种现象一点儿都不稀奇。因为,羽民国里住着的全都是从蛋里钻出来、长有翅膀和鸟脸的人。

只是,他们虽然有翅膀,却不能飞得很远。

为了让自己能够像真正的鸟儿一样高高地飞翔,飞到更远的远方去,羽民国的许多人每天都在练习飞翔。他们有时从一块岩石飞到另一块岩石上，有时候从小溪这端飞往小溪的那端，有时候从这丛灌木飞到那一丛灌木上。他们飞呀，不停地飞，可是，无论怎么努力，都不能像他们附近的比翼鸟那样，飞得更高，飞得更远。

【海外南经】

比翼鸟在其东①，其为鸟青、赤两鸟比翼。一曰在南山东。羽民国在其东南，其为人长头②，身生羽③。一曰在比翼鸟东南，其为人长颊。

【注释】

① 比翼鸟在其东：比翼鸟在南山的东面。其，指南山。
② 其为人长头：那里的人长着长长的脑袋。
③ 身生羽：身体上长着羽毛。

讙头国
huān tóu guó

丹朱的后代

等级	颜值	形态	异兆
异人	长着人的面孔，鸟的翅膀，鸟的嘴巴	身形像鸟的人，翅膀当拐杖	不吃地里生长的食物

"哔啵哔啵"，不知从哪儿传来一阵如竹子燃烧时发出的声响。村民们抬头一看，只见一只蓝色的、身上有红色斑点，嘴巴却是白色的鸟从空中飞过。

"是毕方鸟，你们看，它只有一条腿。"村民中有人慌张地说道，"看见毕方鸟可不是好事，一定是哪里要着火了。"

"我也听说过，看到毕方鸟飞过，附近就会有火灾降临。"一个年长的人说道，"它们是火灾之兆。"

话音刚落，他们就发现附近的山林上火光冲天。

"快离开这儿吧！"他们沿着一条清澈的溪流急匆匆地朝南方疾走，来到了讙头国。

讙头国也叫丹朱国。丹朱是尧的儿子，他特别叛逆，经常反对父亲，却每次都没有得逞。后来，丹朱因常常受挫而跳海自杀。他的子孙后代在南海落户，繁衍成讙头国。

村民们来到了南海边，看见一群长相怪异的人在走来走去。他们的脸孔长得和普通人没什么两样，但嘴巴尖尖的，坚硬而锐利，就像鸟嘴一样。和鸟相似的还有他们的一对翅膀。

"他们都是住在这里的人，听说他们的翅膀不能飞翔，是用来当拐杖的。你们看，他们一边走，一边扶着翅膀呢。"村民中有人说。

果然如此，这些讙头国的居民扶着自己的翅膀像是在散步，又像是在寻觅着什么。

"快看快看，他们在用嘴巴捕鱼。"又一个村民指着不远处的两个人说道。

只见他们用嘴巴叼起鱼,津津有味地吃起来。

"还有一个人吃的是什么呀?"

村民们都好奇地张望着。其中一个村民说:"讙头国的人不吃稻米,不吃麦子,不吃浆果……总之他们不吃地上长的东西,他们只吃鱼,还有一种叫'海马'的东西。我想,那个人吃的就是海马吧。"

"我们可不喜欢吃那种东西。但看到他们吃,我的肚子也饿了呢。"

"我也是。"

村民们不敢惊扰当地的怪人们,去山林里寻找吃的了。

【海外南经】

毕方鸟在其东,青水西,其为鸟人面一脚。一曰在二八神东。

讙头国在其南,其为人人面有翼①,鸟喙(huì)②,方③捕鱼。一曰在毕方东。或曰讙朱国。

【注释】

① 其为人人面有翼:讙头国人有人的面孔,长着翅膀。
② 鸟喙:鸟的嘴巴。
③ 方:正在,正当。

sān miáo guó
三苗国

喜欢排队走路

这一年，雨水泛滥，村里的田地都快被淹没了。这无止境的雨，什么时候能下到头呀？村民们愁绪满脸，唉声叹气。一大家子人没有庄稼吃什么？人丁少的有三口，多的十口都不止。这雨让大家怨愤得不知如何是好。

"去三苗国想想办法吧。听说那儿是巫术之乡，人人都会占卜，我们不妨去询问一下该怎么办。"一个穿蓝衫的村民说。

"我们一起去吧。"有人附和。第二天，村民自发组织了十二个人，一起前往三苗国。

三苗国在赤水东面，据说原先的三苗首领联合尧的儿子丹朱反叛失败而被杀，三苗部落内部因此而发生叛乱，一些部落里的成员来到南海，自己建立了三苗国。三苗国的子民有一种强大的能力：会占卜，能预知未来。

当村民来到三苗国，突然看见一群人。他们一个紧挨着一个地行走，看上去像是一支行进的队伍，但每个人的神情都很淡然，显得有些古怪。前来寻求帮助的村民看到这种怪现象，忍不住笑出声来。

"嘘——三苗国的人都是这么走路的，他们喜欢一个跟着一个走。大家别笑话他们，不然对我们不利。"一个年纪大些的村民小声地告诫大家，"你看，那边也有人是这么跟随着走的。"

果然，到处可以看到三苗国的子民要么两个一对，要么五个一组，你跟着我，我跟着你，向前走着。他们仿若是在表演什么节目，看上去整齐划一。他们走过树丛，走过草坡，向远处走去。

"请问，你们能帮我们预测一下雨什么时候会停吗？"村民中有人怯怯

地问。只见两个三苗国民一起走过来,望了望村民手指的方向。其中一个三苗国人连转两个圈,另一个三苗国人翻了两个跟头,然后,他们对村民说:"放心吧,你们还未到家,雨就会停了。"

果然,村民们还在路上呢,下了好几个月的雨突然停了。接着,金色的阳光洒满大地,彩虹出现在天边。欣喜万分的村民们顾不上观赏美景,深一脚浅一脚地赶路。"看来,三苗国巫术厉害不是传说。以后若碰到什么难题,我们还来三苗国,请他们为我们卜一卦。"在雨后的阳光下,村民们七嘴八舌地说开了。

【海外南经】

三苗国在赤水东①,其为人相随②。一曰三毛国。

【注释】

① 三苗国在赤水东:三苗国在赤水的东面。
② 其为人相随:那里的人一个跟着一个行走。

載国 zhì guó
操弓射蛇国

等级	颜值	皮肤	形态	异兆
异人	形貌像人，有黄色的		佩带弓箭	无

在三苗国的东面，有一个非常安乐的国家，叫載国。載国的子民都有一身黄皮肤。黄色在绿树的掩映下，显得特别醒目。

載国多蛇，人们却不怕它们，反而觉得，因为有了蛇，生活才充满了趣味。在白天的載国，人人佩着弓箭，准备随时随地露一手他们的绝活——射蛇。

"嗖——"箭离弦，蛇中箭，这是何等痛快的事情。但是天上飞的鸟、地上跑的小兽，載国人却从来都不会伤害。

每天，有许多羽毛艳丽的大鸟小鸟在載国上空盘旋，它们唱着美妙动听的歌曲，有时候落在树枝上，有时候会停落在載国国民的肩膀上。一些小鹿、小野兔也欢快地在他们身边跑来跑去，看上去一片祥和。

一天，載国来了两个陌生人，他们赤着脚，穿着单薄的衣服，看上去又饿又冷。

"为什么穿成这样啊？"載国人很不解。因为他们从来不愁吃穿，所以看到衣不蔽体的两个陌生人，他们很是奇怪。

"我冷。"

"我饿。"他们一边发抖，一边用力地扯着破衣服，想要掩盖住身体。

一位好心的載国人赶紧拿出了两件新衣服送给陌生人，让他们赶紧穿上，然后端来食物招呼他们一起享用。

"这个地方可真美，我们能住下来吗？"陌生人请求道。

"你们需要什么，我们都可以为你们办到，但是住下来是万万不可以

的。"戴国人说,"很多人都想住在这里,但是我们的国家只有我们的国民能够居住,你们住在这儿是不适合的。瞧,你们没有我们这样的黄肤色。"

　　陌生人想了一会,觉得有道理。等吃饱了,整了整身上的新衣服后,他们就离开了戴国。

【海外南经】

　　戴国在其东①,其为人黄②,能操弓射蛇③。一曰戴国在三毛东。

【注释】

① 戴国在其东:戴国在三苗国的东面。其,指的是三苗国。
② 其为人黄:那里的人都有黄色的皮肤。
③ 能操弓射蛇:能拉弓射蛇。

贯胸国
guàn xiōng guó

国民胸口有洞

等级	颜值	形态	异兆
异人	形貌像人	胸口有大洞的人	无

两个小山民不知不觉地来到了一处风景秀丽的山谷。

他们俩在投小石子玩。"咻——"一颗石子投在树林里,发出"簌簌"的声响。应该是击中了树叶而发出的声音。穿蓝衣服的小山民也投出一颗小石子——哎呀,不好,前面有个人,要打中他的脊背了。小山民赶紧躲在一块岩石后面,偷偷地张望着。只见小石子从那个人的胸口钻了过去。

"我把他打死了,我把他打死了。"小山民小声抽泣起来。

"嘘——别哭了。你看,那个人还活着呢。"另一个小山民安慰他,"快看,他的胸口被小石子穿出一个洞来。"两个人好奇地偷偷张望着。

果然,被石子击中的那个人并没有倒地,而是继续很平静地向前行走,好像什么也没发生一样。

"看,又来了一个人,他的胸口也有一个洞,和刚才的那个人一模一样。"

"我们是不是来到了贯胸国?我听爷爷说过,贯胸国的人胸口都有一个洞。"穿蓝衣服的小山民说,"快看快看,那边又走来一个胸口有洞的人。"两个小山民躲在岩石后面,看一个个胸口有洞的人来来往往。

没错,他们来到了贯胸国。

传说大禹治水的时候,有一次召集天下诸神,一个叫防风氏的山神没有准时赶到,大禹为了树立威信,就杀死了防风氏。之后不久,防风氏的后代碰到大禹,拉弓射箭想为祖先报仇,正在这时,雷声震天,两条龙从天而降,载着大禹远去。

防风氏的后代这才意识到，射杀大禹是犯了大错，于是用尖刀刺穿自己的心脏自杀。大禹赞赏他的忠义耿直，就派人把不死草塞进他的胸口。防风氏复活了，只是他胸口用尖刀刺穿的洞却无法复合。很多年过去，防风氏的后代有了更多的子孙，只不过这些子孙的胸口也都有洞，一代一代均如此。后来，他们聚居的地方形成了贯胸国。

两个小山民看到贯胸国的国民那奇怪的样子，有点害怕，赶紧回去了。

【海外南经】

贯匈国在其东[①]，其为人匈有窍[②]。一曰在载国东。

【注释】

① 贯匈国在其东：贯胸国在它的东边。匈，同"胸"。其，指载国。
② 其为人匈有窍：那里的人胸膛上有个洞。

交胫国
jiāo jìng guó

交叉双腿走路

| 无异兆 | 形态 双腿交叉走路 | 颜值 形貌像人 | 异人 等级 |

　　远古的时候，在安南县境内有一座环形山。它不是一座普通的山，而是一环套着一环，山体如被包围了一样。在这座山的中心地带有一个国家，名叫交胫国。

　　交胫国的人被围在山中，很少和外界打交道。他们长得矮小，大约只有四尺左右，浑身长满了毛。山民们每天一大早就会去山林里采集浆果、砍柴、准备一些日常物品。

　　当山林里的鸟儿"扑啦啦"早起的时候，山民们也出发了。他们的双脚长得很奇怪，不像普通人那样左脚在左边，右脚在右边。他们恰恰是相反的，左脚跨到了右边来，右脚跨到了左边来。这样交叉着双腿行走，真是太不方便了，所以去置办食物、劈柴的时候，他们总要早早起来，天刚亮就出发，一步一步小心地行走，花好长时间才能到达目的地。

　　哎呀，一个穿白衣服的村民不小心摔跤了。他不停地在地上挣扎，想站起来，可是因为双腿是交叉的，他无论怎么用力都无法让自己站起来。他索性不再挣扎了，扯开嗓子喊同伴过来。

　　但过了很久，也没有人走过来，只有一些鸟"扑棱棱"地飞过。一只野兔子蹦跳着路过，还好奇地看了他一下。直到中午，才有人陆续从山林里赶回家。"怎么这么不小心呢？走慢点就没事了。"一个穿蓝衣服的人走过来，但刚刚走到趴在地上的山民旁边，他也摔倒了。

　　"哈哈哈！"两人大笑起来。

　　不过这样反而没关系。蓝衣服的人伸出手臂，扶住了白衣服人的双

臂。白衣服的人有了可借力的劲儿，慢慢就站起来了。等他站直，就帮助蓝衣服的人也站了起来。他们俩拍拍身上的灰尘，慢慢地走回家去。蓝衣服的人还分了一些野果子给白衣服的人。

在交胫国这个生长着特殊人群的国度，互帮互助可是家常便饭，因为每一个人都可能会跌倒，再也爬不起来。

【海外南经】

交胫国在其东[1]，其为人交胫[2]。一曰在穿匈东。

【注释】

① 交胫国在其东：交胫国在贯胸国的东面。其，指的是贯胸国。
② 其为人交胫：那里的人交叉着双腿。胫，小腿。

不死国
bù sǐ guó

长生不死民

交胫国的东面，有一个不死国。

当邻近国的国民听说不死国的人可以长生不死后，都纷纷来到这个国家，想要成为不死国的国民。

可是，他们住进来以后，却没有像传说中的那样长寿。仍然有得重病的人、老去的人和意外而亡的人。

这是因为只有不死国的国民知道长生不死的秘诀，他们绝对不会告诉这些外来的人。

原来，在流沙以东，黑水之间有一座山。这座山并不高，也不起眼，不死国的国民称它为"丘山"。丘山上到处是灰扑扑的大岩石、小岩石和灰色的砂砾，还有高低错落的灌木和乔木。在这些绿色的植物中，混杂着一种不死树。

不死树和其他树一样，有繁密的枝叶，柔软的枝条。它们和众多的普通乔木连成一片，一点都不显眼。但是不死国的人却能一眼认出它们来，也知道它们的哪一部分能够食用，哪一部分有微毒。病了的人，吃了不死树上能吃的那部分枝叶和果实，病就会痊愈。摔伤的人，吃了不死树上能吃的那部分枝叶或者果实，伤口也会愈合。但是，外乡来的人，却很难认出不死树来，即使认出来了，也不知道树上的哪一部分枝叶和果实能吃。

在丘山下，还有一股清泉，特别纯净，名叫"赤泉"。赤泉附近还有几处普通的泉水，它们也和赤泉一样，永不止息地流动着。这些泉水中，只有赤泉的水能让不死民喝了长生不老，人们也叫它"不死泉"。不死民

一眼就能认出来这道泉水。只是没事的时候，他们从来不喝"赤泉"水，只有病了，或者伤了，才会舀上一桶给需要的人喝。喝了赤泉水的人，瞬间就会痊愈了。

不死泉和不死树的秘密，不死国人代代相传，却从来没有人敢说给外人听。

【海外南经】

不死民在其东①，其为人黑色②，寿③，不死。一曰在穿匈国东。

【注释】

① 不死民在其东：不死民在交胫国的东面。其，指的是交胫国。
② 其为人黑色：那里的人皮肤是黑色的。
③ 寿：指长寿。

岐舌国
舌尖朝里长

听说在不死国的附近，有一种果子，吃了能治疗咳嗽。

一个叫常的年轻人，他妈妈咳嗽了三个月还没好，而且越来越厉害。

常看在心里，特别着急。当他听说在不死国东面有这种野果子后，就连夜启程，去找果子。

常翻过了一座又一座山，直到第二天的中午，才来到一片树林掩映下的村庄。村口有两个人正在打井水，常非常有礼貌地向他们行了礼："请问，你们知道治疗咳嗽的果子长在哪儿吗？"

打水的人直起身来，愣愣地望着常，常又重复了一遍刚才的话。只见一个人"叽里呱啦"说起话来。常发现，他说话时露出来的舌头很奇怪，好像长反了一样，常一点都听不懂他在说什么。

他好想让旁边的那个人解释一下。但没想到，另一个打水的人讲话时也"叽里呱啦"的，而且他们舌头长得也一样。舌根在外面，舌尖在里头。哎呀，看来他们说的话只有他们自己能听得懂了。

常非常失望，但是又不想放弃找果子，就向打水的人比画起来。他先是假装咳嗽，然后用手在空中比画着画了个小圆圈，再假装把"小圆圈"塞到嘴里咀嚼。打水的人眼睛一亮，用手向西边指了指。

常朝西边的树丛里走去。走了快一里的路程，他看见一棵高大的树，枝叶繁茂，高处零星有些红色的果子。这时候，他听到了一阵咳嗽声，只见那个咳嗽的人敏捷地爬上树，摘下一颗果子，直接放进嘴里大嚼起来。

"请问，这个果子是治咳嗽的吗？"

　　那个人也"叽里咕噜"乱说了一通。常明白了,这儿的人都长着一条特别的舌头。没错,他来到的国度叫岐舌国,人们的舌头和普通人长的刚刚相反。

　　常摘到了果子。他的妈妈吃下果子,病很快就好了。

【海外南经】

　　岐舌国在其东①,一曰在不死民东。

【译文】

①岐舌国在其东:岐舌国在不死民的东面。其,指的是不死民。

zhōu ráo guó
周饶国

小人国

等级	颜值	形态	异兆
异人	形貌像人	身形只有三尺高的小矮人	无

在三首国的东面，有一个国家叫周饶国。一些长得强壮的海鸟会从这儿飞过，当它们的翅膀像阴影一样闪过周饶国上空时，你会听见一阵惊慌失措的叫喊声，然后看见一些非常灵活的身影逃跑的逃跑、躲藏的躲藏，有的还会连滚带爬地滚下山坡。

为什么他们这么害怕海鸟呢？

只要你仔细地看，就会发现这里的人们长得非常矮小，就像野兔那么弱小。没错，这里是周饶国，也是名副其实的小人国。

海鸟看到那些小人，会毫不留情地俯冲下来，像叼老鼠和野兔一样把他们叼走、吞食。所以，小人们一看到海鸟飞来，就会赶紧逃生。

周饶国的人虽然长得这么小，但是非常聪明，他们会用石头做出一些精美的石制品，比如小石凳、小石碗，也会用树枝做小船、小木框，用布帛制作一些袋子、小布偶……不只有这些哦，他们还会制作金的银的铜的铁的器具，酒杯呀、锅铲啊、碟子什么的。这些东西每一件都让人爱不释手。

他们平时住在山洞里，安静地做一些手工活。当然，小人国的小人们也是会耕田种地、织布做衣裳的。耕种的时候，他们穿粗布的衣服。但是平时不干重活的时候，他们穿戴得讲究整齐，看上去很干净，很有精神。住在他们旁边的秦国人很喜欢小人们做的东西，常常用其他东西来交换，他们也喜欢灵巧干净的小人。

有一次，秦国人看到海鸟俯冲下来要抓小矮人的时候，非常惊讶和气愤。打这以后,他们经常帮助小人国的国民们赶海鸟。

渐渐地,海鸟越来越少,周饶国的小人们不用每天担惊受怕了,他们可以很从容地去田地里干活,做出更多精美稀奇的器物。

【海外南经】

周饶国在其东①,其为人短小②,冠带③。一曰焦侥国④在三首东。

【注释】

① 周饶国在其东:周饶国在三首国的东面。其,指的是三首国。
② 其为人短小:那里的人都身材矮小。
③ 冠带:这里都作动词用,即戴上冠帽、系上衣带。
④ 焦侥国:传说此国与周饶国的人都只有三尺高。

长臂国
cháng bì guó

手臂当渔网

| 无异兆 | 长手臂形态 | 形貌像人颜值 | 异人等级 |

一个旅人翻山越岭，来到周饶国东边的大海边。他被海边的风景吸引了，坐在一块岩石上，吹起海风来。海风带来有点腥味的海潮气息，特别舒适。

这儿真安静，只有几只低低飞翔的海鸥，偶尔发出一两声鸣叫，当然也有浪潮涌来，发出拍击海岸的声响。

这时候，旅人发现不远处走来一个手臂很长的人。他从来没有见过这样的人，那手臂都垂到地上了。

"你好！"他向长臂的人打着招呼。

长臂人的身体离旅人还有很长一段距离，但是他伸出来的手臂刚好拍到了旅人的肩膀，算是友好地回应了他。

"欢迎来到长臂国。"长臂人说。

"原来我来到了长臂国啊。"旅人很惊讶，"难道说，你们这儿的人都像你一样，有长长的手臂？"

长臂人点点头。

他的旁边刚好有一棵高大的树，树上结着小青果。长臂人一伸手，就轻松地摘下了果子，他把果子递给旅人的同时，又摘到了一个。旅人跳起来也想去摘果子，却怎么也够不着。

"有一双长手臂可真方便，摘果子一点都不费力。"旅人羡慕地说。

长臂人点点头："除了摘果子，我们还能毫不费力地捕到鱼。"

话还没说完呢，长臂人就走向海边，也不弯腰，就把手臂伸进了海里。

"有了有了。"他一边说,左右两手各抓着一条正在挣扎着的鱼。

长臂人邀请旅人去他的家里用餐,旅人答应了。长臂人的家人当然也都有一双奇特的长臂。见到旅人来做客,家人们轻松自如地摘了果树上最高处的果子来招待客人。旅人咬了一口,满口生香,满嘴甜蜜。

要是我有一双像他们一样的长手臂,在旅途中,也会轻松很多呢。旅人不禁想象着自己用长手臂攀爬高山、摘野果、捞鱼的情景来。

【海外南经】

长臂国在其东[①],捕鱼水中[②],两手各操一鱼[③]。一日在焦侥东,捕鱼海中。

【注释】

① 长臂国在其东:长臂国在周饶国的东面。其,指的是周饶国。
② 捕鱼水中:那里的人在水中捕鱼。
③ 两手各操一鱼:左右两手各抓着一条鱼。

一臂国
yī bì guó

出门结伴而行

等级	颜值	形态	异兆
异人	一臂、一目、一鼻孔	出门结伴而行	无

　　三身国的北边有个一臂国。一臂国的人们就像一个普通人被劈成了两半一样。

　　他们只有一条胳膊、一条腿。他们的一只眼睛、一条眉毛、一张嘴和一个鼻孔都长在脸的正中，看上去特别奇怪。因为这样的长相，他们的行动很不方便——只有一条腿，不能行走，更不会奔跑。只有一只手，也不能干一些细小精致的活。但是也不用为他们发愁，一臂国的人会两人一起行动，就如合体一样，可以很方便地远行和劳作。

家里人多的话，他们可以很轻松地配成一对，比如哥哥和弟弟、姐姐和妹妹。他们先是单脚跳向对方，靠近的时候一点点往中间移动。每天清晨，一臂国的人们也会去河边打水，当两人的肩膀碰在一块时，就可以轻松地走着去河里打水了。

但家里只有一个人的一臂国国民，就会麻烦些。他们只得单脚跳出去找合适的人。"扑通扑通"地向前跳，当看到周围也有一个"扑通扑通"单脚跳着的人，他们会朝对方微笑，然后靠拢过来，比肩站立。

成功了！两个一臂国的人合在一起，就成了一个人。他们有了双手双脚，有了两只眼睛和两个鼻孔，嘴巴也合在了一起。这时候的他们看上去就和一个普通人没什么两样了。他们拎着水桶走到河边，舀满水，一人拎着一只水桶，先去这个人的家里，再去另一个人的家里。要是他们还有未完成的事情，就会继续合体，或者去砍柴，或者去采野果，也或者没什么事情，就那样悠闲地散散步。

一臂国人们的家里，都养着一匹身上有老虎斑纹的黄马，马也和一臂国人一样，长着一只眼睛和一只前蹄。它们也只有在和另一匹马合体时，才能和普通的马一样奔跑行走，完成它运输、给人当坐骑的使命。

【海外西经】

一臂国在其北①，一臂、一目、一鼻孔②。有黄马，虎文③，一目而一手④。

【注释】

① 一臂国在其北：一臂国在三身国的北面。其，指的是三身国。

② 一臂、一目、一鼻孔：那里的人只长着一条胳膊、一只眼睛、一个鼻孔。

③ 有黄马，虎文：那里还有黄色的马，马身上有老虎斑纹。

④ 一目而一手：长着一只眼睛和一只马蹄。手，这里指马的腿蹄。

25

奇肱国
一臂三目国

等级	颜值	形态	异兆
异人	脸上长着三只眼睛	只有一只胳膊	阳眼看幽冥,阴眼看天庭

一臂国一直向北,有一个很大的山坡。这个山坡不像别的地方一样只有树木和野草,山坡上还有许多大大小小的风车。风常年不断、来回地吹。风车欢快地转动着,不时发出"吱嘎吱嘎"的声响。

这个地带是奇肱国的领域,风车都是奇肱国的国民自己动手制作的。虽然风一年四季不停地吹,却也不妨碍人们的生活。因为风,他们也生出很多的乐趣来。

奇肱国人都长着三只眼睛。他们的眼睛一只为阳眼,俯视着大地深处,甚至能看到幽冥处的东西,另两只为阴眼,能看清楚天庭上的事情。但是他们只有一只胳膊。不要小瞧一只胳膊的奇肱国人,他们为弥补自己一只手的缺陷,更加努力地劳作,从日出一直到深夜,都在忙忙碌碌地制作东西。他们还特别会动脑子,总是在不停地创造出不一样的东西来。比如有轮子的木车、精致的木船……更令人惊叹的是,奇肱国人还会制作飞车。飞车御风而行,驾车的人只要一伸出胳膊,就能捕捉到奔跑的小兽、飞翔的鸟儿……飞车给他们的狩猎带来了很多便利,也能让他们去到更远的远方,发现更加新奇的世界,从而制作出更特别、更精致的工具和器物来。

奇肱国的人们还拥有一件宝物,那就是文马"吉良"。

据说文马是上古时期非常有名的神马,可以日行千里,也可以让乘坐它的主人增长千岁的寿命。它的肤色雪白,身上长着红鬃色的毛,远远望去,就像一团火焰。它们的眼睛也很有特色,眼珠子是金黄色的,像两颗

金色的珍珠，熠熠闪光。也许因为有了这样的神马，有了奇肱国人的勤奋和聪慧，这个常年有风吹来的山坡上，人们生活得幸福而有趣味。

【海外西经】

奇肱之国在其北①。其人一臂三目②，有阴有阳③，乘文马④。有鸟焉，两头，赤黄色，在其旁。

【注释】

① 奇肱之国在其北：奇肱国在一臂国的北面。其，指的是一臂国。

② 其人一臂三目：那里的人都是一只胳膊和三只眼睛。

③ 有阴有阳：眼睛分阴阳眼。

④ 文马：即吉良马，白身子红鬃毛，眼睛像黄金，骑上它，寿命可达一千年。

巫咸国 wū xián guó

握着蛇的巫师国

等级	颜值	形态	异兆
异人	人形	右手握青蛇，左手握红蛇	知晓前生，预测未来

　　在丈夫国的北面，横卧着一具女丑的尸体。女丑是被居住地上空的十个太阳炙烤死的，一直保持着右手举至额头，遮挡阳光的姿势。

　　巫咸国就在女丑横卧地的北面。这是一个由巫师组成的国家。此国有座登葆山（具体位置不详），登葆山上有条路，能让巫师们通过这条路到达天庭，是条通天之路。巫师们去天庭时，会把各国人民的祈愿转达给天帝，回到人间的时候也会把天帝的旨意带给大家。

　　巫咸国另有一座宝源山，山谷里有茂密的树林，成群的美丽的鸟唱着动听的歌，祥和又美好。令人称奇的是，宝源山山体中有白花花的盐流出来，据说是盐泉。这儿的泉水水流足，水质清澈，当地的人们把泉水晒一晒，或者蒸煮一番，就会获得盐粒。因为有这样的宝地，各国的商人们都闻讯赶来。他们会带来自己国家的特产，比如工艺品、酒具器皿、兽皮兽肉等等，来巫咸国交换食盐。因此巫咸国的人们根本用不着自己耕种、纺织、狩猎，就是一步都不出门也能获得丰富的粮食和衣物。

　　巫咸国的巫师们右手握着一条青蛇，左手握着一条红蛇，乍一看，有点可怕，但大多数巫师对前来占卜的人很友善。他们认真地占卜，虔诚地为大家祈祷，并告知人们摆脱厄运的方法。巫师们还会在登葆山的那条通天之路上，采集一些名贵的中草药，洗净、晾晒、捣碎、熬制，给人治病。尽管巫师们不用在田间地头劳作，但是给人祈福、看病、占卜、熬制草药，一天下来，也很忙碌。

　　他们把这劳碌当作理所当然的事,每每给一个人解惑、提示、医治,他们自己也会欣然。在后来的传记中,人们也把巫师们称为"神仙"。

【海外西经】

　　巫咸国在女丑北①,右手操青蛇,左手操赤蛇②。在登葆山,群巫所从上下也③。

【注释】

① 巫咸国在女丑北:巫咸国在女丑所在之地的北面。
② 右手操青蛇,左手操赤蛇:那里的人右手握着一条青蛇,左手握着一条红蛇。
③ 在登葆山,群巫所从上下也:有一座登葆山,是巫师们来往于天上人间的地方。

女子国
两个女人的国家

等级	颜值	形态	异兆
异人	清秀、美丽、典雅	身形美丽的女人	无

在巫咸国北面，有一处四周环水的地方。这里山清水秀，云雾缭绕，是一处幽静之地。

正值七月，湖水中盛开着莲花。这莲花长得奇特，硕大如伞盖，颜色有浅淡的、艳丽的，更有那素洁的，纯白如雪，中间点点黄花蕊，非常雅致。风吹过，莲香阵阵，特别怡人。可是这么美丽的地方，却少有人迹，如一座空山。

原来，这个地方是女子国，整个国家只住着两个女人。她们容貌秀美、端庄，很少与外界接触，生活得很安静。

两个女子晨起在山谷中翩跹起舞，开启她们一天的生活。

山谷里的浆果是她们的食物。这里的植物种类丰富，一年四季都果实累累。

这儿也有竹林，她们用竹子制作各种竹器。竹篮、竹筐、竹篓……还有箫。

兴致好的时候，她们会爬到附近的高山顶上，或者来到莲荷盛开的地方，吹上一曲。箫声悠扬，会一直传到很远的地方。她们也会把一些有韧劲的植物撕成缕状，纺织成布，然后用红、黄、蓝、绿四种颜色的植物做成染料，为自己做一身美丽的衣裳。因此，两个人的生活并不单调。

女子国四面环水，常常会有外来的船只靠近。

两位女子对外界的声音非常敏感，每每听到轻微的划桨声，就会如临大敌，带着武器隐蔽到暗处。看上去柔弱娇媚的女子，却有着非常高明的

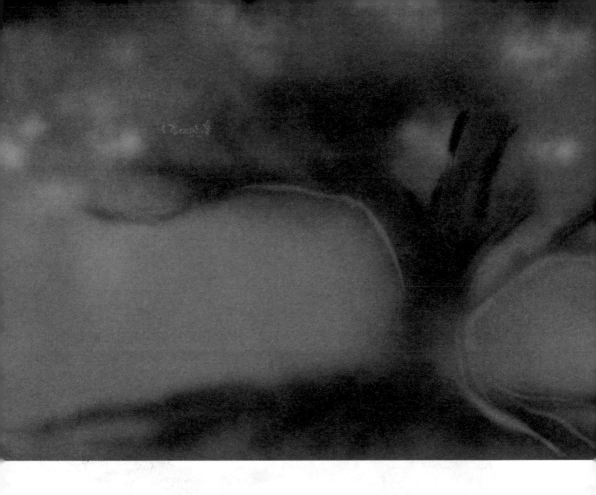

射箭技术,她们也备有上好的弓箭。

靠近的外人在明处,而两位女子在暗处,这也给她们防身提供了便利。因此,尽管空山寂寂,地势险峻,她们却年复一年安然无恙地生活着。

在女子国的北面,有个轩辕国。轩辕国人有着人面蛇身,他们长长的蛇尾巴通常盘绕在头顶上,看上去古怪又吓人。但是轩辕国的人们从来不会去打扰女子国,两国相安无事。

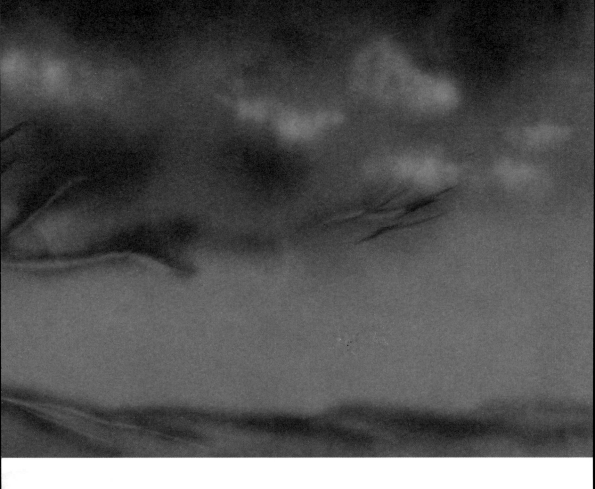

【海外西经】

女子国在巫咸北①,两女子居②,水周之③。一日居一门中④。

【注释】

① 女子国在巫咸北:女子国在巫咸国的北面。
② 两女子居:两个女子住在这里。
③ 水周之:四周有水环绕。
④ 一日居一门中:另一种说法认为她们住在同一个门中。

白民国
bái mín guó

白似雪的人

等级	颜值	形态	异兆
异人	形貌像人	皮肤白得像雪的人	骑上乘黄可以活两千岁

在穷山和轩辕国北面的海上，生活着龙鱼。龙鱼长得像龙，却有鱼的尾巴。它们可以渡人，像一种海上的交通工具。

在龙鱼居住的海的北面，有个白民国。

白民国人有的居住在高山上，有的居住在山谷里。

白民国人有如雪一样白的肌肤，这也许和他们吃的食物有关。白民国人不耕种，从来不吃黍、米等五谷，他们也不喜欢吃树上的果实。据说在白民国的山上盛产一种白色的玉石，玉石洁白无瑕，在阳光的照射下，通透亮丽。除了玉石，白民国的山上还生长着一种神奇的树。当把玉石和这种树的树叶混在一起时，坚硬硌牙的玉石便会变得非常柔软，便于咀嚼和消化。白民国人的主食就是经这种树叶软化的白玉石，所以他们有着一身凝脂般的雪肤。每当有朋友从远方来做客，白民国人还会专门收集早间的晨露。晨露和玉石屑搅拌在一起，成了当地一道招待贵宾的食物——"水玉"。吃上一口水玉，满口清凉，还有恰到好处的回甘，滋味悠远。

白民国还有一种神兽，叫"乘黄"。乘黄长得像狐狸，但是它们又和狐狸不一样——神兽的脊背上长着一整排的角，它们弓身的时候，那角就像是齿轮的一部分。

据说，只要在乘黄的背上骑一下，就能活到两千岁。

邻国的人听说了这件事后，都纷纷前来白民国找寻神兽。在白民国的高山上，每天都能看到前来找寻乘黄的人。他们入深山，钻山洞，爬悬崖……几乎什么地方都寻遍了，也没看见乘黄的影子。

其实，乘黄只认白民国的人。相传白民国人那一身雪白的肌肤，就是乘黄认人的标志。

【海外西经】

　　白民之国在龙鱼北①，白身被（pī）发②。有乘黄，其状如狐，其背上有角③，乘之寿二千岁④。

【注释】

① 白民之国在龙鱼北：白民之国在龙鱼所在地的北方。
② 白身被发：那里的人都是白皮肤，披散着头发。被，通"披"。
③ 有乘黄，其状如狐，其背上有角：有一种神兽叫乘黄，长得像狐狸，脊背上有角。
④ 乘之寿二千岁：人要是骑上它，能活两千年。

肃慎国
sù shèn guó

取雄常树做衣

等级	异人
颜值	形貌像人
形态	穿着树皮衣
异兆	雄常树的树皮可做衣服

白民国之北，有个肃慎国。

每当北风吹、白雪飘的冬天，肃慎国的人们就会很担忧。

因为他们所处的地方林木稀少，几乎没有一种植物能够让他们做成衣服。所以肃慎国人只能常年披着猪皮来遮挡身体。在温和的日子里，这倒也没什么，但是到了凛冬腊月，薄薄的一层猪皮根本起不到保暖的作用。虽然他们又在身上涂抹了一层厚厚的猎物的油，但这样远远不能抵挡风寒，烈风吹过来，还是会觉得出奇的寒冷。所以，肃慎国人一到冬天就只能整天躲藏在屋子里，不敢外出狩猎或劳作。他们透过窗户，望向不远处的一种叫作"雄常"的树。这种树是他们的希望。

据说每当中原地带有英明圣哲、知晓事理的天子继位，雄常树就会长出厚实的树皮，用这些树皮做衣服，特别保暖。肃慎国人也把这种树叫作"神树"，它们"应德而生"，给人以温暖和希望。

话说，有一年冬天的早晨，当人们躲在屋子里围着火堆取暖时，一个小男孩默默地走到窗口望向窗外。突然，他叫起来："长树皮了，雄常树长树皮了。"

果然，本来枝干纤瘦的雄常树上，正在长出厚实的树皮来。人们惊喜万分，顾不得瑟瑟寒风，跑出屋子，开始收集起树皮。这时候的雄常树，树皮收之不尽，足够千家万户的人用来做一身厚实的衣物了。

穿了雄常树树皮做的衣服，男人们又可以去山上狩猎了。他们力大无比，又个个是射箭能手，只要用青石磨成的箭头射击，准能射中猎物。

因为有圣贤的天子继位,肃慎国的人们度过了一个暖和又富足的冬天。

【海外西经】

　　肃慎之国在白民北①。有树名曰雄常②,先入伐帝,于此取之③。

【注释】

① 肃慎之国在白民北:肃慎国在白民国的北面。
② 有树名曰雄常:有一种树木叫作雄常树。
③ 先入伐帝,于此取之:如果中原地区有英明的帝王继立,那么,常雄树就会生长出一种可做衣服的树皮。

长股国

长腿国

异兆	形态	颜值	等级
无	长着长长的腿	形貌像人	异人

在雄常树的北边，经常会出现一些长腿的、披散着长长头发的人行走于山坡、山林之中，有时候他们也会去海边。

原来这里是长股国，长股国所有的国民都有一双大长腿。有些人直立时，身子甚至比普通的乔木都要高。

山间的风吹来，把长股国人的长头发吹得飘飞起来。他们很喜欢这样的长头发，也喜欢吹这里的山风和海风。

从长股国向南，就能到达海边，那里生活着长臂国人。

长臂国人和长股国人非常友好，因为一个手臂长，一个腿脚长，就能配合着做许多常人做不了的事情。

比如长股国人驮着长臂国人，可以采摘到参天大树上的果实。这些果实因为有长久的光照，吃起来特别香甜。他们更愿意做的事情是去海里捞鱼。长臂国人如果单独行动，只能在浅海里捞些普通的鱼，因为他们的腿不长，无法走到更深的海域。而长股国人虽然腿长，但是短短的手臂却无法垂到海里，弯腰捞鱼对于他们来说，是个费力的活。所以他们去捕鱼，总是会和长臂国人一块儿合作。

这一天中午，阳光把海面晒得热气腾腾的，波纹闪着碎金色的光芒。一群长股国人左侧腰间挎着大鱼篓来到海边，他们找到同样挎着鱼篓的长臂伙伴（只是他们的鱼篓挎在右侧）。长股国人背起长臂国人。他们走向海滩，走入浅海地带，再走到深一些的海域。只见长臂国人两手一垂，就伸进了海里，毫不费力地就捉到了两条大鱼。两条鱼分别放进两侧鱼篓中，平均分配。往往半个时辰不到，就能满载而归了。

长臂国人住的地方离海边不远，很快就回到了家中。长股国人离海边很远，但是因为有一双大长腿，他们跨一步差不多就是普通人的十倍，因此也很快就回到家中，开始准备晚餐。

【海外西经】

长股之国在雄常北①，被（pī）发②。一曰长脚③。

【译文】

① 长股之国在雄常北：长股国在雄常树所在之地的北面。
② 被发：那里的人都披散着头发。
③ 一曰长脚：另一种说法，认为长股国也叫长脚国。

无䏿国
没有小腿肚子

等级	颜值	形态	异兆
异人	形貌像人	普通人形	能够死而复生

　　长股国的东边，是无䏿国。无䏿国有连绵的群山，群山上有很多大大小小的洞穴。在这些幽暗僻静的洞穴里，生活着一群奇特的无䏿国人。但是所有无䏿国的人都不分男女，更没有小腿肚子。

　　无䏿国人的活动范围很小，就是洞穴到洞口这个方寸之地。他们不用耕种，也没有其他的劳作，比如纺纱织布啦，做小器具啦……

　　那他们吃什么呢？

　　说来很奇怪，无䏿国人很少吃东西，甚至连野果子也不摘。他们好像天生就没有食欲，呼吸一下新鲜的空气就可以了。每天清晨，他们会到洞口来，望着远山，然后深深地吸气，再轻轻地呼气。有时候，他们也会抓一些泥土放进嘴巴里——像是一株植物那样，需要土壤才能存活。没错，他们就是这样靠空气和泥土来维持生命的。

　　有一天，不知从哪国跑来三个村民。他们路过两个无䏿国人居住的洞口时，惊讶地发现他们正在很有滋味地咀嚼泥土。村民们以为是他们太贫穷了，没有食物来解决温饱，就非常慷慨地把随身带着的果子、糕饼送给他们。但是无䏿国人摇摇头拒绝了，他们说："我们不需要除了空气和泥土之外的食物。"

　　尽管需要的很少，但无䏿国人能活到一百岁。更奇特的是，他们死去之后，只要把尸体埋进土里，一百二十年后就会复活。虽然那个时候他们的肉身已经没有了知觉，但是那颗强有力的心脏因为泥土的滋养依然在跳动。一百二十年的时间一到，死去的无䏿国人就凭借跳动着的心脏又活过来了，只是复活过来的他们已失去了记忆，成了一个"全新"的人。

如此周而复始，无䏶国依然人丁兴旺。

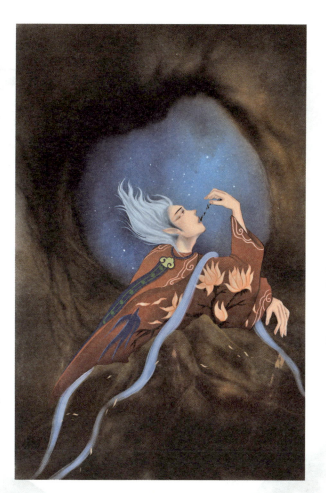

【海外北经】

无䏶之国在长股东①，为人无䏶②。

【注释】

①无䏶之国在长股东：无䏶国在长股国的东面。
②为人无䏶：那里的人没有小腿肚子。

一目国 yī mù guó

脸上只长一只眼睛

异兆	形态	颜值	等级
无	身材高大	头发披散,一只眼睛长在脸中间	异人

在钟山的东面,有海拔高几千米的山间盆地,这个地方水源充沛、水草丰美,山水相映成趣,虽然巨石林立,却也是个幽静美丽的地方。此地为一目国。

一目国的人长得非常高大,就如传说中的巨人。他们不仅力大无比,长得也和常人不一样。他们只有一只眼睛。这只眼睛长在脸的正中间,看上去就像脸部的一个小窗口,能观望外面的大世界。他们的头发散乱,脑袋看上去更显硕大。

盆地中间,有一片大草原,独目人就在这里放牧着牛羊。因为人长得高大,他们放牧也特别轻松,手臂一伸展,就能拦截住一大群牛羊。如若有牛羊逃跑,他们的大长腿也会帮上忙,三步两步地就追赶上了。

曾经有一些别国的人觊觎一目国这片肥美的草原,想方设法地要来侵占。但他们虽然有比较好的武器,却没办法对付这些独眼的巨人。他们一次次地来,又一次次地惨败。这也让一目国人越战越勇猛,也越发显得彪悍无敌。

天长日久,一目国人温柔渐失,变得冷漠。他们除了在自己的地盘上抵御外来侵略者,有时候还会去打扰路过一目国的无辜的人们。

话说有一天,两个邻国的人驾着马车赶路,途经山间盆地时,被一目国人强行拦住。

他们不由分说地搜寻马车里的物品,发现了很多珠宝和黄金。

"这些可都是好东西!"一目国人把所有的东西据为己有,还残忍地把

两个无辜的人摔得远远的。

至此,他们把拦路抢劫当成了家常便饭。附近的人们听闻此事,都不敢到一目国来了。

但是,一目国人会自己去找寻目标。他们力大无比,谁也不是他们的对手。一目国人曾一度成为那里的霸主。但对付他们的办法还是有的,那就是趁其不备时,刺伤他们的一只眼睛。这当然是后话了。

【海外北经】

一目国在其东①,一目中其面而居②。一曰有手足③。

【注释】

① 一目国在其东:一目国在钟山的东面。其,指的是钟山。
② 一目中其面而居:那里的人是在脸的中间长着一只眼睛。
③ 一曰有手足:另一种说法认为他们像普通的人一样有手有脚。

柔利国 róu lì guó

膝盖反长

等级	颜值	形态	异兆
异人	无骨，软体，只有一只手和一只脚	膝盖反向，脚弯曲向上	无

　　一目国向东，有个非常幽暗的大森林。森林里长满了参天大树，枝叶浓密繁茂，阳光很少能够照进来。就算在炎热的夏天，这里也是一片沁凉。

　　森林里有许多阴暗潮湿的沼泽和溪流，青苔重重复重重，望过去满眼绿森森的。走近看，你会发现这里生活着一群非常特别的人。

　　他们有着人的身体，却像蜗牛等软体动物一样，全身没有一根骨头，看上去柔软无比。每个人只有一只手和一只脚，而且他们的膝盖还是反向的，致使脚弯曲向上。乍一看，像是一条鱼或者一条蛇的尾部——这些特殊的人都是柔利国人，他们所生活的地方也就是柔利国。住在这样阴暗无天日的地方，也是他们生存的需要。据说柔利国人害怕太阳，他们的皮肤如果一不小心被强烈的日光暴晒，身子就会变得很干很僵硬，不到半个时辰，就会干枯死去。

　　因为没有骨头，他们的反击能力也特别差，假如周围有什么动静，柔利国人只会贴着地慢慢爬行，躲进沼泽或者河道里，以防被攻击。

　　一天早晨，一阵"扑啦啦"的声音打破了森林的宁静。只见一只大鸟扑扇着翅膀俯冲下来，速度之快，让一个正在呼吸新鲜空气的柔利国人没有躲藏的时间。眼看大鸟的尖嘴巴正要啄向他的脑袋，突然，不知从哪里喷射出一种散发着腐烂气味的毒液，溅了大鸟一身。只听"叽喳叽喳"一声惨叫，大鸟跌落在沼泽里，像是被毒死了。

　　其实，这种毒液是从柔利国人的皮肤里喷射出来的，每一个柔利国人都有这种本领。在紧要关头，为了保护自己，他们会用这一招来抵御外敌。

【海外北经】

　　柔利国在一目东[1]，为人一手一足，反膝，曲足居上[2]。一云留利之国，人足反折[3]。

【注释】

① 柔利国在一目东：柔利国在一目国的东面。
② 为人一手一足，反膝，曲足居上：那里的人只有一只手一只脚，膝盖反着长，脚弯曲朝上。
③ 一云留利之国，人足反折：另一种说法认为柔利国叫作留利国，人的脚是反折着的。

深目国 shēn mù guó
习惯举着一只手

等级	异人
颜值	眼睛深深陷进眼窝里，目光深邃
形态	总是举着一只手
异兆	洞穿一切

柔利国往东，传说有个相柳氏，他曾经是洪水之神。相柳有一条巨大的蛇身，身上长有九个人类面孔的脑袋，看上去恐怖狰狞。

相柳氏所处之地往东，有个深目国。那一天，有两个村民因迷路闯入

了深目国。他们走在一条泥泞的小道上。突然，从远处走来一个人，他举着一只手向他们打招呼。迷路的村民也连连鞠躬向他行礼。但是，他们发觉这个人经过他们时，表情非常的平淡，而且走出很远了，那只手还在高高地举着。迷路的人觉得很奇怪，就频频回头望着他的背影。

"你们是不是觉得我这样举着手是在和你们打招呼？"那个人转过身来，保持着同样的姿势问迷路人。

"难道不是吗？"迷路人问。

"错，我们深目国人除了吃饭穿衣干活外，平时都高举着一只手。"自称深目国人的那个人指指右边，"你看，他也这样，她也这样。"

迷路的人顺着他指的方向望过去，果然看见一男一女两个深目国人也举着一只手，像是和谁打着招呼。

深目国人与其他人不同的地方，还有他们的眼睛。他们的眼睛虽然只有一只，却深深地陷进眼窝里，看上去特别深邃，像是能把世上的一切都看穿，或把人的心思都摸透一样。

"没错，我们的眼睛都长得一个样。我们也能用我们的眼睛看透你们的心思。"深目国人说，"比如现在，我从你们的神情中看出来你们在比较我们的眼睛，而且在想，这样深的眼睛，也许能看穿世上的一切？"迷路人不住地点着头，觉得惊讶极了，并请求深目国人帮忙探一探回家的路。

这可是小菜一碟，深目国人用那只深邃的眼睛，很快帮迷路人探出了来时的方向，找到了回家的路。

【海外北经】

深目国在其东[1]，为人举一手，一目[2]。在共工台东[3]。

【注释】

[1] 深目国在其东：深目国在相柳氏所在地的东面。
[2] 为人举一手，一目：那里的人总是举起一只手，只有一只眼睛。
[3] 在共工台东：另一种说法认为深目国在共工台的东面。

聂耳国
shè ěr guó

两手托着大耳朵

等级	异人
颜值	普通人的样子
形态	两手托着自己的大耳朵
异兆	能驱使两只花斑虎

无肠国往东，有一片很大的海。海上有这片海域唯一的岛国——聂耳国。聂耳国四面环水，看上去渺小而孤单，但是一进入岛国，你就会发现岛上视野开阔，风光迷人。每天去临海的礁石上吹吹海风，看看海景是聂耳国人喜欢做的事。他们通常会带上他们的随从——身上有花纹的老虎。这些老虎不仅不伤人，还会保护主人。聂耳国人在海边一待就是老半天。

"那简直就像金子一样高贵！"他们看着被阳光染成金色的波纹，会发出这样的感叹。

"鸥鸟的叫声很烦很烦，可我为什么那么喜欢听呢？"他们也会这么仰望着鸥鸟，像是嫌弃，又像是欣赏。

日复一日，聂耳国人居然能认出海里所有的物种。他们会区分红藻和绿藻，知道哪些海域有美丽的水母，哪些海蚌里藏着晶莹的珍珠，哪些鱼的味道鲜美……

一些邻国的人会坐着舟船来聂耳国待上一阵。聂耳国人会热情地招待他们。其实，应该是客人招待聂耳国人——这得从聂耳国人的耳朵说起了。

聂耳国人天生长有一对硕大的耳朵，它们有的垂在肩上，有的甚至可以垂到胸口，看上去简直比大象的耳朵还要大。大耳朵给聂耳国人的生活带来了不便，他们出行或者干活，都要托着耳朵，不然这些耳朵摆过来摆过去，非常令人讨厌。

来岛上做客的客人们都了解大耳朵给聂耳国人带来的不便，他们往往会在主人的示意下，出海去捕食美味的海鲜，然后做一顿可口的饭菜，大

家一起享用。聂耳国人特别享受不用自己动手做就能吃到大餐的幸福时光。

不过,耳朵大也不全是烦恼的事。比如说,夏天的海岛上虫子多,聂耳国人可以用耳朵赶走飞虫。再比如,卷起耳朵,还能兜些野果子回家……

【海外北经】

　　聂耳之国在无肠国东,使两文虎①,为人两手聂其耳②,县(xuán)居海水中③,及水所出入奇物。两虎在其东④。

【注释】

① 使两文虎:驱使两只花斑虎。使,驱使。文虎,花斑虎。
② 为人两手聂其耳:那里的人两手托着自己的大耳朵。聂,通"摄",握持。
③ 县居海水中:孤零零地住在海中的小岛上。县,同"悬",无所依倚。这里是孤单的意思。
④ 两虎在其东:有两只老虎在它的东面。

夸父国 (kuā fù guó)

追光者

异兆	形态	颜值	等级
无	身材巨大	形貌像人	异人

聂耳国所在的大海东面,有个夸父国。夸父国人的身体要比常人高大许多倍,就如传说中的巨人。每个夸父国人都右手握着青蛇,左手握着黄蛇,看上去有点可怕,但是他们的性格很温顺,人也非常勤劳。

据说,这个国家还是一个巨人部落的时候,有一年冬天特别寒冷,而太阳也每天只停留很少的时间。大家就提议派一个人去追赶太阳,让太阳留下来。

那个去追赶太阳的人就是夸父。夸父身材健硕,也非常有毅力,他欣然接受了这个重要的任务。第二天,当太阳快要下山的时候,夸父便上路了。他一路不停地追赶着太阳,眼看着那轮西落的红日仿佛就在眼前了,夸父就这样一直追,一直追……追了有几千几万里,直到口干舌燥。

夸父实在太渴了,就俯身把黄河里的水和渭河里的水喝了个精光。可是这也完全不能让他解渴,于是他又去找寻其他的水喝。

又累又渴的夸父终于撑不住了,他倒在追赶太阳的路上。

夸父倒地的时候,变成了一座山,那座山就叫夸父山,而他所持的手杖在夸父山的东面,形成了一片邓林——桃林。桃林在春天开满了红艳艳的花朵,看上去像一片美丽的霞光。其实这片桃林是由两棵高大的树组成的,它们枝叶繁茂,向四周延伸,看上去形成了一大片,就像一个长满了桃树的林子。

就在这片桃林的西面,夸父的后代以及巨人族的人们建立了夸父国。

【海外北经】

夸父国在聂耳东①,其为人大②,右手操青蛇,左手操黄蛇。邓林在其东,二树木③。一曰博父。

【注释】

① 夸父国在聂耳东:夸父国在聂耳国的东面。
② 其为人大:那里的人身体高大。
③ 二树木:由两棵大树形成的树林。

拘瘿国
jū yǐng guó

脖颈上有大肉瘤

等级	颜值	形态	异兆
异人	形貌像人	脖子上长着大肉瘤	无

　　夸父国的东面，是黄河水流入的地方。这儿有一座高山，山上奇石林立，风光秀美。听说当年大禹治水疏通了这里的山道，给附近的人们带来了便利和美好的生活。大家为感谢大禹的恩德，就把这座高山命名为禹所积石山。

　　禹所积石山的东面，地势陡然低落，像个谷底，溪水常年流过，导致这个地方湿气很重，天气阴冷。就在这片潮湿地带，有个拘瘿国。不知是因为祖先的原因，还是由于地势低，潮湿阴郁所致，拘瘿国人的脖子上都长着一个大肉瘤。这个大肉瘤和脖子挨在一起，就像拘瘿国人的另一个脑袋。这个肉瘤很重，拘瘿国人行走或者劳作的时候，都需要托着它。

　　话说，有一个拘瘿国人，特别讨厌脖子上的大肉瘤，就想方设法地要去掉它。有一次去山林里，他捕捉到一只嘴巴很尖的大鸟。拘瘿国人把大鸟放在肩膀上，要它拼命地啄肉瘤。可是大鸟啄过的地方，伤口马上就又愈合了，而这个拘瘿国人却痛得不停地在地上打滚。

　　即便这样，他仍然不死心。有一次，他去夸父国找了一个巨人，想让他把肉瘤给拽下来。巨人力大无比，使劲地往下拽肉瘤。可是这个平时一只手就能把粗大的树连根拔起的巨人，却奈何不了这个大肉瘤，反而把这个拘瘿国人的脖子给拽歪了，听说一年之后才恢复过来。

　　这个拘瘿国人好了伤疤忘了疼，马上又想出来一个办法，那就是用滚烫的水烫肉瘤。那天早上，他烧开整整一锅水，然后把肉瘤浸到沸水中……哪知道，肉瘤因为热胀冷缩，反而变得更大了。

这个拘瘿国人特别后悔做这件傻事，自此以后，他就安心地托着他的肉瘤，再也不嫌弃它了。

【海外北经】

拘瘿之国在其东①，一手把瘿②。一曰利瘿之国③。

【注释】

① 拘瘿之国在其东：拘瘿国在禹所积石山的东面。
② 一手把瘿：那里的人常用一只手托着脖颈上的大肉瘤。瘿，因脖颈细胞增生而形成的囊状赘生物，多肉质，比较大。
③ 一曰利瘿之国：另一种说法认为拘瘿国叫作利瘿国。

跂踵国
qǐ zhǒng guó
反转着脚的人

拘瘿国的南面，黄河岸的西北，长着一种叫作寻木的树。这种树非常巨大，说是有一千里长。它的根系延伸得很远很远，致使这一地带荒无人烟，只有一些喜阴的低矮植物伴随着它。

这一天，寻木树附近走来一个樵夫。天色已晚，他正急匆匆地赶路。

走到树下，他忽然看见一串脚印，惊喜地叫出声来："总算看到人迹了，我只要循着这串脚印走，一定会找到借宿的地方。"原来这是一个迷失了方向的樵夫。

地上的脚印很奇怪，只有脚趾没有脚底，而且特别大，看来像是个小巨人的脚印。这串脚印的脚趾朝向西南方，和樵夫来的方向正好是相反的。

"可是，我走了这么久，怎么没有碰到人呢？"樵夫觉得很纳闷，"不过，跟着他走，总是不会错的。"

樵夫迷路很久了，他不想再自己兜兜转转的了，于是就调整了方向，循着脚印向前赶路。

天越来越黑了，樵夫依然没有看见一个人，也没有发现一个村庄。

走着走着，他突然想起来有个跂踵国。那儿的人长得很高大，脚也特别大。他们的脚除了大，还有一个怪异的特征，那就是他们的脚是反着长的。如果他们向南走，那脚印必定是朝向北的，如果他们往西走，那脚印必定是朝向东的。而且，他们总是踮着脚走路，脚跟都不着地。

樵夫越想越觉得这串脚印就是跂踵国人留下的，如果真的要去跂踵国，他必须要再重新回头走老路。

于是，樵夫又调整了方向——朝着脚印的反方向走去……

他猜得没错，这串脚印就是跂踵国人留下的。半夜里，樵夫终于到了跂踵国，并在这儿借宿了一晚。

【海外北经】

跂踵国在拘瘿东①，其为人大，两足亦大②。一曰大踵③。

【注释】

① 跂踵国在拘瘿东：跂踵国在拘瘿国的东面。
② 其为人大，两足亦大：那里的人身材高大，两只脚也非常大。
③ 大踵：一说应是"反踵"，即脚是反转长的，走路时行进的方向和脚印的方向是相反的。

欧丝之野
ōu sī zhī yě
—女子跪地吐丝

等级	颜值	形态	异兆
异人	美丽的女子	跪在地上，倚着桑树	会吐丝

　　从跂踵国向东，就到了欧丝之野。欧丝之野这个地方很怪异，周围一片荒芜，几乎没有人迹。但是在一棵高百仞的桑树边跪着一个女人。她总是在吐银丝，并一圈一圈地把丝缠绕起来。

　　天上的飞鸟，地上的小兽都不会让她分心。据说这个女子就是蚕神。蚕神本是人间一个美丽的女孩，她家养着一匹白色的马。那马是他父亲的坐骑。家里人对白马很友善，白马也渐渐地喜欢上了女孩，并且产生了爱慕之情。就在女孩长到十多岁的时候，她的父亲被强盗掠走了。

　　母亲整日以泪洗面，有一天因牵挂丈夫而胡言乱语起来："白马啊白马，只要你能找回我的丈夫，我就把我的女儿许配给你。"白马听说之后，就挣脱了缰绳去找女孩的父亲。没多久，白马果然带着女孩的父亲回来了。

　　一家人特别开心。但是白马却整天黯然神伤，提不起精神来，父亲觉得很奇怪。母亲就把自己的"胡言乱语"告诉了丈夫。父亲听了很生气，他对白马说："岂有此理，白马怎么能娶我家女儿为妻呢？"之后，白马越来越伤心。父亲越看越不对劲，就在一个晚上把白马杀掉，还剥了它的皮。女孩看见马皮很来气，她怨愤地扯过马皮说："你为什么要喜欢我呢，好好的马不做，偏偏要被这么屠杀……"女孩还用力地踩着马皮。

　　没想到马皮突然立了起来，把女孩整个地包裹住，并且把她带到欧丝之野的荒地上。从此，那棵高大的桑树就成了女孩（蚕神）的家。

　　蚕神也不是长年累月地跪倚在树边吃桑叶吐蚕丝的，有时候，她也会化身为正常的女子，给人们带去蚕丝，教他们织成丝绸，做华美的衣裳。

　　在欧丝之野的东面，另有三棵没有枝条、高百仞的桑树。据说春天的时候，蚕宝宝会爬到树上吃桑叶，路过的人会把它们带回家养起来。就这样，蚕宝宝在各地繁殖，丝织品也越来越多了。

【海外北经】

　　欧丝之野在跂踵东①，一女子跪据树②欧丝③。

【注释】

① 欧丝之野在跂踵东：欧丝野在跂踵国的东面。
② 据树：倚着桑树。
③ 欧丝：吐丝。欧，同"呕"，吐。

大人国

巨人国

无异兆	形态 身材高大	颜值 形貌像人	等级 异人

秋天的一个早晨,一个叫竹的小山民踏着落叶一路向北行走。"沙拉沙拉",踩在树叶上的感觉真好。走着走着,突然脚下的感觉不一样了,像是踩到了一个温热的、有弹性的东西上。

"什么呀?"竹仔细地望了望脚下。

"是我,小东西,你踩到了我的脊背上。"原来是一个趴在地上的巨人。

竹赶紧跳到地上,巨人慢慢地直起身来。

"啊?"竹可从来没有见到过这么大的人。

他比旁边那棵被山里人誉为最高大的古树还要高出许多。

"我是从大人国来的,飞了一圈有点累了,想休息一下。"简直像是一只天空里的飞鸟在说话,声音从云端传来。

"你是飞来的?但是你没有翅膀啊?"竹认为这个巨人简直是在开玩笑。

"我可以带你一起飞,来吧,去我们的大人国玩一会儿。"巨人不由分说地俯下身子,把竹夹在胳膊下。

竹还没顾得上挣扎呢,只见那个巨人已经腾空飞了起来。一眨眼的工夫,巨人就停落在一个巨大无边的村落里。那儿的东西都特别特别大,几个巨人在河边劳作。他们赤裸着上身,长着一头雪白的头发。

"这是在干什么呢?"竹问。

"造船。我们这里的人不仅会用木头建造木船,还喜欢撑着船去游玩。"巨人对竹说,"但是,我们虽然有脚,却不会走路。"

"但是你们会飞!"竹很羡慕会飞翔的巨人,但是他只会走、跑和跳。

　　造船的巨人们请竹为他们表演走路、跑步和跳跃，竹非常愿意。当巨人们的眼睛都聚拢在他身上时，他觉得自豪极了。

　　自那以后，竹和大人国的巨人们成了很要好的朋友，他们见面的地方就是村口那棵最高大、最古老的树旁。

【海外东经】

　　大人国在其北，为人大，坐而削船①。

【注释】

① 大人国在其北，为人大，坐而削船：大人国在它的北面，那里的人身材高大，正坐在船上削船。一说削船是划船。

君子国
jūn zǐ guó

佩宝剑的斯文人

等级	颜值	形态	异兆
异人	形貌像人	斯文和气，腰间佩着宝剑	无

狄山的北面，有个君子国。

君子国人每一个都显得文质彬彬的，非常有礼貌。他们穿着整洁，腰间佩着宝剑。但就是这样看上去斯文又和气的人，却是以野兽为食的。

他们的身边也总会跟着两只带有花斑的老虎。据说，老虎是君子国人的随从，它们要听从主人的吩咐。

不过，礼让和谦虚却也真真切切是君子国人做人的品质。

一天，一个叫孟的男子路过君子国集市，被一桩买卖吸引了脚步。令他驻足的是一个鱼摊。

买主对卖主说："您好，我要买一条鲤鱼。"

卖主说："今天的鲤鱼不太新鲜了，您看您还是要买吗？"

买主说："没关系，我要买一条。"

卖主捞起最大的一条鲤鱼，然后告诉买主是一文钱。

"这可使不得，这么大的鲤鱼怎么只要一文钱呢？"买主说，"我给你两文吧。"但是卖主说什么都不肯收下两文钱，他把多出来的那一文还给买主。

买主说："使不得使不得，两文都收下吧。"

他们这样推过来推过去的，已经有十多次了。

后来买主说："你真的要还我一文钱的话，那我就只好拿一条小一点的鲤鱼了。"

买主说着把大鲤鱼放入养鱼的木盆里，拿起了最小的那条鲤鱼。

卖主一个劲儿地说着:"您真是太客气啦,您真是太客气啦!"

总算,这桩买卖有了一个结果。在一边观看的孟感叹个不停:"都说君子国的人个个都很谦逊,处处礼让他人,果然名不虚传。"

【海外东经】

君子国在其北,衣冠带剑①,食兽,使二大虎在旁,其人好让不争②。

【注释】

①君子国在其北,衣冠带剑:君子国在奢比尸所在之地的北面,那里的人穿衣戴帽而腰间佩带着剑。衣冠,这里都作动词用,即穿上衣服、戴上帽子。

②其人好让不争:为人喜欢谦让而不争斗。

青丘国
qīng qiū guó

国中有九尾狐

青丘国在狄山的北面，这里四季如春，原野上种满了五谷，且年年丰收。

这里的人们不用为吃穿发愁。他们不仅享受着五谷的清香，还穿丝帛织成的衣服，看上去又高贵又体面。

青丘国之所以这么富饶，又如此太平，也许和九尾狐有关。青丘国一带就是九尾狐们得道成仙的地方，只要有九尾狐出现的地方，就一定会平安吉祥。这种被称为九尾狐的神兽和普通的狐狸不一样的地方在于它们的尾巴。顾名思义，九尾狐有九条尾巴，据说，它们还具有幻化的法术。

青丘国的小国民们总是会去延绵的山中探寻九尾狐的踪迹，但每一次都是扫兴而归。有一天傍晚，小异和小七在一个山头上采完浆果回家，突然不知从哪里蹿出来一个陌生的小孩。

"可以给我一些浆果吗？"小孩问，"我叫小狐。"

他的声音有点奇怪，但是小异和小七都听清楚了他的话。

"给你。"小异抓了一把浆果给小狐，小七也抓了一把给小狐。

小狐一下子就把浆果全吃了，他抹了抹嘴唇，眼睛仍然盯着篮子里的浆果。小异索性把篮子都递给了他："看你这么喜欢吃，这篮浆果全归你了。"小狐欣喜万分，他一把接着一把地吃着浆果，不一会儿工夫，篮子就底儿朝天了。小狐满足地抹了抹嘴巴，然后神秘地告诉小异和小七："其实，我是九尾狐幻化成的。你们想不想看看我的真面目？听说你们小孩每天都在寻找我们，想看一看九尾狐到底长什么样。"

小异和小七惊讶极了，他们说："想看，想看。"

只见小狐用右手摸了一下脸，顿时，他变身了，成为一只有着四条腿、九条尾巴的狐狸。

小狐旋转了一圈后，就消失得无影无踪。

小异和小七把见到九尾狐的事情告诉了乡亲们，但是谁都不相信这是真的。可是不得不承认，自从见到九尾狐后，小异和小七一直在走运，比如半路上捡到珠宝，比如劳作时工具会变得很有力量……

【海外东经】

青丘国在其北[①]，其狐四足九尾[②]。

【注释】

① 青丘国在其北：青丘国在朝阳谷的北面。
② 其狐四足九尾：那里有一种狐狸长着四条腿九条尾巴。

雨师妾国 yǔ shī qiè guó

浑身漆黑的人

异兆	形态	颜值	等级
会法术	两手握着蛇，两耳挂着蛇	浑身漆黑	异人

黑齿国向北，有个汤谷。据说汤谷是十个太阳沐浴的地方，所以整日热气蒸腾，令人无法靠近。

汤谷的中央有一棵扶桑树，树的下半截浸在滚烫的热水中，只有树枝伸出水面。

每次洗浴时，有九个太阳半浮在水中，而剩下的一个太阳则高高挂在树枝上，正好可以照亮整个大地。

和滚烫的汤谷正好相反的是处于它北面的雨师妾国。这个国家阴郁潮湿，冷气逼人。雨师妾人浑身漆黑，两手各握着一条蛇，就连耳朵上也挂着蛇。他们右耳挂的是红蛇，左耳挂的是青蛇。

雨师妾人擅长黑法术，他们总是在深山老林里找寻一些有毒的植物，把它们的汁液和沼泽地带的污垢搅拌在一起，然后在一口石锅中烧制成药泥。

他们把这些药泥搓成弹珠一般大小的药丸，再放在通风处晾干，然后置于小钵中。

每一种药丸都有不同的毒性，比如有的药丸能导致腹泻，有的药丸能令人头痛欲裂，有的药丸能让人神志不清，有的药丸甚至能置人于死地……

凡是听说过雨师妾国的人，都会小心翼翼地绕道而行，但难免也会有一些不甚了解的人，误闯入雨师妾国的地盘。运气好一点的话，会遇到一个只和你开开小玩笑、玩玩恶作剧的雨师妾人。

　　有一次，一个小男孩追赶一只青蛙，不小心来到了雨师妾国。青蛙跳进草丛里就不见了，小男孩正在四处张望的时候，一个雨师妾人在他的背上贴了一张纸符。

　　只见小男孩立即手舞足蹈起来，他往前跳、往后跳、往左跳、往右跳，怎么都控制不了自己的身子了。雨师妾人望着小男孩的身影大笑起来。

　　直到一阵风吹来，吹飞了纸符，小男孩才恢复了正常，但他不知道刚才究竟发生了什么。

【海外东经】

雨师妾在其北①,其为人黑②,两手各操一蛇,左耳有青蛇,右耳有赤蛇。一曰在十日北,为人黑身人面,各操一龟③。

【注释】

① 雨师妾在其北:雨师妾国在汤谷的北面。
② 其为人黑:那里的人全身黑色。
③ 各操一龟:手中各拿着一只龟。

玄股国
xuán gǔ guó

黑腿人

等级	颜值	形态	异兆
异人	形貌像人，腿脚漆黑	穿着鱼皮衣，戴斗笠	无

雨师妾国往北，有一个临海的国家，叫玄股国。

玄股国人住在海边，以捕鱼为生，所以常年戴着一顶斗笠，穿着鱼皮制作的衣服。鱼皮衣看上去滑不溜秋的，但是能挡风雨，也方便渔民们下海捕鱼。

玄股国人上身皮肤和常人无异，但是他们的腿脚却如墨汁一样漆黑，像是贴身穿着一条黑色的紧身裤，也像是涂了一层黑漆。

每次去海边捕鱼，他们都随身带着两只鸟。鸟就像他们的随从，会护着主人，也会引领主人们到鱼群多的地方去捕鱼。如果没有两只鸟伴在身边，玄股国人的生活就会失去许多意义。

曾经就有这样一个渔民，因为烦透了每天要给他的鸟儿们喂食，竟然把它们放生到了很远的高山上。没有鸟儿随从的日子里，渔民就开始走霉运了。有时候，他一天都捕不到鱼；有时候，他竟然会迷失方向，到了深夜都找不到自己的家；有时候，他捡拾来的鸥鸟蛋，竟然是坏掉的，无法食用；晚上还天天做噩梦，有时掉进深渊，有时被人追杀……

渔民过得越来越糟糕，有一天，他忽然思念起两只鸟儿来。同时，他也意识到这一连串的不如意，都是因为没有鸟儿的陪伴。

渔民决定去找回他的两只鸟。

他去了那座放生鸟儿的高山，打了个召唤鸟儿的呼哨。但是，空山寂寂，什么回响都没有。渔民很失望，也很后悔，他呆呆地坐在一个大树墩上，懊恼地垂下了头。

　　第二天,第三天,第四天……渔民依然到老地方来召唤他的鸟儿。

　　"呜哦——呜哦——"第七天,当渔民再一次高声召唤鸟儿的时候,终于有两只白鸟俯冲下来,站在他的肩膀上。

　　"我再也不会赶走你们了。"渔民把随身带着的谷物喂给鸟儿吃。

　　把鸟儿带回家后,渔民的生活又恢复正常了。

【海外东经】

　　玄股之国在其北①。其为人,衣鱼食鸥②,使两鸟夹之③。一曰在雨师妾北。

【注释】

① 玄股之国在其北:玄股国在雨师妾国的北面。其,指雨师妾国。
② 其为人,衣鱼食鸥:那里的人穿着用鱼皮做的衣服,吃鸥鸟。鸥,即鸥鸟。
③ 使两鸟夹之:使唤的两只鸟在身边。

毛民国
máo mín guó
长着坚硬的毛

等级	颜值	形态	异兆
异人	形貌像人，身材矮小	浑身长满了硬毛的矮人	无

　　东晋年间，一个叫戴逢的吴郡司盐都尉在海边航行。当船驶向狄山北面地带时，他发现了一只小船，船上坐着四个个子都很矮小的男女，身上还长着如箭镞一般坚硬的毛，看上去像极了豪猪，但是他们分明又有着人一样的面庞和四肢。

　　戴逢大声向他们打招呼，但是船上的四个人只会叽里呱啦地乱嚷嚷。因为语言不通，他们听不懂彼此在说什么。一个浪打来，小船被打翻了。

戴逢立刻吩咐手下的人把四个男女救上来，并打算把他们送到中原的丞相府中。但遗憾的是，四个人中有三个不知是受了风寒还是什么原因，半路上都陆续死去，最后只剩下一个男人被送到了丞相府。

后来，这个男人在中原娶了当地的一个女子。

日子久了，他自然听得懂当地人说的话，并且也会说些当地话了。他告诉家里人，他是来自毛民国的人，毛民国在狄山的北面，人人都长着坚硬的毛，他们姓依，吃的是黄米。在毛民国，每人都能驯化和驱使老虎、豹子、熊和罴四种野兽。

他还告诉家里人，毛民国的北面，有个劳民国。劳民国人全身长着黑毛，他们行走的时候，像企鹅或者鸭子一样摇摇摆摆，就连站立或者坐着时，他们的身子也一直在摇晃，没有消停的时候。那些人看上去似乎焦躁不安，或者像是有什么事情要马上去完成，不能静止下来，让看的人也十分焦灼。

劳民国人不耕种五谷，只食山林中的野果。可能是因为不吃蒸煮煎炒的食物，他们基本上不生什么病，每个人都很长寿。

家里人听了毛民国男人讲述的事情后，都觉得很新奇，想去那里看看。他自己也有点想家了，奈何路途太遥远，只能作罢，还是安安心心地在中原生活下去。

【海外东经】

毛民之国在其北。为人身生毛[1]。一曰在玄股北[2]。劳民国在其北，其为人黑。或曰教民。一曰在毛民北，为人面目手足尽黑[3]。

【注释】

[1] 为人身生毛：那里的人全身长满了毛。
[2] 一曰在玄股北：另一种说法认为毛民国在玄股国的北面。
[3] 为人面目手足尽黑：那里的人，脸、面、眼睛、手脚全是黑的。

郁水南岸四国

伯虑国、离耳国、雕题国、北朐国

异人等级	颜值	形态	异兆
	形貌像人	伯虑国人整日无精打采	无

郁水发源于湘陵南山，伯虑国、离耳国、雕题国都位于郁水南岸。三个国家的国民都有自己的奇特之处。伯虑国人整天都昏昏沉沉的，像是没睡够。不，他们根本就不敢睡觉，因为害怕自己一睡着就再也醒不过来了。

据说，伯虑国人也从未给自己做过或者买过被子、枕头和床。没有就寝的必备条件，很多人会坚持好几年都不睡一觉，但难免会有人困得受不了，不经意间就睡着了。他这一睡，就会睡得很沉很沉，甚至几个月都醒不过来，家人们会担心他是不是已经死了。事实上，有些人睡几个月后会自己醒过来，但也有一部分人会真的睡死过去。所以，在这种未卜生死的等待中，伯虑国的人们越发害怕睡觉了。常言说的"伯虑愁眠"，说的就是伯虑国人害怕睡觉这件事。所以无论白天或是黑夜，伯虑国人都不休息。

离耳国人不吃五谷，喜欢吃海上的蚌类或者吃些番薯、芋艿等块茎植物。离耳国人以耳朵大为美，据说他们会把自己的耳朵拉长，甚至会用刀

把自己的耳朵割裂成条状,任其垂挂下来,垂得越长越好。雕题国人大都擅长在面部或者身子上刻画黑色的花纹或者如鱼鳞状的图案,把自己当作一条海里的鱼。特别是雕题国的女人,在成年后都会于额头上刺一些细如缕的精致花纹来表明自己的身份。除了伯虑国、离耳国和雕题国,郁水南岸还有一个北朐(qú)国。

【海内南经】

　　伯虑国、离耳国、雕题国、北朐国皆在郁水南①。郁水出湘陵南海。②一曰相虑。③

【注释】

① 皆在郁水南:都在郁水的南岸。
② 郁水出湘陵南海:郁水发源于湘陵,流入南海。
③ 一曰相虑:另一种说法认为伯虑国叫作相虑国。一说相字应为柏字。

xiāo yáng guó
枭阳国

长唇黑毛人

等级	颜值	形态	异兆
异人	人面长唇	浑身长着黑色长毛	见到人会咧嘴大笑

　　北朐（qú）国向西行，有一座高大的山峰，那儿树荫浓密，山崖陡峭，在山间，有个枭阳国。

　　曾经有一个陌生人误入了枭阳国，他背着小竹筐在山间行走。突然，一个浑身黑色，长着长毛的人咧嘴朝他大笑。陌生人觉得这个人虽然长得奇奇怪怪，有点可怕，但是还真热情呢。陌生人一点都不防备他，迎面向他走去。但就在此刻，那个奇怪的人左手握着一根竹筒向陌生人直劈过来。此刻他的笑已经停止了，张开狰狞的大嘴，看上去就和大猩猩龇牙时一样。陌生人敏捷地闪身，躲过了这一劈。他放下竹筐仓皇而逃，一路都不敢回头望。

　　直到他逃离了山间，回到山脚下，碰到一个樵夫，才松懈下来，靠在一棵树上直喘气。

　　樵夫问他怎么了。陌生人就把刚才碰到怪人的事情告诉了他。

　　樵夫说："算你命大，赶紧逃离这儿吧。此地靠近枭阳国，枭阳国人长得就像猩猩一样，他们喜欢吃人，经常也会下山来找'猎物'。"

　　陌生人和樵夫急匆匆地赶路。樵夫告诉了陌生人更多关于枭阳国人的事情。

　　原来，这些枭阳国人虽然有着人的面孔，却浑身都是黑色的，长着长毛。他们还有一张厚厚、大大的嘴唇，一笑起来，他们的嘴唇就会向上翻起，有时甚至盖住额头，遮住眼睛，看不清前面的东西。他们的脚也长得很奇怪，脚跟在前，脚尖在后。枭阳国人一看见人就会笑个不停。

樵夫说:"我也是听别人说起过枭阳国人,自己却从未碰见过。没想到真有这样的人。"

【海内南经】

枭阳国在北朐之西①,其为人人面长唇②,黑身有毛,反踵③,见人笑亦笑,左手操管④。

【注释】

① 枭阳国在北朐之西:枭阳国在北朐国的西面。
② 其为人人面长唇:那里的人是人的面孔而嘴唇很长。
③ 黑身有毛,反踵:浑身黑色,长有长毛,脚跟在前而脚尖在后。
④ 左手操管:左手握着竹管。

氐人国
dī rén guó
人鱼国

等级	颜值	形态	异兆
异人	人面，鱼尾	长着鱼尾的人	无

　　传说中有一种叫建木的树，长得像是牛的样子。它的树皮也很奇特，只要一拉，树皮就会"哗"地脱落下来。这些树皮像极了官帽上垂落的缨带，又像是黄色的蛇皮。而建木的叶子长得稀疏，像是罩着一张罗网。这种树生长地的西面有个氐人国。

　　氐人国的国民胸部以上是人的样子，胸部以下却是鱼的样子。他们没有双脚，只有像鱼一样的鳍和尾巴。氐人国的人可以生活在陆地上，也可以生活在海水中。据说他们都是炎帝的后裔，有通神的能力，可以腾云驾雾去天上办事或者游玩。

　　有一年夏天，一个小男孩被冲到了氐人国的海岸上，已经奄奄一息了。一个叫闵的氐人国人发现了他。她用神力帮助小男孩活了过来，但是小男孩已经不知道自己叫什么、生活在哪里了。于是，闵把他留在了氐人国，当作自己的孩子来养。她把他叫作惜。

　　惜有双脚，经常快乐地在海边奔跑，追逐鸥鸟，捡拾贝壳。但是他害怕下海游泳。闵就让他在浅海区涉水，慢慢地适应大海的习性。渐渐地，在闵耐心的鼓励下，惜喜欢上了海浪在身上轻轻涌动的惬意感。在闵的引导下，他学会了在海里呼吸，学会了游泳，甚至学会了潜水。惜喜欢潜入海底捞海星和海参。

　　一天黄昏，闵突然找不到惜了。惜是从午后潜入海底的。闵以为惜又去捞海星了，惜每次潜水的时间不会超过一个时辰。可是，几个时辰都过去了，仍然不见惜的踪迹。

闵面向大海,呼唤着惜,旁边的人也一起来呼叫,可是惜都没有回应。闵跳入海中去寻惜。虽然她有通神的能力,但在使用了各种法术后,仍无法知道惜的踪迹。就在她失望之极,坐在礁石上回想第一次和惜见面的情景时,惜突然爬上岸来。

他捧着一把晶莹剔透的珍珠,对闵说:"我要把它们穿成项链,挂到你的脖子上,一定很好看。"

【海内南经】

氐人国在建木①西,其为人人面而鱼身,无足②。

【注释】

① 建木:一种长着黄色树皮的树。
② 其为人人面而鱼身,无足:那里的人都长着人的面孔却是鱼的身子,没有脚。

夷人国

少数民族

等级	颜值	形态	异兆
异人	形貌像人	少数民族的装扮	无

夷人国在东胡国的东面。据说夷人国是曾经的巨人族族长防风氏的一部分族民在海边沙洲建立的一个国家。

这里荒野遍地，土地贫瘠，还有连绵的群山。夷人国建立之后的第一件事情就是开荒耕地。他们日出而作，日落而息，清除荒草，犁田，播

种。日子看上去艰难忙碌。但如果只有艰辛，那也不算什么，夷人国国民本来就是勤劳肯吃苦的人。除了这些，更令人担忧的是在附近的荒山野岭里，时不时会有凶禽猛兽出没，它们之中有凶残的秃鹫、可怕的毒蛇、凶猛的虎豹……因此除了耕种之外，夷人国人还会每天训练自己。做个强健有力量的人，可以在突发状况来临时，有抵抗的能力。

夷人国中有个叫奔的人，天天操刀练拳射箭，功力十分了得。

话说有一天太阳落山之后，村民们陆续回了家，田野里只有奔和一个年老的村民还在耕种。突然山脚下传来一阵吼叫，那声音像是能划破天穹一样，令人惊恐万分。这时候，奔看见一头凶猛的狮子正在朝着田间奔过来。

年老的村民吓得脸色煞白，差点昏过去。奔却临危不惧，张开随身带着的弓箭，从容地站定之后，拉弓射击。箭不偏不倚地射中了狮子的脑袋，令人没想到的是，狮子越发凶猛地狂奔过来。奔并没有退却，他大吼一声，搬起脚下的土块，猛地砸向狮子。

因为天天训练自己的武力，奔的力量无比巨大，他这一砸，似有千斤重。只听狮子惨叫一声，昏死过去。

年老的村民在惊吓之余反应过来，他紧紧抱住奔，呜呜地哭起来，并连声道谢。

奔却平静地说："要对付这些凶禽猛兽，只有让自己历练得比它们更加勇猛。"

年老的村民连连点头称是。

【海内西经】

夷人在东胡东①。

【注释】

① 夷人在东胡东：夷人国在东胡国的东面。

貊国
被消灭的国家

貊国在汉水的东北面，靠近燕国的边界。

貊国是个小国家，那里的人们耕种纺织，倒也安乐。他们还擅长制作陶器，多为陶壶、陶碗和陶钵。

有一户专门制作陶器的人家，他们家的小孩子也会来帮忙做些事情。

每天早晨，当太阳刚刚升起的时候，男主人会大喝一声"开工喽！"只见他们家的四个小孩揉着惺忪的眼睛走到院子里，然后找到各自的容器，分两路去搬运一些制陶需要的材料。

老大老二到山上去搬运黏土。哪里的黏土是制作陶器的上好材料，他们已经很有经验了。

老三老四去海边，搬一些沙、砂砾或者贝壳回来。这个要比挖黏土来得轻松。两个小孩子往往会一边玩，一边干活。他们和螃蟹玩一会儿，也会捡个小海螺吹一吹。特别是在捡贝壳的时候，他们会发现很多新奇的贝壳形状和图案。这些贝壳他们可舍不得用来制作陶器，而是把它们藏起来，至于藏在哪里，就只有他们俩自己知道了。

将土、沙子、砂砾和贝壳用水调和在一起，就可以用来捏出陶器的样子了。这个过程往往是父亲来完成的，当然，忙碌的时候母亲和小孩子也会来帮忙。他们把陶泥捏成壶的形状、碗的形状、杯盏的形状，然后晾晒。最后一个工序是烧陶。烧陶一般是在黄昏开始，当然有时候也会在下午。他们把柴火点着，燃起一堆篝火，把晾晒好的陶器放在火上烤制。

陶器制作好以后，附近的人会拿着稻米、黍米、布帛、果实等物品来交换。所以，这一户人家完全不用自己耕种五谷、纺织衣物，他们只要管好制陶这件事就可以了。

不过后来，貊国被燕国所灭，这个国家也就不存在了。

【海内西经】

貊国在汉水东北，地近于燕，灭之①。

【注释】

① 灭之：燕国消灭了貊国。

犬封国
quǎn fēng guó
像狗又像人

等级	异人
颜值	狗的模样
形态	男人长着狗的脑袋，人的身体
异兆	乘上吉良马就会活一千岁

  大行伯是共工的儿子，名叫脩（xiū），他随身握着一把长戈，喜欢四处游玩，特别是远游。在他居住地的东面，有个犬封国。

  犬封国中的男人身上穿着长袍，全都是狗的模样。犬封国的女人对客人很尊敬，总是会跪着向他们进献酒或者食物。

  犬封国人为什么会长着狗的模样呢？据说在新石器时代的高辛氏时期，族人刘氏有一天晚上梦见天降娄金狗到人间来托生，早上醒来的时候，觉得耳朵里面疼痛难忍，遂召来名医为她看病。这位名医在刘氏的耳朵里观望了好久，终于掏出来一条从未见到过的奇怪的金黄色虫子，有三寸长。刘氏想起晚上做的梦，吩咐大家把虫子在玉盘里养起来，并在上面盖上葫芦叶。这条奇怪的虫子每天长一寸，渐渐地有了狗的形状。他的身上有锦绣似的花纹，头上有二十四个黄色斑点。刘氏就给他取名为麟狗，号盘瓠（hù）。那一年，犬封族进攻高辛，帝喾下召求贤，谁若能杀番王，就把三公主嫁给他。盘瓠听闻后去到敌国，在番王酒醉之际咬断了他的脖子。盘瓠带着番王的头去领赏，但是帝喾因他是条狗想悔婚。这时，盘瓠竟然开口说话了，他告诉帝喾和三公主："把我罩到金钟下面，七天之后，我就会变成人的模样。"在金钟里罩了六天后，三公主放心不下，怕他闷死或者饿死，就打开了金钟。这时候的盘瓠身子已经是人的模样了，但是头仍然没有改变。

  就这样，三公主和有着狗头的盘瓠成了亲。结婚以后，他们搬到深山居住，狩猎耕种，生儿育女。

　　渐渐地，就建立了犬封国。这里的男人都有狗的模样，女人却依然是人的样子。

　　在犬封国，还有一种叫吉良的马，有着白色的身子和红色的鬃毛，两只眼睛像金子一样闪着光亮。据说，骑上吉良马的人，能活到千岁。

【海内北经】

　　犬封国曰犬戎国，状如犬[1]。有一女子，方跪进杯（bēi）食[2]。有文马，缟（gǎo）身朱鬣（liè）[3]，目若黄金，名曰吉量，乘之寿千岁。

【注释】

① 状如犬：（那里的人）长得像狗。
② 方跪进杯食：正跪在地上捧着一杯酒向人进献。
③ 有文马，缟身朱鬣：有一种带斑纹的马，全身白色，长着红色鬃毛。

射姑国
yè gū guó

海中之国

射姑国曾经是一个部落，是海中一个面积不大的陆洲，它的西南部，有连绵的群山。因为环海又临山，所以这一地带景色宜人，特别是春天的时候，山间小径上开满了桃花，矮灌木郁郁葱葱，乔木也森森然、欣欣然的样子。在这片富饶又美丽的地方，射姑人繁衍生息、击壤而耕，他们种五谷，也食野果。但在祥和的表象下，这块土地并不太平。

当时的射姑部落虽然林木茂盛，但野兽也肆虐而为，虎豹狮狼昼伏夜出，践踏作物，偷食庄稼，更恐怖的是，一些凶狠的野兽也会伤害山民，令大家置身在惶恐中。

部落首领面对这种不安定的环境，就召集能对付凶狠野兽的能人。有一位叫鹿女的姑娘挺身而出，表示愿意承担这个艰巨的任务。众人看她长得娇小，都纷纷摇头。没想到这位鹿女一拉开弓箭，就射中两只飞鸟、一头猛兽。鹿女姑娘的一身绝技，顿时令大家刮目相看。于是，她就此扛起了消灭野兽的重任。姑娘先是和山民们一起制造武器。大家用木头做弓，把石头磨成箭头。通过夜以继日地赶工，终于在半月之内，准备了足够的弓箭和武器。不仅如此，姑娘还带领大家练习拉弓射箭，训练技巧，并告知大家野兽出没的一些规律。

当一切准备就绪，姑娘就率领大家进入深山老林中野兽的穴居地，拉弓扫射。另有一部分射击手把守在各关口，防止野兽逃窜。

就这样，经过一段时间的射杀和围堵，野兽被消灭大半，它们再也无法肆意地危害人类了。

射姑人耕种纺织，出海打鱼，过上了安定幸福的日子。为感谢鹿女姑娘，射姑人把她居住的地方起名为鹿女洞，把她射杀野兽的地方称为射姑村，而射姑部落也因此变成了射姑国。

【海内北经】

射姑国在海中①，属列姑射②。西南山环之③。

【注释】

① 射姑国在海中：射姑国在大海中的岛屿上。
② 属列姑射：隶属于列姑射。
③ 山环之：高山环绕着它。

人面蛇身一目

　　鬼国处在北方的崇山峻岭之间。那里的树木遮天蔽日，整日里阴阴郁郁。许是因为鬼国这个名字令人望而生畏，所以那里人迹罕至，仿佛一切都是空寂的。

　　有个小山村在鬼国附近，那里的人们都很好奇鬼国到底是怎样的，那里是否真的住着鬼……但谁都不敢前去探个究竟。

　　有人猜想，鬼国当然是住着鬼的。也有人认为，鬼国可能只是一个名字而已，并没有鬼。

　　阿澈是小山村里胆子最大的人，但他也不敢一个人前往鬼国。

　　"阿澈，你去看看吧，你在我们这里可算是'胆大包天'。"村里人老是怂恿阿澈。

　　"你们中间只要有一个人和我同往，我就去。"阿澈说，可是没有谁答应。

　　"我去！"突然，一个嫩生生的声音回答道。

　　大家转过头去，发现是九岁的小男孩阿尘。

　　"既然阿尘都不怕，那我还有什么好犹豫的？"阿澈果断地说，"带上干粮，咱们现在就去。"

　　村民们突然开始阻止他们，怕此去凶多吉少。可是阿澈和阿尘铁了心，一定得去鬼国走一遭。准备了行囊后，他们俩出发了。

　　"阿澈哥哥，我们是不是会遇见鬼？"阿尘问。

　　"我也不知道。"阿澈说，"你害怕吗，阿尘？"

这时候，一只黑色的鸟扑棱着翅膀飞过他们的头顶，发出凄厉的叫声。阿尘害怕地哭起来，阿澈的心也开始剧烈地跳起来。越往里走，越是阴森，连风都冷得刺骨。他们紧张又害怕地挪着步子，仿佛一有声响就会惊动众鬼似的。但是，等他们走到了山尽头，也没碰见一个鬼。一路上都是一些从未见到过的花草树木，有些高大的树上还结着果子。

"阿尘，快躲起来啊！"阿澈忽然看见不远处出现了一个怪物。只见他长着人的头，身子却是蛇的样子。

"他只有一只眼睛。"阿尘一边颤抖着一边小声地对阿澈说。

这时候，阿澈也害怕极了。他俩躲在大树背后，屏住了呼吸，远远地观望着怪物。怪物的一只眼睛长在脸庞中间，巨大深邃，令人看了毛骨悚然。但似乎，他没有看见躲在侧边的阿澈和阿尘，倒是看到了前边的一只小野兔。怪物飞速爬行，去追赶野兔了。阿澈和阿尘趁机逃离了鬼国。他们把看到人头蛇身怪物的事情告诉了村民们。有个老者告诉大家，怪物有

可能是神人贰负,他是所有神人中,跑得最快的。

而鬼国到底有没有鬼,仍然是一个谜。

【海内北经】

鬼国在贰负之尸北①,为物人面而一目②。一曰贰负神在其东,为物人面蛇身③。

【注释】

① 鬼国在贰负之尸北:鬼国在贰负的尸体所在之地的北面。
② 为物人面而一目:那里的人物是人的面孔,长着一只眼睛。
③ 为物人面蛇身:那里的人长着人的面孔,蛇的身子。

环狗国
huán gǒu guó

兽首人身

等级	颜值	形态	异兆
异人	长着狗的脸	狗脸人身	无

在一片郁郁葱葱的森林里，有个环狗国。

环狗国人浑身黄色，长着普通人的身子，却有着狗的面孔。他们在森林里建筑小木屋，分户居住。

环狗国人长着锋利的牙齿，彪悍勇猛。他们除了吃一些小动物外，也吃像老虎、狮子一样庞大的野兽。但是，他们对族人和其他人类都非常友好，对待朋友更是肝胆相照，忠诚无比。

住在森林里的环狗国人很向往外面的世界，很想去热闹的地方看一看。有一年春天，当森林里的野花绽放出艳丽的色彩时，环狗国人甲和乙结伴采了野花去邻国玩耍，并设想着把这些好看的花送给那里的人。

但当他们出现在熙熙攘攘的街道上时，人们忽然拼命逃窜，且不小心掀翻了货摊，水果、蔬菜、小吃撒了一地，整个街道狼藉一片。环狗国人这才意识到自己和别人长相不同，他们觉得很是愧疚，赶紧回到了森林里。

"那里的街道多么有趣，但是我们永远都不能去了。那里的人见到我们怎么会这么害怕呀？"甲龇着牙，"应该是因为我们的牙长得难看吧。"

"我倒有个好主意：咱们除了脸，和他们也没什么两样，咱们来做个假脸吧。"乙说着，开始寻思用什么材料来做假脸。他们尝试了用叶子、用木片，甚至用泥巴来伪装，但是都不好使。最后，乙想到用布来遮住脸，再戴上一顶帽子，只露出两只眼睛。凸起来的嘴巴，垂下来的耳朵都可以用布和帽子来遮挡。

"这下，他们看不出来我们有张狗的脸庞了吧？"乙整了整帽子。

真是两个有趣又有智慧的环狗国人。据说后来,他们顺利地逛了邻国的街道,亲眼看到了那儿热闹非凡的景象。

【海内北经】

环狗,其为人兽首人身①。一曰猬(wèi)状如狗②,黄色。

【注释】

① 其为人兽首人身:那里的人有着野兽的脑袋人的身体。

② 一曰猬状如狗:另一种说法认为是刺猬的样子而又像狗。猬,刺猬。

离戎国
lí róng guó

头上长角的人

等级	颜值	形态	异兆
异人	形貌像人	头上长着三只角	天生有角

　　大人们都叫阿炎小顽皮。因为他太淘气了，一忽儿爬高，一忽儿涉水，一忽儿遁入山林……也因此他的动手能力很强，会用树枝做鹿角，用木块造小船，用泥土捏泥人……

　　有一天，阿炎去山上，看见一个头上长着三只角的人从山脚下走过，觉得很好玩。他好想去摸一摸他头上的角，但等他飞奔到山下，那个人已经不见了。

　　阿炎寻思着怎样让自己的头上也长出三只角来。于是，他用泥巴捏了三个小尖角，准备把它们固定在脑袋上。可无论怎么做，泥巴都会掉下来。

　　他又用树枝做了三个尖角，但这些看上去一点也不像那个人的角。

　　最后，阿炎用木头削削切切，终于做出三只像样的角来。他用绳子穿过三只角，再绑在自己的脑袋上。阿炎来到溪水边，看自己的影子。

　　"像了像了，就是这样的。"阿炎特别高兴，他顶着三只角又去山头玩了。

　　真巧，他遇到了那天看到的长角的人。

　　"小孩，你也是从离戎国来的吗？我要回家了，要不要和我一块回去？"头上长角的人说。

　　阿炎很想去那个陌生的地方看看，就跟着他一块儿往西走。

　　山越来越多，也越来越高。在一个崇山峻岭处，阿炎遇到了更多头上长着三只角的人。

　　"这里的人头上都有角吗？"阿炎问。

"你不是也有吗?"

"我的角是用木头做的。"阿炎让长角的人看他的头顶。

"那你不是我们离戎国的人?"长角的人摸了摸阿炎头上的木头角。

"我也能摸摸你的角吗?"阿炎期待地问。

长角的人低下头来,让阿炎摸。

那才是真正的角呢,有着体温,有点柔软,但是角尖处又是坚硬的。

"我也想要有你这样的角。"阿炎羡慕地说。

"但你不是离戎国人。只有我们离戎国人才会天生长着三只角。"长角的人说,"可是你们没有角,也很好啊。"

阿炎把他的三只木头角取下来,摸了摸他圆溜溜的脑袋。长角的人也摸了一下:"很可爱呢。"

阿炎咧开嘴笑了起来。

【海内北经】

戎,其为人人首三角①。

【注释】

①人首三角:人的头上长着三只角。

林氏国
lín shì guó

神兽陪在身边

等级	颜值	形态	异兆
异人	形貌像人	身边有神兽陪伴	有兽能日行千里

林氏国已经有好多好多年没出现过驺（zōu）吾这种神兽了。

"爷爷，驺吾长什么样子呀？"十二岁的惜之问爷爷。他长到这么大，一次都没见过驺吾。

爷爷告诉他，驺吾是一种非常神奇的野兽，长得像老虎，只是它们身上的斑纹不只有黄色，还有红、蓝、绿、白色，这些颜色间杂在一起，看上去斑斓且美丽。

惜之凭着爷爷的描述，在脑海里想象着一只好看的小神兽，它扑闪着

一双亮晶晶的眼睛,望着远方……

"好想看见一只真正的驺吾啊!"惜之说。

"我们林氏国现在的君王仁义又圣明,不用多久,驺吾就会出现的。"爷爷捋了捋胡子,对惜之说道,"只有一个好的君王,才能把驺吾这样的神兽请来啊。"

确实如同爷爷所说,驺吾虽然长得像虎一样威风神气,但是善良温厚,有仁义之心。它如虎一样也喜欢吃肉,但它吃的只是自然死去的动物尸体;它也如马儿一样喜欢奔跑,可从来不会去践踏一棵有生命的青草。

"它的出现还会给我们带来吉祥和安康,据说骑上它能日行千里,真是一种祥瑞的神兽啊。"爷爷充满了期待。

听了爷爷的这番话,惜之更加迫切地想要看到驺吾了。

这一天终于来临了。这是一个秋天的早晨,金色的阳光洒落在原野里,树丛间。忽地,天地间闪过一道金色的光芒,惜之看见从半空中降下

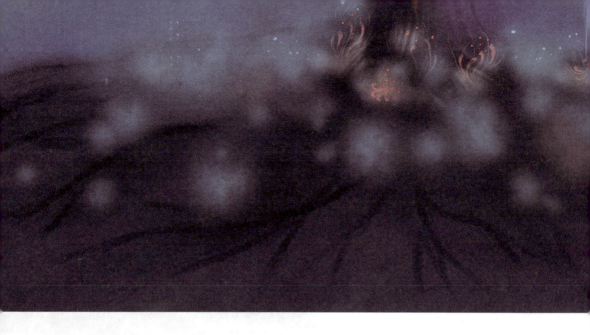

一只如虎且五彩斑斓的野兽,它的尾巴足足有两米长,卷曲着,形成好看的弧线。

"驺吾,是驺吾!"惜之激动地叫起来。

驺吾缓缓跑向惜之,然后在他身边停了下来。

惜之抚摸着驺吾柔软的皮毛,欢喜得流下泪来。

这时候,驺吾缓缓地俯身,卧在地上。

"这是要让我骑吗?"惜之惊喜极了。

他一跨上驺吾的背,驺吾就开始奔跑……

惜之坐在驺吾的背上真的行驶了一千里。

【海内北经】

　　林氏国有珍兽，大若虎，五采毕具①，尾长于身②，名曰驺吾，乘之日行千里③。

【注释】

①五采毕具：五种颜色的斑纹。
②尾长于身：尾巴比身子长。
③乘之日行千里：骑上它可以日行千里。

大蟹 dà xiè
蟹背大如岛

等级	颜值	形态	异兆
异兽	蟹的样子	身大如岛，钳高如山峰	有一千里大小

在射姑国的附近，有一片海。在这片蔚蓝色的海域，生活着陵鱼。陵鱼有着人的面孔，却有着鱼的身子，只是它们没有鳍，长有四肢。陵鱼可以在海岸上爬行，也能在海中自如地游动。还有一种大鳆鱼，体侧扁平，背部却如驼背一样隆起，像个梭子。这两种鱼，肉嫩味美，据说还能延年益寿。

湘子是个水性好，捕鱼能力强的渔夫，在听说了陵鱼和大鳆鱼的奇特之后，就驾着小木舟出海了。这一天风和日丽，海面平静如镜，只有湘子的小木舟哗啦的桨声在回荡。一个上午，连一条鱼的影子也没出现。湘子失望之余，远远望见一座岛。岛很大，似乎没有边际，但看上去像块平地。湘子决定去岛上看看，顺便找点吃的填填肚子。

跨上岛的那一刻，湘子才看清楚岛上居然没有泥土，他双脚踏着的是青色的光滑地面，如石块，但又不像。正在湘子犹豫之际，岛竟然浮动起来。他晃了晃身子，差点被摔倒。湘子刚站定，第二波晃动又开始了。这次比第一次要激烈，他平衡不了自己，一屁股坐在了地上。

我必须得赶紧离开这座岛。湘子想着，立刻爬起来。他还没站直身子呢，岛突然又动了。然后他看见他的小木舟离岛越来越远……

"喂——小伙子，快下来。"一个满头白发的老者朝他挥手，"你知道你站在哪儿吗？"

湘子疑惑地望着他。

"你站在蟹背上。"老者让湘子赶紧离开"海岛"。

　　湘子跳上自己的小木舟，这时候，他发现岛游动起来，岛上两座巨大的山峰一屈一伸，似乎要倒塌了。

　　"啊——"湘子一声惊呼。

　　老者说："你刚才站着的岛其实是一只巨大的蟹。这只大蟹方圆千里，你刚才看到的两座山峰就是它的大钳啊。"

　　湘子不相信地揉了揉眼睛。但经老者这么一说，他真的觉得眼前的海岛成了一只巨蟹的模样。

【海内北经】

大蟹[①]在海中。

【注释】

① 大蟹：据古人说是一种方圆千里大小的蟹。

明组邑
míng zǔ yì

海岛上的部落

等级	颜值	形态	异兆
异人	形貌像人	身形普通的人	无

在大蟹所居的海边，有座蓬莱山。蓬莱山是仙人聚集之地，那儿金玉为砌，宫阙相连，光芒万丈。蓬莱山上的凤鸟、雀鸟和小兽都是纯白色的，远远望去，如云如烟，如梦如幻。那缥缈的仙气，神圣且迷人，让人心生敬畏。蓬莱山几百里外的海面上有一座海岛，岛上住着明组邑部落的族人。这里的人们捕鱼为食，常年被海风吹拂的脸庞黑里透红，泛着健康的光泽。明组邑人把捕来的鱼拿到集市上去卖。集市就在海上，地域宽广。这个集市里有各种商品，应有尽有。

明组邑人不仅卖鱼，有时也用鱼作筹码，去集市里置换需要的东西。这天早上，女孩小黛请求刚刚从海边打鱼归来的爸爸带她去集市上看看，爸爸答应了。小黛是第一次去集市。面对这么多新奇的东西，她喜欢得不得了。她想要一个小木盒，用来盛放自己从岛上捡来的小贝壳，想要一块颜色鲜艳的手帕，想要一捆红色的丝线……但是爸爸捕来的鱼只够交换吃一天的黍米和一捆海带，再也没有多余的东西来交换小黛喜欢的小东西了。

真是失望呀。小黛一步三回头，望着摊位上的那捆红丝线。这可是她最最需要，也最最喜欢的东西。有了红丝线，她可以缝补那个破掉的小布袋，可以扎小辫，也可以用来穿橡子手链。

"喂，小姑娘，你回来。"摊主是个瘦瘦的奶奶，她好像看出了小黛的心思。

"是不是喜欢这捆红丝线呀？但是没有钱来买，也没有物品来交换？"奶奶问。小黛点点头。

"没关系,奶奶这里的东西除了用钱买、用物品来交换,还可以用其他的东西。"奶奶说,"给我唱个歌吧。"

"好吧。"但是小黛只听过鲸鱼的歌声。

"哦——呜——"她唱起来,简直就像是鲸鱼在歌唱。

"唱得真好!"老奶奶特别喜欢听。就这样,小黛用她的歌声换来了一捆红丝线。真是一个幸福的赶集日呢。

【海内北经】

大鳣居海中。
明组邑①居海中。

【注释】

① 明组邑:生活在海岛上的一个部落。邑,指邑落,指人聚居的部落、村落。

月支国
yuè zhī guó
一个游牧民族

处在西域沙漠中的埻（zhǔn）端国和玺（xǐ）唤（huàn）国都在昆仑山的东南面。沙漠之外，有大夏国、竖沙国、居繇（yáo）国和月支国。

其中大夏国方圆两三百里，四季气候适宜，种植着稻谷、黍米等农作物。大夏国并不只有一个国家，而是分为几十个小国，每个小国的首领都是自立为王的。后来，大夏国被月支国所灭。

而月支国，原本是一个游牧民族，他们放牧牛羊于甘肃、青海一带，时常与匈奴发生冲突。据说匈奴单于冒顿年轻的时候，曾经被当作人质拘留在月支国。他侥幸逃回匈奴后，每当想起当人质时所受到的侮辱，就会起意攻打月支国。终于匈奴下定决心举兵攻打月支国，月支国战败。后来，匈奴单于冒顿又一次攻打月支国，战败了月支国。

战败的月支国开始往西迁徙，来到一个叫粟特的地方。之后他们征服了大夏国，建立了自己的国家。在这块肥美的土地上，月支国国民放牧着牛羊，也注重农业的发展，生活得很是安逸，于是渐渐地消磨了对匈奴的报仇之心。即使汉朝的张骞出使西域，想联合月支国一起征服匈奴，也没能如愿。

月支国逐渐强大，他们除了放牧牛羊，还形成了比较发达的水利灌溉系统，所以农业发展也很快速，不仅有优质的五谷，还有品种丰富的水果。据说月支国还产一种羬（qián）羊，这种羊的尾巴就有十斤重，可以割下来当作食物吃。更神奇的是，尾巴割下之后没多久，羬羊像壁虎一样，又会重新长出尾巴。

月支国也曾是古代维系欧亚经济文化的咽喉要道，相传也是把佛教带入中国的一个民族。

【海内东经】

国在流沙中者埻端、玺㬇[①]，在昆仑虚东南。一曰海内之郡，不为郡县[②]，在流沙中。国在流沙外者，大夏、竖沙、居繇、月支之国。

【注释】

① 国在流沙中者埻端、玺㬇：在流沙中的国家有埻端国、玺㬇国。

② 一曰海内之郡，不为郡县：另一种说法认为埻端国和玺㬇国是在海内建置的郡，只是不把它们称为郡县。

华胥之国
huá xū zhī guó

人身蛇尾

异兆	形态	颜值	等级
有神力	人身蛇尾	形貌像人	异人

篱笆是竹制的，上面缠绕着青色的藤。篱笆北面，住着一户人家。

这天午后，这户人家突然着火了。火星子像是从一块小石头里蹦出来的，接着石头旁边的干草被点燃了……这户人家的主人看见火的时候，赶紧拎了水桶去冲。

但是火势蔓延开来，十个水桶里的水都扑不灭。

"我的孩子啊……"女主人大声号啕起来。她最小的女儿还在床上安睡。

女主人要去屋子里救人，但是被邻居拦住了："你现在不能进去，还有三个孩子需要你！"

女主人只好蹲在院子里恸哭不止。突然，一个影子闪进了火场。

"这是谁啊？"大家正在诧异的时候，一个十六七岁的姑娘抱着小女婴出来了。她上身是人的形状，下身拖着一条蛇尾。这么大的火势，一点都没有烧着她。她把完好的小婴孩递给了女主人，然后又冲进大火中，拿了一些值钱的东西出来。火势那么大，人们眼睁睁地看着她走入火中，再从火里出来，却毫发未损。一个年长的老者思忖着："我觉得，这个人一定来自华胥氏之国。"接着，他向人们说起了传说中那个神秘的国家：

据说那是太昊伏羲的母亲华胥所在的华胥氏之国。生长在那里的所有人都是人身蛇尾，天生有超强的能力。他们不会被火烧着，不会被水淹死。刀砍不痛他们，箭射不中他们，石头绊不倒他们。就连云雾弥漫之际，他们的视觉也能穿透迷雾，眺望到很远的地方。他们的听觉更神奇，能自动过滤掉噪声，只选择他们想听的声音。比如他们在聊天的时候，突然响雷轰鸣，这在普通人的听觉中，雷声会掩盖住人语声，但是华胥氏国人却仍会很清晰地听到对方说话的声音，一点都不受雷声的影响……

老者起劲地说着，旁边的人认真地听着，一点都没发觉那个来自华胥氏之国的姑娘已经悄悄地离开了。走之前，不知道她用了什么法力，熄灭了那场火。

【山海经·海内东经·郭注】

华胥履大迹生伏羲。[1]

【注解】

[1] 华胥履大迹生伏羲：华胥踩雷神脚印，有感而受孕生伏羲。

111

埙民国
xūn mín guó

乐器之国

异兆	形态	颜值	等级
无	身形普通	形貌像人	异人

五帝之一少昊听闻在东海以外的大荒当中，有座山名为猗（yǐ）天苏门山，是太阳和月亮初升起的地方。在那附近有个埙民国。埙民国人非常热爱音乐，而且会用陶和骨头制作各种乐器，于是少昊前往埙民国找寻自己喜爱的乐器。

埙民国有綦（qí）山、摇山、䣝（zèng）山、门户山、盛山和待山，山山相连，风光秀丽。

当少昊来到一处山谷时，听到一阵哀婉、悠远而绵绵不绝的乐声，神秘而典雅，像是在讲述着一个故事。

少昊被乐音吸引，循声而去，看见一个年轻人坐在岩石上，用嘴吹着一个用石头做的乐器。

少昊驻足聆听，直到乐声停止，但那尾音仍然幽深，渐至缥缈……

"这是什么乐器？"少昊问。

年轻人说："埙"

"能让我看一下吗？"

"就一块石头而已。"

"能用一块石头吹出这么好听的声音，真是太奇妙了。"

年轻人说："我们在用石头击打猎物时，发现投出去的石头会和气流形成一种哨音，声音很好听，于是尝试着制作了这种叫'埙'的石头乐器。"

"能让我吹一下吗？"少昊请求道。

年轻人点点头。

少昊仔细地看了看埙的吹音孔。那是一个圆圆的小孔，嘴唇一凑近，就会发出轻微的哨音。然后，他看到埙的侧壁上，也有一个小的孔。气流就是在这两个孔中穿梭，发出不一样的声音的。本来就非常爱好音乐的少昊稍作沉思，就开始吹奏起来。乐音袅袅，山谷间顿时显得幽静而清凉起来。突然，一群美丽的五彩鸟振翅飞来，停落在山谷间，合着埙音翩翩起舞。年轻人也被少昊吹奏的乐曲惊呆了，他从不知道埙竟然能吹奏出这么动听迷人的乐曲。

一曲终了，年轻人说："我把埙送给你吧，它更适合你。"

年轻人还带少昊去了制作乐器的作坊，那儿有用骨头、石头和竹子等制作的骨笛、箫等乐器，这让少昊很是惊喜。

这次，少昊自然是带了很多乐器回家。

【大荒东经】

有埙民之国。①有綦山，又有摇山。有䴢山，又有门户山，又有盛山，又有待山。有五采之鸟。②

【注释】

① 有埙民之国：有个国家叫埙民国。
② 有五采之鸟：有五彩斑斓的鸟。

盖余国

有神人保护的国家

等级	颜值	形态	异兆
海神	八首人面	虎身十尾	保护出海的渔人

夏州国的附近，有个盖余国。

盖余国临海，人们每天都会出海去捕鱼。

有一年，不知道什么原因，渔夫们经常会在中途遇见大风浪。明明早上的时候还艳阳高照，无风也无浪，但是到了晌午时分，陆地就会刮起大风，下起暴雨来。命硬的渔夫会捡回一条命，但有些人就再也回不了家。这让盖余国的渔夫们在出海之前都忧心忡忡，但又不得不去谋生计。

有个夏州国人知晓了这件事情，就对盖余国人说，附近有个叫作天吴的神人，他也掌管着海河，你们可以去请求他的帮助。

天吴住在盖余国附近的一座高山上，那里悬崖林立，地势险峻，就连鸟儿都很少光顾。可是为了渔夫们能平安出海，一位叫阿洲的青年愿意去试着拜访神人天吴。

天不亮他就出发了。那座山峰果真如人们说的那样，陡峭万分，每走一步都如履薄冰。

但凭着一定要见到河神天吴的韧劲，阿洲克服了重重困难，终于在午后爬到了山顶上。神人天吴就栖息在一棵古树上，他有着老虎般的身子，八个脑袋八张脸，还有十条尾巴，看上去简直恐怖至极。但是阿洲很快就镇定下来。他把盖余国渔夫们出海的情况告知了天吴，并请求天吴的帮助。

"那是因为初春的一个晌午，有个渔夫伤害了一条海豚。"天吴说，"办法倒是有一个，这个月圆之夜，你们去海里撒黍米喂海豚，记住，要喂到海豚跳出海面为止。"

阿洲把神人天吴的嘱咐告诉了大家。

第二天便是月圆之夜了。盖余国的渔夫们都来到海边，撒黍米喂海豚。时间一点点过去，但是海豚迟迟未露面。就在大家失望之际，平静的海面突然波动起来。接着，一只海豚，两只海豚，三只海豚此起彼落地在海面上跳跃……

从此，渔夫们能安心出海了。

【大荒东经】

有夏州之国。有盖余之国①。有神人，八首人面②，虎身十尾③，名曰天吴。

【注释】

① 有盖余之国：有个盖余国。
② 八首人面：长着八个脑袋和人的面孔。
③ 虎身十尾：长着老虎的身子和十条尾巴。

女和月母国

月亮之国

等级	颜值	形态	异兆
女神	冷若冰霜	有阴柔之美	掌管太阳和月亮，调和阴阳

　　东北海外地域，土地辽远、肥沃，生活着毛色青白相间的三青马、三青鸟等珍禽异兽，还长满了各种各样的谷物庄稼、百果奇树。其中的甘华树和甘柤树更是神奇，它们枝干粗壮，呈鲜红色，茂密的叶子却都是纯白的。

　　春天时，树上开满硕大的黄色花朵；秋来，满树结着黑褐色的果实，散发出迷人的果香。

　　整个秋季，就是甘华树和甘柤树最美丽的时光——红色的枝干、白色的叶子、黄色的花朵、黑色的果实，看上去异彩纷呈，引得三青鸟和凤鸟们翩然而至。它们或在树间盘旋起舞，或栖息枝头，令这东北之角，呈现出一派祥和。

　　就在这如幻境般的地方，有个女和月母国，也叫月亮之国。月母常曦就生活在这里。她着仙衣，绾青丝，典雅美丽，管理着太阳和月亮升起降落的时辰。

　　每天晨起，她会驾着四轮马车送太阳去接替月亮的工作，然后再把月亮接回家。而傍晚时分，常曦会送月亮出门，接太阳回家。

　　有一天，常曦接待一个远道而来的友人。两人或饮琼浆，或漫步于林间，观树赏花。不知不觉中，时间飞快地流逝。太阳要归家了，月亮要出门了，但常曦竟然忘记了时辰。

　　人间这一天，因为太阳的不沉落，黑夜迟迟不降临，人们超负荷地在田间地头劳作，深感疲累却不知缘由——那时候没有钟表，大家都是凭着

日头来猜度时间的。

再说月母常曦，等友人走了之后才想起日该落了，而此时，人间已过去了一天一夜。

常曦为自己的这次失误深感内疚，从此之后，年年复年年，人间每天日升月落，每年四季轮回交替，如常恒久，从未再出现过任何一次差错。

【大荒东经】

有女和月母之国。有人名曰䳢（wǎn）——北方曰䳢①，来之风曰狻（yǎn）②——是处东极隅以止日月③，使无相间出没，司其短长④。

【注释】

① 北方曰䳢：北方人称作䳢。
② 来之风曰狻：从那里吹来的风称作狻。
③ 是处东极隅以止日月：她就处在大地的东北角以便控制太阳和月亮。
④ 使无相间出没，司其短长：使不交相错乱地出没，调节它们出现时间的长短。

柔仆民
róu pú mín

有沃野千里

异兆	形态	颜值	等级
无	身形普通的人	形貌像人	异人

　　沃野千里的柔仆民部落，满眼是蓬勃的花草绿植，稻田麦地更是绿绿葱葱、欣欣然的样子，充满了生机。

　　柔仆民没有辜负这片肥沃的土地，他们不仅种植着喂饱肚子的粮食，还开辟了多个农田来种植药草。柔仆民凭借着祖先流传下来的经验，再加上自己的探索和实践，把高山上的草药迁移至土地上大量种植。那个时候的柔仆民部落，最常见的疾病除了感冒、腹泻，还有被各种虫咬引起的感染。

　　小异家种有成片的甘草。

　　甘草在春天播种，等到第三年的秋天，就可以收获根和茎块做成草药了。小异十岁不到，但是对甘草的生长过程和药用价值了如指掌。

　　她喜欢甘草开粉色小碎花的春天，更喜欢可以收获甘草根的秋天。那个时节，天气不冷也不热，家里人都在甘草地里忙忙碌碌，小异也会去帮忙。甘草根被刀子切割后，散发出好闻的清苦味道。小异把遗落在地里的甘草根捡起来，放进箩筐里。

　　大人们把收割好的甘草根切成片，放在竹匾里晾晒。秋天的阳光真好，从早上一直照射到黄昏时分。甘草在暖烘烘的热光中，渐渐地失去了水分，根茎表皮也由青绿色变成了黑褐色，只有它们圆形的切面泛着白，能清晰地看到一圈圈的细小纹理，就像微小树木的年轮。小异这时候会拿起一片甘草，放进嘴里咀嚼。苦中带着甜香的味道，是她打小时候起就一直熟悉的味道。不是很美味，但很亲切。

　　小异知道，这种甘草干可以用来泡水喝。嗓子疼、感冒咳嗽时都可以来上一杯，清清肺，润润喉。大人们把晒干的甘草带到集市上去卖，可以换回其他好吃的。

除了小异家，很多柔仆民也种草药，他们有的种枸杞，有的种五味子、黄连，也有种艾草的。

每年秋天，柔仆民部落都散发着好闻的草药香。

【大荒东经】

有柔仆民①，是维嬴土之国②。

【注释】

① 柔仆民：国名，具体所指待考。
② 是维嬴土之国：是一个土地肥沃的国家。维，句中语气助词，无意。嬴土，肥沃的土地。

季禺国 jì yú guó
颛顼的后代

等级	颜值	形态	异兆
异人	形貌像人	身形普通的人	无

甘水流经很多山脉，最终流到了不庭山附近的成山上，那儿有个国家叫季禺国。

据说五帝之一的颛顼（zhuān xū）和他的次妃女禄一共生有三个儿子，大儿子叫伯服，二儿子是老童，三儿子是季禺。

季禺国的建立者就是三儿子季禺，那儿的国民都是颛顼的子孙后代。

在成山上，不仅有个季禺国，还有一个羽民国和卵民国。季禺国人长得和普通人一样，但是羽民国和卵民国的人看上去就像鸟人，他们都是卵生的，从蛋里钻出来。

季禺国人在山上种着黍米，他们常常防范着羽民国人，防止他们像其他喜欢吃谷物的鸟类一样，来偷吃他们种的黍米。

有一年秋天，金黄的黍米已经成熟，一个季禺国人正在田地间望着沉甸甸的果实，喜滋滋地想着煮熟后的黍米香喷喷地冒热气的情景时，突然听到头顶上一阵扑啦啦扇翅膀的声音，只见两个羽民国人飞一阵走一阵地朝这边来。

"喂！你们来干什么？"季禺国人气愤地说，"你们这些不劳而获的家伙，看到我们的黍米成熟了，想来偷吃不成？"其他的季禺国人都纷纷赶来，他们有的手里拿着绳索，有的拿着镰刀等器具。

"你们这些懒惰的家伙，自己不种黍米，却来我们这儿偷吃，看我们怎么收拾你们。"季禺国人大声地叱喝着。

"我们羽民国人从来不吃黍米，所以也不需要种黍米。"其中一个羽民国人一边说，一边从衣兜里掏出一捧鸟蛋来，"我们只喜欢吃鸟蛋。瞧瞧，这就是我们每天在吃的食物。"

季禺国人看着那个羽民国人把鸟蛋放进嘴巴里，大口地咀嚼起来。另一个羽民国人也掏出鸟蛋来，放进嘴里。

原来如此啊，这下，季禺国人再也不用提防羽民国人来偷吃他们的黍米了。

【大荒南经】

又有成山，甘水穷焉①。有季禺之国，颛顼之子，食黍②。有羽民之国，其民皆生毛羽③。有卵民之国，其民皆生卵。

【注释】

①又有成山，甘水穷焉：又有一座成山，甘水最终流到这座山上。

②有季禺之国，颛顼之子，食黍：有个国家叫季禺国，他们是帝颛顼的子孙后代，吃黄米。

③其民皆生毛羽：这里的人都长着羽毛。

123

蜮民国
yù mín guó

喜欢吃毒虫

异兆	形态	颜值	等级
能吃毒虫	佩带弓箭	形貌像人	异人

有个叫凿齿的神人，住在南部一个沼泽地带。他的牙齿有五六尺长，看上去就像坚硬而锐利的凿子，很恐怖。凿齿除了吃野兽，也会食人，可怕极了。据说帝尧曾派羿去讨伐凿齿。羿带着弓箭出发了，当他来到沼泽地带时，看见凿齿正在吞食一头羊。凿齿看见羿，慌忙用随身带着的盾牌挡在面前，同时露出像凿子一样锋利的牙齿准备迎战。羿并不犹豫，猛地用宝剑把凿齿的盾牌一劈为二，并在凿齿转身逃跑之际，拉开弓箭直射凿齿的心脏，一箭就射死了他。

就在凿齿居住的附近，有一座蜮山，在这座山上，有个蜮人国，这儿生活着很多姓桑的蜮人。

蜮人在山上种植了很多黍（shǔ）米，他们以黄色的黍米为食，同时也吃一种名为蜮的虫子。相传蜮又名短狐、水弩等，生活在山间的溪流中，像鱼也像鳖，长两寸，有三只脚，黑色。这种叫蜮的虫子嘴里长着一种似弩的器官，会喷射出沙来射人。

话说有一天，邻国的一个青年因为口渴，来到蜮山上寻找水喝，当他看见一条小溪后，欣喜地奔过去。却没料到一条蜮虫张开嘴巴，朝他额头喷射了一口沙。被沙喷过的地方，顿时长出一个脓包来，邻国的青年疼得昏死过去。等他慢慢地醒过来，却看见一个蜮人正拉开弓箭在射杀溪流中的蜮。那条蜮不停地向蜮人喷射沙，蜮人却不躲闪，从容地站定瞄准了蜮，然后一箭射出去，蜮扑腾一下就死了。蜮人捞起蜮虫，扔进嘴里就咀嚼起来，好像很美味的样子。

　　看到邻国的青年一脸疑惑，蜮人对他说："我们这里的人不怕这种虫子，它的沙对我们来说一点用都没有。我们除了吃黍米，也喜欢吃这种虫子。"

　　这时候，一条黄蛇游过来，蜮人赶紧拿起弓箭射死了黄蛇。

　　"你看，射黄蛇也是我们这里的人喜欢做的事情。"蜮人捡起蛇，离开了这里。

　　邻国青年赶紧逃离了蜮山，他可不想再让蜮虫喷一身的沙。

【大荒南经】

　　有人口凿齿，羿杀之。

　　有蜮山者，有蜮民之国，桑姓，食黍，射蜮①是食。有人方扜（yū）弓射黄蛇②，名曰蜮人③。

【注释】

① 蜮：据古人说是一种叫短狐的动物，像鳖的样子，能含沙射人，被射中的就要病死。

② 有人方扜弓射黄蛇：有人正在拉弓射黄蛇。扜，拉，张。

③ 蜮人：就是蜮民。

张弘国

zhāng hóng guó

以鱼为食

等级	颜值	形态	异兆
异人	形貌像人	身形普通的人	能驯化驱使四种野兽

在一个四面临海的小岛上，有一个张弘国。张弘国的人们早出晚归，捕鱼为食。

一天，张弘国一个叫张弘的人，在浅水区捕鱼。他刚下海的时候，风平浪静，不时有鸥鸟在头顶盘旋。阳光洒在海面上，像是镀了一层金子，熠熠闪光。虽然是晚秋时节，捕鱼人并不觉得寒凉。

张弘撒开渔网，静静地等待鱼儿扑进网中。不远处，也有几个捕鱼人悠闲地等着鱼儿落网。

"快看快看，那是什么鱼啊？"

只见海面上不停地跳起来一些银白色的鱼，像是有一大群，它们此起彼伏地跳着，有的甚至跳得比一棵树的树冠还要高，真是少有的事情啊。

银鱼儿越来越多，海面被搅得晃荡起来。这时候，大家感觉天暗沉下来，太阳完全被乌云遮住了，像是一场巨大的暴风雨就要来临。

"这个鬼天气，得赶紧回家了。"一些人开始收网，张弘却不动声色。他觉得这是一个绝好的机会，他要再等等。就这样，海边只剩下了张弘一个人。

张弘屏住呼吸，开始收第一网。突然，海面上蹿起来一条巨大的水柱，浪头把张弘卷进了海中。水流湍急，张弘的眼前到处都是黑色的漩涡，随时都可能把他卷入海底。

"啾——啾——"情急之中，张弘发出呼唤野兽的信号——张弘国人都能驱使熊、老虎、狮子和罴这四种野兽。果然，野兽们寻声而来，看到

在海里扑腾的张弘后,奋不顾身地跳入海中游过去。只见狮子张开嘴巴,咬住张弘的衣袖,拼命往岸边拉。老虎、熊和罴则在另一边推着张弘。

张弘被救上了岸。回到家,张弘把遇到的奇怪事告诉了邻人。有个年老的邻人说,这是遇到海震了,幸好这只是小的震荡,不然,我们的岛都保不住了。

【大荒南经】

有人名曰张弘①,在海上捕鱼。海中有张弘之国②,食鱼,使四鸟③。

【注释】

① 有人名曰张弘:有个人叫作张弘。
② 海中有张弘之国:海岛上有个张弘国。
③ 食鱼,使四鸟:这里的人以鱼为食物,能驯化驱使四种野兽。

伯服国
bó fú guó

颛顼建立的国家

异兆	形态	颜值	等级
无	身形普通的人	形貌像人	神的后代

东海之外，有个伯服国。

最初的伯服国是由颛顼建立的颛顼国，之后颛顼的儿子伯服继位，改名为伯服国。

伯服国与羲和国、少昊国同处东海之外的大沟壑中。这里有肥沃的土壤，适宜的气候，非常适合种植黍米，因此伯服国人以黍米为食。他们日出而作，日落而息，有着勤劳俭朴的品质。

有些伯服国人也会去东海边捕鱼。与其说是捕鱼，不如说是捞鱼。他们往往站立在浅海区域，用手在海水中拨拉，运气好的话徒手就能捞上鱼来，但是很多时候，他们都是空手而归。

"怎样才能抓到更多的鱼呢？"伯服国人开始动起了脑筋。

有一天日落时分，渔女蔓坐在院子里看夕阳，突然她被一只蜘蛛给吸引了。只见蜘蛛吐出细丝，在树梢头缠缠绕绕，织就了一张精致的网。网在余晖的笼罩下，泛着柔和的浅金色光芒。这时候，一只苍蝇一头栽入网中央，再也逃脱不了。接着，又来了一只苍蝇……天还没完全暗下来时，网中已经有了三只苍蝇和两只飞蛾。

如果，是一条鱼，两条鱼，三条鱼，甚至更多的鱼呢？蔓想到这里，忽然惊呼起来：这样，鱼也可以被网起来。

蔓连夜找来一些棉线，像蜘蛛一样，把棉线交织成一张经纬分明的网。

第二天天一亮，勤快的渔女蔓就提着她的网来到了东海边。她俯身撒下网，静候着鱼儿游过来。

一条,两条……第一网,她就网到了六条鱼。

这真是令人兴奋的事。蔓把用网捕鱼的方法告诉了邻人们,每家的女主人都织起了渔网。

就这样,伯服国人学会了用网捕鱼。他们不仅耕种黍米,还多了一个捕鱼的副业,生活过得有滋有味起来。

【大荒南经】

有国曰伯服,颛顼生伯服①,食黍②。

【注释】

① 颛顼生伯服:伯服是颛顼的儿子。
② 食黍:吃黄米。

菌人国
高不过一寸的小人

阿红和阿绿是双胞胎兄妹,他们喜欢游山玩水,常常背着一个包袱去山林旷野游玩。

这一天,他们来到了一处延绵的群山之间。山不高,树木也都长得矮小。这个地方,似乎没有人烟,连一间可以歇脚的小木屋都没有。但似乎,又能听到一阵窃窃的耳语声,很碎很细的声音,仿佛是从地底下传来的。但是看看脚下,是和普通的山景一样的草丛,一样的岩石和一样的黄泥。

阿红和阿绿正在疑惑间,突然看见一个人蹑手蹑脚地靠近一棵树,然后悄悄地匍匐在地。

"嗨,你在干什么?"阿红轻轻地问。

"哎呀,逃走了。"那个人懊恼地站起身来,生气地朝阿红阿绿说,"都是你们俩,这么大声,让菌人们逃掉了。"

"对不起,但是菌人是什么呀?"阿红阿绿问,"是像蚂蚁一样的东西吗?"

那个人没有回答他们,却指着不远处的草丛"嘘——"了一声。

阿红阿绿向草丛望过去,发现了一群奇怪的小人。他们高不过一寸,全都穿着鲜艳的红色衣服,戴着一顶圆溜溜的帽子,排着队,向前行走着。

"他们还乘坐着车子呢。"妹妹阿绿瞪大了眼睛。

这时候,那个人突然"哎哟"叫了起来,只见"菌人们"慌乱地遁入泥土中,消失不见了。

"都是这该死的虫子,咬了我一口。"那个人一边说一边在身上挠起痒痒来。

　　阿红和阿绿也好想抓一只菌人。可是，他们好多次看见菌人乘着车子从脚下经过，却没有去抓他们。

　　"这些小人，太可爱了。谁能忍心把他们抓来吃啊。"阿绿说。阿红也这么认为。

【大荒南经】

有小人①，名曰菌人。

【注释】

① 小人：身材特别矮小的人。

淑士国
shū shì guó

颛顼的后代

五帝之一的颛顼有许多子孙后代，据说淑士国的国民也是他的后代。

淑士国人穿戴很讲究，除了一身华贵的衣服外，他们还戴帽子，看上去很斯文很有学问也很有礼貌的样子。

淑士国人出门前，都会精心打扮一番。但是，他们的精心在于外衣上，而穿在里面的衣服，打了补丁也没关系，因为没有人看见。袜子也一样，就算露出四个脚指头来也是不要紧的，只要鞋子够光鲜。所以，大街上的每一个淑士国人看上去都是神采奕奕、干净端庄的。

遇见熟人，淑士国人会相互作揖问好，就算是陌生人，他们也常常面露微笑，给人很温和的感觉。

但是，你只要住在淑士国一两天，就会发现其中的端倪。比如说，当你和淑士国人擦肩而过，差一点碰到对方时，淑士国人会很有歉意地说："不好意思，是我走得太匆忙了。"但是一转身，他就会嘀嘀咕咕"这什么人呀，差点撞到我身上了。"甚至，他还会嫌弃地掸一掸肩膀，怕落了什么不干净的东西。

上酒店吧，他们先是很斯文地吃饭，但是到后来，眼看着快吃完了，淑士国人就会留意自己跟前的菜碟里是不是还有剩菜。要是有花生米或者蚕豆之类的干粮食，他们就会偷偷地抓一把放进口袋里，然后装成若无其事的样子。店家的一些小勺之类不起眼的东西，他们也会趁人不注意，悄悄地收入自己的囊中，带回家自己用。

淑士国的国民其实过得很小心翼翼，总是在提防别人对自己使诈，也

总是在怀疑别人的诚意。看似光鲜亮丽的人群,做事却不甚光明磊落,这就是淑士国人。

【大荒西经】

有国名曰淑士①,颛顼之子②。

【注释】

① 有国名曰淑士:有个国家名叫淑士国。
② 颛顼之子:这里的人是帝颛顼的子孙后代。

西周国
xī zhōu guó
周王朝的前身

异兆	形态	颜值	等级
无	身形普通的人	形貌像人	异人

弃是天帝帝俊的儿子，也是西周国的祖先，他很小的时候就喜欢亲近泥土，收集种子，种植一些谷物和庄稼。

长大后，弃掌握了许多种植的技巧和灌溉的方式，还利用木材、竹子和石头发明制造了一些简单的锄头、铲子等农用工具。

有一年，山上的野果子结得少，人们不停地抓捕猎物，使得猎物也在渐渐地减少，这让村民们产生了一种以后没有食物吃、大家都会饿死的恐慌感。

"大家不用担心，我种植的谷物和菜蔬能够填饱肚子，而且还很美味。"弃把米饭煮熟，分给大家尝。村民们欣喜万分，纷纷向弃讨教种植的经验。

"好吧，让我来教你们种植谷物吧。"弃先把种子分给村民，然后教他们怎么犁地、怎么播种、怎么来施肥和灌溉浇水。

很快地，荒野在弃和村民的手中，变成了一块块整齐的、绿油油的田地。人们早出晚归，不仅向弃学习种植，还跟着弃一起做农用工具。到了秋天，人们收获了粮食，第一次吃上了自己种出来的谷物。至此，种田耕地这项劳作就流传了开来，人们过上了比以前好很多的生活。村民们非常感激弃，便尊称他为"后稷"。

后稷有个弟弟叫台玺，台玺的儿子叫叔均。叔均也像伯父后稷一样，喜欢农业，经常研究怎样种出更好的谷物来。在不停的尝试和实践中，叔均开始思考怎样耕田更省力、更有效。据说，用牛来犁地就是由叔均想出来的，这个耕田的方法用了很多年。

至此，西周国人有了越来越精湛的耕种经验，在勤劳和智慧的劳作

中，他们每年都会收获很多谷物，填补了野果子和猎物的不足，生活得更加幸福祥和。

【大荒西经】

有西周之国，姬（jī）姓，食谷。有人方耕，名曰叔均①。帝俊生后稷②，稷降以百谷③。稷之弟曰台玺，生叔均。叔均是代其父及稷播百谷，始作耕。有赤国妻氏。有双山。

【注释】

① 有人方耕，名曰叔均：有个人正在耕田，名叫叔均。
② 帝俊生后稷：这里指帝喾（kù），名叫俊。传说他的第二个妃子生了后稷。后稷，古史传说他是周朝王室的祖先，姓姬，号后稷，善于种庄稼，死后被奉祀为农神。
③ 稷降以百谷：后稷把各种谷物的种子从天上带到下界。

先民国
xiān mín guó
西北海之外的国家

等级	颜值	形态	异兆
异人	形貌像人	身形普通的人	能驯化驱使四种野兽

　　在西海以外，大荒之中，有一座山，叫方山。方山呈墨蓝色，乍一看似乎没有什么绿意，但只要走近，就会发现黛色中藏着的青绿，它们是一丛丛矮小的灌木，一处处低低的苍苔。就在这些低矮的绿植之间，长着一棵青色的巨树——柜格松。此树高八百三十四仞，摩天擦云，松枝旁逸斜出，松叶迎风舞动。据说这树是方山上的护山神木，更是太阳和月亮升起降落的地方。

　　就在方山的附近，赤水的西岸，有一个先民国。先民国人擅于农耕，他们在春天播种，秋天收获谷米。他们主要的粮食来源就是谷物，偶尔也打打猎，采摘浆果作食物。

　　有一年秋天，谷物成熟的时节，不知从哪儿飞来一群雀鸟，黑压压的一片。它们停落在庄稼地里，不停地啄食沉甸甸的谷穗上的谷米。

　　"不劳而获的家伙们，还不快飞走！"气急败坏的人们拿着扫帚、竹竿、扁担来赶鸟。鸟呼啦啦地飞走，但没过半个时辰，又呼啦啦地飞来了。

　　"啾——"先民国人发出一声声长啸，紧接着，从山谷里，森林里，跑出来一群老虎、狮子、熊和罴。先民国人有使唤四兽的本领。再凶猛的老虎、狮子和熊都会乖乖地听话，像仆人一样为主人效劳。

　　"快把这些偷食谷米的家伙赶走！"先民国人一声令下，野兽们就撒开腿向鸟儿们扑过去。雀鸟四散飞离，逃得无影无踪。

　　"但是不一会儿，它们仍然会回来。"一个长者说，"就让四兽都守候在这里吧，鸟儿一来，就马上赶跑它们。"

先民国人虽然有驱使四兽的能力，但是一般情况下，他们很少请四兽来帮忙。

但是这一次，四兽们守护着先民国人的田地，一连十天。直到十天之后，谷物收割、晾晒完成，四兽们才回归丛林。

【大荒西经】

西北海之外，赤水之西，有先民之国①，食谷，使四鸟②。

【注释】

① 西北海之外，赤水之西，有先民之国：在西北海以外，赤水的西岸，有个先民国。
② 食谷，使四鸟：这里的人吃谷米，能驯化驱使四种野兽。

北狄国 běi dí guó

黄帝的后代

始均是黄帝的孙子，昌意的儿子，生活在北狄，后来始均的子孙后代建立了北狄国。

那时候的北狄国人，还不知道文字是什么，他们如果要记录一些事情，会用一些尖锐的器具刻在木头上。比如今天抓了三只野兔，就用三个竖条来表示。比如今天是晴天，就刻画一个太阳……

北狄国一到冬天，就北风呼啸，大雪纷飞，冷得刺骨。北狄国人往往会在冬季来临之前，囤积食物。这个时节，北狄国人是最忙碌的，他们狩猎、把猎物风干、窖藏。他们也把猎物的皮毛做成皮袄和帽子。冬天，北狄国的气温会下降到零下四十度左右，但是山洞里比外面的温度要高十几二十度左右。北狄国人这时候会一起躲到山洞里群居，互相取暖。他们会把囤积的食物拿出来分享，男女老少各家各户一起享用。闲下来的时间，他们会用石头、骨头和木头做一些箭镞，准备春天来时狩猎用。这时候的山洞，像一个大家庭，也像一个大工坊。

整个冬天，北狄国人就是在这种融洽的集体生活中度过的，这也让他们在之后的合作中，有了更多的默契。

北狄国人擅长狩猎，后来也渐渐地懂得了驯养捕捉来的野兽。他们后来在草原上放牧牛羊，开启了游牧生活。

春秋时期，北狄国人的势力增强，加上他们的骁勇善战，曾与齐国、鲁国等大国交战过，还灭掉了邢、卫、温等小的诸侯国，这让他们积累了很多作战的经验。只是后来，北狄国人因为内乱，整个部落逐渐分化，出

现了赤狄、北狄、长狄、众狄等小部落。在春秋末年,北狄国一些小的部落先后被势力强大的晋国吞并,只剩下了由白狄部落建立的中山国。

【大荒西经】

有北狄之国。黄帝之孙曰始均,始均生北狄。①

【注释】

① 黄帝之孙曰始均,始均生北狄:黄帝的孙子叫始均,始均的后代子孙,就是北狄国人。

昆吾族人
kūn wú zú rén

大荒中的部落

异兆	形态	颜值	等级
无	身形普通的人	形貌像人	异人

　　大荒之中，有一座龙山。龙山山腰处有泉水在汩汩地流，相传那儿一共有九个水流很大的泉眼，这些水汇集在一起，成为龙山神泉。泉水清澈，泉边风景秀美，是一块难得的宝地。在龙山上，还有三处由沼泽形成的大水洼，叫三淖(nào)。三淖附近，住着昆吾族人，他们都姓秦，据说是从中原迁徙而来的。

　　沼泽地带，有丰富的资源：种类繁多的果树，结着黄色、红色、蓝色的果实；水洼处有成群的鱼；密林中有小野兽……这些，都是昆吾族人的粮食。他们采摘、垂钓、狩猎，每一次都会有不小的收获。

　　昆吾族人就这样衣食无忧地生活着，闲下来的时间，他们也会琢磨一些事情。一天，一个无所事事的村民坐在大树桩上发呆，突然发现眼前有一个破了的陶罐，还有一把钝了的刀片。他把这两样东西捡起来，敲敲打打地玩了一阵。这时候，他发现陶片上被刀子刻出一朵像花朵一样的图案来，这让他兴奋不已。这个村民回到家，用刀片在自己家的陶器上刻图案，一只鸟儿，一匹马，一头猪……虽然不怎么像，但是也好看。他的朋友们知道了这件事情，也开始像他一样在陶器上刻画，这给他们清闲的日子增添了一点乐趣。

　　他们还有一个乐趣是围着篝火跳蛙舞。据说是一个村民发现青蛙在沼泽地里跳来跳去，很快乐的样子，也不禁跳了起来。这种轻快的跳跃，让他感到无比美妙。于是，他学着蛙跳，从这里跳到那里。这一举动也感染了旁边的人，更多的人加入进来，甚至有人用石块敲击石块，给大家伴

奏。"蛙舞"就此诞生。每当有高兴的事情，昆吾族人就会围着篝火跳"蛙舞"，很是欢乐。

【大荒西经】

大荒之中，有龙山，日月所入①。有三泽水②，名曰三淖，昆吾之所食也③。

【注释】

① 日月所入：是太阳和月亮降落的地方。
② 有三泽水：三处由沼泽形成的大水洼。泽，聚水的洼地。这里作动词用，汇聚的意思。
③ 昆吾之所食也：是昆吾族人取得食物的地方。昆吾，相传是上古时的一个部落。

xuān yuán guó
轩辕国

长寿之国

在大荒之中，有一个呈四方形的轩辕台，四条巨大的蛇盘在一起守护着它。轩辕台的北面有座穷山，穷山上住着一些山民。一个午后，和煦的山风吹着，暖阳照着，一群年轻的山民背着弓箭来到山顶上。他们要比赛射箭。

一切准备就绪，比赛就要开始了。正当其中两个山民面向轩辕台的方向站立，拉弓准备射箭的时候，一个老者怒喝一声："不准射！"年轻人非常诧异，不解地问："我们在这里射箭，关你什么事？"

老者指着轩辕台说："那个有四条巨大的蛇守护着的轩辕台，是黄帝威灵的地盘，穷山上的人对轩辕台有着敬畏之心，从来都不敢朝这个地方射击。你们仔细看一下，就会发现轩辕台的神力。"

年轻的山民都充满了好奇，他们朝轩辕台望过去。果真，当他们的眼神注视着对面的时候，确实感受到了一种无法言说的震慑感，似有一种无形的力量正在聚拢过来。有的山民甚至在暖阳下打起了寒噤。"年轻人，我们要对轩辕台存敬畏之心，不能有半点马虎。你们如果要射箭，就换个方向吧。"年轻的山民连连点头称是。

在穷山的附近，轩辕台的南面，是轩辕国，它也在女子国的北边。轩辕国的人们有着人的面孔，但是身子却长着蛇的形状，弯弯绕绕，尾巴一直卷到头顶，形成一个好看的"发髻"。轩辕国人穿着干净华美，显得端庄秀雅。很多轩辕国人都选择住江河山岭的南边，他们以那儿为吉祥地，或建草屋、或建木屋和石屋，其乐融融地安居在那里。轩辕国人衣食无忧，而且还非常长寿。据说，住在江河山岭南边的轩辕国人，寿命最短的人也可以活到八百岁。

【大荒西经】

有轩辕之国。江山之南栖为吉①。不寿者乃八百岁②。

【注释】

① 江山之南栖为吉：这里的人把居住在江河山岭的南边当作吉利。
② 不寿者乃八百岁：就是寿命不长的人也活到了八百岁。

沃野国 (wò yě guó)

以凤鸟蛋为食

异兆	形态	颜值	等级
无	身形普通的人	形貌像人	异人

在四条蛇围绕着的四方形的轩辕台北面，有一个叫作沃野的地方。这里绿草如茵，树木葱茏，放眼望去，满目苍翠，是个野趣盎然的地方。

每天清晨，许多色彩艳丽的鸾鸟会在溪水边、枝头上、山谷间高歌，它们的声音清亮动听，它们的舞姿优美迷人。

鸾鸟也叫凤凰，它们着漂亮的羽衣，有五彩的尾巴，是一种象征着吉祥的鸟。有吉祥鸟围绕着的沃野国，富饶而美丽。这里的国民都过着安康而幸福的生活。

"妈妈，我要吃鸟蛋。"一个小沃野国人玩累了，有点饿。他的妈妈指了指不远处的一棵大树，"到那边去看看吧，刚刚有一只鸾鸟在这里栖息过。"

小男孩跑过去，果然看见一个青色的鸾鸟蛋，有一个拳头那么大。小男孩抱起鸾鸟蛋，轻轻地朝一块石头上磕了两下，蛋壳破了，眼看着蛋汁就要流下来，小男孩赶紧捧起蛋，把嘴凑近缺口处，痛快地吮吸起来——咕咚咕咚，真是美味呀！但吃完一个，还想吃。这时候，有两只鸾鸟飞过来，围着小男孩转悠。

"快，跟着这两只鸾鸟去吧，它们会帮你找到更多的鸟蛋。"妈妈说。

鸾鸟在前面飞，小男孩就跟着它们走。果然，鸾鸟把他带到了一个有着很多鸟蛋的地方。它们有的安放在枝丫上，有的散落在草丛里。小男孩捡起鸟蛋，一连吃了五个，才满足地打了个饱嗝。两只鸾鸟又围拢过来，在小男孩的前面引路，一直把他送回了家。

没错，沃野国人就过着这样一种衣食无忧的生活。他们吃鸟蛋，也喝天上降落的甘霖，日子过得很富足。不仅这样，他们还和森林中、山野里的动物们友好相处，互不伤害，大家都过着平安而美好的生活。

【大荒西经】

有沃之国，沃民是处。沃之野，凤鸟之卵是食，甘露是饮①。凡其所欲，其味尽存②。爰有甘华、甘柤（zhā）、白柳、视肉、三骓（zhuī）、璇（xuán）瑰、瑶碧、白木、琅玕（gān）、白丹、青丹，多银铁。鸾凤自歌，凤鸟自舞，爰有百兽，相群是处③，是谓沃之野。

【注释】

① 沃之野，凤鸟之卵是食，甘露是饮：生活在沃野的人，以凤鸟的蛋为食，喝的是天降的甘露。

② 凡其所欲，其味尽存：凡是他们心里想要的美味，在这里都有。

③ 相群是处：他们群居相处。

寒荒国
hán huāng guó
冷寂而荒凉的国家

等级	颜值	形态	异兆
神人	容颜不老	手握酒具的美丽女神	会法术

传说战神刑天和黄帝争夺神位时，黄帝砍下了刑天的脑袋，然后又把他们的争斗之地常羊山劈成两半，把刑天的头颅埋在其中。从此之后，常羊山中时常阴云密布，不见阳光，整个山体阴冷而晦暗，笼罩在一片灰色中。不时地还有闷雷声声，回响在山间，令人不寒而栗。

在常羊山附近，还有一大片荒无人烟之地，广袤阴森，也是常人不敢近身之地。此地便是寒荒国，就像它的国名一样，这里荒凉又冷寂，只有女祭和女薎（miè）两个女巫住在这里。

寒荒国一年四季从不下雨，只有呼啸的寒风如刀子一样吹着万物，女祭和女薎却一点都不受这种恶劣天气的影响，过着她们自己认为美好的生活。她们俩长得都非常美丽，穿着绸缎衣裙，挽着高贵的发髻。女祭手中握着一只金色的小酒杯，而捧在女薎手中的是一种叫"俎"（zǔ）的器物。她们在山野间摘野果，酿各种果酒，每天早晨，她们会坐在山谷间的岩石上，吃野果，再抿上几口小酒，开启一天的生活。

相传，女祭和女薎两位巫女，有着很高的法力。她们不仅能保持容颜不老，还有着用意念来驱使石头的能力。

有一年冬天，天气特别寒冷。女祭和女薎即使住进山洞里，也觉得很冷。她们需要更多的保暖物品来抵御寒冷。只见女祭站立在山石间，用犀利的目光紧盯着一块巨石，就在这凝视之际，巨石渐渐地平摊开来，变成了一床温暖的毯子。女薎则用这样的方式把小石块变成了一只有着毛茸茸长尾巴的狐狸。她们就这样运用法力，把更多的石块变成毯子和小狐狸，

用它们来取暖,度过严寒的冬天。

偶尔也会有一些陌生的人闯进寒荒国,但是他们很快就会被这里阴森恐怖的气氛吓得快速逃离。

因此,只有女祭和女薎两个人的寒荒国,年年复年年,始终冷寂而荒凉。

【大荒西经】

有寒荒之国①,有二人:女祭、女薎。

【注释】

① 有寒荒之国:有个寒荒国。

寿麻国
shòu má guó

异常炎热的国家

等级	颜值	形态	异兆
异人	形貌像人	身形普通的人	正立无影

女虔（qián）是州山的女儿，长大后嫁给了一个名叫南岳的男子。他们生有一子，叫季格。季格又生了寿麻。

寿麻所居住的地方，靠近南极。有一年，陆地渐渐地沉了下去，像是要沦陷一样。

"这里会有麻烦了，乡亲们，咱们得想办法逃离这儿。"一个阴云密布的早上，眼看着一场暴雨就要袭来，洪水就要涨起来的时候，寿麻奔走相告，赶紧召集了乡亲邻里，一起坐船走水路，连夜逃离了那个充满危险的地方。

他们一路向北，来到一个异常炎热的地方，住了下来。

虽然这里气候恶劣，但总算是逃过了一劫。据说之后有人想返回原住地，却不见了之前的陆地。这让幸存者们非常感激寿麻，他们就在新的居住地建立了一个寿麻国，让寿麻当君主。于是，寿麻国人就在这个炎热的地方代代相传。

但是，寿麻国的白天越来越热，当他们正立在地上时，是看不到自己的影子的。甚至每天太阳出来时，寿麻国的人都会跳入河水或者溪水中，泡上一整天，不然，他们无法待在炎热的屋子里和太阳底下。到了日暮时分，太阳完全沉落下去，他们才会上岸来，填饱肚子，安睡一晚。

这样的地方，也只有寿麻国人能待得下去，其他的人若要来寿麻国，必定热死无疑。反过来，寿麻国人去其他的国家，也是不适应的。就算那个国家正值夏天，寿麻国人也会冻得牙齿打战，被活活冻死。

【大荒西经】

有寿麻之国。南岳娶州山女，名曰女虔①。女虔生季格，季格生寿麻。寿麻正立无景（yǐng）②，疾呼无响③。爰有大暑，不可以往④。

【注释】

① 南岳娶州山女，名曰女虔：南岳娶了州山的女儿为妻，她的名字叫女虔。
② 寿麻正立无景：寿麻端端正正站在太阳下不见任何影子。景，"影"的本字。
③ 疾呼无响：高声疾呼而四面八方没有一点回响。
④ 爰有大暑，不可以往：这里异常炎热，人不可以前往。

大荒野

三面独臂人

等级	颜值	形态	异兆
异人	有三张脸，分别长在脑袋的前、左、右方	有一个脑袋，三张脸，一条胳膊	永远不会死

　　大荒之野，有大荒山，每个黎明，是月亮沉降到山顶的时间，而每个黄昏，就是太阳落下的时间。日月交替，时光轮转，每一天都这么重复着。日月升起落下，从来不会出差错。

　　大荒山上，住着一群和普通人不一样的人。他们有一个脑袋，但是脑袋的前面、左面和右面各长着一张脸。三张脸都有眼有鼻有嘴，什么都不缺。他们吃溪水中的鱼，也摘树上的野果吃。可惜，这些长着三张脸的人都只有一条胳膊。有的人胳膊长在左边，有的人胳膊长在右边，有的人胳膊长在中间。他们捕溪水中的鱼吃，也摘树上的野果来吃。右边长胳膊的人通常把食物送到右面或者前面的那两张嘴巴里，而忽略了左面的那张嘴。不过，这一点关系也没有，只要能填饱肚子，管他是从哪只嘴巴里吃东西。

　　三面人的眼睛看到的是三个不同的景色，有时候一张面孔是微笑的，因为他看见了一处美丽的景色；一张面孔是皱着眉头的，因为他忽然发现一只野兔撞在了树上；而另一张面孔也许是平静的，眼睛望着的地方，恰恰就是平时看惯的风景。

　　那说话的时候他们又是怎样的状态呢？三张嘴说同一句话？仅一张嘴说话，其他两张不发声？三张嘴也有可能一张发出笑声，一张发出哭声，一张嘀嘀咕咕说着话？——这完全取决于三面人自己的意愿。

　　相传他们是天帝颛顼的子孙后代，还留存着一些微小的神力——这些生活在大荒野的三面人不用为死而发愁，因为他们根本就不会死。无论是争斗中被杀害,还是跌进海里被溺死,抑或被火烧死,他们都会在一分钟内复活。不得不说,这些三面人真是一群神奇的人。

【大荒西经】

大荒之中,有山名曰大荒之山,日月所入。有人焉,三面①,是颛顼之子,三面一臂,三面之人不死②,是谓大荒之野。

【注释】

① 有人焉,三面:这里有一种人,长着三张面孔。
② 三面之人不死:这种三张面孔的人永远不死。

gài shān guó盖山国
一臂民

异兆	形态	颜值	等级
无	只有一只胳膊	形貌像人	异人

荒山旁边，有个盖山国。

盖山国中长着一种无论是树皮、树枝还是树干都是红色的树。也许是颜色的关系，人们叫它朱木。朱木有着青碧色的叶子，亭亭如盖，像网一样罩下来。秋天的时候，朱木会结一种乌黑色的果子。这种果子如拳头一样大小，椭圆，泛着黑色的神秘光泽，让人不敢贸然摘下来吃。

那里住着一个叫吴回的人，他是一个独臂人，只有一条左胳膊。吴回无所事事，每天在山野中闲逛。他用他的一只左胳膊采摘果实来吃，有时候也会去小溪里捞鱼。

有一天，一个小姑娘来到了朱木树生长的地方。小姑娘叫小夕，她一边哭一边东张西望着。其实早上，她是和爸爸一起出来的。爸爸是个采药人，经常会到山里采草药，给村民们治病。走到半山腰的时候，小夕发现了一丛异常娇柔的浅粉色花朵，就去采摘。然后又被一只美丽的小鸟吸引了，就跑去追赶……就这样，小夕迷路了，找不到爸爸了。她一路找寻，不知不觉来到了盖山国。

小夕又累又饿又害怕，就倚在一棵高大的朱木上，大声地哭起来。

独臂人吴回听到了哭声，便寻声而来。就这样，他发现了小夕。吴回虽然是个独臂人，但是心地善良。他对小姑娘说："不要害怕，我去帮你找爸爸。"但其实，小夕是一个聋哑儿，她听不到吴回说的话，只是一个劲儿地哭。

"也许这孩子是饿了吧。"吴回摘下朱木上的黑色果子，递给小夕吃。

小夕捧起果子大口地啃起来。

等吃完,她突然听见了一声声清脆的鸟鸣,还有树叶在风中起舞的沙沙声。

小夕被这个有声音的世界惊到了:"这是什么声响啊?"

这时候,小夕的爸爸刚好寻了过来,他听到女儿说的话,惊喜极了:"小夕,你能听见爸爸说的话吗?"

小夕点点头。

爸爸很是惊愕:到底发生了什么,能让一出生就听不见声音的小夕忽然变得正常了?

站在一旁的吴回说:"这些朱木树结的果子,能够医治百病。"

"可你的胳膊怎么治不回来啊?"爸爸问。

"朱木是一种奇特的树,而我,是一个奇特的人。"吴回说,"是天上的神,让我注定是一个独臂人,任何神药都起不了作用。"

原来如此。小夕和爸爸告别了好心的吴回,离开了盖山国。

【大荒西经】

有盖山之国。有树,赤皮支干①,青叶,名曰朱木。

有一臂民。

【注释】

① 赤皮支干:树皮树枝树干都是红色的。支,通"枝"。

胡不与国
hú bù yǔ guó
这里的人姓烈

| 无异兆 | 形态
身形普通的人 | 颜值
形貌像人 | 等级
异人 |

在大荒之中，黄河流经之地，有座附禺山，那里安葬着颛顼和他的九个妃嫔。据说山上物产丰富，珍禽异兽种类奇多，还盛产各种珍贵的玉石。在附禺山的旁边，有一座方圆三百里的卫丘。

卫丘生长着一种叫沛竹的竹子，这些竹子和其他地方的竹子不一样。它们高耸入云天，有百丈之高。竹子的直径也长达二丈五六尺，据说竹皮都有八九寸厚。附近的人们用竹子建小船，只要取其中的一节就足够了。

附近有个胡不与国，生活在那里的人据说是神农氏的后代。他们精通农业，种植黍米，也以黍米为食。同时，他们还擅长放牧牛羊马。

春天的胡不与国是最忙碌的。当冰雪融化，草尖泛绿时，人们就要忙着耕种了。这个季节，赶着牛羊去吃草也是必须的劳作。人们往往会分工，懂得牛羊马习性的人去放牧，精通农耕的人去播种……山间、林地、草原，呈现出一片欣欣向荣的景象。

胡不与国人在劳作的过程中，有了更丰富的经验。他们在放牧时，会用笛声或者口哨声来召唤羊群，会看天色辨别当天是否适合去远一点的地方游牧……但尽管如此，大自然的不确定性还是会困扰他们。

冬天，他们在放牧牛羊的时候，偶尔会遇见突如其来的雪崩和暴雪。这会让他们辨别不清方向，迷失在风雪中，或者因为抵御不了寒潮而失去生命……

他们耕种的黍米，眼看着就要丰收了，有时也会被一场预料不到的洪水淹没，或者在一连几个月的干旱中枯死。天灾人祸使得胡不与国人对天

地产生了敬畏之心。他们在劳作之余,也会举行一些有象征意义的祭祀活动,来祈求上天的庇护,保佑人间风调雨顺,年年安康。

【大荒北经】

有胡不与之国,烈姓①,黍食②。

【注释】

① 有胡不与之国,烈姓:有个胡不与国,这里的人姓烈。
② 黍食:吃黄米。

叔歜国 (shū chù guó)

有黑虫如熊状

等级：异人
颜值：形貌像人
形态：身形普通的人
异兆：无

　　大人国附近，有一种长着黄色脑袋的大青蛇，这种蛇能一口吞下一头巨鹿，更不要说狐狸呀、野兔呀这种小兽了。人类见到这种蛇，也都会拼命地逃跑，要是被大青蛇追上，会没命的。

　　旁边有一座榆山，也有一座鲧（gǔn）攻程州山。再过去，有座叫衡天的山，还有一座叫先民的山。另一座度朔山上，长着一棵巨大的桃木树，这棵树枝条繁密，弯曲着、叠加着、盘旋着，一直伸到千里之外。传说大树的东北方向，是大鬼小鬼进出的地方，因为那儿有一扇能够出入的门。不过，门的两边分别站着神荼和郁垒两个神人，他们是负责管理各种鬼的。假如有作恶多端的鬼进出这扇门，神荼和郁垒就会把他抓起来，用苇索捆绑着丢向悬崖喂老虎。所以鬼们对神荼和郁垒有着敬畏之心，不敢胡作非为。

　　就在这棵巨大的树的旁边，有个叔歜国。叔歜国人是颛顼的子孙后代，他们也能驯化驱使虎、豹、熊和罴（pí）这四种野兽。他们吃的是黄米。在叔歜国，有一种奇怪的黑虫子，它们长得像熊，还有两颗尖尖的獠牙。这是一种浑身漆黑色，名叫猎（jí）猎的小黑虫。

　　叔歜国人特别讨厌这种虫，因为它们也喜欢吃黄米，还经常咬坏衣服。只要家里爬进了这种虫子，衣服呀、鞋履呀、野果呀都会被它们咬得惨不忍睹。叔歜国人想了很多办法来对付这种黑虫子，比如用开水烫、用脚踩、用手捉……但所有的办法都用过了，也不能把它们弄死或者赶走。

　　直到有一天，一个小女孩从大山里带回来一种野草，这种野草有浓郁而奇异的香味。说来也怪，猎猎一闻到这种味道，就开始焦躁不安，开始往通

风处爬。有些爬着爬着就一动不动了。自此以后，人们就采和这种野草有相似味道的草，来驱赶猎猎。

【大荒北经】

　　有叔歜国，颛顼之子，黍食，使四鸟：虎、豹、熊、罴。有黑虫如熊状①，名曰猎猎。

【注释】

① 有黑虫如熊状：有一种形状与熊相似的黑虫。

北齐国
běi qí guó
这里的人姓姜

等级	颜值	形态	异兆
异人	形貌像人	身形普通的人	能驯化驱使四种野兽

北齐国人都姓姜，他们从事着游牧、农耕、狩猎和手工业四种劳动，也能驯化驱使老虎、豹子、熊和罴。北齐国人居住的地方，不仅有辽阔的草原，也有奇峰突起。一些北齐国人在放牧耕种之余，会用一些有着小尖角的石块或者削尖的小木棍在岩壁上刻画。

一个叫姜木的人，就很喜欢在崖壁或者石墙上刻些画。他是个牧羊人，在放牧的间隙，他会坐在山坡上、草地间看云看水，看一些路过的小野兽，并记住它们的样子。

姜木家就在山腰上。他家附近，有很多大大小小的岩石，还有一块延绵一里的石壁。每天清晨放牧之前，他会找些小石子，到岩壁上刻画。他画飞翔的鸟，有时还会想象这只鸟如果有人的面孔，会是什么模样。于是，他也会把他想象中的鸟儿刻画出来，看上去很奇妙。他画他的羊群，在云朵下欢快地奔跑。他还画那些小野兽，比如小狐狸、小兔子……但是清晨的时光很短暂，姜木总是没有画够就得去放牧了。一个满月的晚上，他路过岩石边，发现自己刻的画在月光下很是清晰，顿时惊喜万分。他随即捡起一颗小石子，在月色中画了起来……从此之后，除了清晨，姜木也会在有月亮的晚上画他的画。

"要是有颜色就更好看了！"一天，一位路人对正在画画的姜木说，"你可以用一些能染色的草把画涂上颜色。"

对哦，姜木茅塞顿开，第二天就去采集红蓼、亚麻等植物。他把这些植物放在锅里煮，煮出来的水有红色的、有蓝色的，也有黄色的。姜木就把这些有颜色的"水"涂染到他的画作中，果然越发的美了。

邻人们看到这些好看的壁画，都啧啧称赞，有的甚至拿来陶碗和杯碟要姜木画画，并给他一些物品当作报酬。

也有一些邻人学姜木的样子，在岩壁上、石墙上刻起画来，让北齐国人乏味的生活变得美丽而有趣。

【大荒北经】

有北齐之国，姜姓①，使虎、豹、熊、罴②。

【注释】

① 姜姓：这里的人姓姜。
② 使虎、豹、熊、罴：能驯化驱使老虎、豹子、熊和罴。

始州国
shǐ zhōu guó
有鸟儿在更换羽毛

等级	颜值	形态	异兆
异人	形貌像人	身形普通的人	千里外群鸟在更换羽毛

　　始州国周围有一座阳山、一座丹山、一座顺山，顺山是顺水的发源地。它汩汩地向东流，流经始州国。

　　有水泽环绕的始州国，土地肥沃，草木繁茂。

　　一个夏天的午后，陆地刮起一阵狂风。始州国上空突然飘来五彩缤纷的羽毛，它们有的飘落在屋顶，有的飘落在草丛里，有的飘落在树杈间……这么多美丽的羽毛，引得始州国人纷纷追赶、捡拾。

　　"这是从哪儿飘来的羽毛呢？像是从许多鸟身上掉下来的。"

　　"附近一定生活着许多鸟儿，这阵大风刮得太猛啦，把鸟儿身上的羽毛都吹落了。"

　　人们议论纷纷。有个小男孩却朝羽毛飘过来的方向跑去。

　　他一路跑呀跑，跑过了丹山，跑到了一片树丛环抱着的沼泽地。沼泽地方圆千里，看上去无边无际。在这片树丛环抱着的沼泽地里，小男孩看见无数羽毛。金色的羽毛，青色的羽毛，红色的羽毛，蓝色的羽毛，银色的羽毛……一地斑斓。

　　"空中飘着的羽毛应该就是从这里起飞的。"小男孩被眼前的景象迷住了，他忽闪着大眼睛，想弄明白是怎么回事。

　　这时候，从空中飞来一只鸾鸟。只见它在低空盘旋，顺时针飞了三圈之后，身上的羽毛开始一片片地飘落。说来也奇怪，鸾鸟在掉羽毛的同时，又长出新的羽毛来。这些羽毛熠熠生辉，如同换上了一件新衣裳。

　　鸾鸟之后，又飞来一只凰鸟和一只青鸟，它们都像鸾鸟一样，换了一身新

羽毛。

原来，这片沼泽地，是鸟儿们脱去旧羽毛，换上新羽毛的地方啊。难怪，这里落满了鸟羽。这些羽毛真是太漂亮了，小男孩捡拾起来。长的羽毛，短的羽毛，红羽毛，蓝羽毛……他捡了很多。

小男孩回到家，用这些漂亮的羽毛给自己做了一对美丽的小翅膀。他披上翅膀，奔跑起来。

小男孩也像一只鸟儿一样，在空中飞了一圈后，才降落下来。不过仅此一次，小男孩后来再也没有飞上天去。

【大荒北经】

有阳山者。有顺山者，顺水出焉①。有始州之国，有丹山。有大泽方千里②，群鸟所解③。

【注释】

① 顺水出焉：顺水的发源地。
② 有大泽方千里：有一个大泽，方圆千里。
③ 群鸟所解：是各种禽鸟脱去旧羽毛再生新羽毛的地方。

儋耳国
dān ěr guó
大耳国

异兆	形态	颜值	等级
无	耳朵割成条状	形貌像人	异人

北海周围，有个儋耳国，也叫离耳国。这里的人们都姓任，相传这是黄帝赐给东海海神禺号的姓，而儋耳国人都是禺号的子孙后代。

儋耳国的人都喜欢吃谷米。儋耳国人对美的定义很奇特，他们觉得把耳朵割成条状，并且让它们垂下来，会很好看。于是，每一个儋耳国的人都会忍痛用刀子割裂他们的耳朵，有些人还在耳朵里挂上一些贝壳或者珍珠穿成的耳环，这样会让他们的耳朵看上去更大更漂亮。居住在北海岛屿上的禺强，是禺号的儿子，和儋耳国人也有着血缘关系。

禺强是个神人，他的两只耳朵上分别挂着一条青色的蛇，脚底下踏着的却是两条红蛇，这是禺强平时的形态。但相传，禺强兼顾着两种神的身份，即海神和风神。当禺强作为海神出现的时候，下身会变成鱼的形状，能在大海里畅游。但当他作为风神出现的时候，双臂就变成了翅膀，会在天空中飞翔。这个时候，平时有着慈祥面目的禺强就会变得凶神恶煞，当他扇动两只巨翼时，会鼓起强劲的风，把树木吹得东倒西歪，把人间的茅舍屋顶吹飞，并降下雨来。这时候的风还会给人间带去瘟疫，让人们染上疾病，艰难度日。这是禺强不想做的事情，但作为一个神人的职责，他不得不这么去执行。另有一个传说，"鲲鹏"也是禺强的化身。

成为海神的禺强就是一条巨大的"鲲"，身体在北海中能延绵几千里；而成为风神的禺强就是一只巨大的"鹏"，振翅时，阴影就像一大片云朵，似乎能遮住天幕。每年的冬天，就是禺强从海神转化为风神的季节，也是他由鱼变成鸟的时刻。

【大荒北经】

有儋耳之国,任姓,禺号子①,食谷②。北海之渚中,有神,人面鸟身,珥(ěr)两青蛇,践两赤蛇③,名曰禺强。

【注释】

① 任姓,禺号子:姓任,是神人禺号的子孙后代。
② 食谷:吃谷米。
③ 珥两青蛇,践两赤蛇:耳朵上挂着两条青蛇,脚底下踩着两条红蛇。

赖丘国

生活安逸的人

在西北海外，流沙岛东面三百里的地方，有个一望无垠的树林。树林里有一种巨树，它们的枝叶在离地面五六丈高的地方，枝节交错，攀附在一起，像是架起了一座碧色的桥梁，使得这片树林一年四季都郁郁葱葱，树冠如盖，仿若一个硕大的绿亭，笼罩下来。

这让本是灼热似火的沙漠边缘地带，充满了清凉和生机。这个地方，便是赖丘国，它是一个如世外桃源般的宁静所在。

在这片树林里，栖息着各种各样的鸟儿，随便哪棵树上，都能看见三到五只或结实或精致的鸟巢，形态也各异。鸟儿们白天在树丛中飞来飞去，串门、觅食、歌唱，夜晚就安睡在巢里。

赖丘国人也安居在这片树林中，他们有的把屋子建在树荫下，有的把屋子搭在树上。赖丘国人身轻如燕、灵巧如猴，擅长攀缘、爬树和跳跃。他们也喜欢在树丛间嬉闹、躲藏，摘果实、掏鸟蛋。

相传鸟蛋是赖丘国人最爱的食物，也是最容易得到的食物。他们随便爬到一棵树上，就能收获几十只鸟蛋。这些蛋大小不一、颜色不一，口感也各不相同。有的赖丘国人会把鸟蛋蒸熟了吃，有的也喜欢生吃。

每一天，一个赖丘国人至少要吃十个鸟蛋。在他们的心里，鸟儿既是朋友，也是确保他们生存下去的重要食物来源。因此，赖丘国人爱惜每一只鸟儿，他们与鸟和平相处，从来不会因为鸟屎拉在身上而懊恼，也从来不会因为鸟儿的喧闹而赶走它们。世世代代，鸟儿们与赖丘国人和平相处，令这片树林中的国度呈现出一片祥和静美的氛围。

【大荒北经】

有国名曰赖丘①。

【注释】

① 有国名曰赖丘：有个国家名叫赖丘。

朝鲜
cháo xiǎn
海外的国家

等级	颜值	形态	异兆
异人	形貌像人	身形普通的人	无

东海之内，北海边上，有一个朝鲜国。

朝鲜众多的山岭和平原上，都长着一种绿篱植物。它们坚韧、质朴，开一种浅紫、淡红、大红或者深紫色的花，看上去柔美，如锦。

据说上古时期的一个孟秋时节，在丘东一座叫丘岭的山脚下，开满了这种美丽的鲜花。它们植株高两丈，枝叶繁茂，郁郁葱葱，花朵烂漫，引得众多的民众前来观赏。他们亲切地称这种花为"木槿"。有一天，"混沌""穷奇""梼杌（táo wù）"和"饕餮（tāo tiè）"这四个凶兽路过丘岭木槿花盛开的地方，都被这美景吸引了。

"要是这里的花朵都是属于我的，那该多好啊！"四个凶兽都美滋滋地想着。

先是混沌掏出工具来，开始挖掘木槿花，接着其他三个人也纷纷参与进来。他们谁也不让谁，终于为争夺木槿展开了一场激烈的争斗。打斗中，美丽的木槿花被刨伤，顿时，花朵和枝叶枯萎凋落，山岭下一片狼藉。

第二天，虞舜路过这儿，看见残败的花朵，觉得很可惜。

"说不定，还能救活它们。"虞舜顾不上赶路，马上在附近召集了一些农人，请他们帮忙扶正植株，并浇灌它们。

没想到，在虞舜他们的精心照料下，木槿们起死回生，开得比之前更烂漫。当天晚上，三位美丽的木槿花仙子托梦给虞舜，先是感谢他的救命之恩，之后告诉他，木槿姐妹们将以舜为自己命名。所以木槿花也叫"舜"，它们从初夏一直开到暮秋，花期久长，有坚韧和坚持的寓意。木槿花朝开暮落的轮转状态，也如日月般升起落下，循环往复，生生不息，而花朵的颜色红红火火，象征着永恒。

【海内经】

　　东海之内，北海之隅，有国名曰朝鲜①。

【注释】

① 朝鲜：就是现在朝鲜半岛上的朝鲜和韩国。

天毒国

tiān dú guó

今天的印度

等级 异人

颜值 形貌像人

形态 身形普通的人

异兆 总能保持善良和慈爱

天毒国有条大河，人们傍水而居，性格也像水一样，充满了柔情和慈爱。

话说有一年夏天，北海一带遭遇大旱，连着几个月没有降雨了。烈日灼灼，原本葱茏碧翠的树木因没有水分的滋养开始泛黄。山野里的花

更是零落枯萎，草都如烧焦了一般。天毒国原本丰沛的大河也日渐干涸，一天比一天浅下去。与天毒国相邻的部落原本就只有几条小溪，太阳连日暴晒，浅溪早就露了底。部落里的人们得知天毒国有条大河，都纷纷赶来取水。

天毒国人尽管知道自己的水源也不充足了，但他们心生怜惜，不仅没有赶走这些外人，还帮他们舀水担水。有些人不想来回奔走，就在天毒国住了下来。因为是夏天，不用棉被和草席，晚上在树底下、岩石上或者石洞里随便躺一宿也没关系。可是，善良的天毒国人看到这些在露天躺着的人，总觉得自己像是做错了什么一样。为了让自己安心，他们会邀请这些人住到自己的家里去。不光如此，他们还会让出床，请这些不相识的人们睡，而自己则坐在凳子上随便打个盹。这样的日子一直持续到半个月后，一场大雨倾盆而下，外乡来的人离开天毒国为止。

另有一个故事，说的是一个贼来到天毒国。他一家一家地去偷窃，天毒国人虽然知道这人是个小偷，却没有人去抓他。这个说："他穿得多么破烂呀，偷去衣服可以穿得好一点。"那个说："他应该是饿坏了，就让他偷吃几个大饼充饥吧！"

据说，天毒国人这么仁慈博爱，是因为他们在感觉自己做错了什么的时候，会去那条大河里洗澡。他们认为那条河会洗掉他们身上的污浊、恶念，只有保持善良和慈爱，才能获得永生。

【海内经】

天毒①，其人水居，偎人爱之②。

【注释】

① 天毒：据古人解说，即天竺国，而天竺国就是现在的印度。
② 其人水居，偎人爱之：那里的人傍水而居，大家紧挨在一起并互相友爱。

壑市国 hè shì guó

沙漠里的国家

壑市国处在西海以内一个大漠中，四季黄沙飞天，气候干旱。那里白天烈日灼灼，燥热得很，但是太阳落山、星辰升起之际，大漠里的温度却会降下来许多，有时甚至直达零度。这忽冷忽热的气候，恶劣至极。沙漠里很少降雨，水就成了宝贵之物。在壑市国，洗脸刷牙都是奢侈的，更不要说洗澡了。处在怎样的境地，就过怎样的生活，这造就了壑市国人坚忍顽强的性格，也让他们在摸索中，获得了许多生存的方法。

为避免白天阳光暴晒，他们通常只穿白色或者淡青色的衣服，因为深色会吸热，更增添他们的炎热感。壑市国人会用布制成面罩，挡在脸部，阻挡风吹起的沙尘。他们也在日复一日探寻水流的过程中，有了很多找水的经验。

比如，沙漠中很少有植物存在，可一旦发现青绿的苔藓和芨芨草覆盖的地方，就有可能在"挖地三尺"之后，发现有地下水在汩汩地流。地貌状态也能判断出附近有没有水，通常在三面高一面低如簸箕形状的低矮处或者四面凸起而中间下沉的低洼处，可能会找到水。另外潮湿的沙子底下，通常也有水。或者循着飞鸟的踪迹，找到一些鸟儿栖息的林地。有树木的地方，大多也能找到水源……

壑市国人有时也会把行路时或者找水源时遇见的植物带回来，种在家园附近。这些植物总有一些是能够存活的。渐渐地，壑市国人居住的地方周围，形成了一小片绿洲。这些绿植，无形中帮助了壑市国人吸收沙尘，消除炎热，同时也给予了他们视觉上的舒适感。这些自然之物带来了另一些自然之物，比如沙漠狐、沙漠鼠、骆驼、鸟类和昆虫等，使得壑市国一年比一年繁盛。

【海内经】

西海之内，流沙之中①，有国名曰壑市。

【注释】

① 西海之内，流沙之中：在西海以内，流沙的中央。

泛叶国 fàn yè guó

流沙边上的国家

在流沙的西面有一座山叫鸟山，这座山是三条河流的发源地。山因为有了水的滋润，富饶而美丽，更有取之不尽的宝藏。

在鸟山的附近，有个国家叫泛叶。泛叶国人常年埋头劳作，他们从来不知道除了用谷物来充饥、用棉麻来织布外，还有其他可以致富的方法。直到有一天，一个外乡的人来到泛叶国。他拿出一小块金光闪闪的"石头"，对泛叶国人说："我需要金子，你们这儿有金子吗？如果有的话，我可以用一头牛、一头羊再加一百斤黍米来换。"这个外乡人随即又伸出手来。泛叶国人看到他的手指上套着一个金光闪闪的环。

"这个就是用金子做的戒指，我们那儿的富人都喜欢戴这种首饰。"外乡人说，"除了金戒指，还有金项链、金耳环。"这时候，泛叶国的一个小男孩忽然从衣服口袋里掏出一粒金色的如砂砾一样的东西："你看，这是金子吗？"外乡人看到金色"砂砾"，顿时两眼放光，急切地问："对，对，这就是金子。小家伙儿，你是从哪里捡来的？"小男孩说："山上，鸟山上。"

外乡人听小男孩这么一说，就急匆匆地去鸟山了。

一些泛叶国人也跟着前往。他们来到鸟山上，找寻金子。从山脚找到山头，又从山头找到山脚，可是，哪里有金子的影子呀？大家只好空着手，垂头丧气地下了山。

但是第二天，有个泛叶国人在鸟山上一条河流的河床上，发现了一些金光闪闪的小颗粒。他把这些和着沙子的小颗粒带回家，一粒一粒地挑出来。自此之后，泛叶国人都知道了鸟山上的金子是从河流的沙子里淘洗出来的。这些河流中不仅能淘到金子，还有银铁、瑞玉和瑰石。泛叶国因为有这些宝藏，渐渐地成了一个富饶的国家。

【海内经】

西海之内，流沙之西，有国名曰泛叶。

【注释】

① 西海之内，流沙之西，有国名曰泛叶：在西海以内，流沙的西边，有个国家名叫泛叶国。

盐长之国 yán cháng zhī guó

鸟民

等级	颜值	形态	异兆
异人	鸟的脑袋，人的身子	样子像鸟的人	无

陶唐丘、叔得丘、孟盈丘、昆吾丘、黑白丘、赤望丘、参卫丘、武夫丘和神民丘，这九座山丘四周环水，风景秀丽。传说中的神树建木就长在这片山丘中。

建木是黄帝栽培的，它吸收了日月之精华，得到了雨露甘霖的滋润，长得有百仞高，树冠处有九根曲折缠绕的枝丫，如盘在一起的路径，又像繁复的绳索。建木的根须上也有着九条交错在一起的根节，它的枝干呈紫色。晚春和初夏时节，建木会开出黛色的小花朵。这些小花朵绽放在青绿色的叶子中，并不因为色彩黯淡而失了美丽，反而显得神秘又奇特，散发着似有若无的清香。黛色的小花结的果实是黄色的，像芒果。果儿到了冬天就自然掉落，过一阵子后，它们都会遁入泥土中永远地消失。

黄帝会通过建木出入天庭，因此建木也是一棵能通天的神树。它作为桥梁，沟通了天与地。盐长国就在这些灵丘和神树建木的附近，那儿有黑水和青水流过。盐长国人是大廉的后代，而大廉是颛顼的后裔大费生的儿子。因为盐长国人长着鸟的脑袋、人的身子，所以他们会像禽类一样啄食食物。他们啄果子、啄黍米，也啄鱼。

有一年秋天，一个盐长国人发现建木树上结着数不清的黄色果子，散发出诱人的果香。盐长国人禁不住踮起脚尖用嘴巴凑近一颗位置最低的果实，啄了一口，谁知这长得如此诱人的果子却散发出一阵特别难闻的腐臭味。盐长国人赶紧把果肉吐了出来，可是他嘴巴附近已经沾上了果子的汁液，这些汁液令他的嘴巴一辈子溃烂不堪。自那以后，再也没有人去啄食建木上的果实。

【海内经】

有盐长之国。有人焉，鸟首①，名曰鸟氏。

【注释】

① 有人焉，鸟首：这里有一种人，长着鸟一样的脑袋。

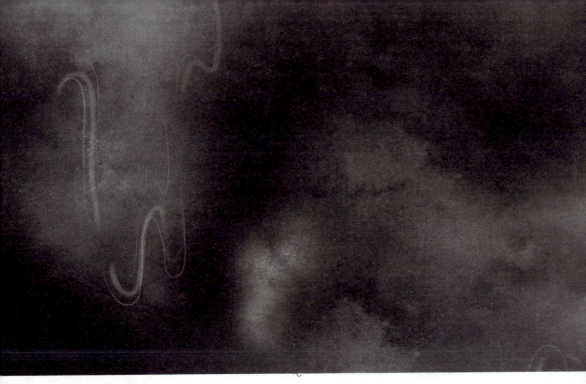

bā guó
巴国

巴人廪君的传说

等级	颜值	形态	异兆
异人	形貌像人	身形普通的人	无

  大皞（hào）生咸鸟，咸鸟生乘厘，乘厘生后照。后照是西南之地巴国的始祖。

  巴国有座钟离山。相传在这座山中，有两个非常庞大的洞穴。洞穴一红一黑，红色洞穴住着巴氏族人，黑色洞穴是樊氏、晖氏、相氏和郑氏人的出生地。这五个姓氏都有各自崇拜和信仰的神人。虽然同处巴国，但大家因为信仰的不同总是出现分歧，面临一些需要共同解决的事情时不能好好商讨，于是，他们决定，以比赛技能的方式来选出一个首领。

每个姓氏的群体中推举了一位能干的人来争夺君权,谁胜出,谁就是巴国的国君。

第一场比赛,比的是投掷宝剑。这场比赛就在洞穴附近举行,靶心设置在洞穴的崖壁上,是用黑色的炭条画的一个圆点。

五个姓氏的代表分先后顺序拔出腰间的宝剑,掷向崖壁上的黑色圆点。结果,五人中,只有巴氏族的廪(lǐn)君掷中了靶心。

第二场比赛,是五姓的代表分别坐上用泥土造成的雕花船只,行驶于河水中。如果行了一段路程后,船沉下去,就算失败。结果,五人中,又只有廪君乘坐的船浮在水中向前行驶,其他四人的泥船都沉了下去。

通过这两场比赛,巴氏的廪君胜出,成了五个姓氏的总首领。

廪君觉得应该为大家找一个更加舒适的地方居住,就率领人们坐上土船顺流而下。经过一个叫盐阳的地方时,他们停下歇脚。当地的盐水女神喜欢上了廪君,想让廪君留下来一起生活,但廪君拒绝了盐水女神。

第二天早上，女神化身为飞虫，带着盐阳所有的飞虫聚集在一起，于空中飞舞。阳光都被这成千上万只虫子遮住了，天空一度昏暗如夜晚。廪君失去了方向感，不知道该怎么去行驶他的船只，就只好一直逗留在盐阳。七天之后，廪君假意送给盐水女神一缕头发，并让她佩带在身上。

　　第二天，廪君看到飞舞的虫子时，一眼就认出了佩有青丝的盐水女神，一箭射中了她。其他虫子见状，纷纷逃离，于是天空明亮起来。廪君赶紧率领大家坐船赶路，最后终于找到了一处适合居住的石岸。他们就在那里修建了一座城市安居。

【海内经】

　　西南有巴国。大皞生咸鸟，咸鸟生乘厘，乘厘生后照，后照是始为巴人①。

【注释】

① 后照是始为巴人：后照就是巴国人的始祖。

流黄辛氏国
liú huáng xīn shì guó

养鹿的国家

异兆	形态	颜值	等级
无	身形普通的人	形貌像人	异人

  流黄辛氏国有三百里左右的疆域，这个国家有座巴遂山，渑（shéng）水的发源地就在此山中。这座山景色秀丽，四季常青，土地和流水都呈黄色。

  据说在流黄辛氏国生活着一种叫大鹿的动物。大鹿生性机警，一有风吹草动就会拼命逃离，速度很快，没有人能追得上它。有的人说大鹿长得特别巨大，比狮子都要大，它头上的犄角更像一棵小树，枝枝杈杈弯曲盘旋，看上去很繁复的样子。有的人却说，大鹿其实特别小，比一般的小鹿都要小很多，就像一只肥胖的兔子那样，所以它才会迅速地逃离。没有人捕捉到大鹿，也就没有证据来证实大鹿到底是大的还是小的。对于大鹿的描述，可能都是流黄辛氏国人的想象。

  流黄辛氏国有很多牧羊人，他们每天清晨会赶着羊群去牧草丰美的地方放羊。那儿天空辽远，云朵看上去轻盈而洁白，而脚下的草碧绿鲜嫩，站在坡地上远望，非常惬意。羊群在吃草的时候，牧羊人坐在岩石上，会情不自禁地叫喊起来。一声高亢，一声低沉，一声延绵，一声短促……这些音调中杂糅着喜悦兴奋，就是最初的牧歌。

  为了生存，流黄辛氏国人不畏艰辛，日复一日地辛勤劳作着。除了牧羊，他们还善于种植木禾，即薏米。薏米在当时成为一种主食，滋养着流黄辛氏国人。后来，充满智慧的人们在大江大河的沙子中淘出了金子。这些金子是流黄辛氏国人的又一个致富渠道。他们淘金，并且用金子做成各种器具、首饰，再把它们运到异乡出售，换回需要的东西。

  流黄辛氏国就这样成为一个富裕的国家。

【海内经】

有国名曰流黄辛氏，其域中方三百里①，其出是尘土②。有巴遂山，渑水出焉。③

【注释】

① 其域中方三百里：它的疆域方圆三百里。

② 尘土：为麈（zhǔ）的错写，麈是一种鹿。

③ 有巴遂山，渑水出焉：有一座巴遂山，渑水从这座山发源。

朱卷国
zhū juàn guó

有能吃象的蛇

等级	颜值	形态	异兆
异人	普通人脸	身形普通的人	国内有能吃象的蛇

在西南方向，有个朱卷国。

话说有一天晚上，朱卷国人阿加突然肚痛难耐，一夜无眠。

第二天，他没有像往常一样早早地起床，而是躺在床上痛得直呻吟。奶奶敲门进来，看见孙子脸色发白，赶紧煮了一些草药给他吃。但是一点用都没有，阿加的肚子越来越痛了。

"看来，只有吃大象的骨头了。都说那是灵药，不管头有多痛，肚子有多痛，吃了大象的骨头，很快就会好的。"奶奶摸了摸阿加的肚皮，无奈地说，"可是，这种大象的骨头很难找到。"

奶奶说的人象的骨头，是当地人的一种说法。

在朱卷国，生活着一种特别的大蛇，这些大蛇浑身黑乎乎的，但有个青色的脑袋。蛇身庞大，有碗口粗细，它们不吃别的东西，专门吞大象。它们吞下一头大象后，能不动不食整三年——大象被蛇体内的毒液侵蚀，象的皮肉渐渐融化消失，只剩下骨头。这个过程，往往要三年之久。

三年后，大蛇会把大象的骨头吐出来，然后继续找寻下一只大象来吞食。

据说，把这些蛇吐出来的象骨头捣成粉，可以用来治疗头痛、心痛和肚子痛，百试百灵，特别神奇。

阿加的爸爸听了阿加奶奶说的话后，赶紧出门去山上寻找大象的骨头。但哪能那么容易找到呢？阿加爸爸遇见其他两个正在找大象骨头的人，一个说，我都找了一整天了，也没找到。另一个说，你才找了一天，

我都找了三天了。

"快看快看,那个是不是大象的骨头?"阿加爸爸眼尖,发现了山岩下的一堆骨头。循着他的目光望去,另外两个找寻的人也看到了一堆森森的白骨。

"没错,就是它了。"

三个人都很友善,他们分享了那堆骨头。

阿加爸爸一回家就把大象的骨头捣碎成粉,让阿加吞了下去。也真是神奇,阿加吃了大象骨头磨成的粉,肚子一下子就不疼了。

【海内经】

又有朱卷之国。有黑蛇,青首,食象。①

【注释】

① 有黑蛇,青首,食象:有一种黑色的大蛇,长着青色脑袋,能吞食大象。

黑人
hēi rén

吃蛇人

等级 异人

颜值 老虎的脑袋，禽鸟的爪子

形态 手握着蛇

异兆 爱吃蛇

一个初冬的早晨，小香米像往常一样去山上捡柴禾。因为不停地劳作，再加上冬日的暖阳照射下来，小香米额头上有了微汗。去吹吹风吧。

小香米来到山头歇息。她向四处远眺，突然发现不远处有一个山林，山林郁郁葱葱，有各种鸟儿来来往往地飞进飞出，看上去很热闹的样子。"那儿会有什么呢？"小香米充满了好奇。小香米背着柴禾，跑到了山下，又朝着那个山林走去。山林看着很近，但走起来却花了很长时间。

"快中午了呢。"小香米看了看太阳。这时候，山林里跑出来一头大老虎，它浑身都黑乎乎的，看上去可怕极了。小香米吓得来不及喊叫，转身就往回跑。"别跑，小孩儿，别跑！"大老虎突然说话了。

小香米停下脚步，有点惊慌又有点好奇地回过头，发现站在眼前的"老虎"虽然长着一个老虎脑袋，但是脑袋之下却是人的模样，不过他的一双手却像鸟的爪子。这会儿他正握着两条蛇，津津有味地吃着。"肚子饿了吧，给你吃。""老虎"递过来一条蛇。

小香米摇摇头："我不喜欢吃蛇，我爱吃黍米。"

"你为什么长这样呢？"小香米问。

"这有什么好奇怪的呢？我们这里的人都长成这个样子，我们是黑人。"有着老虎脑袋的人指了指山林。

"你又为什么长这样啊？"黑人指了指小香米。

"这有什么好奇怪的呢？我们那里的人都长成这个样子。"小香米指了指山那边。黑人笑了，原本可怕的老虎脑袋此刻看起来很温柔。小香米说：

"我要回家了,很高兴能认识你。"

黑人说:"明天再来哦。"

小香米点点头:"我会再来的。再见,黑人!"

【海内经】

又有黑人,虎首鸟足①,两手持蛇,方啖(dàn)之②。

【注释】

①虎首鸟足:长着老虎一样的脑袋禽鸟一样的爪子。

②方啖之:正在吞食它。

嬴民国
鸟爪人

据说嬴民之前是有意族的国民,他们的君主杀了一个叫王亥的人。王亥是殷国的国君,曾经和有意族君主的夫人相好。有一年,王亥赶着一群肥硕健壮的牛羊去有意族放牧,被怀恨在心的有意族君主杀害,对方还拿走了他所有的牛羊。之后,殷国的新君王上任。他为了给王亥报仇,入侵了有意族,大肆残杀无辜的族民,致使大部分族民被害。一个叫河伯的有意族人对这次残害心痛不已,暗中帮助幸存者逃离了有意族。在河伯的带领下,他们来到了一个杂草丛生,有野兽出没的地方,定居并组建了嬴民国。

嬴民也就是嬴民国国民,他们的手长得和禽鸟的爪子一模一样,很锋利,有尖钩。这有利于他们捕捉一些野兽来充饥。

有些小嬴民也喜欢用自己的小爪子来挖土。他们有时候会挖到一个亮晶晶的小圆珠子,有时候会挖到一个贝壳,有时候会挖到一颗有花纹的石子……

这天黄昏,一个小嬴民在草丛里找寻滚落的果子。他找呀找呀,果子没找到,却发现了一个奇怪的小土堆。小土堆微微隆起,上面的土松松的,没有长一根草。小嬴民忘记了寻找野果子,蹲下来,用小爪子挖起了土堆。

土一点点刨开,并没有什么奇怪的东西呀。小嬴民正想停止挖土,却听到一阵细微的"噗噗"声。

"是什么呢?"小嬴民用爪子使劲一刨。哇——刨出来一只小鼹鼠。

原来，土堆里有一个鼹鼠窝，小鼹鼠们刚刚出生呢。

小嬴民和小鼹鼠玩了一会儿，又把它放回了洞里。

"明天，我再来看你们。"但是第二天，当小嬴民在草丛里找到鼹鼠窝，却发现鼹鼠没有了。也许，它们搬家了。小嬴民有点失落地回家去，途中遇见了一头大野猪。大野猪虽然很凶猛，但是小嬴民一点都不害怕。因为在嬴民国，野猪随处可见，大家都有对付大野猪的办法。只见小嬴民张开嘴巴，发出一阵长啸——野猪听到这种声音，赶紧逃跑了。

【海内经】

有嬴民，鸟足①。有封豕（shǐ）②。

【注释】

① 鸟足：长着禽鸟一样的爪子。
② 封豕：大猪。封，大。豕，猪。

赤胫人

幽都山的附近，有一座大玄山，大玄山上生活着浑身黑色的人。

有一个国家叫大幽国，在幽都山的附近。

大幽国生活着膝盖以下的腿全为红色的一种人，他们穴居在山洞里，上身不穿衣服，下身盖着树皮。由于他们膝盖以下的腿部全是红色的，所以也被称为赤胫人。

有一年夏天，一个小赤胫人出去玩，走着走着迷路了。在山间的一个地方，他发现一只黑色的鸟停落在一块岩石上。小赤胫人从来都没有看见过这种黑鸟，他顾不上迷路的恐慌，非常好奇地向鸟儿走去。黑鸟却扑棱着翅膀飞走了，小赤胫人也循着它的身影向前走。

不知不觉中，他跟着黑鸟来到了幽都山上。

小赤胫人又发现了许多黑色的动物，它们除了眼睛是亮晶晶的，其他地方都是黑色的，也没有一丝花纹。

像是走进了一场梦里呢。小赤胫人揉了揉眼睛，发现不远处有一条黑色的河。一看见水，他顿时觉得口渴难忍。尽管害怕这样的黑水，他还是俯下身去，捧起一捧水喝起来。没想到，黑水一落肚，他就觉得奇痒无比。渐渐地，他变成了一个黑色的人。除了亮晶晶的眼睛，他就和那些动物一样，没有一处地方不是黑色的。这时候，小赤胫人才感觉到了前所未有的害怕，他哇地大哭起来。哭声惊动了住在幽都山上的一个仙人。他闻声而来，发现了正惊恐万分的小赤胫人。

"别怕！"仙人一边说，一边捋了捋胡须。说也奇怪，黑色在小赤胫人

身上慢慢变浅，不到一分钟，小赤胫人就恢复了原来的模样。

"我要回家！"小赤胫人请求道。仙人用手一指大幽国的方向，小赤胫人突然腾空飞了起来。等他降落的时候，发现自己已经回到了家。

【海内经】

有大幽之国。有赤胫之民①。

【注释】

① 赤胫之民：是膝盖以下的腿部全为红色的一种人。

钉灵国 (dīng líng guó)

半马人

等级	颜值	形态	异兆
异人	形貌像人，膝盖以下有毛，有马蹄	半人半马	跑起来像飞一样

有一个善于奔跑的人叫淼，他自认为是世界上跑得最快的人。人们告诉他，附近的钉灵国人跑得像飞一样快。他不以为然，一定要去比个高下。

春天的一个早晨，淼从自己的国家出发，一路向东奔跑，掠过丛林，跨过小溪，翻过高山，终于在第二天的傍晚来到钉灵国。他在一个幽静的树丛里过了一宿，第二天醒来的时候，发现太阳已经升得老高了。

他眼前忽然闪过两条马腿。一般的马有四条腿，而它却只有两条，淼觉得很奇怪。

两条马腿一晃就从他眼前消失了，但是从另一边似乎又传来了马蹄声。

淼定睛一看，发现那是一个腿上长着毛，脚是马蹄形的人。单是看他的下身，淼以为是匹只有两条腿的马，但是看上身，却是普通的人形。

淼奇怪地望着他。他也奇怪地盯着淼。

"你为什么长着马腿？"淼问。

"这里是钉灵国，所有的人都长成这个样子，你看上去才奇怪呢。"钉灵国人说，"你是怎么来到这里的，来干什么？"

"我是淼，来这里找你们比赛奔跑的。我在我们那儿，每次赛跑都会得第一。"淼得意地说。

"噢，那我是这里跑得最慢的人。"钉灵国人叹了口气，"我从来都比不过他们。"

"哈哈。"淼笑起来，"让我看看你有多慢。"

钉灵国人摇了摇头："不比了吧，我肯定跑不过你。"

但是淼一定要让这个钉灵国人出出洋相,他说:"就跑一次吧,跑到那个山头上。我和你一起跑。"

"好……好吧。"钉灵国人只好答应了。

他们喊着口令,在同一时间向山头跑去。

只见说自己跑得最慢的钉灵国人一下子就奔到了山头,但说自己老是第一名的淼却远远地落在了后面。

"你真的是你们这里跑得最慢的人吗?"淼气喘吁吁地问。

"没错,我不骗你,我们钉灵国人跑起来都很快,你看!"正好,有两个钉灵国人从他们身边跑过。他们简直就像飞一样。

淼这时才相信他们那里的人说得没错,钉灵国人跑起来就像飞一样。

从此以后,淼再也不说自己是世界上跑得最快的人了。

【海内经】

有钉灵之国,其民从膝已下有毛[①],马蹄,善走[②]。

【注释】

① 其民从膝已下有毛:这里的人膝盖以下的部位都有毛。
② 马蹄,善走:长着马的蹄子,擅于奔跑。

幽冥国
yōu míng guó

黑夜里生活的黑人

等级	颜值	形态	异兆
异人	形貌像人	全身黑色	终日生活在黑暗之中

在北海以内，有一座名为幽都的山，幽都山上有一条叫黑水的河，它的源头就在幽都山上。除了黑水，山上还有黑色的鸟、黑色的蛇、黑色的豹子、黑色的老虎和有着毛茸茸大尾巴的黑色狐狸，还有一个幽冥国。

幽冥国即使在白天也照不到阳光。每天每夜，幽冥国都是暗无天日的。幸亏在赤水北岸的章尾山上，住着一位能给人间提供光明的神人烛龙。

烛龙蛇身人面，长得庞大，据说他的身子伸展开来，有一千里长。烛龙浑身红色，看上去醒目且令人恐慌，但他并不会害人。他管理着黑夜和白昼。

日夜的交替全都由烛龙的眼睛来控制。他一睁眼，新的一天就开始了；他一闭眼，黑夜就降临了。幽冥国的白天因为没有日光的照射，仍然晦暗一片，似乎看不清东西。那里的人们在暗处摸索，耕种、纺织、采摘等劳作都很不便，生活也同样艰难。烛龙知晓了幽冥国人的难处，就去天庭找寻点亮的蜡烛衔在嘴里，给幽冥国带去光明。顿时，那个晦暗的地方亮堂起来，人们能看清东西了。他们在亮光中努力劳动，珍惜着每一寸光阴。

烛龙嘴里的蜡烛也叫火精，和普通的蜡烛不一样，能燃烧十年之久。十年之后，蜡烛渐渐地暗下去。幽冥国人开始担心起来，他们已经适应了在光亮中生活，要是回归暗无天日的生活，该怎么办呢？这时候，幽冥国中有个老婆婆对大家说："我们不妨趁现在天还亮着，去收集一些能照明的东西，或许能让烛龙的蜡烛永远地燃烧下去。"大家觉得老婆婆说得有理，便分头去找寻能燃烧的动植物。

一天又一天过去了，在烛龙的蜡烛将要熄灭的时候，他们终于采集到了蜜蜡和一些动物的油脂。一位身强力壮的年轻小伙自告奋勇地给烛龙送去了这些"蜡油",它们浸入烛龙嘴里衔着的蜡烛中,顿时,火光已经非常微弱的蜡烛又重新燃烧起来,照亮了幽冥国。

自此以后,每当蜡烛将熄之时,幽冥国人都会给烛龙带去蜡油,以使蜡烛永不熄灭。

【海内经】

北海之内,有山名曰幽都之山,黑水出焉。其上有玄鸟、玄蛇、玄豹、玄虎、玄狐蓬尾。有大玄之山。有玄丘之民①。

【注释】

① 玄丘之民:古人说生活在丘上的人都是黑色的。

孩子读得懂的山海经

神兽

贺维芳 - 著 谷孝臣 刘颖 - 绘

北京理工大学出版社
BEIJING INSTITUTE OF TECHNOLOGY PRESS

版权专有　侵权必究

图书在版编目（CIP）数据

孩子读得懂的山海经 . 神兽 / 贺维芳著；谷孝臣，刘颖绘 . —北京：北京理工大学出版社，2020.11（2025.4 重印）
ISBN 978-7-5682-9068-5

Ⅰ . ①孩… Ⅱ . ①贺… ②谷… ③刘… Ⅲ . ①儿童故事—作品集—中国—当代 Ⅳ . ① I287.5

中国版本图书馆 CIP 数据核字（2020）第 177645 号

责任编辑：宋成成	文案编辑：宋成成
责任校对：刘亚男	责任印制：施胜娟

出版发行 / 北京理工大学出版社有限责任公司
社　　　址 / 北京市丰台区四合庄路 6 号
邮　　　编 / 100070
电　　　话 /（010）68944451（大众售后服务热线）
　　　　　　（010）68912824（大众售后服务热线）
网　　　址 / http://www.bitpress.com.cn

版 印 次 / 2025 年 4 月第 1 版第 35 次印刷
印　　　刷 / 武汉林瑞升包装科技有限公司
开　　　本 / 880 mm×1230 mm　1/16
印　　　张 / 13
字　　　数 / 100 千字
定　　　价 / 209.00 元（全 3 册）

图书出现印装质量问题，请拨打售后服务热线，负责调换

前言 PREFACE

　　我最初听到《山海经》这本书,是来自鲁迅先生写的《阿长与〈山海经〉》。当时年龄小,对于"人面的兽,九头的蛇,三脚的鸟,生着翅膀的人,没有头而以两乳当作眼睛的怪物"感到害怕,但好奇心又无限地膨胀起来,很想知道《山海经》中到底还有哪些神秘又奇特的故事。不过之后一直都没有接触到《山海经》,中国神话故事倒是看了很多——一直以为神话故事和《山海经》是两码事,事实上,像夸父逐日、羿射九日、精卫填海等故事都来自这本奇特的书。

　　而捧起《山海经》来读,却又如置身于幻境中,那些半人半神半兽的古怪形象、奇特瑰丽的玉石矿物、罕见神奇的参天大树、珍稀而又绚烂的神鸟、延绵神秘的高山、灵动魅惑的碧水……无不把你带入仙境或者幽冥之地,令人惊叹不已。

　　《异人国》卷就是根据《山海经》中所描述的国邦来展开的故事。远古的风吹来,清冽中有时光的厚度,每每迎面,刹那之间就仿佛有一个国家重新鲜活过来,有一个故事正在诞生。那些有鸟羽的人,有鱼尾的人,有三副面孔的人,有蛇身的人,有马蹄的人,有狗脸的人……也都一一在故事中复活,变得立体、形象。默默地观望着他们,仿佛能在山川长河与日升月落中,想象出他们的生活:有的奇异,有的神秘,有的古怪……

　　《神兽》卷里的动物不但长相奇特,而且大多有着神奇的"特异功能":样子

前言
PREFACE

像猿猴，长着白色耳朵的狌狌，食之擅跑；样子像马，却有老虎斑纹，长着一条红色尾巴的鹿蜀，将它的皮毛佩戴在身上，可以使子孙昌盛；身形似鹤，只有一只脚的毕方鸟，出现在哪里，哪里就会有火灾。此外，还有长了一只翅膀和一只眼睛，只能双双起飞的比翼鸟；样子像牛，却只有一只脚的夔；带来天下太平的凤凰……这些稀奇古怪的动物，一个个都像是外星球的生物，充满了奇幻神秘的色彩。

《神话》卷里的神话传说是后世幻想文学的源头，是我们中华民族宝贵的精神财富。女娲造人、大禹治水、精卫填海、夸父逐日、羿射九日……这些瑰丽的上古神话，宛如璀璨夺目的星辰，闪耀在幻想王国的星空里，开启了一代又一代孩童的智慧，照耀了一代又一代孩童的心灵，激发了一代又一代孩童的想象。孩子们通过阅读这些《神话》卷里的故事，不但能了解我国源远流长的历史，还能增长知识见闻，丰富内心体验，获得趣味和愉悦。

是不是有点迫不及待地想要去了解这套神奇的书了呢？请你缓缓地打开书本，去邂逅那些"人面的兽，九头的蛇，三脚的鸟，生着翅膀的人，没有头而以两乳当作眼睛的怪物"吧。

目录 CONTENTS

南山经

- 狌狌——招摇山上的猴子……2
- 鹿蜀——会唱歌的斑马……4
- 旋龟——怪水里的鹰嘴龟……6
- 𩴲池——背着眼睛的九尾羊……8
- 九尾狐——九条尾巴的狐狸……10
- 狸力——喜欢挖土的猪……12
- 长右——带来洪灾的四耳猕猴……14
- 猾褢——发出砍木声……16
- 蛊雕——可怕的食人雕……18
- 兕——带来好运的独角犀牛……20
- 瞿如——人脸神鸟……22
- 虎蛟——水中怪蛟……24

西山经

- 凤凰——寓意太平的吉祥鸟……27
- 鲑鱼——预兆干旱的鱼……30
- 颙——人脸四目猫头鹰……32
- 羬羊——钱来山上的羊……34
- 蛮渠——能治病的野鸡……36
- 肥蝮——会飞的六脚蛇……38
- 葱聋——赤胡羊……42
- 豪彘——长刺豪猪……44
- 嚣——擅长投掷的长臂猿……46
- 玃如——皋涂山的守护神……48
- 数斯——天生的神药……50

1

目录
CONTENTS

- 徼狍——吃人的野牛……76
- 天狗——驱凶辟邪兽……74
- 毕方——爱放火的怪鸟……72
- 狰——山中猛兽……70
- 钦原——能蜇死人的鸟……68
- 土蝼——专吃人的怪兽……66
- 文鳐鱼——泰器山中的飞鱼……64
- 鸀鸟——皇灾之鸟……62
- 蛮蛮鸟——比翼齐飞鸟……60
- 举父——善投射的猿……58
- 朱厌——此兽一出，天下大乱……56
- 凫徯——预示战争的异鸟……54
- 鸾鸟——传说中的吉祥鸟……52

北山经

- 鸱——怪异的鹞鹰……78
- 讙——会口技的独眼兽……81
- 鹞鹆——爱笑的怪鸟……84
- 冉遗鱼——解除噩梦的鱼……86
- 驳——威猛之兽……88
- 蠃鱼——飞翔在空中的鱼……90
- 孰湖——神骏的坐骑……94
- 膛疏——独角马……96
- 儵鱼——乐而忘忧鱼……98
- 耳鼠——会飞的老鼠……100
- 足訾——牛尾马蹄猿……102

2

目录 CONTENTS

鸡——成群飞行的鸡……104
诸犍——大吼大叫的怪兽……106
白䳇——治愈疯癫病的鸟……108
那父——喜欢呼唤自己的牛……110
竦斯——人面神鸟……112
天马——见人就会起飞的马……115
窫窳——吃人怪兽……118
鳙鱼——治病鱼……120
诸怀——食人牛……122
鮨鱼——治疯狂病的鱼……124
狪——豹纹兽……126
狍鸮——头上无眼的吃人兽……128
鹃鹃——医治健忘症的鸟……130

飞鼠——长毛飞行鼠……132
象蛇——掌握着鲐父鱼的秘密……134
酸与——伴随恐怖出现的鸟……136
黄鸟——能止嫉妒的鸟……140
𫠜𫠜——一角一目兽……142
㹤——牛群里来了一只㹤……144

东山经

从从——蚩鼠的克星……146
狪狪——孕育珍珠的野兽……148
獙獙——有翅却不会飞的怪兽……150
鳡鳡鱼——六足鸟尾鱼……152
精精——牛身马尾兽……154

目录

中山经

- 狕雀——智斗食人鸟 …… 156
- 当康——猪样獠牙兽 …… 160
- 合窳——吃人怪兽 …… 162
- 蜚——不敢招惹的灾兽 …… 164
- 胐胐——忘忧兽 …… 166
- 鸣蛇——荒山上传来乐器声 …… 168
- 化蛇——骂人蛇 …… 170
- 马腹——人面虎身食人兽 …… 172
- 夫诸——带来水灾的白鹿精 …… 174
- 鸰鹄——赶走噩梦的鸟 …… 176
- 人鱼——四足人面鱼 …… 178

- 山膏——爱骂人的猪精 …… 181
- 文文——反舌兽 …… 184
- 鯩鱼——治病辟兵鱼 …… 186
- 狼——带着战争而来 …… 188
- 跂踵——引发瘟疫的怪鸟 …… 190
- 雍和——报灾兽 …… 192
- 鸩——吃毒虫变毒鸟 …… 194
- 穷奇——两种长相的怪兽 …… 198

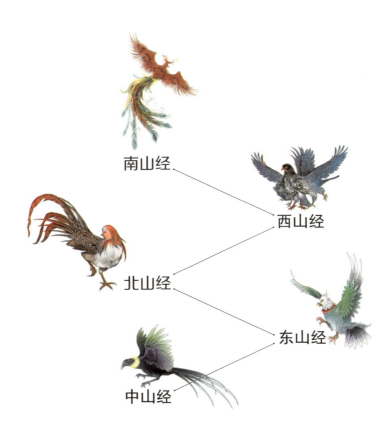

狌狌
xīng xīng
招摇山上的猴子

等级	颜值	形态	异兆
灵兽	长着白色的耳朵	模样像猴子	人吃了狌狌的肉就能跑得快

　　南方的首列山系是鹊山山系（今南岭山脉），鹊山的第一座山叫招摇山（今广西猫儿山），山中长满桂树，桂花飘香的时候，这里就像仙境一般。一条名叫"丽麂（jǐ）水"的河流从这里发源，蜿蜒向西流进山脚下的西海。传说，招摇山上有很多金属矿物和玉石，还有很多神奇的植物，比如，有一种构树，它有黑色的纹理，还能闪闪发光，有人叫它迷穀，把迷穀佩戴在身上，就不会迷失方向。

　　一群山民到招摇山中寻宝，看到一群模样像猕猴的野兽正在嬉戏。它们都摇晃着一对白色的耳朵，时而在地上四脚奔跑，时而像人那样直立行走。

　　一个老山民说："听说招摇山上有一种名叫狌狌的神兽，谁吃一口狌狌的肉，他就能跟狌狌一样奔跑如飞。这一定就是狌狌吧！"

　　于是，大家一起追赶狌狌。狌狌们跑得飞快，眼看要追到西海岸边了，山民们跑得筋疲力尽了，也没有追到狌狌。有的狌狌随手从地上抓起一把开着青色花朵、长得像韭菜的草，津津有味地吃起来。山民们正感到又累又饿，就找了相同的草吃下去，结果竟然感到肚子不再饿了。

　　老山民说："这种神奇的草一定是传说中的祝余啊！"吃下祝余，身上有了力气，山民们还想继续追赶狌狌。老山民提议大家智取。他让大家挖了一个陷阱，旁边摆了一壶酒，狌狌被浓郁的酒香吸引过来，落进了陷阱里。山民们终于吃到了狌狌的肉，全都变成了飞毛腿。老山民见多识广，他看到西海边的水里有能治蛊胀病的育沛，就让大家都捡一些带在身上。大家都高兴地说："就算找不到宝贝，这一趟收获也不小呢。"

【南山经·南山一经】

南山经之首,曰䧿山。其首曰招摇之山,临于西海之上,多桂,多金玉。有草焉,其状如韭而青华①,其名曰祝余,食之不饥。有木焉,其状如榖(gǔ)②而黑理,其华四照,其名曰迷榖,佩之不迷。有兽焉,其状如禺(yù)③而白耳,伏行人走,其名曰狌狌,食之善走。丽䴢之水出焉,而西流注于海,其中多育沛④,佩之无瘕(jiǎ)疾。

【注释】

① 华:花。
② 榖:即构树,一种高大的落叶乔木。
③ 禺:古代传说中一种长得像猕猴的野兽。
④ 育沛:不详何物。

鹿蜀 lù shǔ
会唱歌的斑马

等级	灵兽
颜值	头部白色,身上斑纹犹如虎斑,长有一条红色的尾巴
形态	样子像马
异兆	把它的皮毛佩戴在身上可以使子孙昌盛

在很久以前,关于杻(niǔ)阳山(今广东方山)有个奇妙的传说:山南面有很多黄金,山北面有很多白银。人们纷纷到杻阳山寻找金银。有一天,杻阳山上又来了一个人——村民成,他到杻阳山一不为黄金,二不为白银,而是为了寻找一种怪兽。

成是山下一个村庄里的普通百姓,有一件事总让成感到郁郁寡欢:家中人丁单薄,到他这一辈已经是三代单传,年过三十的他至今膝下无子。

直到成听到了一个传闻：杻阳山中有一种名叫鹿蜀的神兽，它长相怪异，会唱歌谣。穿戴上它的毛皮，可使人多子多孙。得知这个传闻，成连忙赶往杻阳山，寻找鹿蜀。他翻山越岭地找啊找啊，却连神兽的影子也没见到。

正在他感到灰心丧气的时候，忽然听到远处传来唱歌谣的声音。只见密林中走出来一只长相怪异的动物。它身体长得像马，脑袋是白色的，身上的斑纹像老虎，屁股上甩着一条红色的长尾巴。原来唱歌谣的声音就是它的吼叫声。成想：它一定就是传闻中的鹿蜀了。成轻而易举地抓到了鹿蜀，得到了鹿蜀的毛皮。过了几年，他家人丁兴旺起来。

【南山经·南山一经】

又东三百七十里，曰杻阳之山，其阳多赤金，其阴多白金。有兽焉，其状如马而白首，其文如虎而赤尾，其音如谣①，其名曰鹿蜀，佩之宜子孙②。

【注释】

① 谣：唱歌谣。
② 佩之宜子孙：佩戴它可使子孙繁衍不息。

旋龟
xuán guī
怪水里的鹰嘴龟

等级	灵兽
颜值	鸟头，毒蛇的尾巴
形态	样子像普通乌龟
异兆	佩戴上它能治耳聋，还能治脚底老茧

　　杻阳山中，一条名叫怪水的大河从这座山发源，向东流入一条名叫"宪翼水"的大河。怪水浊浪翻滚，非常凶险。

　　这天，有一群山外的村民想来杻阳山中探宝，却被怪水阻挡了去路。面对汹涌的河水，大家一筹莫展。忽然，河水中浮出一只巨大的龟，它长着鸟一样的头、普通乌龟的身体，和一条毒蛇一样的尾巴。它发出的吼叫声像劈开木头时发出的响声。很快，水里有更多的龟浮出来。

　　有村民惊喜地说："早就听说怪水中有一种旋龟，果然如此啊！"

　　人们看到旋龟样子虽怪，却无恶意，而且它们身体巨大，浮在水上就像一座座小岛。于是，有人提议："让旋龟驮我们过河吧。"旋龟仿佛听懂了山民的话，对大家频频点头，好像在邀请人们到它的背上去。

　　大家争先恐后地爬到旋龟的背上。旋龟驮着大家穿过风浪，向怪水对岸游去。渡过了怪水的一半，人们紧张的心情放松了，开始兴致勃勃地谈论找到金银以后的事情。有一个耳聋的村民，脑袋无意中撞在龟甲上，然后他就能听到声音了；有人光脚踩在龟背上，脚底老茧竟然一下就消失了，脚板变得又干净又光滑。村民们高兴极了："这旋龟就是宝贝啊！"

　　"取一点龟甲佩戴，耳聋的人能听到声音，脚底有老茧的人能被治愈。我们把这些旋龟捉住，带回去，把龟甲剥下来，一点一点卖掉，我们照样能发大财！"大家纷纷称赞这是个好主意。旋龟仿佛听懂了村民们的话，它们大声吼叫起来，然后与村民一起沉入了水中。

　　水面上，只剩下村民们在海浪里挣扎。

【南山经·南次二经】

  怪水出焉，而东流注于宪翼之水。其中多玄龟，其状如龟而鸟首虺（huǐ）①尾，其名曰旋龟，其音如判木，佩之不聋，可以为底②。

【注释】

① 虺：古代中国传说中常在水里的一种毒蛇。
② 底：脚底的老茧。

猼訑 bó tuó

背着眼睛的九尾羊

等级	灵兽
颜值	四只耳朵，眼睛长在背上，九条尾巴
形态	身形像羊
异兆	穿戴上它的皮毛就会变得英勇无畏

　　基山（推测在广东境内）北边的山脚下有个小村庄，村头一户农家有一对少年兄弟。哥哥以胆大出名，他为村民驱赶坏人、斩杀野兽，受到村民们的称赞；弟弟很胆小，大家叫他胆小鬼，他也常常为自己的胆小苦恼。

　　弟弟听说基山的南面盛产玉石，就想去寻找一些玉石回来，让父母过上更好的日子。

　　这天，弟弟爬过怪树密布的北坡，眼看就要到达山顶的时候，忽然，一个怪物从山林中冲出来。只见怪物长着羊一样的身体，头上没有眼睛却长了四只耳朵，身后舞动着很多尾巴，背上有一双绿油油的巨眼，看起来非常恐怖。弟弟吓坏了，他连滚带爬地跑回家，把自己遇到怪物的事情告

诉了父亲。

"孩子,你遇到的一定是怪兽猼訑!"父亲把弟弟叫到身边,告诉他一个秘密:传说,基山的密林中有一种外貌像羊的怪兽,名叫猼訑。它有九尾四耳,眼睛长在背上。如果有人穿戴上它的毛皮,就再也没有什么东西能让他感到害怕了。

"我要杀掉猼訑,得到它的皮毛,我再也不做胆小鬼了!"弟弟来到上次遇到猼訑的地方,果然,猼訑又出现在他面前。弟弟鼓起勇气向猼訑冲过去。他这才发现,这个猼訑怪兽只是模样怪异吓人,实际没有一点特殊的本领。弟弟捉到了猼訑,得到了它的皮毛。

从那以后,基山脚下就有了两个勇敢的少年。

【南山经·南山一经】

又东三百里,曰基山,其阳①多玉,其阴②多怪木。有兽焉,其状如羊,九尾四耳,其目在背,其名曰猼訑,佩之不畏③。

【注释】

① 阳:山的南面,河的北岸。
② 阴:山的北面,河的南岸。
③ 佩之不畏:人如果穿戴上它的毛皮就不会有恐惧心。

jiǔ wěi hú
九尾狐
九条尾巴的狐狸

等级	颜值	形态	异兆
灵兽	长着九条尾巴	形状像狐狸	善于变化和迷惑人

相传青丘山（今广东灵池山）的南坡盛产玉石，北坡出产青色涂料。有很多人到青丘山上挖矿，可是，前去挖矿的人全都失踪了。

于是，民间有了种种离奇的传闻：青丘山中有一只可怕的九尾狐。九尾狐会用它的叫声迷惑人，失踪的人都是被它的叫声迷惑以后被它吃掉的。如果有人能抓住九尾狐，吃了它的肉，就能不中妖邪毒气了。

青丘山脚下有一个善良勇敢的年轻人。他决心找到九尾狐并杀死它。年轻人爬上青丘山，听到旁边的灌木丛中有声音。年轻人循声走过去，发现灌木丛中有一只长得像斑鸠的小鸟在拼命挣扎。原来，这只可怜的小鸟不小心被困在灌木丛里了。年轻人把小鸟救出来，小鸟对年轻人发出"灌

"灌"的叫声表示感谢。年轻人对小鸟说:"我不知道你的名字,我就叫你灌灌吧!灌灌,我要去找九尾狐了!"只见灌灌从自己身上啄下一根羽毛,插在年轻人的发髻上。

年轻人继续往前走,忽听前面的山洞里传出婴儿的啼哭声。"是谁把婴儿丢弃在山洞里了?"年轻人想去洞中看一看,但是,发髻上灌灌的那根羽毛发出一道光,年轻人猛然醒悟过来,婴儿的啼哭声是九尾狐的叫声,这是引诱人上当的。他这才明白,灌灌的羽毛插在身上能使人抵抗九尾狐的诱惑。年轻人手握利刃,冲进洞中,里面果然有一只白色的九尾狐,它正等着被迷惑的人乖乖送上门来呢!年轻人手起刀落,反杀了毫无防备的九尾狐。

【南山经·南山一经】

又东三百里,曰青丘之山,其阳多玉,其阴多青䨼(huò)①。有兽焉,其状如狐而九尾②,其音如婴儿,能食人,食者不蛊(gǔ)。有鸟焉,其状如鸠,其音若呵,名曰灌灌,佩之不惑。

【注释】

① 其阴多青䨼:山的背面蕴藏着丰富的青䨼。䨼,一种青色矿物颜料,古代常做涂饰用。

② 其状如狐而九尾:看起来像狐狸却有九条尾巴。

狸力

喜欢挖土的猪

等级	神兽
颜值	猪的身体，四肢像鸡爪
形态	像普通的小猪
异兆	出现的地方，正在大兴土木

南方第二列山系的首座山叫作柜（jǔ）山（今浙江仙霞岭），英水从这里发源，然后向西南流入赤水。柜山下有一个郡县，这一年，官府要造一座规模庞大的园林，就到村民家中抓派壮丁服徭役。

有一个叫殷柏的村民，因为他的母亲年迈多病需要照顾，如果去修园林，就没有办法奉养母亲，于是只好逃到柜山上。

殷柏发现山里的河流中有很多细粒的丹砂，还有很多白色玉石。他高兴地想："有了玉石，母亲再也不用过苦日子了。"可是，他又担心起来："只要官府一天不停止造园林抓壮丁服徭役，我就一天不能回家过安稳日子啊！"

正犹豫着，忽听远处传来狗叫声，殷柏很诧异："深山里还有人家吗？"他循声走去，发现山坡上有许多用土和木料堆成的房子。这些土房子结构简单，排列整齐，简直就是一个小村落。

殷柏想走近村头的一所土房子看个究竟，忽然，一只奇怪的野兽从里面窜出来。它的样子很像普通小猪，不过它的脚上长着鸡爪子。

这个怪模样的野兽对着殷柏大叫起来，嘴里发出的竟是狗的叫声。接着，许多土房子里面跑出了更多的猪身鸡爪的小野兽。

原来，刚才听到的狗叫声是这些怪家伙发出来的啊！殷柏一下子明白了："小时候听老一辈人讲过一个传说，柜山中有一种善于挖土的狸力，想不到今天让我遇到了。这些土房子就是狸力挖出来的啊！"殷柏忽然想到了一个绝妙的主意。

几天后，在修建园林的工地上多了很多忙碌的身影，它们就是被美食吸引而被捉住的狸力。有了狸力相助，修建园林的人们干活轻松多了。

【南山经·南次二经】

南次二山之首，曰柜山，西临流黄，北望诸㲋（pí）[1]，东望长右。英水出焉，西南流注于赤水，其中多白玉，多丹粟[2]。有兽焉，其状如豚（tún）[3]，有距[4]，其音如狗吠（fèi），其名曰狸力，见（xiàn）则其县多土功[5]。

【注释】

[1] 北望诸㲋：从山上向北望可以看见诸㲋山。"㲋"同"毗"。
[2] 丹粟：细小如粟的丹砂。
[3] 豚：泛指猪。
[4] 距：雄鸡爪后面突出像脚趾的部分。
[5] 见则其县多土功：出现狸力的地方就一定会有繁多的土木工程。见，同"现"，出现，显露。

长右
cháng yòu
带来洪灾的四耳猕猴

等级	颜值	形态	异兆
神兽	四耳，长尾巴	长得像猕猴	它出现在哪里，哪里就会发生水灾

相传，长右山（据考在今湖南雪峰山中段）上生活着一种野兽，它们的模样很像猕猴，只不过它们长着四只耳朵，吼叫的声音就像人的呻吟声。人们不知道它们的名字，就用山的名字给它们命名——长右。

长右山上没有花草树木，长右们是靠什么活下来的呢？原来，长右山上到处都是泉水溪流，长右就是靠喝水生存的。长右的个子不大，可是，一旦它们喝起水来就停不下来，一次就能把一条小河的水喝干。

附近郡县有几个无赖听说了关于长右的传说，就起了贪念："这种四耳长右长相怪异，声音像人的呻吟声，要是抓几只带到村镇中去，让人们花钱看稀奇，那我们就发大财了！"无赖们爬到长右山上，恰好遇到两只正在喝水的长右。他们没费多大力气就把两只长右抓住了。他们把长右囚禁在木笼里，抬回郡县，来到一个集市上。

"快来看啊，吼声像人的呻吟声一样的长右！掏一个铜板就能看一次！"无赖们把装着长右的木笼放到大街上，大声招揽生意。两只长右在木笼中挣扎，见无法脱身，它们发怒了，张开大嘴开始吐水。水就像决堤的河流一样，从它们的嘴巴里源源不断地喷涌出来。两只长右吐啊吐啊，大水流啊流啊，很快，就变成了洪水。洪水淹没了街道房屋，眼看整个郡县都要被淹没了。

"原来这长右怪兽能带来洪灾啊！"人们恍然大悟，纷纷指责捕捉长右的无赖。为了避免洪水进一步泛滥，大家赶紧把长右送回长右山里。

大家得到一个教训：长右出现的郡县就会有洪水，以后谁也不许捕捉长右。果然，从那以后，再也没人敢到长右山去捕捉长右了。

【南山经·南次二经】

　　东南四百五十里，曰长右之山。无草木，多水。有兽焉，其状如禺而四耳，其名长右①，其音如吟②，见则郡县大水。

【注释】

① 长右：兽名，因其生活在长右山，故名。

② 其音如吟：它的叫声像人的呻吟。

猾怀
huá huái
发出砍木声

等级	颜值	形态	异兆
灵兽	全身猪毛	形状像人	哪里出现猾怀，哪里就会有繁重的徭役

尧光山（据考为今湘鄂或湘赣边界的山脉）上发现了玉石和金属矿，当地的官府封了山，还把山下大批青壮年抓到山上，让他们挖矿采玉。家人们在家里迟迟等不到自己的亲人回来，都万分焦急。可是，谁也没有办法。

这时，一个云游的剑侠来到这里，他听说了这件事情，决心把大家救出来。可是尧光山那么大，寻找挖矿的人可不是一件容易的事情。

村里一位年龄最大的老人想起了一个古老的传说：尧光山上有一种名叫猾怀的野兽。冬天它们在洞穴中冬眠，春夏季节它们才出来活动。猾怀出现在哪里，哪里就有繁重的徭役。老人告诉剑客："被官府抓去的人，可不就是在服繁重的徭役吗？只要找到猾怀，就能找到那些挖矿的人。"

"可是，大家都没有见过猾怀的样子，我怎么才能找到它们呢？"剑客问。

老人补充道："据说，猾怀吼叫的声音很特别，像砍木头时发出的响声。"

"大家放心吧，我一定能找到猾怀，然后把你们的亲人救回来。"剑客告别大家，来到尧光山上，用他特别灵敏的耳朵到处听，终于，他听到了远处密林中隐隐约约传来的伐木声。剑客循着声音赶过去，发现了一个怪兽。它长得像人，但全身长满了猪那样的鬃毛。

"这一定就是猾怀了，我要救的人一定就在附近。"剑客在附近寻找，果然看到了在官兵监视下挖矿的人们。剑客打跑了官府兵将，救出了被抓服徭役的村民。在村民们下山跟家人团聚的时候，剑客飘然远去。

【南山经·南次二经】

又东三百四十里,曰尧光之山,其阳多玉,其阴多金①。有兽焉,其状如人而彘鬣(liè)②,穴居而冬蛰,其名曰猾褢,其音如斲(zhuó)木③,见则县有大繇④。

【注释】

①金:这里泛指金属矿物。
②其状如人而彘鬣:外形看起来像人,却长着猪那样的鬃毛。鬣,某些兽类(如马、狮子等)颈上的长毛。
③其音如斲木:叫声如同砍木头时发出的响声。斲,用刀斧砍。
④见则县有大繇:哪个地方出现猾褢,那里就会有繁重的徭役。"繇"通"徭"。

蛊雕 gǔ diāo

可怕的食人雕

等级	颜值	形态	异兆
凶兽	长相凶恶	头上长角	嘶叫声如婴儿啼哭

相传，没有花草树木的鹿吴山（在今浙江境内）是一座宝山，山中有丰富的金属矿物和玉石。奇怪的是，竟然没人上山挖矿和采玉。

山下村庄里的老人经常给晚辈讲鹿吴山的怪事：怪事一，泽更水从鹿吴山发源，然后向南流入滂水，泽更水中经常传出婴儿啼哭的声音，每次听到这种哭声，第二天村子里就有人失踪；怪事二，据说山中有一种名叫蛊雕的野兽，有人说它是鸟，有人说它是鱼，但谁也没有见过它的样子。

有这些怪事，谁还敢进山去呀？村庄里有一个少年，他从小就想："我一定要解开鹿吴山的秘密。"他拜师学艺，练就了一身好武艺。有一天，他决定进鹿吴山。家人和乡邻们都苦劝少年不要去冒险。

"面对一座宝山，乡邻们还过着贫苦的日子，我看不下去了！"少年坚决地说。他带上利刃，沿着泽更水往鹿吴山进发。

少年正披荆斩棘地往前走着，忽然，河水中浪花翻涌，里面还传出婴儿的啼哭声。少年觉得奇怪："水里有鱼怪吗？"这时，有一团东西从水中跃起飞到空中。只见它身体长得像普通的雕，头上却长着两只竖起的角，此刻，它像婴儿啼哭般大声鸣叫着，扬起锋利的尖爪向少年扑来。

少年恍然大悟："这一定就是传说中的蛊雕。它是一只能在水里活动，也能在空中飞行的怪兽。以前失踪的人一定都是被这个怪兽害死的，我要为民除害。"少年眼疾手快，挥刀向怪兽蛊雕砍去，手起刀落，蛊雕从空中摔了下来。少年杀掉怪兽蛊雕，揭开了鹿吴山可怕的秘密，从此，村里的人们可以自由地进山寻宝，再也没有人口失踪的事情发生了。

【南山经·南次二经】

（区吴之山）又东五百里，曰鹿吴之山，上无草木，多金石。泽更之水出焉（yān）①，而南流注于滂（pāng）水②。水有兽焉，名曰蛊（gǔ）雕，其状如雕而有角③，其音如婴儿之音，是食人④。

【注释】

① 泽更之水出焉：泽更水从这里流出。焉，在这里，在那里。
② 南流注于滂水：向南汇入滂水。
③ 其状如雕而有角：外形看起来像雕鹰，却长着长长的角。
④ 是食人：可以吃人。

兕
sì
带来好运的独角犀牛

等级	颜色	形态	异兆
瑞兽	青黑色	独角，形似犀牛	它出现，天下将出现盛世

"快跑啊，有妖怪啊！"祷过山（一说在今广东境内；一说在今广西境内）上经常响起一阵惊慌的喊声，喊声中，一群惊慌失措的人连滚带爬地从山里逃出来。

原来，祷过山下土地贫瘠，附近村子里的人们都很贫穷。后来，有一个云游僧人经过这里，告诉村民：祷过山蕴藏着很多金属矿和玉石。

于是，村子里的人们都想去山中寻宝。奇怪的是，每次人们走进山中，都会听到一种可怕的怪吼声。怪吼响处，大片树木疯狂摇晃，就像刮起了一阵暴风，进山的人都吓跑了。村民们被怪异的现象吓坏了，对那个看不见的妖怪谈之色变，渐渐打消了进山寻宝的念头。

只有一个名叫常戚的年轻村民一直不愿意放弃，他对大家说："我们再去山上一次。这次，我们都带上防身的棍棒，大伙儿一起去。"

就这样，除了老弱病残，其余的村民一起跟着常戚进了祷过山。

进山以后，村民们又听到那种可怕的怪吼声。怪吼响处，树木狂摇。紧接着，一个巨大的犀牛模样的怪物出现在大家面前：它青黑色的庞大身躯，看上去有三千多斤重，一只向天弯曲的独角看起来非常锐利可怕。

大家呆住了，都不知道是该跑，还是该上前跟它拼命。唯一跟着前来的一个老人赶紧对大家说："这一定就是传说中的上古瑞兽兕啊！我们不能伤害它。"常戚也说："看来，兕在守护着祷过山，它不希望我们来打扰它。"他带领村民退出山去。兕似乎明白了人们的心意，它为了感谢村民不再打扰自己的生活，就把一些金银玉石扔到河里，人们在下游不时捡到宝贝，从此，山下的村民们都过上了好日子。

【南山经·南次二经】

（天虞之山）东五百里，曰祷过之山，其上多金玉①，其下多犀兕（sì）②，多象。

【注释】

①其上多金玉：山上蕴藏着丰富的金属和玉石。
②其下多犀兕：山下有很多犀牛和名叫兕的怪兽。兕，上古瑞兽，形状像犀牛却不是犀牛。

瞿如
qú rú

人脸神鸟

等级	颜值	形态	异兆
异兽	白色的脑袋，长着三只脚，人一样的脸	三足人脸的神鸟	为自己唱赞美歌

祷过山下的老辈人都喜欢给孩子们讲关于神鸟瞿如的传说。在传说中，瞿如的外形非常怪异：它们的身体长得很像一种名叫䴂（jiāo）的水鸟，它们的脑袋是雪白的，它们的脸和人的脸一样，它们长着三只脚，奔跑和休息的时候，三只脚轮流使用。人们称呼它们"瞿如"是因为它一天到晚总是唱着一首好听的歌，歌里只有一句歌词："瞿如瞿如瞿如。"很多人认为，瞿如就是它们的名字，它们是在给自己唱赞美歌呢。

起初，人们觉得瞿如只是传说中的神鸟。直到后来，人们知道祷过山上盛产金属矿物和玉石，进山开矿采玉的人多起来后，才有人在深山里发现了传说中的瞿如。开始，人们觉得瞿如的怪模怪样很有趣，歌声也很好听，就很喜欢它们。瞿如好像也很喜欢人类，它们围着开矿的人和采玉人唱歌跳舞，给大家带来了欢乐。

本来，人们与瞿如的关系非常友好，可是，人和神鸟融洽相处的日子没过多久，有几个采玉人就打起了坏主意：捉瞿如卖给有钱人，就凭瞿如怪异有趣的模样和悦耳动听的歌声，一定能卖个大价钱，这比辛辛苦苦挖矿采玉强多了。于是，他们有目的地接近瞿如，想在瞿如毫无防备的情况下把它们抓住。

瞿如好像懂得读心术，自从有人对它们起了坏心，它们就再也不肯靠近人类，而是躲进了密林里。瞿如在人们的视线里彻底消失了，人们只能偶尔隐隐约约地听到从很远的地方传来"瞿如瞿如瞿如"的歌声。从那以后，瞿如又成了只是存在于传说中的神鸟。

【南山经·南次三经】

（祷过之山）有鸟焉，其状如䴏而白首①、三足、人面，其名曰瞿如②，其鸣自号也③。

【注释】

① 其状如䴏而白首：外形看起来像䴏，却长着白色的脑袋。䴏，一种传说中的水鸟，类似野鸭却略小。
② 其名曰瞿如：它的名字叫瞿如。
③ 其鸣自号也：它的鸣叫声就是自己名字的读音。

虎蛟 hǔ jiāo

水中怪蛟

- 等级 怪兽
- 颜值 鱼身蛇尾
- 形态 像鱼像蛇但又非鱼非蛇
- 异兆 吃了它的肉就能不生肿病，还可以治愈痔疮

很久以前，祷过山附近的百姓因为山中有丰富的资源，日子过得有滋有味。

有一年，灾难不幸降临到了祷过山附近的几个村镇：有人感染了瘟

疫。感染瘟疫的病人肚子都肿胀起来，越来越严重，有的病人走在大街上会突然跌倒在地，痛苦地死去。瘟疫迅速传播，越来越多的人染上了瘟疫。可是，人们找不到对付这可怕的瘟疫的药物，只能眼睁睁地看着身边的人染上瘟疫然后死去。

因为感染瘟疫而死去的人越来越多，官府为了防止疫病扩散，只好派兵把有瘟疫病人的村子封锁起来。大家都明白，这是要让这些被隔离村子里的人在这场瘟疫中自生自灭啊。

被困在里面的人们只能在恐惧绝望中等待死神降临。人们为病死的亲人哭，为自己即将到来的死亡哭，哭声震天。这哭声惊动了一名隐居山中的老者。

老者赶到官府，对太守说："我听过一个传说，从祷过山发源的浪（yín）水中有一种虎蛟，虎蛟的肉可以治愈感染瘟疫的病人。"

太守派人跟随老者赶到浪水，果然抓到了传说中的虎蛟。它们长着普通鱼的身子，背后拖着一条蛇的尾巴，它们的叫声就像鸳鸯的叫声。

老者赶紧把虎蛟的肉熬成汤，让所有感染瘟疫的病人吃肉喝汤。果然，病人们肿胀的肚子马上变小了，很快，他们的病就痊愈了。神奇的事情还有呢，几个病人患上瘟疫之前有严重的痔（zhì）疮，在吃了虎蛟的肉以后，不但肚子的肿胀消失，就连痔疮也消失了。

疫情解除，所有被封锁的村镇都恢复了往日的平静。人们想感谢那位老者的救命之恩，可是，老者早已飘然离去，回归山林了。

【南山经·南次三经】

（祷过之山）浪水出焉，而南流注于海。其中有虎蛟[1]，其状鱼身而蛇尾，其音如鸳鸯[2]，食者不肿[3]，可以已痔[4]。

【注释】

[1] 虎蛟：动物名。一说指蝦虎鱼，一说指马来鳄。
[2] 其音如鸳鸯：鸣叫的声音像鸳鸯的叫声。
[3] 食者不肿：吃了它的肉，人就不会生痛肿疾病。
[4] 可以已痔：能够治愈痔疮。

fèng huáng
凤凰
寓意太平的吉祥鸟

等级：神鸟
颜值：全身有五彩花纹
形态：身形像野鸡
异兆：只要凤凰出现，天下就会太平

    丹穴山是一座美丽的山，山上有茂密的植物，一条名叫"丹水"的河流从这座山发源，然后向南流入渤海。当地还有一些神秘的传说：丹穴山上不但盛产金属矿物和玉石，还有一种叫作凤凰的美丽大鸟。它们长着五彩羽毛，喜欢唱歌跳舞，一出现就会天下太平。

    只是，一代又一代，只有传说，谁也没有见过神秘的凤凰。

    有一年，天下大乱，到处都有战争。各个诸侯国争抢地盘，人们就像疯了一样，动不动就打仗，百姓整天要应付兵役和各种徭役，没有时间种庄稼，没有时间种桑养蚕，每个人都缺衣少食，每天都生活在恐惧中。

    因为年轻人都服兵役打仗去了，村里的老年人日子越来越艰难，眼看着都要活不下去了，终于，他们想到了丹穴山的那个传说。

    "也许凤凰的传说是真的呢！"

    "是啊，只要凤凰出现就会天下太平，我们去找凤凰吧！"

老人们商量着,然后互相搀扶着进了山。老人们在山中千辛万苦地找啊找啊,终于发现了一只鸟:它的身体长得像普通的鸡,全身上下都是鲜艳的五彩花纹,头上有"德"字形状的花纹,翅膀上有"义"字形状的花纹,背部有"礼"字形状的花纹,胸部有"仁"字形状的花纹,腹部有"信"字形状的花纹。

老人们非常高兴:除了凤凰,哪里还有这么神奇美丽的鸟呢?

老人们把凤凰送到了战场上,正在交战的军士们听到凤凰的歌声都停止了战斗;再看看凤凰身上美丽的花纹和优美的舞蹈,军士们心中的戾气顿时消失了,大家纷纷放下了武器,与对手握手言和。

天下的战火就这样熄灭了,老百姓终于又过上了幸福安宁的生活。

【南山经·南次三经】

又东五百里,曰丹穴之山,其上多金玉。丹水出焉,而南流注于渤海。有鸟焉,其状如鸡,五采而文①,名曰凤皇②,首文曰德③,翼文曰义④,背文曰礼⑤,膺(yīng)文曰仁⑥,腹文曰信⑦。是鸟也,饮食自然,自歌自舞,见(xiàn)则天下安宁。

【注释】

① 五采而文:全身上下覆盖着五彩羽毛。
② 凤皇:同"凤凰",古代传说中的鸟王。
③ 首文曰德:头上的花纹看起来像"德"字。
④ 翼文曰义:翅膀上的花纹看起来像"义"字。
⑤ 背文曰礼:背部的花纹似"礼"字。
⑥ 膺文曰仁:胸部的花纹看起来像"仁"字。膺,胸。
⑦ 腹文曰信:腹部的花纹看起来像"信"字。

鲑鱼 (zhuān yú)
预兆干旱的鱼

等级	灵兽
颜值	长得像鲫鱼却长着猪毛
形态	身形像鲫鱼
异兆	它一出现就会天下大旱

鸡山因为山上有丰富的金属矿物，山下盛产红色涂料而远近闻名。很多人慕名从远处搬到鸡山附近安家。

有一天，一群外地来的移民准备到鸡山下的红色涂料场干活，半路上，他们发现了一个奇怪的现象：有很多外貌怪异的鱼在山路上艰难地往前移动。它们长得像鲫鱼却全身布满猪毛，嘴里发出的声音就像小猪在叫。

"这些怪鱼为什么不待在水中，而是出现在山路上？"

"鸡山中竟然有这样的怪事！这里面有什么古怪呢？"

移民们不解地议论纷纷。他们决定找一个当地人，问问到底是怎么回事。他们找到了一个正在山中挖草药的老人，把事情跟老人讲了一遍。

当老人看到山路上爬行的怪鱼，禁不住大吃一惊："糟了，这一定是来自黑水的鲑鱼。"接着，老人说出了一个秘密："黑水从鸡山上发源，然后向南流入大海。传说黑水中有一种鲑鱼，它一出现就会天下大旱。"

最后，老人说："这些怪鱼完全是传说中鲑鱼的样子，它们现在像是在往别的河流中转移，也就是说，这里要闹旱灾了！咱们还是赶快想办法应付旱灾吧！"

移民们听当地老人说得那么邪乎，不敢不信。他们赶紧储备食物，然后暂时迁移到别的地方去了。果然，从见到鲑鱼的那天起，鸡山周围一连两年没有下过雨。幸亏人们早做了准备，没有因为庄稼颗粒无收而饿死。两年以后，旱灾过去，人们返回鸡山的家园。因为鲑鱼的警示救了大家的命，人们对鲑鱼万分感激，还在鸡山下给鲑鱼塑了一尊雕像。

【南山经·南次三经】

（鸡山）其中有鱄鱼，其状如鲋（fù）而彘（zhì）毛①，其音如豚（tún）②，见则天下大旱。

【注释】

① 其状如鲋而彘毛：样子看起来像鲫鱼，却长着猪毛。鲋，即鲫鱼。彘毛，猪毛。
② 其音如豚：发出声音如同小猪叫。豚，小猪，也泛指猪。

yóng
颙

人脸四目猫头鹰

等级	异兽
颜值	长着一副人脸和四只眼睛，还有一对人的耳朵
形态	形状像猫头鹰
异兆	一出现就会天下大旱

　　在遥远的东北方，有一座令丘山（推测在广东或广西境内）。令丘山是一座活火山，山上草木不生，常年烟火缭绕。相传，令丘山的南边有一条长长的峡谷，叫作中谷，每年的东北风就是从这里吹出来的。这里有一些很奇异的动物，如果有人招惹它们必会招来灾祸。

　　令丘山外的村庄里有一个名叫奚禹的男孩。奚禹从小就对令丘山的传闻很好奇，总想进山亲眼看看到底有什么奇异的动物。这天，他瞒着家人独自进了令丘山。当奚禹翻山越岭来到令丘山深处，果然发现了一种奇异的禽鸟。它们长得像猫头鹰，却长着一副人脸和四只眼睛，还有一对人的耳朵。它们一边飞一边发出"颙颙颙"的叫声。怪鸟对人似乎毫无防备，

奚禹抓到了一只,带回家养了起来。

可是,自从奚禹抓回这只怪鸟,令丘山和方圆几十里的地方一连几个月都没有下过雨,村民们眼看着没法活下去了,都准备搬到别的地方去。奚禹家也要搬家,他还想带走那只奇鸟。这时,村里一个老人发现了装在笼子里的奇鸟,大吃一惊:"这……这就是传说中的颙啊!这种奇异的鸟可养不得啊!"

"为什么啊?"奚禹年轻气盛,对老人家的话很不以为然。老人赶紧说:"传说啊,只要颙出现的地方就会发生旱灾呢!"奚禹知道自己闯了大祸,赶紧把颙放归令丘山中。

就在颙回归令丘山中的那一刻,山下就哗哗哗地下了大雨。大雨一直下了三天三夜,旱情解除。从那以后,人们再也不敢进令丘山了。

【南山经·南次三经】

(鸡山)又东四百里,曰令丘之山。无草木,多火①。其南有谷焉,曰中谷,条风自是出②。有鸟焉,其状如枭③,人面四目而有耳,其名曰颙,其鸣自号也,见则天下大旱。

【注释】

① 多火:到处是野火。
② 条风自是出:东北风从这里吹出来。条风,即春天的东北风。
③ 其状如枭:外形看起来像猫头鹰。枭,通"鸮",俗称猫头鹰。

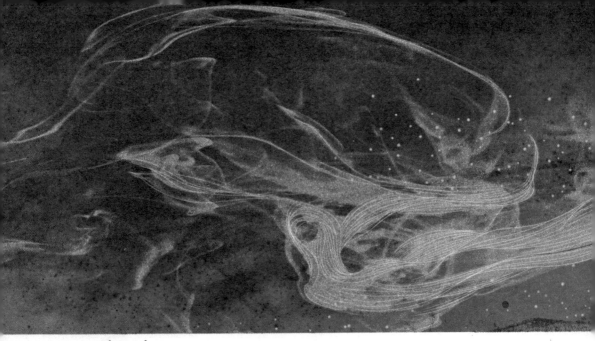

羬羊 (qián yáng)

钱来山上的羊

等级	颜值	形态	异兆
异兽	羊身马尾	形状像羊	油脂可以滋润干裂的皮肤

  西方的华山山系，第一座山叫钱来山（今河南境内）。钱来山上有许多松树，山下有很多洗石。洗石是一种洗澡时能擦去身上污垢的含碱的石头，住在山外的一些村民会进山挖洗石去卖。挖洗石可不是一个轻松的活儿，很少有人能坚持下来，只有一个名叫卞伍的老人一直坚持挖了很多年。

  一天，他在钱来山的小路上捡到一个被遗弃的小男孩，给小男孩取名卞宝，把他当作孙子来养。可是，他孤身一人，没办法照顾孙子，只好把孙子用一个背篓背在身上去挖洗石，再拿出山去卖，维持生活。卞宝一天天长大，十几年之后，终于成长为一个聪明能干的少年。

  孝顺的卞宝看到爷爷老了，背也驼了，爷爷那双长年累月挖洗石的手粗糙干裂，流着血，他非常心疼，决心把生活的重担从爷爷肩上接过来。

卞宝想:"我要让爷爷的晚年享一点儿清福,必须要先给爷爷把手治好。"卞宝去附近的药铺给爷爷买药,可是,药很贵,好心的药铺伙计悄悄告诉他一个偏方:钱来山的深处有一种野兽,长得像普通的羊却长着马的尾巴,名叫羬羊,羬羊的油脂可以治疗干裂的皮肤。

卞宝瞒着爷爷,独自进了山。他拨开荆棘,涉过深潭,躲过饿狼,最后终于找到了羬羊。他抓到一只羬羊,带回家,把羬羊的油脂涂到爷爷干裂的皮肤上。羬羊的油脂果然很神奇,爷爷的手很快就好了。

卞宝给爷爷治病的事情被药铺掌柜知道了,掌柜被他的孝心感动,让他到自己的药铺做工。从此,勤劳的卞宝和爷爷过上了好日子。

【西山经·西山一经】

西山经华山之首,曰钱来之山,其上多松,其下多洗石①。有兽焉,其状如羊而马尾,名曰羬羊,其脂可以已腊(xī)②。

【注释】

① 其下多洗石:山下有很多洗石。洗石,一种洗澡时擦去身上污垢的含碱的石头。

② 其脂可以已腊:羬羊的油脂可以护理治疗皲裂的皮肤。已,治疗、护理。腊,皮肤干裂。

tóng qú
䧿渠
能治病的野鸡

等级	怪兽
颜值	黑色的身子和红色的爪子
形态	和一般的野鸡一样
异兆	可以治疗皮肤干皱

松果山（今陕西境内）中盛产铜，濩（huò）水从这座山发源，向北流入渭水。

松果山下的小村庄里有一个名叫幺妹的女孩，她从来不像别的女孩子

那样打扮起来到处玩耍,而是把自己的脸包裹得严严实实的,整天忙忙碌碌帮父母干活。

一天,幺妹父母去田里耕种庄稼,幺妹在家门口纺线看家,一个衣衫褴褛、白须白发的老人跟跟跄跄走来。他颤颤巍巍地对幺妹说:"我已经两天没吃没喝了,你能给我一碗水喝吗?"

幺妹家的锅里还有一碗粥,那是父母留给她的午饭。幺妹毫不犹豫地把粥端了出来,说:"老爷爷,您把这碗粥喝了吧!"

老人把粥接过去,一口气喝完,满意地说:"谢谢你,小姑娘!你为什么把脸蒙起来呢?"幺妹的脸虽然包裹着,但是,老爷爷还是从她的一双清澈的大眼睛里看出她是一个豆蔻少女。

幺妹把蒙在脸上的布巾摘下来,露出一张又干又皱的脸,伤心地说:"我从小就得了这种皮肤病。我这个样子太难看了。"

"你这样善良的好孩子一定会得到好报的!"老人慈祥地一笑,转身就走。很快,他又回来,手中多了一只黑身子红爪子的野鸡。"小姑娘,这不是普通的野鸡,它的名字叫螐渠,它可以用来当药,治疗皮肤干皱。小姑娘,我把这只螐渠送给你,你把它吃下去,病就能好了。"说完,老人飘然消失了。

幺妹按照老人的嘱咐,把螐渠熬成药汤喝掉。等她的父母回家时,幺妹已经变成了一个皮肤光洁的漂亮女孩。

【西山经·西山一经】

西四十五里,曰松果之山。濩水出焉,北流注于渭①,其中多铜②。有鸟焉,其名曰螐渠,其状如山鸡,黑身赤足,可以已䐆(báo)③。

【注释】

① 濩水出焉,北流注于渭:濩水从这里发源,向北汇入渭水。渭,渭水。
② 铜:可以提炼成铜的天然铜矿石。
③ 可以已䐆:吃了它的肉可以治疗皮肤干皱。䐆,皮破,皮肤皱起。

肥遗
féi wèi
会飞的六脚蛇

等级	怪兽
颜值	六只脚，四个翅膀
形态	身体像蛇
异兆	它出现的地方会有大旱

    太华山（今华山主峰）高五千仞（rèn），宽十里，呈四方形。山势陡峭，就像刀削的一样，一般的飞禽走兽都无法在这里栖身。

    但是，太华山下，方圆几十里的地面上一直风调雨顺，老百姓日子过得很安逸。有一年，从春天开始，一连几个月没见一滴雨。河流干涸，土地干裂，庄稼无法播种。眼看着夏天就要过去，如果再不见雨，一年就颗粒无收了。人们都很着急，有的到处找水，有的祷告求雨，有的准备逃荒。

    有一天，围着太华山找水的人们忽然发现从山中出来一个怪兽。它的样子很像蛇，但是它长着六只脚和四只翅膀。它能在天上飞，也能在地上爬。找水的众人从来没有见过这样的怪兽，一个个吓得魂不附体。

    "怪兽！"众人气喘吁吁地逃回村子，把自己遇到六脚蛇的事情七嘴八舌地讲了一遍。村里的老人们大吃一惊："这一定是传说中的肥遗！"

    "什么是肥遗？"众人疑惑地问。

    "在太华山一带，有一个流传了几千年的传说：有一种六脚四翅的蛇，名字叫肥遗，肥遗出现的地方就会有大旱！"老人说。

    众人恍然大悟："难怪我们这里闹旱灾，原来是这个肥遗怪兽闹的啊！只要它在，这里的旱情就解除不了，我们就惨了。"

    虽然肥遗的样子很可怕，但是，为了大家都能活下去，村中所有的年轻人都聚集起来，赶到肥遗出没的地方。大家敲锣打鼓，鸣放鞭炮。肥遗大概受不了这些惊天动地的声音，从山缝中钻出来，抖抖翅膀，飞走了。

    肥遗消失，天降甘霖，旱情解除，村民们又过上了安逸的日子。

【西山经·西山一经】

又西六十里，曰太华之山①，削成而四方②，其高五千仞③，其广十里，鸟兽莫居④。有蛇焉，名曰肥䗔，六足四翼，见（xiàn）则天下大旱。

【注释】

① 太华之山：指华山。
② 削成而四方：山势陡峭如刀削般呈四方形。
③ 仞：古代长度单位，古时候八尺或七尺叫作一仞。
④ 鸟兽莫居：禽鸟野兽无法栖身。

葱聋
赤胡羊

等级	颜值	形态	异兆
神兽	有红色的胡须	身形跟普通的羊一样	给人带来好运

符禺山（今陕西境内）盛产铜铁，符禺水从这里发源，然后向北流入渭水。这里有许多奇异的传说：山上名叫文茎的树木的果实可以治疗耳聋，条草的果实可以使人不被迷惑，异兽葱聋能给人带来好运，红嘴神鸟能预防火灾。

山下村庄有一个村民名叫阴况，阴况仅有的一个儿子不但蠢笨，还是个聋人，出门经常迷路。阴况想让儿子变成一个正常的孩子，就经常到山上去找那两种传说中的草药。

这天黄昏，阴况从山上回家，在一座悬崖下发现了一只长着红色胡须的野羊，野羊摔伤了腿，旁边还有一只吱吱叫唤的红嘴翠鸟。

阴况把野羊抱回了家，那只红嘴翠鸟也紧紧跟着他。阴况的儿子喜欢红嘴翠鸟，他还帮父亲给野羊治伤。晚上，阴况儿子不小心把油灯打翻，眼看就要燃起大火，旁边的红嘴翠鸟向火堆方向扇了几下翅膀，火竟然一下就熄灭了。"这就是传说中可以预防火灾的神鸟吧？"阴况惊讶地想。

几天后，野羊的腿好了，阴况要把它送回山林。回到山中，野羊对阴况连连点头，然后领着阴况往前走，一直走到一棵大树旁才停下来，然后，野羊和红嘴翠鸟都消失不见了。大树上结满了红枣一样的果实，树下还有一些像葵菜的草，开红花结黄果，果实的形状像婴儿的小舌头。

"这只野羊难道就是神兽葱聋？它是不是在提醒我，这就是传说中的文茎和条草呢？"阴况高兴地摘了很多果实回家给儿子，儿子吃了马上能听到声音了，突然间变得非常聪明，再也不犯糊涂了。

【西山经·西山一经】

（小华山）又西八十里，曰符禺之山，其阳多铜，其阴多铁①。其上有木焉，名曰文茎，其实如枣，可以已聋②。其草多条，其状如葵，而赤华黄实，如婴儿舌，食之使人不惑③。符禺之水出焉，而北流注于渭。其兽多葱聋，其状如羊而赤鬣（liè）。其鸟多䳋（mín）④，其状如翠⑤而赤喙，可以御火⑥。

【注释】

① 铁：能够提炼成铁的天然铁矿石。
② 可以已聋：用它可以治疗耳聋。
③ 食之使人不惑：吃了它使人不迷惑。
④ 䳋：一种形状像翠鸟的红嘴鸟。
⑤ 翠：翠鸟。
⑥ 可以御火：养了它就可以辟火。

豪zhì彘

长刺豪猪

等级	颜值	形态	异兆
异兽	白毛，毛尖黑色	长得像豪猪	无

竹山（今陕西公王岭）上到处是高大的树木，山中还有很多名叫黄雚（guàn）的草，形状像樗树，叶子像麻叶，开白花结红果。用黄雚的果实洗浴可以治愈疥疮和浮肿病。

住在竹山脚下的村民靠山吃山。他们在山中摘黄雚果实当草药卖，日子过得很宽裕。可是当有关竹山的传闻越来越多时，人的贪心就填不满了。

"听说有人在竹山北面发现了铁矿！"于是，想开矿的人到山上去了。

"听说有人在竹水北岸的小竹丛里发现了灰白色的玉石！"于是，想采玉石的人到山上去了。

"听说有人在丹水发现了水晶！"于是，想捡水晶的人到山上去了。

后来，又有了一个更加惊人的消息："有人在丹水中发现了娃娃鱼！"

许多人做起了发财的美梦，人们想：娃娃鱼应该比铁矿、玉石、水晶都要值钱啊！要是捉上几条娃娃鱼送到京城里去，让达官贵人们尝尝……

可是，村子里最长寿的老人说："做人不能太贪心，娃娃鱼是有灵性的，不要伤害它们。"没人把长寿老人的话当回事儿。大家拿上工具，争先恐后地去捉娃娃鱼。不料，一群奇怪的野兽拦在半路上。它们的形状像小猪却长着白色的硬毛，每根毛都有簪子那么粗，而且每根毛的尖端都是黑色的。

它们撑开硬毛，向人们冲过来。野兽身上的硬毛看着就可怕，这要是扎在人身上可不得了。人们吓得连滚带爬地逃回村子，把遇到的怪事告诉老人。老人说："这是神兽豪彘，它们在阻止你们在山上胡作非为啊！"村民们都害怕那些浑身长硬刺的神兽豪彘，再也不提捉娃娃鱼的事情了。

【西山经·西山一经】

（英山又西五十二里）丹水出焉，东南流注于洛水，其中多水玉，多人鱼。有兽焉，其状如豚而白毛，大如笄（丌）而黑端①，名曰豪彘。

【注释】

① 大如笄而黑端：（毛）跟簪子一样粗细，尖端是黑色的。笄，簪子。

xiāo
嚣
擅长投掷的长臂猿

等级	异兽
颜值	双臂很长
形态	形状像猿猴
异兆	投掷石块百发百中

瀵（yú）次山（今陕西境内）是一座风景秀美的山，漆水从山中发源，向北流入渭水，山上有茂密的棫（yù）树和橿（jiāng）树，山下竹林郁郁葱葱，景色优美。山上还有丰富的资源，山北面有红色铜矿，而山南面出产人们都喜欢佩戴在脖子上的婴垣（yuán）玉。

据说，山中还有一种禽鸟，它的外表形状很像猫头鹰，长着人一样的面孔，只有一只脚。它的名字叫橐（tuó）肥，它常常在冬天行动活跃，而夏天就躲起来呼呼大睡。如果谁吃了它的肉，这人就不害怕打雷。

羭次山的夏天经常雷电交加，这样的天气，进山的人躲避雷电还来不及，哪里还敢干别的呢？所以，无论是挖铜矿的人还是采玉的人，都想得到橐肥鸟。大家都在想："如果我吃了它的肉，我就可以在打雷打闪的时候照样在山上做任何事情，再也不用担心遭到雷击了。"

于是，人们都去寻找橐肥。可是，无论是独自一人去的，还是合伙去的，都无一例外地头破血流、遍体鳞伤地狼狈逃回。

大家都说，有一种神秘怪物在保护橐肥，谁接近了橐肥，谁就会莫名其妙地被石块袭击。

这个袭击者到底是什么鬼怪呢？有一个胆大的年轻人决定一探究竟。他用藤条编织盔甲裹住身体，独自进山。遇到怪物，他偷偷观察。终于，他发现，袭击自己的怪物身形像猿猴，双臂很长，善于用石块对人发起攻击，百发百中。

年轻人回去把自己的发现讲给大家听，有见多识广的人说，这种怪物很像古书上说的一种擅长投掷的神兽，它的名字叫嚣。

众人看到橐肥有嚣这个本领高强的守护者，就再也不敢打它的主意了。

【西山经·西山一经】

又西七十里，曰羭次之山，漆水出焉，北流注于渭。其上多棫橿[1]，其下多竹箭，其阴多赤铜，其阳多婴垣[2]之玉。有兽焉，其状如禺而长臂，善投[3]，其名曰嚣[4]。有鸟焉，其状如枭（xiāo），人面而一足，曰橐肥，冬见（xiàn）夏蛰（zhé）[5]，服之不畏雷[6]。

【注释】

[1] 棫橿：棫树、橿树。
[2] 婴垣：一种玉石。
[3] 善投：擅长投掷。
[4] 嚣：一种野兽，古人说它是猕猴，形貌与人相似。
[5] 冬见夏蛰：在冬天出现，在夏天蛰伏。
[6] 服之不畏雷：吃了它的肉可以使人不惧怕打雷。

獙如
jué rú
皋涂山的守护神

等级	瑞兽	颜值	形态	异兆
		白色的尾巴、像马蹄一样的脚、像人手一样的手，有四只角	状如鹿	守护皋涂山

皋（gāo）涂山（今甘肃峪儿岭）像一个长满了桂树的大花园。这里是蔷水和涂水两条河流的发源地。蔷水向西蜿蜒而下，最终注入诸资河；涂水一路向南，最后流入集获河。这里资源丰富，山的南坡生长着无数的丹粟，布满了金银矿石。人们还传说，皋涂山有一种名叫獙如的守护神。

在皋涂山下，有一个很大的村落，村民们靠着皋涂山，一代一代过着恬淡的日子。

可是，有一年，村中忽然闹起了鼠患。不知从哪里来了一些个头硕大的老鼠，它们力大无比，喜欢集体行动，见什么咬什么，砖瓦、石块、树木、小动物都是它们磨牙的工具。鼠群经过的地方，都会变成一片粉末。

再这么下去，不要说村庄的一切会被老鼠毁掉，就连皋涂山的一切也保不住了。

村中一个老人对大家说："小时候，我听说皋涂山中有一种名叫礜（yù）的白色石头，能毒死老鼠；山中还有一种草，叶子像葵菜的叶子而背面是红色的，名叫无条，也能毒死老鼠。"

为了保住他们的村庄，也为了保住美丽的皋涂山，全体村民都到山中寻找礜和无条。刚走进山里，一只奇怪的野兽就出现在人们面前。它长着鹿的身体、白色的尾巴、像马蹄一样的脚、像人手一样的手，还有四只角。这不是传说中的皋涂山的守护神獙如吗？

玃如对人们挥挥手,把人们带进一片密林中,然后消失了。人们惊喜地发现,这里有很多白色的石头和很多叶片背面是红色的草,这正是大家要寻找的礜和无条啊!村民们捡了很多白石头礜和无条草,然后返回村庄。

大家把白石头和无条草放到老鼠出没的地方,巨鼠们很不客气地把它们全部吃掉了。

巨鼠全部被毒死了,鼠患消除。

【西山经·西山一经】

(天帝山西南三百八十里,曰)皋涂之山)有草焉,其状如槀茇(gǎo bá)①,其叶如葵而赤背②,名曰无条,可以毒鼠。有兽焉,其状如鹿而白尾,马足人手而四角,名曰玃(jué)如。

【注释】

① 槀茇:一种香草,根茎能入药。
② 其叶如葵而赤背:它的叶子像葵菜叶,不过背面是红色的。

数斯
shù sī

天生的神药

等级	颜值	形态	异兆
奇兽	脚和人的脚一样	长得像鹞鹰	吃了它的肉就能治愈人脖子上的赘瘤病

有一个无名的小山村,淳朴善良的村民一直过着自给自足的安乐生活。

有一年,村里很多人忽然都得了一种名叫赘瘤病的怪病。得了这种病的人,脖子上都冒出来一个巨大的肉瘤,让人又累赘又痛苦。

村里有个善良的少年,看到乡亲们被怪病折磨,很难过,于是决心为大家解除病痛。他到处寻医问药,可是,迟迟找不到好的治疗办法。

有一个老医生被少年的诚心感动,悄悄告诉他:"我听过一个传说,在很远的地方有一座皋(gāo)涂山,山上有无数奇花异草,其中有一种长相怪异的禽鸟,它长得像鹞(yào)鹰,长着像人脚一样的脚,名叫数斯,吃了数斯的肉就能治疗脖子上的肿瘤。"

少年说:"我要去找数斯!"

老医生担心地说:"皋涂山离这里很远,路上会有千难万险,你不怕吗?"

"我不能眼看着乡亲们被病痛折磨。为了救乡亲们,不管要经历多少艰险,我都不怕。"少年坚决地说。

少年孤身一人赶往皋涂山。他没日没夜地赶路,翻山越岭渡河,九天九夜之后终于到达了皋涂山脚下。他顾不上休息,就开始爬山。

当他到达半山腰密林中的时候,果然发现了一只长得像鹞鹰的鸟,它用一双像人的脚一样的脚站立在一棵大树下,高声鸣叫。

"这一定就是老医生说的数斯了。"少年很高兴,立即上前捕捉数斯。数斯虽然善于飞翔,但在密林中飞行受阻,被少年几个纵身跳跃就捉到了。

少年带着数斯,又经历了千难万险返回自己的村庄。他用数斯肉熬了一大锅汤汁,让村里得了赘瘤病的人每人都吃了一点儿,大家的病果然都好了。

村民们很感激勇敢的少年,都把他当作恩人。

【西山经·西山一经】

(皋涂之山)有鸟焉①,其状如鸱(chī)而人足②,名曰数斯,食之已瘿(yǐng)③。

【注释】

①有鸟焉:那里有一种鸟。焉,代词,那里。
②其状如鸱而人足:长得像鹞鹰,却长着人一样的脚。
③食之已瘿:吃了它的肉就能治愈人脖子上的赘瘤病。瘿,颈部长的肉瘤。

luán niǎo
鸾鸟
传说中的吉祥鸟

等级	颜值	形态	异兆
瑞兽	色彩斑斓的羽毛	长得像野鸡	鸾鸟一出现天下就会安宁

　　女床山南面盛产黄铜，山北出产做黑色染料用的石墨。山中林木茂密，老虎、豹子、犀牛和兕（sì）等野兽随处可见。

　　女床山下东边和西边各有一个部落，两个部落里的人都要到山中采矿、狩猎。于是，为了争夺山中的矿产和猎物，两个部落之间经常发生大规模的械斗，双方都有大量死伤。有一天，两个部落都有几个年轻人上山打猎，双方几乎同时用弓箭射杀了同一只犀牛。这只猎物到底应该归属哪

一方,他们互不相让。就在惨剧即将发生的时候,突然,一群长着色彩斑斓的羽毛的鸟儿向人们飞来。它们在人们头顶盘旋着,歌唱着。

人群中有几个白须的老者大喊:"鸾鸟,这是传说中的鸾鸟!"女床山下的人从小都听过关于鸾鸟的传说:鸾鸟是一种代表吉祥的鸟,它出现的地方就天下太平。众人立刻像被施了魔法,心里的怒气都在不知不觉之中烟消云散。双方约定:两个部落以山的北面和南面划界,分别在自己的地盘采矿、打猎。

两个部落终于过上了安定的生活。

【西山经·西山二经】

(西南三百里,曰女床之山)有鸟焉,其狀如翟(dí)而五采文①,名曰鸾鸟②,见(xiàn)则天下安宁。

【注释】

①其狀如翟而五采文:外形看起来像野鸡,却长着色彩斑斓的羽毛。
②鸾鸟:传说中凤凰一类的鸟。

凫徯
fú xī

预示战争的异鸟

等级 异兽

颜值 面貌与人一样

形态 似公鸡的身体

异兆 凫徯出现，将有战争发生

鹿台山上盛产白色的玉石，山下有丰富的银矿。

山下的村民中流传着一些神奇的传说：鹿台山中有很多稀奇古怪的野兽，到处都有𰢄（zuó）牛、䍩（qián）羊、白豪等异兽的踪迹。山中还有一种鸟，它的身体和普通公鸡没什么两样，却长着人的面孔，它一直叫着"凫徯凫徯"。据说，它正在叫自己的名字，它的名字就是"凫徯"。别看

凫徯只是一只鸟，却非常好斗，它总是带着一副战斗的表情，经常向自己遇到的柞牛、羬羊、白豪等比它强大的野兽发起挑衅。每次看到凫徯锐利凶狠的眼神，被它挑衅的野兽就会心虚胆怯，往往不战而逃。

所以，人们认为凫徯好战，它的出现就是一种凶兆，它出现在哪里，哪里就会发生战乱。

因为鹿台山资源丰富，住在鹿台山下的百姓原本都过着富足幸福的生活。

有一天，一只怪鸟突然从山中飞到村里，它一边在人们头顶盘旋，一边反复鸣叫着"凫徯凫徯"。村庄里的一位德高望重的老人看到凫徯，大吃一惊，对大家说："你们看，这只鸟长着人的脸和公鸡的身体，这就是传说中的凫徯啊！凫徯出现在咱们的村子里，预示着这里将会发生战争，我们要做好准备啊！"

村庄里所有的人马上为迎敌做好了准备。

老人的预料没有错，远方有一个部落的首领早就垂涎鹿台山这块宝地，这次他带着全部落的人来抢夺鹿台山的财富，还想把山下原来的居民赶走。幸亏早有准备，山下村庄的原住村民都为保卫家园而战，大家个个奋勇，人人争先，很快就把敌人打跑了，大家重新过上了幸福的生活。

【西山经·西山二经】

（龙首之山）又西二百里，曰鹿台之山，其上多白玉，其下多银，其兽多柞牛、羬羊、白豪①。有鸟焉，其状如雄鸡而人面②，名曰凫徯，其鸣自叫也③，见（xiàn）则有兵④。

【注释】

① 白豪：长着白毛的豪猪。它出现的时候天下就会安宁。
② 其状如雄鸡而人面：形状像公鸡，却长着人的面孔。
③ 其鸣自叫也：它鸣叫的声音就是它自己名字的读音。
④ 见则有兵：它一旦出现，天下就会发生战乱。

朱厌 zhū yàn

此兽一出，天下大乱

等级	颜值	形态	异兆
凶兽	白色的头，红色的脚	形状像猿猴	朱厌一出现，天下就会发生战争

小次山（在今甘肃境内）的周边有几个部落，部落里的百姓都以打柴放牧种庄稼为生，人们都过着鸡犬相闻、相安无事的生活。

小次山上盛产白玉，山下盛产红铜。这本来是一个谁也不知道的秘密。可是不知从什么时候起，从小次山上来了一些不速之客。它们长相怪异，常常趁夜色到山下的人家里偷盗，给各个部落里的百姓带来很大的困扰。怪物来的次数多了，有人就发现了它们的样子：身形像猿猴，白色的头，红色的脚。它们来去行动迅速，根本无法抓住它们。人们在讲述发现怪物行迹的时候，称呼它们是"讨厌的朱脚怪（因为朱就是红）"，到了后来，大家都用"朱厌"这个名字来称呼怪物了。

有人在追赶朱厌的时候，偶然发现了它们丢下的白玉原石和红铜。

人们纷纷猜测:"朱厌生活的地方一定出产白玉和红铜,循着它们的踪迹就能找到财宝。"

果然,人们跟踪朱厌找到了出产玉石和红铜的地方。小次山有铜矿和玉石的消息很快传遍了周围大大小小的部落,每一个部落的人都想霸占这些财富。大家常常为此大打出手,打斗由开始的几个人发展到几十个人,最后发展为部落与部落之间的战争。

在部落之间发生激烈战斗的时候,周边的树上、草丛里总有很多朱厌在围观。如果发现交战的双方想停战,朱厌们就会向双方扔石块,让双方产生误会,战争就继续下去。

朱厌就在人们你死我活的战争中获得快乐。后来,人们有了一个惨痛的教训:只要朱厌出现,天下就会有战争。

【西山经·西山二经】

(鸟危之山)又西四百里,曰小次之山,其上多白玉,其下多赤铜①。有兽焉,其状如猿而白首赤足②,名曰朱厌,见(xiàn)则大兵③。

【注释】

① 赤铜:也叫红铜、紫铜、赤金,指纯铜。
② 白首赤足:头是白色的,脚是红色的。
③ 见则大兵:它出现的时候就会发生大规模的战事。兵,战争。

举父 jǔ fù
善投射的猿

等级	颜值	形态	异兆
异兽	手臂上有斑纹，有豹子一样的尾巴	形状像猿猴	无

崇吾山（今祁曼山）矗立在黄河的南岸。站在山顶，向北眺望可以看见冢（zhǒng）遂山，向南眺望可以看见浩淼的䍃（yáo）泽湖，向西眺望可以看见天帝的搏兽山，向东眺望可以看见幽深的蠲（yān）渊。

崇吾山中有一种树木，圆圆的叶子，白色的花萼，红色的花朵上有黑色的纹理，它结的果实与枳实差不多。人们传说，吃了它能使人多子多孙。

有人听到传闻就到山中去寻找这种多子多孙果，他们有的为了子孙满堂想自己吃，有的想把神奇的果子拿去卖了发财。

到山上去找多子多孙果的人越来越多。为了抢到更多的果实，有的人等不及一个个地摘，干脆把有果实的树枝劈断。有一天，正在人们有的抢摘果实，有的砍树枝的时候，忽然从远处飞来大大小小的石块，把人们砸得头破血流，遍体鳞伤。

大家惊讶地发现，用石块袭击他们的是一群长相奇特的猿猴。它们手臂上都长着斑纹，屁股上都拖着豹子一样的尾巴。它们个个手持石块，投掷得又远又准。有人忽然想起来一个传说：山中有一种名字叫举父的野兽，它们擅长投掷，保护自己的领地。

大家明白了：眼前的这群袭击者，一定就是举父啊！回想这段时间自己的所作所为，大家都觉得有些惭愧。这是在破坏举父的家园啊，难怪会招来它们的报复。

人们谁也不想再尝到举父的石块投掷到身上的滋味，大家又惭愧又害怕，灰溜溜地逃下山去。

【西山经·西次三经】

西次三经之首,曰崇吾之山,在河之南,北望冢遂①,南望䍃之泽,西望帝之搏兽之丘,东望蠵渊。有木焉,员叶而白柎(fū)②,赤华而黑理③,其实如枳(zhǐ),食之宜子孙④。有兽焉,其状如禺而文臂,豹虎而善投,名曰举父。

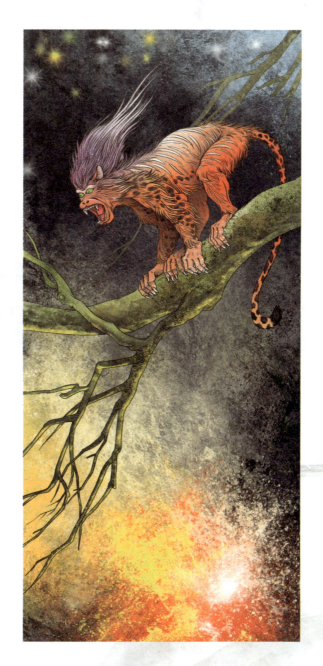

【注释】

① 北望冢遂:向北可以望见冢遂山。
② 员叶而白柎:圆圆的叶子,白色的花萼。
③ 赤华而黑理:红色的花朵上有黑色的纹理。
④ 食之宜子孙:吃了它能使人多子多孙。

蛮蛮鸟
mán mán niǎo

比翼齐飞鸟

等级	颜值	形态	异兆
异兽	长了一只翅膀和一只眼睛	形状像野鸭子	一出现天下就会发生水灾

　　崇吾山上有一种长相怪异的蛮蛮鸟。它们长得像一般的野鸭子，却只长了一只翅膀和一只眼睛。雄鸟长的是左翼左眼，雌鸟长的是右眼右翼。这样的蛮蛮鸟，根本无法单独起飞，就连在水中游泳的本领也有限，它们只能在河边水浅的地方慢慢漂浮。

　　有一只雌蛮蛮鸟很羡慕天空中自由飞翔的鸟儿，它常常痴痴地仰头看

鸟儿怎么飞翔。渐渐地，它似乎明白了：只有头上长出两只对称的眼睛，身上长出两只对称的翅膀，才能飞到天上去。它看到附近的水面上有一只雄蛮蛮鸟，雄蛮蛮鸟有着和自己正好相反的单眼单翅，它忽然有了一个大胆的想法，就向雄蛮蛮鸟划过去。

雄蛮蛮鸟好像很喜欢这个新来的朋友，它迎向新伙伴。它们很默契，雄鸟在左，雌鸟在右，紧紧地靠在一起。这样，它们成了一个具有双眼双翅的整体。

别的蛮蛮鸟看见了，都喜欢这样的朋友组合，它们纷纷寻找适合自己的朋友，也组成了双眼双翅的整体。这时，河面上出现了一个温馨的画面：一对对蛮蛮鸟依偎在一起，友爱甜蜜。

有一天，河水突然暴涨，河面上浊浪翻滚，蛮蛮鸟们惊慌起来，再不起飞它们就会被洪水吞没。幸好它们有了默契：同时振翅，同时起飞。哎呀，它们真的飞到空中了，所以人们也叫它们比翼鸟。有经验的老人从远处看到在空中飞翔的一对对蛮蛮鸟，赶紧告诫年轻人："蛮蛮鸟双双飞起来，那是要发大水啊！"

果然，不久后洪水来了。幸亏人们早从蛮蛮鸟身上得到了警示，及时逃避，才躲过大难。

从那以后，每当人们看到蛮蛮鸟双双在空中飞过，就知道要发大水了。

【西山经·西次三经】

（崇吾之山）有鸟焉，其状如凫[1]而一翼一目，相得乃飞[2]，名曰蛮蛮，见（xiàn）则天下大水[3]。

【注释】

[1] 其状如凫：形状像一般的野鸭子。凫，水鸟，野鸭。
[2] 相得乃飞：两只鸟合起来才能飞翔。
[3] 见则天下大水：蛮蛮鸟一出现，天下就会发生水灾。

鴅鸟 (jùn niǎo)

旱灾之鸟

等级 恶兽

颜值 红色的脚、白色的头部、直嘴巴、身体有黄色的斑纹

形态 形状像鹞鹰

异兆 鴅鸟出现的地方会有旱灾

传说，钟山山神有一个儿子，名字叫鼓。鼓长着人的脸、龙的身子，他不但相貌凶恶，为人更是阴险狠毒。他仗着自己的父亲是钟山的山神，就在钟山一带横行霸道、为非作歹。

鼓有一个朋友叫钦鹌（pí）神。物以类聚，人以群分，钦鹌神和鼓一样，也是一个一肚子坏水的家伙。鼓和钦鹌凑到一起就干些巧取豪夺、欺压良善的坏事，当地的小神和凡人都吃尽了他们的苦头。

天帝听说了鼓和钦鹌的恶行，就派天神葆江去制止他们作恶。

鼓和钦鹌又在干坏事的时候，葆江赶到，把他们狠狠教训了一顿。

鼓和钦鹌对葆江怀恨在心，假意要改邪归正，和葆江相约在昆仑山南边见面。憨厚正直的葆江信以为真，欣然赶到约会地点。谁知，鼓和钦鹌早就设下了陷阱，葆江中计，被他们杀害。鼓和钦鹌谋杀天神，触犯了天条。天帝闻讯大怒，亲自找鼓与钦鹌算账。鼓与钦鹌赶紧逃命，在钟山东面一个叫嵫（yáo）崖的地方被天帝找到，天帝诛杀了他们。

钦鹌的怨恨不肯消散，变成了怪鸟"大鹗"，它的形状像雕鹰，长有黑色的斑纹、白色的脑袋、红色的嘴巴、老虎一样的爪子，发出的声音如同晨鹄的鸣叫声，它飞到哪里都带着恶毒的诅咒，诅咒天下战乱不断。所以，只要大鹗一出现就有大的战争。鼓的怨气也不肯消散，变成了鴅鸟，鴅鸟的样子像鹞鹰，长着白色的头、红色的脚和笔直的嘴巴，身上有黄色的斑纹，它发出的声音与鸿鹄的鸣叫很相似，它飞到哪里都带着恶毒的诅

咒，诅咒天不下雨。所以，鵸出现在哪里，哪里就会发生旱灾。

【西山经·西次三经】

又西北四百二十里，曰钟山。其子曰鼓，其状如人面而龙身，是与钦䲹杀葆江于昆仑之阳①。帝乃戮之钟山之东，曰崤崖②。钦䲹化为大鹗（è）③，其状如雕而黑文白首，赤喙（huì）而虎爪，其音如晨鹄（hú），见则有大兵。鼓亦化为鵸鸟，其状如鸱（chī）④，赤足而直喙，黄文而白首，其音如鹄⑤，见则其邑大旱。

【注释】

①是与钦䲹杀葆江于昆仑之阳：他（鼓）和恶神钦䲹同谋在昆仑山南面杀死了天神葆江。
②崤崖：地名。
③鹗：一种凶猛的鸟，常在水面上飞翔捕鱼。
④鸱：鹞鹰。
⑤鹄：天鹅。

文鳐鱼
泰器山中的飞鱼

等级 瑞兽

颜值 黑色身体上有青色花纹、白脑袋、红嘴巴，生有鸟的翅膀

形态 形状与鲤鱼相似

异兆 它一出现，天下就会大丰收

钟山往西一百八十里的地方有一座泰器山（一说在甘肃境内，一说在新疆境内），观水从泰器山里发源，然后向西流入沙漠中。

观水中有很多文鳐鱼，这种鱼的形状很像鲤鱼，它们有鱼的身子，却长着鸟的翅膀，黑色身体上有青色的花纹、白色的脑袋、红色的嘴巴，它们在西海和东海之间来往自如。每到夜间，文鳐鱼就会成群结队地跳出水面，在空中飞翔。它们一边飞一边发出像鸾鸡啼叫一样悠扬悦耳的声音。

相传，很久以前，观水中并没有文鳐鱼。那时，泰器山周围连年大旱，庄稼颗粒无收，人们靠吃山中的树叶树根野草才能活下来，很多人因为绝望而患上了癫狂病。有一天，人们在山中挖树根和野草，有人露宿在山中。半夜里，人们忽然听到空中传来美妙的鸟鸣声，接着，一大片黑乎乎的东西从遥远的东方飞过来，然后噼噼啪啪地落到观水中。

第二天，有人在观水中发现了许多长着鸟翅膀的文鳐鱼。饿极了的人们赶紧抓了一些文鳐鱼煮熟了吃。文鳐鱼的肉又酸又甜，并不好吃，但是，总比吃树根野草要好啊！有了文鳐鱼，人们就不再饿肚子，更让人高兴的是，那些得了癫狂病的人吃过文鳐鱼的肉之后竟然完全好了。

自从文鳐鱼来到了观水中，泰器山一带变得风调雨顺，人们靠吃文鳐鱼度过了艰难的日子，不久就迎来了庄稼的大丰收，人们终于过上了丰衣足食的生活。人们对以后的生活充满了希望。大家觉得好日子是文鳐鱼带来的，于是把这件事编成传奇故事，一代代传下去。于是，泰器山一带就有了一个美丽的传说：文鳐鱼是瑞兽，它一出现，天下就会五谷丰登。

【西山经·西次三经】

　　（钟山）又西百八十里，曰泰器之山。观水出焉，西流注于流沙。是多文鳐鱼，状如鲤鱼，鱼身而鸟翼，苍文而白首，赤喙，常行西海，游于东海，以夜飞①。其音如鸾鸡②，其味酸甘，食之已狂③，见（xiàn）则天下大穰（ráng）④。

【注释】

① 以夜飞：在夜里飞行。
② 其音如鸾鸡：它发出的声音如同鸾鸡啼叫。鸾鸡，传说中的一种鸟。
③ 食之已狂：吃了以后可以医治癫狂病。
④ 见则天下大穰：它一出现，天下就会大丰收。穰，成熟的庄稼。

土蝼 tǔ lóu

专吃人的怪兽

异兆	形态	颜值	等级
无	长着四只角的羊	羊身	凶兽

　　昆仑山作为天帝的下界都邑是由天神陆吾管辖的。可是，昆仑山太大，天神也有打盹儿的时候，当陆吾打盹儿的时候，他手下的个别怪兽就蠢蠢欲动。

　　山中有一种野兽，形状像普通的山羊，却长着四只角，它的名字叫土蝼。土蝼本来被陆吾当作昆仑山的卫兵，负责在陌生鸟兽或者陌生人来到昆仑山的时候，把他们赶走。陆吾只知道自己手下的得力干将土蝼的杀伤力极强，适合负责维护这座仙山的治安，但他不知道，相貌憨厚的长得像羊的土蝼是不吃草而专门吃人的。

　　有一天，昆仑山来了一个采药人，遇到了正在趁着陆吾睡觉而出来寻找食物的土蝼。

　　采药人看到土蝼，还以为是一只普通的山羊，心里很高兴："一头四只角的野山羊哦，我把它抓回去养起来！"他毫无戒心地向土蝼走过去，结果可想而知。

　　采药人进山却一去不回，家里人很着急，他的几个兄弟进山寻找他。大家找来找去只找到了采药人丢下的采药竹篓。众人正在疑惑，发现一只野山羊向他们走过来。众人也想抓住野山羊，但等野山羊走近，他们才发现，这只山羊不一般，它四只角，长着满嘴獠牙，力大无穷，大家吓得仓皇逃跑。

　　要不是这时土蝼得到天神陆吾睡醒的信息，必须赶紧躲起来，采药人的这些兄弟都会变成土蝼的食物。

逃回家以后，采药人的兄弟们跟村中的老人说起在昆仑山上寻人的经历，村中的老人一听，连连叹息："那野山羊可不是真的野山羊啊，那是吃人的怪兽土蝼啊！你们的兄弟一定早就成了土蝼的食物了。"

从那以后，人们知道昆仑山是禁地，谁也不敢再进入昆仑山了。

【西山经·西次三经】

（槐江之山）西南四百里，曰昆仑之丘①，是实惟帝之下都，神陆吾司之。……有兽焉，其状如羊而四角，名曰土蝼，是食人②。

【注释】

① 昆仑之丘：即昆仑山。传说昆仑山的神仙主要是西王母，昆仑山在中华民族文化史上有"万山之祖"的显赫地位。
② 是食人：（土蝼）能吃人。是，代词，它。

qīn yuán
钦原

能蜇死人的鸟

等级	颜值	形态	异兆
凶兽	模样像蜂又像鸟	身形像蜜蜂的鸟，尾部有刺	只要蜇到鸟兽和人，鸟兽和人都会死

  传说昆仑山上有一种像葵菜的草，名叫蕡（pín）草，吃了它的人可以解除忧愁烦恼，人们又叫它忘忧草。昆仑山下有一个村庄，村里有一个名叫亢山的青年，他听了这个传说以后，决心去寻找忘忧草。因为他妻子的母亲去世，妻子忧思过度病倒了。亢山想，如果我找来忘忧草，妻子吃了就会忘掉以前的痛苦，她的病就会好了。

  亢山历尽艰辛来到了昆仑山中，他刚刚找到忘忧草，一只会说话的神鸟飞到了他面前，对他说："我是鹑（chún）鸟，是主管天帝日常生活的各种器皿和服饰的天神。我劝你赶快离开昆仑山。"

  亢山不明白为什么。鹑鸟继续说："这里有一群名叫钦原的神鸟，它尾巴上的针刺特别厉害，蜇到鸟兽和人，鸟兽和人就会死去；蜇到树木，

树木也会枯死。"亢山很害怕,鹑鸟指点他说:"你赶紧从这条近路下山去。只要你离开了昆仑山,钦原就不能再去追赶你了。"鹑鸟从旁边有一棵外形看起来像棠梨的树上啄下一粒红色的果子,放到亢山的手中,说:"这是沙棠,它的果实没有核,味道像李子,吃了它能辟水,你逃命的时候会用得着。"亢山赶紧下山。

可是,他还是惊动了钦原鸟。一群身形像蜜蜂、大小像鸳鸯的钦原鸟气势汹汹地向亢山飞来。亢山没跑多远,一条大河拦在了面前,亢山赶紧把沙棠果实吃下去,跳进河中。

果然,他能在水上漂浮不沉。他踩着水飞快地从河面上跑过去,不一会儿就跑出了昆仑山的地界,钦原鸟果然不再追赶。亢山逃回家,给妻子吃下忘忧草,妻子的病立刻好了。

【西山经·西山三经】

(昆仑之丘)有鸟焉,其状如蜂,大如鸳鸯,名曰钦原,蠚(hè)[1]鸟兽则死,蠚木则枯。有鸟焉,其名曰鹑鸟,是司帝之百服[2]。有木焉,其状如棠,黄华赤实,其味如李而无核,名曰沙棠,可以御水,食之使人不溺。

【注释】

[1] 蠚:指蜂、蝎子等用毒刺蜇人或动物。
[2] 是司帝之百服:它(鹑鸟)主管天帝日常生活中的各种器皿和服饰。

zhēng
狰
山中猛兽

等级	颜值	形态	异兆
凶兽	身形似豹，五条尾巴，头上长着一只角	外形模样像豹	威震山中怪兽

相传章莪（é）山上没有花，也没有任何绿色植物，却到处是瑶、碧一类的美玉。

山里有很多怪兽。

既然山上寸草不生，食物缺乏，那怪兽们是怎么生存的呢？飞过这座山的鸟，路过这座山的野兽，都会被怪兽捕获，成为它们的食物。如果长时间没有外来的猎物让它们食用，怪兽们就会相互争食，同类的结成一伙，跟不同的野兽大打出手，整个章莪山整天上演着弱肉强食的戏码。

怪兽们的战争终于惊动了山中的一只厉害的猛兽——狰。狰住在一个深深的洞穴里，谁也不知道它吃什么维生。它平时就喜欢安安静静地睡觉，可是，怪兽们没完没了的争斗惊醒了它。狰气恼地从山洞里钻出来，

对着混战的怪兽们怒吼。

众怪兽正残杀地绞成一团,忽然,它们听到了石头互相碰撞发出的巨大的"狰狰"声响,感觉整个山体的石头都要被震裂,这让它们肝胆俱裂。大家惊恐地往发出声音的地方看去,只见不远处的巨大山石上站着一只雄赳赳的怪兽:它身形像红色的豹子,长着五条尾巴,额头上钻出一只角,那种让人心惊胆战的声音就是从它的嘴里发出来的。

怪兽们立刻被狰的气势和它发出的声音惊呆了,它们禁不住瑟瑟发抖。群兽不约而同地对狰跪拜起来。从那时以后,狰成了章莪山上的百兽之王。什么时候谁该成为食物,怎么分配食物都在狰的指挥监视下进行,山中保持着一种残酷而又默契的平衡。

【西山经·西山三经】

(长留山)又西二百八十里,曰章莪之山,无草木,多瑶碧。所为甚怪①。有兽焉,其状如赤豹,五尾一角,其音如击石②,其名如狰③。

【注释】

① 所为甚怪:山里常常出现十分怪异的现象。
② 其音如击石:它发出的声音就像敲击石头的响声。
③ 其名如狰:它的名字叫狰。

毕方 bì fāng
爱放火的怪鸟

等级	颜值	形态	异兆
恶兽	一只脚，红色的斑纹，青色的身子，一张白嘴巴	身形似鹤	毕方的出现预示着大火

离章莪山不远有一个小村庄，村庄里的人们靠耕种为生。人们白天劳作，晚上经常凑在一起，围着篝火跳舞。

可是，不知道从什么时候开始，奇怪的事情接二连三地发生了。

每次在人们的篝火聚会结束之后，村里就莫名其妙地发生火灾。村民们都被这些火灾搞得焦头烂额，苦不堪言。人们纷纷猜测这个放火的家伙

是谁，都想抓住这个纵火犯。

于是，大家都跑到新来的县令门前告状。新来的县令是个为百姓做主的好官。他决心把这件事情查个水落石出。他派人日夜监视，后来，监视的人发现，在村民们围着篝火跳舞的时候，从章莪山中飞来几只叫着"毕方毕方"的怪鸟。它们长得像独腿的丹顶鹤，青色的身体上布满了红色的羽毛，长长的白色嘴巴格外醒目。

等人们结束歌舞，离开篝火以后，鸟儿们就从没有完全熄灭的篝火中叼取未燃尽的木炭，丢弃到农户门前的草垛上、房顶上、粮囤上。

县令宣布纵火犯找到了，它们就是这种鸣叫着"毕方"的鸟儿。

弄明白了起火的原因，村民们气坏了，纷纷要求县令组织人去章莪山中消灭这种毕方鸟。

县令却说，纵火犯虽然是毕方鸟，但是，村民才是起火的罪魁祸首。因为人们每次不等篝火彻底熄灭就离开，给毕方鸟放火提供了便利条件。

县令随即发出告示：为了防止再有怪火发生，村民不准随意在野外点火。从那以后，举行篝火晚会的时候，直到篝火彻底熄灭人们才敢离开。但是，"毕方在哪里出现，那里就会发生怪火"还是成了一个警示后人的传说。

【西山经·西次三经】

（章莪之山）有鸟焉，其状如鹤，一足，赤文青质而白喙①，名曰毕方，其鸣自叫也②，见则其邑有讹（é）火③。

【注释】

① 赤文青质而白喙：红色的斑纹、青色的身子和白色的嘴巴。

② 其鸣自叫也：它鸣叫的声音就是它自己名字的读音。

③ 见则其邑有讹火：它在哪里出现，哪里就会发生怪火。

tiān gǒu
天狗

驱凶辟邪兽

等级	吉兽
颜值	身形似猫，白脑袋
形态	形状像白脑袋的野猫
异兆	人饲养它可以辟凶邪之气

　　阴山位于中国内蒙古自治区中部，浊浴水从这座山发源，然后向南流入蕃泽，河水中有很多五彩斑斓的贝壳。阴山脚下有一个风景秀丽的小村庄，人们在山下耕种、放牧，日子过得安乐祥和。

　　可是，有一次，村子里有几个村民进山寻找丢失的羊，遇到了从山缝中钻出来的黑色怪蛇，它吐着鲜红的蛇芯，向村民扑过来。村民们慌忙躲避，其中有一个村民虽然躲开了毒蛇的毒牙，但没有躲开毒蛇向他喷出的毒气，回村以后，这个村民就病倒了。

　　从那以后，经常有村民遭遇各种有毒的怪物，除了毒蛇，还有毒蝎子、毒蟾蜍、毒蜈蚣……各种毒物喷出的凶邪之气笼罩着整个村子。村民人人自危，要不是舍不得这块水草丰美的土地，大家怕是早就搬走了。

　　有一天，村民中有兄弟俩冒险到山坡放牧，忽然听到一阵"榴榴"的怪叫声，他们发现了一只被困在石缝里的奇怪小兽。小兽长得像小狗，也像野猫，脑袋是白色的，嘴里正发出"榴榴"的叫声，似乎在向他们求救。兄弟俩赶紧把小兽救出来，小兽似乎不愿意离去，兄弟俩就把它留在身边。

　　过了一会儿，兄弟俩发现几条毒蛇向他们游来。他们害怕了，正想逃走，忽然，紧随在他们身后的小兽"榴榴"低吼着冲出去，一口咬住了一条毒蛇，其他毒蛇吓得转身逃走。从那以后，所有毒物都不敢在村庄和附近山坡上出现，村中的凶邪之气消散了，原先中了毒气的村民也都康复了。

　　村中有个老人知道了这件事，指着小兽说："它很像传说中的天狗，这是上天送来让我们避开凶邪之气的吉兽啊！"

【西山经·西次三经】

（章莪山）又西三百里，曰阴山。浊浴之水出焉，而南流注于蕃泽，其中多文贝[1]。有兽焉，其状如狸而白首，名曰天狗，其音如榴榴[2]，可以御凶[3]。

【注释】

① 文贝：五彩斑斓的贝壳。
② 其音如榴榴：它发出的叫声与"榴榴"的读音相似。
③ 可以御凶：人饲养它可以辟凶邪之气。

獓𤞞 （ào yē）
吃人的野牛

等级	颜值	形态	异兆
凶兽	白色的身子，四只角，身上的硬毛又长又密，好像披着蓑衣	四只角的白色野牛	无

三危山位于甘肃省敦煌市东南，方圆百里。传说很久很久以前，西王母的信使三青鸟（也叫青鸟）住在山中，还有一种能吃人的名叫獓𤞞的怪兽也住在这里。

不过，那些只是传说，没人见过青鸟，也没人见过吃人的怪兽獓𤞞，大家只当作是一个传说听听罢了。

有一次，山外的一伙儿村民要到山中修复一座古庙，可是，刚刚走进山里，一只小鸟就飞到众人头顶上空，它"叽叽喳，叽叽喳"地叫着，似乎在阻拦人们前进。只见它个子大小像乌鸦，青蓝色的身体，长着红色的脑袋、黑色的眼睛。

有人建议把这只碍事的小鸟打跑，但是有一个老年人说："打不得，这很像是传说中给王母娘娘取食和送信的青鸟啊！"

看到有人满不在乎，老人又说："西王母的信使阻拦我们，肯定是来给我们报信的，看样子它在告诉我们——进山会有危险。"

为了安全，大家让人群中最机灵、跑得最快的一个年轻人到山上去查看明白，其他的人暂时返回村里。

年轻人跟着青鸟悄悄走进三危山深处，果然，在古庙附近发现了一只可怕的野兽。它的形状像牛，全身白色，长着四只角，身上的毛又长又密，像披着一身蓑衣。这和传说中的吃人怪兽獓𤞞一模一样啊。年轻人看到獓𤞞的时候，它正在撕扯一只巨大的野猪，大口大口吞吃着野猪肉。

獓𤞞能吞吃大型的野兽，看来关于它能吃人的传说也不是空穴来风。

年轻人看到这个情景，吓得直冒冷汗，赶紧逃回去告诉村民。

"要不是青鸟给我们报信，大家的命今天就全丢在山上了。"村民们很感激青鸟，把它尊奉为吉鸟。

【西山经·西次三经】

（符惕之山）又西二百二十里，曰三危之山，三青鸟居之①。是山也，广员百里②。其上有兽焉，其状如牛，白身四角，其豪如披蓑③，其名曰傲㸙，是食人。

【注释】

①三青鸟居之：三青鸟栖息在这里。

②是山也，广员百里：这座三危山，方圆百里。

③其豪如披蓑：身上的硬毛又长又密，好像披着蓑衣。豪，长而刚硬的毛。

chī
鸱
怪异的鸱鹰

等级	颜值	形态	异兆
猛兽	长着一个脑袋、三个身子，形似鸱鹰	像雕一样的猛禽	无

　　三危山上青鸟报信的故事发生之后不久，山中又来了一种怪鸟，它长了一个脑袋，却有三个身子。有人见它形状跟鹞鹰很相似，给它取了一个名字叫鸱。

　　鸱从前生活在三危山下的灌木丛里，它听说远近的村民都在赞美青鸟，又见村民把青鸟奉为吉祥的神灵，心中很不服气。别看鸱只是一种

鸟，它也很希望自己能美名远扬。它想：青鸟有什么了不起？我也应该像青鸟一样得到西王母的重用，我也应该受到人们的尊敬！

于是，鸱愤愤不平地飞到三危山，找到了青鸟。

鸱看到青鸟相貌不出众，跟自己怪异的模样相比简直是太平凡了。它傲慢地对青鸟说："你，凭什么有那么美好的名声？你凭什么独占西王母对你的信任？你该把你的位置让给我！我一定做得比你好！"

青鸟跟人类语言不通，但它和鸱都是禽鸟，互相能听懂对方的语言。它对鸱说："我正要替西王母送信到蓬山去，你要是能把这个信及时送到，我就请你接替我的职位，西王母也一定愿意让你当她的信使。"

鸱一把抢过青鸟带着的书信，急急忙忙要往东方的蓬山飞去。鸱有三个身体、三对翅膀，却仅有一个脑袋，一着急，三对翅膀就往三个不同的方向飞，它越心急，它的翅膀就越不听头脑的指挥。鸱只好准备在地上跑。可是，它一着急，三对脚就往三个不同的方向跑，它越心急，它的腿脚就越不听头脑使唤。大半天过去了，鸱还在原地打转。

"糟了，再不及时把信送出去，西王母就会怪罪下来的！"鸱越想越害怕，它只好认输。

鸱把信交还给青鸟，灰溜溜地逃回灌木丛躲了起来。

【西山经·西山三经】

（三危之山）有鸟焉，一首而三身①，其状如鸴（luò）②，其名曰鸱③。

【注释】

① 一首而三身：长着一个脑袋却有三个身子。
② 其状如鸴：它的形状就像鸴鸟。鸴，一种像雕一样的猛禽。
③ 鸱：古书上指鹞鹰。

huān
谨

会口技的独眼兽

等级	异兽
颜值	一只眼睛，三条尾巴
形态	形状像野猫
异兆	饲养它可以辟凶邪之气，吃了它的肉可以治疗黄疸病

翼望山是一座寸草不生的荒山。相传这座山中不但蕴藏着丰富的黄金、美玉，还有一种形状像野猫的野兽，名字叫谨。饲养谨可以辟凶邪之气，人吃了它的肉就能治好黄疸病。

起初，翼望山周围村庄的很多人争着到山上去，有的想挖金矿，有的想采集美玉，有的想捉谨当药材。可是，到山中去的人很快都逃回来了，大家都说自己在山中听到了一百多种猛兽的叫声。

翼望山南坡山脚下的村庄里有一个名叫路竺的青年，他从小就听到长辈的谆谆告诫：千万不能

到翼望山上去,山中猛兽很多,去了就会没命的。

路竺长大后,对长辈的告诫产生了怀疑:一座草木不生的山,怎么会有那么多野兽呢?

为了解开心中的谜团,路竺带上一把防身砍刀,悄悄上了翼望山。

路竺正在山路上艰难攀爬,忽然,他听到了各种野兽的叫声:饿狼的长嗥、狮子的吼叫、老虎的长啸、野马的嘶鸣、猿猴的哀啼……果真有一百多种野兽的声音。

路竺躲到一块巨石后面,探身往声音传来的地方看去。这一看,把他惊得目瞪口呆:哪里有什么百兽啊?只有一种长得像猫的野兽,它有一只眼、三条尾巴,看起来有点怪异。刚刚自己听到的声音就是从它的嘴里发出来的。原来,这个小怪兽会表演口技呢!

路竺走向小怪兽,小怪兽似乎不害怕他,跟着他回到了村里。

路竺把事情经过跟村民们说了一遍,老辈人看了独眼小怪兽都说:"这一定就是传说中的讙啊!"

村民们不再害怕,陆陆续续开始上山挖矿、采玉。讙也一直跟着路竺,它很多次使村民逢凶化吉。全村人从此都过上了好日子。

【西山经·西山三经】

西水行百里,至于翼望之山,无草木,多金玉。有兽焉,其状如狸,一目而三尾,名曰讙①,其音如夺(duó)百声②,是可以御凶③,服之已瘅(dàn)④。

【注释】

① 讙:传说中的一种兽。
② 夺百声:赛过百种动物的鸣叫声。夺,胜过,压倒。
③ 是可以御凶:饲养它可以辟凶邪之气。
④ 服之已瘅:人吃了它的肉能治愈黄疸病。已,治愈。瘅,通"疸",黄疸病。

鸱鸺 qí tú
爱笑的怪鸟

等级	奇兽
颜值	三个脑袋 六条尾巴
形态	形状像乌鸦
异兆	可以辟凶邪之气

翼望山北坡的山脚下有一个小村庄。

有一次,村民们都误食了一种有毒的野菜,虽然没要了他们的命,但很多人开始晚上睡不好,做噩梦。晚上睡不好,白天做事就心不在焉,倒霉的事经常发生:有人赶车滚到山崖下摔伤,有人到树上摘果子摔下来,走路磕磕碰碰撞个鼻青脸肿更是大家常有的事。

这样的日子让村民们人心惶惶。一天晚上，村民们听到半空中响起古怪的笑声。

笑声哪来的？是谁在笑？村民们都很害怕，都觉得这笑声是不祥之兆，预示着会发生更加倒霉的事情。村民中有一个胆大的年轻人，他暗下决心：一定要查清楚是什么东西在搞鬼。

这天晚上，夜幕刚刚降临，年轻人就潜伏在村边的草丛里，等待怪笑声响起。半夜时分，就在村民们陆陆续续进入梦乡的时候，那古怪的笑声又响起来了。年轻人借着月光，看到了一只怪鸟。它的外形像乌鸦，长着三个脑袋、六条尾巴，怪笑声就是从它的三个嘴巴里发出来的。

第二天，年轻人把夜里看到怪鸟的事情告诉了村里人。人们从来没见过这么怪异的鸟，只有一个长须老人没有吃惊，他说："我很小的时候听爷爷讲过一个传说，翼望山上有一种名叫鹠鹑的鸟，它长了三个头六条尾巴。"

"鹠鹑会不会带给我们灾祸呢？"有人担心地问。老人安慰大家："传说中的鹠鹑不是凶兽，吃了它的肉，人就不会做噩梦，还可以辟除凶邪之气呢！"

村民们打消了顾虑，一起设下捕鸟网。第二天半夜，在鹠鹑又飞来的时候，大家抓住了它。大家喝了用鹠鹑肉熬的汤，都不做噩梦了，村中也再没有凶灾发生了。

【西山经·西次三经】

（翼望之山）有鸟焉，其状如乌，三首六尾而善笑①，名曰鹠鹑②，服之使人不厌③，又可以御凶④。

【注释】

① 三首六尾而善笑：长着三个脑袋、六条尾巴并且喜欢嬉笑。
② 鹠鹑：特异、稀罕的鸟。
③ 服之使人不厌：吃了它的肉就能使人不做噩梦。厌，通"魇"，指梦魇，即做噩梦。
④ 又可以御凶：还可以辟凶邪之气。

冉遗鱼 rǎn yí yú

解除噩梦的鱼

等级	颜值	形态	异兆
异兽	鱼身、蛇头、六只脚，眼睛长长的像马耳朵	长着鱼的身子、蛇的头和六只脚	吃了它的肉能使人不做噩梦，也可以防御凶灾

英鞮（dī）山（今甘肃乌鞘岭）上生长着茂密的漆树，山下蕴藏着丰富的金属矿物和玉石，山林中生活着各种白色的禽鸟野兽。涴（yuān）水从这座山发源，然后向北流入陵羊泽。

传说很久以前，英鞮山下有一个部落，部落的老首领德高望重，深受百姓的拥戴。可是，有一年，当地旱灾、蝗灾等天灾不断，老首领操劳过度病倒了。他每天晚上做噩梦，一闭上眼睛，就见到许多凶神恶煞向他扑过来，把他吓醒。老首领整夜整夜睡不好觉，病情越来越严重。

部落里的百姓都很着急，大家都害怕附近敌对部落里的人听说老首领病重的消息，然后借机向他们发起进攻，来抢占金属矿和玉石。

大家都想把老首领的病快点治好，可是，吃什么药都不见效，人们只好去向一个隐居在山脚下的巫医求救。

巫医听人讲完老首领的病情,慢吞吞地说:"在浣水的上游有一种鱼身蛇头六只脚的冉遗鱼,吃了它不但能治好老首领的病,还可以防御凶灾。"

按照巫医的指点,部落中的几个勇士自告奋勇去寻找冉遗鱼。他们吃了很多苦头才爬上英鞮山。山上漆树林茂密葱郁,各种白色的禽鸟野兽在树林中快活地嬉戏,浣水在山中哗啦啦地流淌。勇士们无心欣赏山中美景,一心在浣水中寻找冉遗鱼。终于,他们发现了很多怪鱼,它们长着鱼的身子、蛇的头和六只脚,长长的眼睛像马耳朵,正是巫医描述的冉遗鱼的样子。

大家赶紧捕捉了一些冉遗鱼带回去。老首领吃了冉遗鱼的肉,身上的病一下子全好了,睡觉时也不再做噩梦了。更神奇的是,从那以后,整个部落再也没有发生灾祸。

【西山经·西次四经】

又西三百五十里,曰英鞮之山,上多漆木,下多金玉,鸟兽尽白。浣水出焉,而北流注于陵羊之泽。是多冉遗之鱼①,鱼身、蛇首、六足,其目如马耳,食之使人不眯(mì)②,可以御凶。

【注释】

① 是多冉遗之鱼:水里有很多冉遗鱼。是,这,这个。

② 食之使人不眯:吃了它的肉就能使人睡觉不做噩梦。眯,梦魇。

bó
驳
威猛之兽

等级	异兽
颜值	白色的身体、黑色的尾巴、一只角、长着老虎的牙齿和爪子
形态	形状像马
异兆	饲养它可以抵御兵灾

　　英鞮山再往西三百里，有一座中曲山，中曲山的山南面盛产玉石，山北面有雄黄、白玉和金属矿物。传说，很久以前，中曲山下有一个君子国，很多百姓以开采山中的玉石和矿物为生。

　　君子国的邻国是一个野蛮国，野蛮国的国王眼馋君子国的富庶，经常派兵来攻打君子国。幸好君子国上下齐心，屡次打退敌人的进攻。

　　君子国有一个名叫艾古的勇士，他一直盼望着两国不再有战争。有一天，艾古听祖父给他讲了一个神奇的传说：中曲山的密林中有一种名叫驳的猛兽，它长得像马，身体白色，尾巴黑色，长着独角、虎牙、虎爪，它的吼叫声就像击鼓，饲养驳就可以抵御兵灾。

　　艾古暗下决心，一定要抓到驳，消除战争。艾古在中曲山的密林深处发现了驳的踪迹。就在他准备捕捉驳的时候，发现驳正在啃食虎豹。

　　艾古很吃惊："太厉害了，我不是它的对手啊！"他忽然想起祖父讲的另一个传说：有一种名叫櫰（huái）木的树，形状像棠梨，叶子是圆的，结红色的果实，果实像木瓜，人吃了就会变得力大无穷。幸运的是，艾古很快就找到了一棵櫰木。他摘了一个果实吃下去，全身立刻充满了力量。

　　艾古回去跟驳展开了激战，驳被制伏了，乖乖地做了艾古的坐骑。不久，野蛮国的军队又来进攻。艾古主动向国君请战，他骑着驳迎着敌军走过去。这时，驳仰天怒吼，那声音就像惊天动地的战鼓，敌人的胆子都吓破了，纷纷丢盔弃甲，狼狈逃窜。从此以后，野蛮国再也不敢来进犯君子国，两国百姓都不再经受刀兵之灾了。

【西山经·西次四经】

（英鞮山）又西三百里，曰中曲之山，其阳多玉，其阴多雄黄、白玉及金。有兽焉，其状如马而白身黑尾，一角，虎牙爪，音如鼓音①，其名曰䮚②，是食虎豹，可以御兵。有木焉，其状如棠而员叶赤实，实大如木瓜，名曰櫰木，食之多力③。

【注释】

① 音如鼓音：发出的声音如同击鼓的响声。
② 䮚：传说中的一种形似马而能吃虎豹的野兽。
③ 食之多力：人吃了它就能增添气力。

蠃鱼
luó yú
飞翔在空中的鱼

等级 异兽

颜值 长着鱼的身子，却有鸟的翅膀

形态 有翅膀的鱼

异兆 在哪个地方出现，哪里就会有水灾

邽山下的人们都听过一个传说：濛水从邽山中发源，向南流入洋水，水中有很多黄贝。水中还有一种蠃鱼，这种鱼长着鱼身，却有鸟的翅膀，它的叫声就像鸳鸯一样。每当这种鱼从水面跃出，山上就会发洪水。

有一年，一个穷渔夫到濛水中打鱼，捕到了一条有翅膀能飞翔的怪鱼。

"它跟传说中的蠃鱼一模一样，我带回去给大家看看，说不定有人会出大价钱买呢。"渔夫把蠃鱼放进鱼篓里，高兴地自言自语。

蠃鱼用哀求的眼神看着渔夫，竟然跟他说起话来："求你放了我吧，我保证以后你每天都能在这里捞到满满一篓鲜鱼。"

"这样也不错！"渔夫心想。他对蠃鱼说："你要发誓，无论我什么时候来找你，你都要出现在我面前。"看到蠃鱼发下重誓，渔夫才把蠃鱼放回水里。

果然，从此以后，渔夫每天都能从濛水中捞到满满一篓鲜鱼，他拿到附近的集市上去卖，日子慢慢好起来了。

过了一些日子，渔夫觉得每天一篓鱼太少了，他把蠃鱼喊过来，对它

说:"我要每天能捕到两篓鱼。"羸鱼答应了他。

每天轻轻松松就有两篓鱼,渔夫很快就变得富裕起来了。他在山下给自己盖了一座新房子。但是,他渐渐地又不满足了。他把羸鱼召唤过来,说:"我这样把鱼背出去再卖掉,太辛苦了,你应该每天直接给我一块银子!"

羸鱼生气地在水面上不停跳跃,大声说:"你太贪心,以后还会提出更多的要求,我不会再满足你。"

渔夫气得要捉羸鱼煮了吃,可是,羸鱼逃走了。这一天,渔夫一条鱼也没捞到。当天夜里,濛水的河水暴涨,洪水冲毁了渔夫的新家,渔夫后悔也来不及了。

【西山经·西次四经】

(邽山)濛水出焉,南流注于洋水,其中多黄贝①、羸鱼,鱼身而鸟翼②,音如鸳鸯③,见则其邑大水④。

【注释】

① 黄贝:据古人说是一种甲虫,有头也有尾,肉如蝌蚪。
② 鱼身而鸟翼:长着鱼的身子,却有鸟的翅膀。
③ 音如鸳鸯:发出的声音像鸳鸯鸟鸣叫。
④ 见则其邑大水:在哪个地方出现,哪里就会有水灾。

孰湖
shú hú
神骏的坐骑

等级 异兽

颜值 马身鸟翅、人面蛇尾

形态 长翅膀的马

异兆 无

　　鸟鼠同穴山（即鸟鼠山，在甘肃渭源县）向西南三百六十里的地方有一座崦（yān）嵫（zī）山（即齐寿山，在甘肃天水市）。苕（tiáo）水从这里发源，向西流入大海，苕水中有很多磨刀石。山南面有很多乌龟，而山北面到处是玉石。崦嵫山上生长着茂密的丹树，叶子像构树叶，结出的果实大小像瓜，红色的花萼带着黑色的斑纹。

离崦嵫山很远有一个村庄，有一年，村里很多人都得了黄疸（dǎn）病。

有一个名叫彭郎的年轻人，他的父亲也得了黄疸病，他找了很多大夫也没有把父亲的病治好。不过，有一个老大夫告诉他："传说崦嵫山上的丹树很神奇，它的果实可以治愈人的黄疸病，还可以辟火。"

见彭郎要去找丹树的果实，老大夫提醒他："山中有一种名叫孰湖的野兽，它长着马的身子、鸟的翅膀、人的面孔和蛇的尾巴，它力气很大，很喜欢把人抱着举起来。你要小心啊！"

彭郎想到父亲和村民们的黄疸病越来越严重，鼓起勇气，毅然向崦嵫山奔去。

彭郎经过几天的艰难跋涉，终于来到崦嵫山中。他果然遇到了一只孰湖兽。孰湖拦住了彭郎的去路，彭郎不得不和它打斗起来。几个回合后，孰湖打败了彭郎，它把彭郎高高举起来，可是，它似乎无意伤人，彭郎也不怕它，继续跟它缠斗。孰湖最后受不了彭郎的一再进攻，主动低头认输。彭郎找到了丹树，摘了很多果实，往回走的时候，他又遇到了孰湖。孰湖伏下身子，示意让彭郎骑上去，然后，它展开翅膀，飞了起来，转眼就把彭郎送回了家。

后来，彭郎的父亲和患病的村民们都吃了丹树的果实，大家的黄疸病都治好了。

【西山经·西次四经】

西南三百六十里，曰崦嵫之山[1]，其上多丹木，其叶如榖（gǔ）[2]，其实大如瓜，赤符而黑理[3]，食之已瘅（dǎn），可以御火。其阳多龟，其阴多玉。苕水出焉，而西流注于海，其中多砥砺（dǐ lì）[4]。有兽焉，其状马身而鸟翼，人面蛇尾，是好举人[5]，名曰孰（shú）湖。

【注释】

① 崦嵫之山：即崦嵫山，神话传说是日落的地方。
② 其叶如榖：（丹木的）叶子像构树叶。
③ 赤符而黑理：红色的花萼却带着黑色的斑纹。符，同"柎"，花萼。
④ 砥砺：磨刀石。
⑤ 是好举人：它喜欢把人抱着举起来。

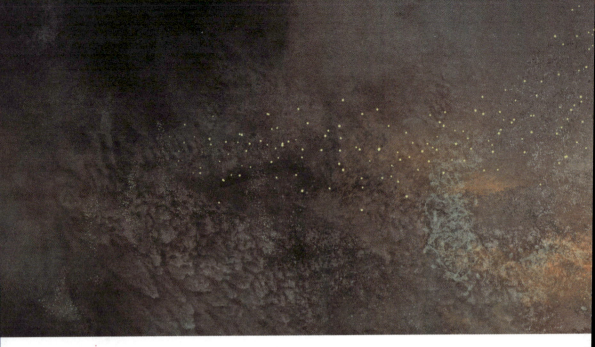

huān shū
䑏疏
独角马

等级	颜值	形态	异兆
异兽	头顶长着一只角	形状像普通的马	可以辟火

传说，求如山以北二百里有一座带山，山中有多种玉石，还有长得像野马的独角怪兽䑏疏。

带山下的村镇有一个贪心的财主，他听到了关于带山有玉石的传说，就逼着家里的小长工去给他寻找玉石。他转念一想，又担心小长工捡到玉石私吞，就跟着小长工上了山。到了带山中，他们果然找到了很多玉石。财主让小长工不停地捡啊捡啊，还要小长工背着所有的玉石。

财主的贪婪激怒了山神，山神放起了山火，山火包围了财主和小长工。眼看就要送命了，财主还是不肯让小长工丢弃身上装玉石的包袱。

这时，从旁边慢吞吞走来一只野兽，它的形状像普通的马，头上的一只角就像粗硬的磨刀石。"这就是传说中的野兽䑏疏吧？"财主说。

小长工想："反正我们也活不了啦，我把食物给䑏疏，希望它自己能逃出去！"小长工不顾财主的阻拦，把自己仅有的一点儿食物给了䑏疏。䑏疏吃完食物，就在小长工面前低下头，示意让他骑上去。财主把小长工推到后面，抢过小长工背上的包袱，然后骑到䑏疏身上。䑏疏恼怒地猛然晃动身体，把财主甩下来，并用独角把包袱挑起来摔到很远的地方。䑏疏又来到小长工面前，俯身低头，让小长工骑上去，小长工再把财主拉上去。䑏疏这才站起来，向山火外面冲去。䑏疏跑得又快又稳，神奇的是，䑏疏跑到哪里，哪里的山火就会熄灭。财主这才明白：䑏疏原来是辟火神兽啊！

　　䑏疏带着小长工和财主一口气跑下山去。从那以后，财主再也不敢提去捡玉石的事儿了。

【北山经·北山一经】

　　又北三百里，曰带山，其上多玉，其下多青碧①。有兽焉，其状如马，一角有错②，其名曰䑏疏，可以辟火③。

【注释】

①青碧：青色的玉石。
②一角有错：一只角就像粗硬的磨石。错，磨刀石。
③可以辟火：人饲养它可以辟火。

tiáo yú
鯈鱼

乐而忘忧鱼

等级 奇兽

颜值 身形像鸡,羽毛红色,长着三条尾巴、六只脚和四个脑袋

形态 身形像鸡的鱼

异兆 吃了鯈鱼的肉就能使人无忧无虑

　　带山下的村庄里有一个叫姜原的苦命孩子,他五岁就没爹没娘,跟哥哥嫂嫂过日子。嫂嫂很恶毒,哥哥很懦弱,嫂嫂经常虐待姜原,让小小年纪的他出去放牛,还不给他吃饱穿暖,晚上也不许他睡在家里。姜原白天割草放牛,晚上就在村外山脚下的一个草棚子里栖身。

在姜原十四岁那年，一个深秋的傍晚，当姜原回草棚子的时候，发现一只受伤的白狐狸卧在里面。姜原赶紧给狐狸包扎了伤口，他又怕狐狸冷，就抱着它睡觉。

睡梦中，一个白胡子老头站在姜原面前，说："善良的孩子，我要让你过上好日子。"

然后，白胡子老人告诉姜原：带山上流下来一条名叫彭水的河，彭水流经一个深潭，里面有一种儵鱼，它们长得像红色羽毛的鸡，还长着三条尾巴、六只脚、四个脑袋，它们的叫声很像喜鹊的鸣叫。

姜原困惑地问："您是让我捉这种鱼吃吗？"

"人吃了儵鱼的肉就能变得无忧无虑，你可以吃，也可以拿去卖啊。"说完，白胡子老人消失不见了。

姜原醒来，发现怀里的白狐狸不见了。他按照白狐狸的指点，找到了那个深潭。果然，深潭中有很多儵鱼，他捉了一些儵鱼回来，烧了几条吃掉。哎呀，太神奇了，他立刻忘记了以前的苦楚，心里充满了快乐。他把剩下的鱼拿到附近的村庄里卖掉，用卖得的钱买了衣服和粮食。

第二天，姜原又捉鱼去卖。因为吃过儵鱼的人都感觉到了它神奇的作用，都争着来买，姜原的鱼很快就卖光了。就这样，姜原每天都捉鱼卖鱼，很快就积累了很多钱，第二年他就盖起了一栋高大的房子。姜原终于过上了幸福的生活。

【北山经·北山一经】

（带山）彭水出焉，而西流注于芘（pí）湖之水，其中多儵鱼，其状如鸡而赤毛[1]，三尾、六足、四首，其音如鹊，食之可以已忧[2]。

【注释】

[1] 其状如鸡而赤毛：它的形状像鸡，却长着红色的羽毛。
[2] 食之可以已忧：吃了它的肉就能使人无忧无虑。

耳鼠 ěr shǔ
会飞的老鼠

等级：异兽

颜值：长着兔子脑袋和麋鹿耳朵，尾巴能当翅膀用

形态：身体形状像老鼠

异兆：人吃了它的肉就不会生肚胀病，还可以辟百毒之害

　　虢山以北二百里有一座丹熏山，山上有茂密的臭椿树和柏树，山中有很多野韭菜和薤（xiè）菜，还盛产红色颜料。熏水从这座山发源，然后向西流入棠水。

　　有一年，丹熏山下的一个村庄里有很多村民得了肚胀病。有一个名叫冉仰的青年，他的很多亲人也得了肚胀病。冉仰看着家人受罪很不忍心，他也不愿意看到乡亲们受病痛折磨，就到处寻找治肚胀病的药。

　　冉仰走遍了附近村镇的所有药铺，人们都说没有能治疗肚胀病的药。就在他感到绝望的时候，有一个老大夫告诉他：传说在丹熏山上有一种会飞的叫耳鼠的怪物，吃了它的肉就能解除百毒，治好肚胀病。

　　可是，丹熏山山高林密，会飞的耳鼠谁也没有捉住过，所以，大家都以为那只是个传说而已。冉仰为了救治家人和乡亲们，毫不犹豫地走进丹熏山，到处寻觅耳鼠的踪迹。冉仰在茂密的臭椿树和柏树中艰难穿行。饿了，他就在草丛中找一些野韭菜吃；渴了，他就从熏水中捧一点水喝；累了，他就在大树下或者石头上打个盹儿。

　　功夫不负有心人，有一天，他发现了一只会飞行的野兽。只见它形状看起来像老鼠，却长着兔子的脑袋和麋鹿的耳朵，它一边用尾巴飞行，一边发出狗一样的嗥叫。冉仰高兴极了："这一定就是传说中的耳鼠啊！"他追啊追啊，树枝刮破了他的脸，荆棘扎破了他的手，山石

扎破了他的脚，他都不气馁，继续追赶。最后，他终于追到了耳鼠的巢穴，捉了不少耳鼠。

冉仰把耳鼠带回村庄，治好了自己家人和乡亲们的肚胀病。

【北山经·北山一经】

又北二百里，曰丹熏之山，其上多樗（chū）柏，其草多韭䪨①，多丹雘（huò）。熏水出焉，而西流注于棠水。有兽焉，其状如鼠，而菟（tù）首麋身②，其音如獆（háo）犬，以其尾飞，名曰耳鼠，食之不䐛（cǎi）③，又可以御百毒④。

【注释】

①其草多韭䪨：在众草中以野韭菜和野薤菜最多。䪨，同薤，一种野菜，茎可食用，并能入药。
②菟首麋身：长着兔子的脑袋和麋鹿的耳朵。菟，通"兔"。
③䐛：肚子胀大。
④又可以御百毒：还可以辟百毒之害。百，这里表示多的意思。

足訾 zú zī

牛尾马蹄猿

等级 怪兽

颜值 长着鬣毛，有牛一样的尾巴、长满花纹的双臂、马一样的蹄子

形态 形状像猿猴

异兆 一看见人就呼叫

蔓联山中生活着一群猴子，猴子中有一只很特别的野兽，它身形像猿猴，背上却长着鬣（liè）毛，还有牛一样的尾巴、长满花纹的双臂、马一样的蹄子。它经常喊着"足訾足訾"，猴子们都默认足訾就是它的名字。

一天，猴子们正在山谷中的一个水潭边嬉戏，足訾无意中在水面上看到了自己的倒影，它惊喜地发现：我跟大家模样不一样啊，我比所有伙伴都威武漂亮呢！从那以后，足訾骄傲起来，在伙伴们面前，它动不动就昂着头，拍着胸脯，傲慢地大声喊："足訾足訾。"

猴子们都明白足訾的意思："我足訾比你们任何一个都强，你们应该让我做你们的首领！"猴群的首领从来都是最有本事的猴子才能做的，大家都还没有看见过足訾的本领呢！不过足訾的模样在猴群中确实不平凡，很多猴子就想："只要足訾真有一些本领，我们就把它当作首领！"

这天，就在猴子们聚在山坡上商量着是不是让足訾做首领的时候，忽然，山下传来一阵虎吼的声音。猴子们出于本能，一个个飞速地往一块高耸的巨石上攀爬。它们身手敏捷，眨眼工夫就爬到了巨石顶上。这时，巨石底下传来"呜哇"的哭嚎声，大家低头一看，只见足訾正在一边哭一边想要往巨石上爬。可是，它的马蹄子一样的脚根本不能在陡峭的石壁上站稳，单靠双臂的力量根本没法爬到石头上。

猴子们哄笑起来，足訾身后也传来笑声。足訾吓瘫了，它回头看到两只猴子在顿足大笑。原来，虎吼是这两只猴子的恶作剧，它们的目的就是试探足訾的胆量和本事。足訾知道自己丢脸丢大了，灰溜溜地躲了起来。

【北山经·北山一经】

又北二百里，曰蔓联之山，其上无草木。有兽焉，其状如禺（yù）而有鬣，牛尾、文臂①、马蹄，见人则呼②，名曰足訾③，其鸣自呼④。

【注释】

① 文臂：长满花纹的双臂。
② 见人则呼：一看见人就呼叫。
③ 名曰足訾：名字叫足訾。
④ 其鸣自呼：它叫的声音便是自身名字的读音。

鸫 jiāo
成群飞行的鸡

异兆　人吃了它的肉就能治好风痹病
形态　像野鸡
颜值　尾巴与雌野鸡相似
等级　奇兽

蔓联山是一座没有花草树木的荒山,山中有一种名叫鸫的鸟。鸫平时最喜欢吵架和看热闹,于是,它们飞到哪儿、落到哪儿都是呼啦啦一大群。

蔓联山下的部落里,流传着一个关于鸫的传说：这种尾巴像雌野鸡的鸟能当药用,人吃了它的肉就能治好风痹病。

就在这一年,部落里有不少人得了风痹病,人们就想到了传说中的鸫,就动了捉拿鸫的念头。可是,蔓联山那么大,到哪儿去找鸫呢？

一个老人说,鸫喜欢成群结队地活动,无论飞到哪里它们都会"鸫鸫鸫"地喊个没完。

"循着声音找一大群鸟,很容易啊！"人们立刻出发。

走进蔓联山不久,人们就听到了嘈杂的鸟叫声："鸫鸫鸫！"大家往声音传来的方向走过去,果然看到了一大群鸟在光秃秃的山石上喊叫。

原来,有两只鸫为了比谁更漂亮吵起来了,它们"鸫鸫鸫"地嚷嚷着,互不相让。其他的鸫都来看热闹,乌压压地围了一大片。它们都在"鸫鸫鸫"地评论这两只吵架的鸫谁更漂亮。

人们渐渐靠近,鸫们仍然忙着吵架和看热闹。鸫群外碰巧有几只没有靠到近前的鸫,它们发现了危险,急忙起飞报警。可是,那些吵架的、看热闹的鸫,谁也顾不上理会即将到来的危险。这时一张网从天而降,群鸫被扣在网底下,"鸫鸫鸫"的喊声更大了。不过,此刻的喊叫,不再是吵架和议论,而是抱怨和懊悔。

一大堆鸫被人们带回部落里,成了病人们的解药。等病人的风痹病治好了,人们才回想起捕捉𪁺的经过,忍不住叹息:"𪁺本来有高强的飞行本领,可就是因为它们喜欢吵架,喜欢看热闹,才白白送了性命啊。"

【北山经·北山一经】

(蔓联之山)有鸟焉,群居而朋飞①,其毛如雌雉(zhì)②,名曰𪁺,其鸣自呼,食之已风③。

【注释】

① 群居而朋飞:喜欢成群栖息而又结队飞行。朋,成群。
② 其毛如雌雉:它的尾巴与雌野鸡相似。
③ 食之已风:人吃了它的肉就能治好风痹病。风,一种疾病的名称。

诸犍 zhū jiān

大吼大叫的怪兽

等级	颜值	形态	异兆
猛兽	长着牛的耳朵，一只眼睛，有长长的尾巴	人头豹身，行走时衔着尾巴，休息时盘着尾巴	无

　　单张山（一说在今内蒙古境内，一说在今新疆境内）上寸草不生，所以，附近部落的居民从不到山里去。

　　一天，有两个人在经过单张山下的时候，莫名其妙地受了重伤。幸好有人发现了他们，把他们救回了部落。人们发现，伤者的后背上插着尖锐的树枝，都想不明白这树枝是从哪里来的。

受伤的居民说自己被袭击的时候，听到了巨大的吼声。人们就把这件事告诉了酋长。酋长是一个饱经风霜的老者，他看了受伤者的伤口和让他们受伤的树枝，很吃惊地说："难道凶手是它？"

接着，酋长给大家讲了一个古老的传说：单张山中有一种名叫诸犍的野兽，它形状像豹子，还长着人一样的脑袋和牛一样的耳朵，它只有一只眼睛，拖着一条长尾巴，喜欢大声吼叫。诸犍力大无穷，喜欢射箭，它射出的箭威力极大，被击中者九死一生。酋长最后说："这个传说竟然是真的！诸犍一定是不知道从哪儿捡到了一把弓，就折断树枝当作箭，然后射人取乐。"

"它以后还会伤人，我们应该想办法对付它呀！"人们都很担心。酋长想了想说："我还听说，诸犍行走时就用嘴衔着尾巴，卧睡时就把尾巴盘蜷起来。我们可以利用它的特点来对付它！"

酋长召集了部落里擅长射箭的几个年轻猎人，让大家伪装成诸犍的模样，带着弓箭，进了山。猎人们时而用嘴衔着尾巴往前走，时而卧在地上把尾巴盘蜷起来，还时不时地模仿诸犍的声音发出吼叫。忽然，两只真正的诸犍出现了。它们看到这么多同类，感到很惊讶，好奇地向猎人假扮的诸犍走来。猎人趁其不备，每人都对诸犍射出了一箭。诸犍带着伤，嚎叫着逃回了山里。

从那以后，诸犍再也没有出现。

【北山经·北山一经】

又北百八十里，曰单张之山，其上无草木。有兽焉，其状如豹而长尾，人首而牛耳，一目，名曰诸犍，善咤（zhà）①，行则衔其尾②，居则蟠（pán）其尾③。

【注释】

① 善咤：喜欢吼叫。咤，怒声，这里是大声吼叫的意思。
② 行则衔其尾：行走时就用嘴衔着尾巴。
③ 居则蟠其尾：卧睡时就将尾巴盘蜷起来。蟠，屈曲；环绕。

bái yè
白䴉
治愈疯癫病的鸟

等级 异兽

颜值 长着有花纹的脑袋、白色的翅膀、黄色的脚

形态 形状像野鸡

异兆 人吃了它的肉就能治愈咽喉疼痛、疯癫病

单张山中有一种鸟,它的样子像普通的野鸡,却长着有花纹的脑袋、白色翅膀、黄色的脚,它的名字叫白䴉。人们传说,如果人吃了白䴉的肉就能治好咽喉疼痛的病,还能治愈疯癫病。于是部落里有人想捉一只白䴉用来治病。

这时,人们又听到另外一个传说:白䴉很有灵性,它会判断人的善恶。被白䴉认为是"善"的人就会得到它的保护;被白䴉判断为"恶"的

人会受到它严厉的惩罚。

最终,人们决定不去伤害白鵺。大家给白鵺准备食物,吸引它到村中安家,希望它能除暴安良。受到村民诚心邀请,白鵺在村中的一棵大树上住了下来。

正如传说的那样,部落里如果有人做了好事或坏事,马上就有了来自白鵺的奖励或惩罚。

有个孝顺的儿子尽心侍奉瘫痪在床的老母亲,白鵺给他送来一颗神秘果,他把神秘果给母亲吃,他的母亲马上能下地走动了;有一个继母虐待孩子,白鵺就让继母打孩子的鞭子抽到她自己身上……

人们对白鵺惩恶扬善的做法非常满意,都把最美好的赞誉和最美味的食物送给它。

在赞美声中,白鵺渐渐变了,它沾沾自喜,不肯再尽心去查证自己看到的事情的真相,它对善恶的判断接二连三地发生错误:它把一个跳入水中救落水小儿的年轻人误认为害人者,让他差点溺水;它把一个讹人的无赖当成了弱者,让无赖得到了不该得到的财物……白鵺做的错事越来越多,人们忍无可忍,用天网捉住了白鵺。

于是,白鵺成了治病的药,它的肉治愈了附近那些咽喉疼痛和患疯癫病的病人。

唉,白鵺本来可以改变命运的啊!

【北山经·北山一经】

(单张之山)有鸟焉,其状如雉,而文首、白翼、黄足,名曰白鵺,食之已嗌(ài)痛①,可以已癙(chī)②。栎(lì)水出焉,而南流注于杠水。

【注释】

① 食之已嗌痛:人吃了它的肉就能治好咽喉疼痛的病。嗌,咽喉。

② 可以已癙:还可以治愈疯癫病。癙,痴病,疯癫病。

那父 nà fù

喜欢呼唤自己的牛

等级	颜值	形态	异兆
奇兽	长着一条白色的尾巴	白色尾巴的牛	无

灌题山（今天格尔山）下到处是流沙，山外的村民偶然进山时发现流沙中有磨刀石。于是，有村民打算采磨刀石售卖。

一天早上，一群村民进山采石，忽然，他们听到一阵呼喊声。声音从山腰的树林中传来，那个声音在反复呼叫着一个名字："那父，那父！"

"那父是谁？谁在找他？"村民们非常好奇，悄悄循着声音，上山寻找。可是，山上的臭椿树和柞树太茂密了，大家一会儿看到树林中闪过一条白色尾巴，一会儿看到一头牛的影子一闪而过，却没有发现任何人。

村民们追啊追啊，找啊找啊，只听到那个呼喊"那父"的声音持续地响着，却始终没有看到喊叫的人。难道山上有鬼？村民们越想越害怕，吓得拔腿逃下山去。回到山下的村子，这几个村民气喘吁吁地把自己的遭遇告诉了村里的其他人，最后他们都说："我们遇到的一定是鬼怪！"

一个老村民对跑回来的村民讲述的事情格外感兴趣，他仔细问了事情的经过，然后笑呵呵地说："我知道，你们遇到的不是鬼怪，而是那父。"

"那父？它是谁？"大家都惊讶地问。

老村民慢悠悠地说："很久以前，我还是一个小孩子的时候，听过一个传说。山中有一种野兽，它的形状像普通的牛却拖着一条白色的尾巴，它发出的声音就像人在高声呼唤，它的喊声就是它的名字——那父。"

几个村民细想他们看到的白色尾巴和牛的身体，恍然大悟："我们看到的就是那父啊！"知道了事情的真相，村民们不再害怕。

第二天大家继续进山，远处呼唤"那父"的声音再也吓唬不了他们了。

【北山经·北山一经】

又北三百二十里，曰灌题之山，其上多樗（chū）柘（zhè）①，其下多流沙，多砥（dǐ）②。有兽焉，其状如牛而白尾，其音如訆（jiào）③，名曰那父。

【注释】

① 其上多樗柘：山上长着茂密的臭椿树和柘树。樗，臭椿树。柘，柘树，也叫黄桑。
② 多砥：多出产磨石。
③ 其音如訆：发出的声音如同人在高声呼唤。

竦斯
sǒng sī

人面神鸟

等级	颜值	形态	异兆
奇兽	像长着人面孔的雌野鸡	形状像一般的雌野鸡	无

"有怪兽，有怪兽！"山民沃尚和几个村民一边慌慌张张从灌题山上往下跑，一边大声嚷嚷。

等他们跑回他们居住的村子，村民们都围上来，七嘴八舌地问："什么妖怪？发生了什么事情？"

沃尚说了事情的经过：他们几个人在山里伐木的时候，看到了一种长着人脸的怪物，那怪物很像雌野鸡却不大会飞行，它们一边跳跃一边喊叫着"竦斯竦斯"。

一个老人说："它们不是妖怪，传说它们是一种名叫竦斯的鸟。"

受了惊吓的村民们都松了一口气。可是，年轻力壮的沃尚觉得面子上很过不去，他气呼呼地说："几只鸟凭长得怪就出来吓唬人，太可恶了，我们去把它们抓来吃！"

"竦斯对人又没有什么恶意，你可不要伤害它们啊！"老人赶紧阻止他。

可是，沃尚坚持要去捉竦斯。老人叹了一口气，说："对付这种怪鸟，最好的工具是铁器！"

沃尚和十几个年轻人每人带着铁棒、铁锹，雄赳赳地往山中奔去。他们赶到山中，循着鸣叫声找到了一群竦斯。竦斯边喊边蹦跳地往山谷中奔跑。山谷中有一条从山上流下来的匠韩水，河水不深，眼看着竦斯过河而去，沃尚和同伴们准备蹚水过河继续追赶。怪事发生了，他们手中的铁棍、铁锹就像被什么力量夺去，落到河中的一些石头上，拽也拽

不下来。

"竦斯真有鬼怪神灵护佑啊。"人们吓得魂飞魄散,纷纷溃逃。

当他们从山上逃回来的时候,老人脸上露出微笑,他心里暗想:"这帮家伙,灌题山的传说的后半部分我还没有告诉你们呢。竦斯生活在匠韩水附近,那里有很多磁铁石,去捉竦斯的人拿着铁器去,不被吸去手中的兵器才怪呢!"

【北山经·北山一经】

(灌题山)有鸟焉,其状如雌雉而人面,见人则跃①,名曰竦斯,其鸣自呼也。匠韩之水出焉,而西流注于泑(yōu)泽②,其中多磁石③。

【注释】

① 见人则跃:一看见人就跳跃。
② 泑泽:古湖泊名。
③ 磁石:即磁铁石。一种天然矿石,俗称吸铁石,中国古代四大发明之一的指南针,就是利用磁石制作成的。

tiān mǎ
天马
见人就会起飞的马

等级	神兽
颜值	长着黑脑袋，有翅膀
形态	长得像白狗
异兆	一见人就腾空飞起

　　马成山上盛产丰富的金属矿物和有花纹的美玉，山下很多村民纷纷上山挖矿采玉，只有一个叫端木的年轻人以采药为生。

　　村民为了方便挖矿采玉，竟大量地砍伐树木，破坏草木，山上土石大片大片裸露出来。端木告诫大家："你们不要再破坏山林了，以后下大雨会发洪水的。"可是大家都不听他的话，继续砍树。不久，山上的植物几乎全被破坏了。

　　夏季的一天，端木又上山采药，可惜，被破坏的山林中已经很难见到药材了，他只好走很远很远的路，一直走到山里的深谷中。

　　忽然，下起了大雨。不一会儿，雨水冲刷着泥土和石块，发着"轰隆轰隆"的声音从山上滚下来，石块和泥流中还夹杂着一些挖矿人的工具和

衣服。

"糟了，泥石流！山上有人遭难了！"端木大吃一惊，他慌乱地往山外跑，可是，他怎么跑得过奔涌的洪水呢？

危急时刻，一只奇怪的野兽向端木跑过来。只见它形状像白狗却长着黑脑袋，背上有一双巨大的翅膀，它嘴里还叫着"天马天马"。端木忽然想起来：这一定就是传说中的天马啊！

天马跑到端木面前，弯下身体，似乎在说："上来吧，我送你回家！"

端木明白了天马的意思，急忙爬到它的背上。天马腾空飞起，嘴里喊着"天马天马"，向山外飞去。

这时，雨越下越大，风越刮越猛，电闪雷鸣，天马似乎毫不畏惧，它迎着风，顶着雨，避过雷电，往前飞啊飞啊，很快，天马把端木背回村子。

天马落地，等端木从它的背上下来，天马立刻振翅，转身飞走了，一边飞，它一边高声喊着："天马天马！"眨眼间就消失在马成山的方向。

【北山经·北次三经】

又东北二百里，曰马成之山，其上多文石①，其阴多金玉。有兽焉，其状如白犬而黑头，见人则飞②，其名曰天马，其鸣自训③。

【注释】

① 其上多文石：山上多出产有纹理的美石。文，纹理。
② 见人则飞：一看见人就腾空飞起。
③ 其鸣自训：它的叫声就是自身名称的读音。

窫窳 (yà yǔ)

吃人怪兽

等级 凶兽

颜值 长着红色的身子、人的面孔、马的蹄子

形态 形状像普通的牛

异兆 在山中用婴儿的哭声引人上钩，然后把人吃掉

　　没有花草树木的少咸山上盛产青石碧玉，山下的很多村民争相去山中寻找玉矿，村民广牧的儿子也进山采玉，却一去不回。

　　邻居老人问广牧："你儿子会不会是在敦水中捞鱼吃了？"

　　广牧连连摇头："鲋（bèi）鲋鱼有毒的事情我儿子知道，他是不会吃的。"

　　敦水是从少咸山发源的一条河，它向东流入雁门水，敦水中生活着很

多有毒的鲈鲈鱼，人吃了它的肉就会中毒而死。

"最近村中莫名其妙地失踪六个人了，难道是……"老人想起了一个传说：少咸山中不知什么时候出现了一种名叫窫窳的吃人猛兽，它形状像普通的牛，却长着红色的身子、人的面孔、马的蹄子，它还会发出如同婴儿啼哭的声音。

广牧也听说过那个传说。想到儿子可能被那个怪兽吃掉了，他边哭边说："我不能让窫窳再害人啦，我要为我的儿子报仇！"

老人赶紧说："你去找窫窳只能是白白送死，现在只有弓箭手后羿能帮我们！"

广牧立即动身去寻找后羿。不久，他找到了后羿，而后羿也正在寻找窫窳。原来，窫窳从前是个善良的天神，原先长着蛇身人脸，但是，它被一个名叫贰负的天神谋杀，黄帝知道了，十分震怒，重罚了贰负。黄帝又让几位巫师用不死药救活了窫窳，谁知窫窳复活之后竟神智迷乱，掉进了昆仑山下的弱水里，变成了人脸马足身体像牛的红色怪兽，它用像婴儿啼哭一样的叫声引人上钩，然后把人吃掉。后羿说："我到处找窫窳，就是要为民除害！"广牧赶紧把后羿带到少咸山，他们在山中找到了窫窳。后羿拉弓射出神箭，杀死了窫窳。从此，少咸山再也没有人失踪了。

【北山经·北山一经】

又北二百里，曰少咸之山，无草木，多青碧。有兽焉，其状如牛而赤身、人面、马足，名曰窫窳[1]，其音如婴儿，是食人。敦水出焉，东流注于雁门之水，其中多鲈鲈之鱼[2]，食之杀人[3]。

【注释】

[1] 窫窳：古代传说中的一种吃人怪兽。
[2] 鲈鲈之鱼：鲈鲈鱼，又名江豚，黑色，差不多有一百斤重的猪那么大。
[3] 食之能杀人：人吃了会中毒而死。

鱳鱼
zǎo yú
治病鱼

等级	颜值	形态	异兆
异兽	身形像鲤鱼却长着鸡爪子	形状像一般的鲤鱼	人吃了它的肉就能治好赘瘤病

　　狱法山下的村庄里有一个名叫郁刁的恶人，他做了很多坏事：偷乡亲们的东西，欺负老人小孩，酗酒闹事，拦截过路人索要财物……村民们都恨郁刁，可是谁也不敢惹他，大家只能祈求上天惩罚他。

　　不知是神仙显灵，还是酗酒的缘故，郁刁的脖子上长了一个很大的肉瘤。郁刁到处求医，可是，所有的大夫都治不好他的病。邻居老伯对他说："我知道一个人有办法治你的病！"接着，他指点郁刁找邻村一个老人。

　　郁刁急忙去找这个老人。老人说："我能知道山神的旨意，你的病是山神对你的惩罚。"

　　郁刁又害怕又懊悔，问："山神怎么才能不再惩罚我？"

　　"山神说，你做一百件善事，才能将功补过！"

郁刁赶紧说:"我愿意按照山神的指点去做好事!"郁刁果真开始做好事了:他为村里修补道路,主动为村民守夜,赶跑来偷鸡的狐狸,帮助孤寡老人耕田种地……

郁刁干满一百件好事的时候,又去找老人。老人告诉郁刁:"山神对你的表现很满意。他在瀤(huái)泽水中放养了一种鳡鱼,这些鳡鱼就能治好你的肿瘤病。"

瀤泽水是从狱法山发源的一条河流,它向东北流入泰泽。郁刁赶到瀤泽水,果然发现里面有一些形状像鲤鱼却长着鸡爪子的鳡鱼。

郁刁吃了鳡鱼,不久,他脖子上的肉瘤就消失了。郁刁继续做好事,成了远近闻名的善人。

【北山经·北山一经】

又北二百里,曰狱法之山。瀤泽之水出焉,而东北流注于泰泽。其中多鳡鱼,其状如鲤而鸡足①,食之已疣(yóu)②。

【注释】

① 其状如鲤而鸡足:形状像一般的鲤鱼却长着鸡爪子。

② 食之已疣:人吃了它的肉就能治好赘(zhuì)瘤病。疣,由病毒引起的一种皮肤表面赘生物。

诸怀
zhū huái

食人牛

等级	颜值	形态	异兆
凶兽	长着四只角、人的眼睛、猪的耳朵	体形像牛	无

相传，北岳山上有一种名叫诸怀的吃人野兽，它们喜欢夜间在山中出没，能发出像大雁鸣叫一样的声音。

村里的老人们总是告诫年轻人不要进入北岳山。后来，村里出了一个名叫计熊的傻大胆，他才不相信诸怀吃人的传说呢。他想："一定是大雁飞过北岳山的时候都在山上过夜，有人故意编出故事吓唬人，只不过是想阻止别人捕猎大雁罢了。"于是，他偷偷召集了几个和他一样鲁莽的年轻人，在秋天的一个月朗星稀的夜晚，悄悄摸到山上去。

行走在枳树、酸枣树和檀、柘一类树木的密林中，有人害怕起来。

"那个传说也许是真的，咱们回去吧！"

计熊不屑地说："胆小鬼！谁要是害怕谁就回去吧！等我们抓到了大雁，你可不要眼馋！"胆怯的年轻人不再说话，只好默默地跟在大家后面。

计熊和伙伴们边走边仔细听，忽然，他们听到远处一丛矮树后面传来大雁的叫声，众人高兴起来："真的有大雁，我们赶紧过去！"

大雁的叫声越来越近，大家越来越兴奋。当计熊他们拨开矮树丛看清面前情景的时候，胆子都被吓破了：他们面前出现了几个怪物，它们形状像普通的牛，却长着四只角、人的眼睛、猪的耳朵。此刻，怪物们正张着大嘴等待上当的人们。这几个鲁莽的年轻人浑身发抖，想逃跑可是一步也挪不动了。走在最后的那个人，没有看见怪物的样子，他听到前面的伙伴恐惧的惨叫声，知道大事不好，拔腿就往山下逃。

就这样，这群上山捉大雁的年轻人中只有一个人逃回了村子。

【北山经·北山一经】

又北二百里，曰北岳之山，多枳（zhǐ）、棘（jí）①、刚木②。有兽焉，其状如牛而四角、人目、彘（zhì）耳，其名曰诸怀，其音如鸣雁③，是食人。

【注释】

① 枳、棘：枳木和棘木。枳木像橘树而小一些，茎上长刺；棘木就是丛生的酸枣树，树上长满了刺。
② 刚木：木质坚硬的树木。
③ 其音如鸣雁：发出的声音就像大雁鸣叫。

鲑鱼
yì yú
治疯狂病的鱼

等级	异兽
颜值	狗头、鱼身鱼尾
形态	身体像鱼
异兆	人吃了它的肉就能治愈疯狂病

从前，北岳山下有一户很穷的人家，他们一家三口，只有一间很简陋的破草房，父母年老多病，他们的儿子祁童也只是一个少年。

祁童很勤劳：砍柴，捕鱼，种黍米，每天从天还没亮就起床，一直忙到晚上星星满天。

祁童很孝顺：他卖了柴、卖了鱼给父母买药；种出来黍米先给父母

吃，自己却吃野菜。

这天，祁童忙了一天刚刚睡下，忽然，听到有人在轻轻地叫他："祁童，祁童！"祁童睁眼一看，原来是一个白发老婆婆。老婆婆和蔼地说："你是一个勤劳孝顺的好孩子，你应该有更好的生活。"祁童困惑地问："我怎么才能有更好的生活呢？"

"王后得了疯狂病，国王在京城里张贴榜文，寻找能给王后治病的人。你去把榜文揭下来。"

祁童赶紧摇头："我不会治病啊！"

"你只管揭榜文，接下来我会告诉你怎么办。"接着，老婆婆伏在他的耳边悄悄说了一番话。祁童半信半疑，第二天天一亮，祁童跟父母说了一声就赶往京城。果然，王国的榜文贴满京城的大街小巷。祁童鼓起勇气揭了榜文，走进王宫。他告诉国王："我有办法给王后治病。"

祁童只要国王给他准备一张结实的渔网，再准备两个人当帮手。然后，他带上网和国王给他派来的帮手，来到从北岳山发源的诸怀水中。诸怀水中有很多鱼，它们长着鱼的身子、狗的脑袋，能发出像婴儿啼哭的声音，这是一种能治愈疯狂病的鮨鱼，这正是老婆婆告诉祁童的。祁童从诸怀水抓了很多鮨鱼，王后喝下鮨鱼汤，病果然好了。国王非常高兴，给了祁童丰厚的赏赐。从此，祁童和他的父母过上了好日子。

【北山经·北山一经】

（北岳山）诸怀之水出焉，而西流注于嚻水①，其中多鮨鱼，鱼身而犬首，其音如婴儿②，食之已狂③。

【注释】

① 嚻水：一条河流的名称。
② 其音如婴儿：它发出的声音像婴儿啼哭。
③ 食之已狂：人吃了它的肉就能治愈疯狂病。狂，本义是说狗发疯，后来也指人的神经错乱，精神失常。

yǎo 狪

豹纹兽

等级	颜值	形态	异兆
异兽	身形似豹，脑袋上有斑纹	形状像一般的豹子	无

一条名叫堤水的河流从堤山发源，然后向东流入泰泽。

堤水中有一只龙龟。龙龟是龙的儿子，它喜欢旅行，当它旅行到堤山的时候，喜欢上了堤山的风景，就在堤水中住了下来。堤山上有很多个头很小的野马，它们常常到河边吃草饮水。一天，正当小野马们在河边嬉戏的时候，忽然，不知从哪里窜出来两只形状像豹子、脑袋上有斑纹的怪兽。

龙龟正在河边的石头上晒太阳，它对众野马说："这是狪，它们可是又霸道又傲慢的家伙！"

两只狪似乎很喜欢这里，它们高兴得又蹦又跳，可是，当它们看到野马的时候，一下子变得很恼怒。它们冲进野马群中，气势汹汹地吼叫着："我们喜欢这里，这里就是我们的地盘了。你们这些傻家伙，赶快从这里滚

出去,要不然,你们就是我们的食物啦!"

野马们看到这两个像豹子的家伙不好惹。可是堤山是它们的家,它们实在舍不得离开!

就在众野马犹豫的时候,龙龟嘻嘻笑了,它对野马叫着、比画着,野马很快就明白了龙龟的意思。领头的野马喷了一个响鼻,众野马似乎听到了召唤,大家很快就聚集起来。

小野马们排成一个半圆形,一步一步向两只狕走过去。两只狕本以为野马看到自己的样子会被直接吓跑,轻而易举就能把这里变成自己的地盘,现在小野马们竟然团结起来,一起来对付自己。看到小野马们团结起来的样子,狕心虚地连连后退,它们转身钻进树林里,一溜烟逃跑了。小野马们和龙龟都欢呼起来。

从那以后,堤山上再也没有看到狕的踪影。

【北山经·北山一经】

又北百七十里,曰堤(dī)山,多马①。有兽焉,其状如豹而文首②,名曰狕。堤水出焉,而东流注于泰泽,其中多龙龟③。

【注释】

① 多马:山上有许多野马。
② 其状如豹而文首:它的形状像豹子而脑袋上有花纹。文,花纹。
③ 龙龟:集合两种瑞兽相合而成的吉祥神兽,头是龙,身为龟。

狍鸮 (páo xiāo)

头上无眼的吃人兽

等级 凶兽

颜值 人的面孔、老虎的牙齿、眼睛长在腋下，人手形的爪子

形态 身体像羊

异兆 用婴儿的啼哭声诱惑人

传说轩辕黄帝大战蚩尤，蚩尤被黄帝斩杀，他的脑袋落在地上变成了一个叫作饕餮（tāo tiè）的怪兽。怪兽的身体像羊，长着一张人脸，眼睛长在腋窝下，它还长着老虎的牙齿和人手形状的爪子。为了不被对手发现，它改名狍鸮，逃到钩吾山（今大兴安岭中段）中。

钩吾山上盛产玉石，山下盛产铜。山外很多村民进山开挖铜矿，寻找玉石。狍鸮不想暴露自己，又想吃人，就发出婴儿一样的啼哭声，引诱村民前来，然后，它就饱餐一顿。狍鸮又贪婪又凶狠，每次抓到的猎物即使吃不完，它也要把猎物咬碎。

经常有进山的人失踪，大家都不知道怎么回事，上山的时候只好结伴而行。一天，十几个村民一起进山，半路上，他们听到了婴儿的哭声。

"是不是有人丢弃了小孩？"村民赶紧循着婴儿的哭声找过去。他们在发出婴儿哭声的山石后面，看到了可怕的狍鸮。

十几个人只逃出来一个，要不是他在看到狍鸮的时候吓得跌倒，滚到了山下，他大概也成了狍鸮的食物。回到村子，他给大家讲述了狍鸮吃人的情形。村民们听得浑身发抖，一句话也说不出来，他们终于明白：原先失踪的人都成了怪兽狍鸮的食物啊！一个老人打破沉默对大家说："这个贪婪的狍鸮，最厉害的是它有像老虎一样的牙齿，对付它必须要毁掉它的牙。"

后来的几天，村民们齐心协力造了一个石头人。大家把石头人抬到山上，狍鸮发现了石头人，它张开大嘴对着石头人猛地咬下去，"嘎嘣"一声响，狍鸮满口尖牙都崩掉了。失去了害人的武器，狍鸮拔腿逃走了。

【北山经·北次二经】

又北三百五十里，曰钩吾之山，其上多玉，其下多铜。有兽焉，其状如羊身人面，其目在腋下①，虎齿人爪，其音如婴儿，名曰狍鸮②，是食人。

【注释】

① 其目在腋下：眼睛长在腋窝下。
② 狍鸮：即饕餮，神话传说中的一种吃人怪兽。

鸲鹆 qū jū
医治健忘症的鸟

等级 异兽

颜值 长着白色的脑袋和青色的身子，爪子是黄色的

形态 形状像乌鸦

异兆 吃了它的肉能使人不感觉饥饿，还能医治老年健忘症

马成山下有一个几十户人家的小村庄，村子里有一个名叫连辛的小男孩，他和爷爷相依为命。爷爷年龄太大，身体不好，又有健忘症，所以祖孙俩日子过得很艰难。邻居老婆婆对连辛爷爷说："大哥啊，传说马成山上出产有花纹的漂亮石头，山北面有金属矿和玉石。你们去山上试试运气吧，要是能捡上一两块好石头，拿去换点粮食，你们就不用挨饿了。"

爷爷把家里仅有的一点食物带上，领着连辛出发了。他们在山中艰难地走了大半天，幸运地找到了一块玉石。可是爷爷忘记了回来的路，他们迷了路，在一片山坡上兜圈子。远处的树上有几只怪鸟，它们形状像乌

鸦,长着白色的脑袋和青色的身子、黄色的足爪,它们喊着"鹠鹠鹠鹠",好像在嘲笑连辛和爷爷。

"连辛啊,你先吃点东西,咱们歇一会儿再走。"

"爷爷,我不饿,您吃吧!"

"真是慈爱的爷爷,懂事的小孙子,你们不用推让了。"一个声音说。只见一个猎人手提一只怪鸟走过来,正是树上那种怪鸟。猎人说着点起一堆火,很快就把鹠鹠烤熟了。然后,他把肉分给爷爷和连辛。连辛和爷爷只吃了一口鹠鹠肉,就不饿了。爷爷高兴地说:"我现在浑身有劲儿,脑子也清醒了,我想起回家的路了。"

爷孙俩要感谢猎人,可是,猎人却不见了。

【北山经·北次三经】

(马成山)有鸟焉,其状如乌,首白而身青、足黄,是名曰鹠鹠,其鸣自讪①,食之不饥②,可以已寓③。

【注释】

①其鸣自讪:它的叫声便是它自身的名字。

②食之不饥:吃了它的肉使人不容易感觉饥饿。

③寓:指老年健忘症。

fēi shǔ
飞鼠

长毛飞行鼠

等级	颜值	形态	异兆
灵兽	兔身鼠头，背上有帮助飞行的长毛	形状像一般的兔子	无

　　天池山上没有花草树木，到处是带有花纹的石头。

　　老鼠和兔子本来住在天池山下，它们相约一起到山上去逛逛。晚上，它们打算在山中一块高耸的巨石下住宿。它们各自在石头的东边和西边挖了一个洞，互相打了招呼准备进洞睡觉的时候，它们看到一个身影闪进巨石顶上的一条石缝里，老鼠看到了它的头，野兔看到了它的身体。

　　第二天清晨，老鼠钻出洞，仰头对巨石上方喊："哎，邻居！"

　　兔子听到了老鼠的喊声，跑出去问："老鼠，你想干啥？"

　　老鼠说："我看到它的头了，它跟我很像，也许它是我的近亲呢。我要和我的近亲聊聊。"

　　兔子连连摇头："你说得不对。我看到它的身体了，它跟我很像，它一

定和我是近亲，要套近乎也应该是我来。"

老鼠和兔子互不相让，它们一起昂着头对巨石上面喊："住在上面的邻居，你出来让我们看看，你到底和谁是近亲。"

"老鼠，我和你不一样。"石缝里露出兔子的身体。

还没等兔子高兴地叫出来，石缝里面又换成一个老鼠的脑袋："兔子，我和你也不一样！"

老鼠和兔子都傻愣在那儿，心想："里面那个家伙到底什么样子呀？"

正在它们心里嘀咕的时候，石缝里的邻居把整个身体探出来，原来它是一个头像老鼠、身体像兔子的怪物。怪物抖动着身体，一下子张开长毛飞到空中。老鼠和兔子齐声惊叹："它就是传说中的飞鼠吧？"

【北山经·北次三经】

又东北二百里，曰天池之山，其上无草木，多文石。有兽焉，其状如兔而鼠首，以其背飞①，其名曰飞鼠。渑（shéng）水出焉，潜于其下②，其中多黄垩（è）③。

【注释】

① 以其背飞：借助它背上的毛飞行。
② 潜于其下：然后潜流到山下。
③ 黄垩：黄色垩土。垩，白土，泛指可用来涂饰的土。

xiàng shé
象蛇
掌握着鲐父鱼的秘密

等级	颜值	形态	异兆
奇兽	羽毛上有五彩斑斓的花纹	样子像雌野鸡的鸟	吃了鲐父鱼的肉，可以治愈呕吐病

阳山下的村庄里，有一个名叫荆苍的少年。荆苍的父亲得了呕吐病，荆苍听说阳山（今江苏虞山）中有治疗呕吐病的药，立即赶到阳山找药。

荆苍来到一条河边。这条河名叫留水，从阳山发源，向南流入黄河。荆苍坐在一块大石头旁一筹莫展："我要找的药在哪里呢？"忽然，他听到石头后面有人在说话。他从大石上探出头，发现河中的碎石上站着一只分

不出雌雄的鸟，看身形它像雌野鸡，但它羽毛上有五彩斑斓的花纹，又像雄野鸡。在它脚旁的河面上露着一个鱼头，鱼头上的大嘴正一张一合地说话。荆苍想起一个传说：阳山上有些鸟兽会说人话。原来是真的！

"象蛇，"鱼叫着鸟的名字说，"你为什么整天喊着自己的名字啊？"名叫象蛇的鸟没理它，只是大声叫："象蛇，象蛇。"

"你是一只鸟，怎么取个蛇的名字？还有啊，人家的宝宝都有爸爸妈妈，你呢，雌和雄的功能都集合在你自己身上。你是既当爸爸又当妈妈！"鱼说到高兴处，跃出水面打了个水花。

荆苍这下看清楚了，它和鲔（xiān）父鱼很像，鲔父鱼长着鱼头，身子却是小猪的模样。

象蛇生气了，它抖着翅膀大声说："鲔父鱼，你喜欢说别人的闲话，我也说出你的秘密。"

鲔父鱼满不在乎："你能知道我什么秘密啊？"

"你是一种能做药的鱼。吃了你的肉，可以治愈呕吐病。"象蛇的话一说完，鲔父鱼吓得一头扎进了水里。

象蛇似乎觉得不应该暴露别人的秘密，懊恼地叹了一口气，飞走了。

荆苍高兴地想："原来鲔父鱼就是我要找的药啊！"荆苍抓住了鲔父鱼，把它熬成汤药给父亲喝了，父亲的呕吐病果然好了。

【北山经·北次三经】

（阳山）有鸟焉，其状如雌雉而五采以文[1]，是自为牝牡（pìn mǔ）[2]，名曰象蛇，其鸣自詨（jiào）。留水出焉，而南流注于河。其中有鲔父之鱼，其状如鲋鱼，鱼首而彘（zhì）身，食之已呕[3]。

【注释】

[1] 而五采以文：而羽毛上有五彩斑斓的花纹。
[2] 是自为牝牡：一身兼有雄雌两种功能。
[3] 食之已呕：吃了它的肉可以治愈呕吐。

酸与
suān yǔ
伴随恐怖出现的鸟

等级：怪兽

颜值：长着四只翅膀、六只眼睛和三只脚

形态：身形似蛇的鸟

异兆：这种鸟一旦出现，就会有恐怖的事情发生

　　景山是一座美丽的山，在山上向南可以望见盐贩泽，向北可以望见少泽。景山上生长着茂密的草丛、秦椒和山药，山北面盛产赭（zhě）石，山南面盛产玉石。守着这么一座宝山，山下村庄里的百姓都过着安逸舒适的日子。

　　可是，有一年，村庄里接二连三地发生了一些可怕的事情：牛小六晚上走在街道上，眼前出现了六盏绿幽幽的灯笼，吓得他魂飞魄散，逃跑时掉进村边的深水潭中差点溺死；朱小七夜间在自家院子中感觉一条蛇从自己耳边飞过，蛇的尾巴还甩在他的脸上，吓得他摔倒了，摔折了一条腿；羊小二走夜路听到呼呼的风声从头顶掠过，然后脖子上多了三道深深的伤口……

遇到怪兽的人们说起自己恐怖的遭遇，都说自己听到了怪异的叫声："酸与酸与……"

村民们都吓坏了，还有人准备搬走。

山中有一个隐士知道了这件事，他赶紧下山告诉村民："你们遇到的怪物可能是酸与。传说景山中有一种鸟，它身形似蛇，但长着四只翅膀、六只眼睛和三只脚。这种鸟叫酸与，是一种凶鸟，只要它出现的地方，就会发生不好的事情。"

知道了怪物的真实身份，村民们都不怎么害怕了，大家决定抓住这个吓唬人的怪鸟。

于是，村民们布置好捕鸟网，夜间等待怪鸟酸与到来。果然，酸与来了，它喊着"酸与酸与"，瞪着像灯笼一样的六只绿幽幽的眼睛，舞动着长长的蛇尾巴，挥着三只尖利的爪子，在村子的上空横冲直撞。当它进入村民的包围圈时，捕鸟网兜头落下，酸与乖乖就擒……

从那以后，村里再也没有发生恐怖的事情，大家继续在景山下幸福地生活了很多很多年。

【北山经·北次三经】

又南三百里，曰景山，南望盐贩之泽，北望少泽。其上多草、薯荾（shǔ yù）①，其草多秦椒②；其阴多赭，其阳多玉。有鸟焉，其状如蛇而四翼、六目、三足，名曰酸与，其鸣自詨，见则其邑有恐③。

【注释】

① 薯荾：指的是现在的山药。
② 其草多秦椒：这里的草以秦椒最多。秦椒，一种草，叶子细长，它结的种子像花椒。
③ 见则其邑有恐：在哪里出现哪里就会发生使人惊恐的事情。

huáng niǎo
黄鸟

能止嫉妒的鸟

等级	颜值	形态	异兆
异兽	形似猫头鹰,长着白脑袋	形状是一般的猫头鹰	吃了它的肉能使人不生嫉妒心

  泰头山再往东北二百里,有一座轩辕山。

  轩辕山有丰富的铜矿,山下有茂密的竹林。竹林旁边有一个民风淳朴的村庄,平日里村民们相处得和睦融洽。可是,自从石家的大儿子石及从外乡娶回了一个媳妇,村中的和谐宁静就被打破了。

  石及的媳妇模样俊俏,但她小心眼、爱嫉妒,她对所有比自己强的人都看不顺眼:如果谁家的大姑娘、小媳妇比她长得好看,她就偷偷在人家晾晒的衣服中放上毒虫子;如果谁家里比她家里富裕,她就偷偷把自己家里的鸡、鸭、兔、猪放到人家的庄稼地里;如果看到谁的人缘好,她就偷偷地往人家的粮食里掺沙子……她心里每时每刻都燃烧着嫉妒的火苗,总是找机会就给乡亲们使坏。如果没有机会使坏,她就整天打狗撵鸡、指桑骂槐,乡亲邻居都被她搞得鸡犬不宁。对石及媳妇,村民们躲都来不及,谁敢惹啊?

  有这样的媳妇,石及和他爹娘的日子更是难过。石及忍不住向邻村一个有名的高人求教:"师傅,您有没有办法治治我这个泼辣媳妇的嫉妒之心呢?"

  高人不紧不慢地说:"我听过一个传说,轩辕山中有一种黄鸟,它整天高喊着自己的名字,嫉妒心极强,要是它看到别的鸟儿比自己漂亮,它就会对这种鸟进行攻击。对付嫉妒心强的人,只能以毒攻毒。你给你的媳妇吃下爱嫉妒的黄鸟的肉,就能消除她的嫉妒心。"

  石及赶紧按照高人的指点,到山中去捉了一只黄鸟。回家后,石及用

【北山经·北次三经】

又东北二百里，曰轩辕之山①，其上多铜，其下多竹。有鸟焉，其状如枭而白首②，其名曰黄鸟，其鸣自诙，食之不妒③。

【注释】

① 轩辕之山：轩辕山，古代传说中的山名。
② 其状如枭而白首：形状是一般的猫头鹰，却长着白脑袋。
③ 食之不妒：吃了它的肉就能使人不生嫉妒心。妒，嫉妒。

黄鸟熬了汤，骗媳妇喝下去。果然奇迹立即出现了：石及媳妇就像换了一个人，她不再嫉妒别人，变得谦和有礼。石及全家人都高兴，乡邻们也都愿意和她友好相处了。

𢬍𢬍
dòng dòng
一角一目兽

等级	颜值	形态	异兆
神兽	长着一只角、一只眼睛，眼睛在耳朵的背后	形状像羊	只要它出现，当年就会丰收

空桑山往北三百里是泰戏山，泰戏山上无树无草，却到处有金属矿物和玉石。虖沱（hū tuó）水和液女水这两条河流从泰戏山发源，一条向东流入溇（lóu）水，另一条向南流入沁水。

泰戏山下有一个很大的村子，村民主要靠耕田为生。

有一年，从初秋开始天气就反常，先是一个多月不下雨，下起雨来就没完没了。村民们很担心今年的庄稼会没有收成，就经常在田间地头唱歌跳舞向上天祈福。奇怪的事情发生了，当村民们边歌边舞的时候，泰戏山的石林中传出了打鼓的"𢬍𢬍"声，好像在为村民们伴奏。

有几个胆大的年轻人偷偷过去查看，发现石林里有一只跳舞的怪兽。只见它身体像羊，长着一只角、一只眼睛，眼睛在耳朵的后面，它正在模仿村民跳舞，嘴里喊着"𢬍𢬍"的打鼓一样的节奏。它发现了那几个年轻的村民，飞快地逃走了。年轻人回去把情况告诉了村民们。

"你们看到的怪兽一定是𢬍𢬍啊！"有一个老人高兴地说。接着，他给大家讲了一个传说：泰戏山中有一种名叫𢬍𢬍的野兽，它模样奇特，发出的"𢬍𢬍"声就是在呼喊它自己的名字。据说，𢬍𢬍出现的地方会丰收。

大家又欢喜又懊悔。欢喜的是𢬍𢬍出现了，他们将会获得好收成。懊悔的是，他们把𢬍𢬍吓跑了，不知它以后还会不会再出现。幸好，第二天人们在田间地头唱歌跳舞的时候，远处的石林中又响起了𢬍𢬍发出的打鼓一样的声音。以后的日子，每当村民们唱歌跳舞的时候，𢬍𢬍都来伴舞。一天天过去，看着那一片片沉甸甸的谷穗和稻穗，大家都知道，今年丰收在望。

【北山经·北次三经】

（空桑山）又北三百里，曰泰戏之山①，无草木，多金玉。有兽焉，其状如羊，一角一目，目在耳后，其名曰辣辣，其鸣自讦。虖沱之水②出焉，而东流注于娄水。液女之水出于其阳③，南流注于沁（qìn）水。

【注释】

① 泰戏之山：泰戏山，位于现在的山西省繁峙县。
② 虖沱之水：虖沱水，滹沱河，在山西省。
③ 液女之水出于其阳：液女水发源于这座山的南面。

huán
獂

牛群里来了一只獂

等级	怪兽
颜值	形状像牛，却长着三只脚
形态	三只脚的牛
异兆	无

乾（gān）山蕴藏着丰富的金属矿物和玉石，可是，山上没有河流，也没有花草树木。当地有一个传说：山中生活着一种有灵性的怪物，它长得像牛，喜欢呼喊自己的名字。人们就根据它那"獂、獂"的叫声，给它取名叫"獂"。

一天，村民符康赶着他的牛群悠闲地从乾山下走过，牛群竟然不听指挥地跑进了乾山中。符康追着牛群刚刚走到山腰，就见一只怪兽嘴里喊着"獂，獂"向这边跑过来。它跑得太快了，当它在牛群旁边站住的时候，符康才看清它的模样：形状和牛差不多，只是它长着三只脚。

符康正在害怕，怪兽却对他说："不要害怕，我是獂。我不会伤害你的。可是，我没有伙伴，你就让我和你的牛在一起生活吧！"

所有的牛都好像听懂了獂的话，它们可不愿意和一个怪物在一起，就一起用脑袋去顶撞獂，仿佛在说："缺一条腿的家伙，我们可不想有你这样的伙伴。"符康正不知道该怎么办，忽然，山里跑出来一只凶恶的老虎。符康的牛被老虎的咆哮吓得浑身发抖，缩在原地动也不敢动。符康既怕老虎伤害自己，也怕老虎伤害了自己的牛，一时间也傻愣在那里。

獂对符康大声说："你们不要动，我去把老虎引开。"说完，它向老虎飞跑过去，成功吸引了老虎的注意力，然后它又向远离符康和牛群的方向跑去。老虎一路紧追，一直追到一个悬崖旁边，獂猛地刹住脚步向旁边一闪，老虎猝不及防，一下摔到了悬崖下面。符康和他的牛都得救了。

每一头牛都主动靠近獂，它们亲热地用脑袋在獂的身上蹭来蹭去。从此，獂加入了符康的牛群中，还成了牛群的首领。

【北山经·北次三经】

又北四百里，曰乾山，无草木，其阳有金玉，其阴有铁[1]而无水。有兽焉，其状如牛而三足[2]，其名曰獂[3]，其鸣自诙。

【注释】

[1] 其阴有铁：山北面蕴藏着铁。
[2] 其状如牛而三足：形状像普通的牛，却长着三只脚。
[3] 獂：同"豲（huán）"，传说中的兽名。

cóng cóng
从从
蚩鼠的克星

等级	颜值	形态	异兆
异兽	长着六只脚	形状像狗	无

梅状山（在今山东境内）上有丰富的金属矿物和玉石，山下有丰富的青石碧玉。可是，就算有再多的金子和玉石，要是没有粮食人们也没法活啊，所以，山下的百姓大多数还是以耕田种地为生。

有一年，梅状山下方圆几百里的村庄都发生了旱灾，人们求神拜佛都不管用，眼看再干旱下去庄稼就会颗粒无收，大家都急坏了。

一天，到山上找水的人回来告诉村里人，他们在梅状山中遇到了两个怪物。一个怪物是形状像狗的野兽，它长着六只脚，嘴里总是呼喊着"从从"；另一个怪物是一种怪鸟，它的形状像鸡，却长着老鼠一样的毛和尾巴。

村里有一个老婆婆听了，赶紧说："我想起了梅状山中怪兽的传说。你们看见的六脚野兽名叫从从，那鸡身鼠毛鼠尾的怪鸟名叫蚩（zī）鼠。蚩鼠

是引发旱灾的罪魁祸首,它在哪里出现哪里就会发生严重的旱灾。现在我们这里闹旱灾,一定是因为螽鼠出现了!"

"那我们去抓螽鼠,除掉它!"村民们说。

老婆婆摇头:"螽鼠跑得太快,再加上它会飞,想要抓住它,太难了。"

"那我们就没有办法了吗?"

老婆婆笑道:"据说从从是螽鼠的克星。大家想办法抓一只从从,让它来对付螽鼠就行了。"

有人出主意:"从从的模样像狗,它的生活习性一定和狗差不多,而爱吃肉骨头是所有狗的特点。"于是,村民们用肉骨头做诱饵设下陷阱,从从在吃肉骨头的时候被捉住了。村民们把从从喂养起来,从从赶走了螽鼠。螽鼠消失以后,果然,天降大雨,当地旱情解除。

【东山经·东山一经】

(藟(lěi)山)又南三百里,曰枸(xún)状之山,其上多金玉,其下多青碧石。有兽焉,其状如犬,六足,其名曰从从,其鸣自诮。有鸟焉,其状如鸡而鼠毛①,其名曰螽鼠,见则其邑大旱②。

【注释】

① 其状如鸡而鼠毛:形状像普通的鸡,却长着老鼠一样的尾巴。
② 见则其邑大旱:它出现的地方会有大旱灾。

tóng tóng
狪狪

孕育珍珠的野兽

等级	颜值	形态	异兆
灵兽	肚子里有珠子	形状像猪	无

　　传说泰山上盛产玉石，山下盛产黄金。环水从这座山发源，向东流入汶水，环水中有很多水晶石。山中有一种像猪的野兽，它走到哪里都喊叫着"狪狪"，它是在喊自己的名字呢。

　　有一个名叫宿怀的年轻山民家里很穷，一家人过着衣不蔽体、食不果腹的日子，宿怀为了让家人过上好日子，独自上泰山寻找金子和玉石。传说中的金子和玉石可不是那么好找的。宿怀夜晚住在山上，白天就在干涸的河床上、山间的碎石堆里刨啊挖啊，辛苦了半个多月，他终于找到了一块晶莹剔透的白玉。"这下好了，我可以用它换一些粮食，再扯一些布，给家里的每个人都做一件新衣裳。"宿怀高兴地想。宿怀刚把玉石揣在怀里，忽然，他听到一阵"狪狪、狪狪"的喊声。

　　宿怀循声走过去，发现一只像猪一样的动物被猎人捉住了。它眼中露出惊恐和祈求的神情。宿怀央求猎人："看它多可怜啊，你就放掉它吧！"

　　猎人摇摇头说："这是狪狪，我好不容易才抓到的，怎么能轻易放掉它呢？"宿怀把自己的白玉拿出来："我用我捡到的玉石换狪狪好吗？"

　　猎人很高兴，接了白玉，把狪狪给了宿怀。猎人走后，宿怀把捆着狪狪的绳子解开，说："我放了你，你快逃命去吧！"

　　狪狪并不走，而是围着宿怀转了一圈，然后用嘴叼着宿怀的衣角往前走，一直把宿怀带到环水旁。宿怀发现环水中有很多水晶石，就捡了满满一口袋。狪狪又从口中吐出了几颗光灿灿的珠子给宿怀。宿怀把水晶石和珠子卖掉，买了一大块肥沃的土地。从此，宿怀过上了幸福美满的生活。

【东山经·东山一经】

又南三百里，曰泰山①，其上多玉，其下多金。有兽焉，其状如豚（tún）而有珠②，名曰狪狪，其鸣自讯。环水出焉，东流注于江③，其中多水玉④。

【注释】

① 泰山：即今泰山，在山东泰安县北。
② 其状如豚而有珠：它体形像野猪，体内孕育着珍珠。
③ 东流注于江：向东流入汶水。江，应该是"汶"，汶水。
④ 水玉：水晶。

獙獙 bì bì
有翅却不会飞的怪兽

等级	颜值	形态	异兆
恶兽	长着又轻又薄的肉翅膀，不能飞翔	形状像狐狸	一出现天下就会发生大旱灾

相传姑逢山（今智异山）上草木不生，却有丰富的金属矿物和玉石，山中有一种名叫獙獙的野兽，它的样子像长着翅膀的狐狸，它的叫声也美妙动听，就像唱歌一样。

有个耍猴艺人经过姑逢山，他听到山中传出悦耳的大雁鸣叫声，非常高兴，因为他不但会耍猴，还玩得一手好飞镖，他想打只大雁一饱口福。

进山以后，他却没有看到大雁，只发现一个怪兽。那怪兽就像一只长

了翅膀的狐狸,只是它的肉质翅膀又轻又薄,并不能飞翔。此刻,它展开翅膀,在光秃秃的山坡上奔跑嬉戏,嘴里还发出像大雁鸣叫一样的歌声。

耍猴艺人想:"这是个会唱歌的怪兽,我要驯服它,让它表演节目给我挣钱。"

耍猴艺人在离怪兽不远的地方指挥自己的猴子表演,怪兽也是一个有好奇心的家伙,它被猴子的表演吸引,轻而易举地被耍猴艺人俘获。

这天,耍猴艺人带着怪兽和猴子来到人群密集的集镇上,给人们表演节目。猴子精彩的表演、怪兽奇异的模样和悦耳的歌声,吸引了很多围观的人,耍猴艺人收钱的布袋很快就鼓了起来。

忽然,一个老人从人群中挤到耍猴艺人跟前,说:"你驯养的这个怪兽是传说中的獙獙啊!据说,獙獙出现天下就会发生大旱灾。你快点把它送回山里吧!"

耍猴艺人不理老人的劝说,他可不想丢掉这棵摇钱树!

不久,当地果然遭遇了大旱,人们想起了老人的话,都很气愤:"都怪耍猴艺人收养了一只獙獙,给我们带来了灾祸!"

大家都去找耍猴艺人算账。耍猴艺人见自己闯了祸,赶紧把獙獙放回山里,他自己也逃得不见了踪影。

獙獙回到山中,方圆百里的旱情也随之解除了。

【东山经·东次二经】

又南三百里,曰姑逢之山①,无草木,多金玉。有兽焉,其状如狐而有翼②,其音如鸿雁,其名曰獙獙③,见则天下大旱。

【注释】

① 姑逢之山:姑逢山,上古山名。
② 其状如狐而有翼:形状像一般的狐狸却有翅膀。
③ 獙獙:古代传说中的一种怪兽,属于狐族,身上虽有肉翅但不能飞翔。

鮯鮯鱼
gé gé yú
六足鸟尾鱼

跂踵（qǐ zhǒng）山上没有树没有草，却有丰富的玉石。山中有一个水潭，名叫深泽，方圆四十里都有泉水喷涌，形成了一条小河流往山下。深泽中有很多鮯鮯鱼和蠵（xī）龟。鮯鮯鱼身形像鲤鱼，却有六只脚和鸟一样的尾巴，经常发出"鮯鮯"的叫声。

跂踵山下的村民都觉得有水的跂踵山就这么光秃秃的太可惜，就想到山上种树种草。可是，众人刚进山就遇到了一条水桶粗的大蛇，吓得众人逃回山下，再也不敢提上山种树的事情了。这一切都被鮯鮯鱼和蠵龟看在眼里，鮯鮯鱼对蠵龟说："山上要是有树有草多好啊，可是都被大蛇给毁了。"

蠵龟点头："人们不敢来种树种草，我们还得继续在这光秃秃的山上过日子。"

鮯鮯鱼抖了抖尾巴："我想到了一个对付大蛇的办法，不过，这要龟兄你来帮忙才行。"接着，鮯鮯鱼把对付大蛇的计划详细地讲出来，蠵龟连连点头称赞。鮯鮯鱼和蠵龟一起爬到岸上，从周围捡了一些跟蠵龟模样差不多的石头放到河边。然后，蠵龟故意到大蛇出没的地方引诱大蛇，大蛇追赶蠵龟来到河边，发现河边有很多缩着头的"蠵龟"，就把它们全都吞到肚子里。大蛇的肚子里塞满了"蠵龟"形状的石头，奄奄一息。

这时，鮯鮯鱼向行动缓慢的大蛇冲过来，用它锋利的爪子，抓瞎了大蛇的眼睛，抓破了大蛇的身体。瞎了眼的大蛇拼命逃走后死掉。人们高兴极了，纷纷到山上种树种草。多年之后，跂踵山绿树成荫，生活在深泽中的鮯鮯鱼和蠵龟感到无比幸福。

【东山经·东次三经】

（孟子之山）又南水行五百里，曰流沙，行五百里[1]，有山焉，曰跂踵之山，广员二百里，无草木，有大蛇，其上多玉。有水焉，广员四十里皆涌[2]，其名曰深泽，其中多蠵龟[3]。有鱼焉，其状如鲤而六足鸟尾，名曰鲅鲅之鱼，其鸣自叫。

【注释】

① 行五百里：经过流沙再走五百里。
② 广员四十里皆涌：方圆四十里都在喷涌泉水。
③ 蠵龟：也叫赤蠵龟，据古人说是一种大龟，龟甲上有纹彩。

jīng jīng
精精
牛身马尾兽

传说踇隅（mǔ yú）山中有丰富的金属矿物和玉石，还有许多能当中草药的赭石。这些财宝很诱人，山下的许多村民到山中寻过宝，可是山上林木茂密，进去就迷路，去的人都空手而回。

束乔是个勤劳善良的年轻人，他每天干完自家的农活，还要去帮村里的孤寡老人耕田种地。一天，经常得到束乔帮助的老爷爷悄悄告诉束乔：据说踇隅山中还有一个秘密，有一种名叫精精的怪兽，它会帮有缘人寻找山中的宝物。精精形状像牛，却长着马尾巴，嘴里经常大声喊着自己的名字。

老爷爷最后说："束乔啊，你这么善良，也许你就是精精的有缘人呢！"

束乔按照老爷爷的指点来到山中，他侧耳倾听，果然听到远处的树林里有呼喊"精精"的声音，他循着声音，找到了牛身马尾的怪兽精精。

束乔小心地走过去，对精精行了一个礼，说："神兽精精，您好！您能帮我找到一点财宝吗？我要帮助村子里受穷受苦的老人都过上好日子！"

精精对束乔点点头，带他穿过密林，来到一片沟谷中，那里真的有很多玉石。束乔只是捡了几块玉石就走下山去。

时涂是束乔的邻居，他看到束乔家买了很多粮食送给村子里的穷人，感到很奇怪。他死缠烂打，终于从束乔的口中知道了事情的原委。

时涂赶紧带着一只大口袋进了山，他也找到了精精。时涂跑到精精面前，傲慢无礼地说："嗨，怪物，我要发大财，你必须带我找到金子玉石，越多越好。"看到精精似乎不愿意带路，他还拿出鞭子抽打精精。精精气呼呼地带着时涂向深山里走去。从那以后，村民们再也没有见过时涂。

【东山经·东次三经】

又南水行九百里①,曰踇隅之山②,其上多草木,多金玉,多赭(zhě)③。有兽焉,其状如牛而马尾,名曰精精,其鸣自叫。

【注释】

① 又南水行九百里:再往南行九百里水路。
② 踇隅之山:踇隅山,古代传说中的山名。
③ 多赭:有许多赭石。赭,红褐色。

䳡雀
qí què
智斗食人鸟

等级	颜值	形态	异兆
凶兽	长着白脑袋、老鼠一样的足、老虎一样的爪子	形状像鸡	无

东方有一座北号山，它屹立在北海边上。一条名叫食水的河流从这座山发源，然后向东北流入大海。

有一年，北号山下的村庄里很多人得了疟疾。人们知道山中有一种形状像杨树的树木，上面开红色花朵，果实像没有核的枣子，味道酸中带甜，吃了它就能治疗疟疾。可是，据说山中有獦狚（gé jū）和䳡雀两种吃人的怪兽。獦狚形状像狼，长着红脑袋和老鼠一样的眼睛，会发出小猪一样的叫声；䳡雀像长着白脑袋的鸡，它有老鼠一样的脚和老虎一样的爪子。大家一般不敢进山。

村民中有勇敢的兄弟俩，他们决定冒险进山采药，给大家治疟疾。他们俩来到山中，果然找到了獦狚和蚳雀。他们偷偷观察发现：这两种怪兽的脾气都很暴躁，只要非同类的生物出现在它们附近，它们就会发起凶猛的攻击。

兄弟俩决定智取，他们约定信号同时行动。哥哥去吸引獦狚，弟弟去吸引蚳雀，在獦狚和蚳雀追赶他们的时候，他们同时奔向食水河，然后都跳进河中。獦狚跟着哥哥跳进河里；蚳雀飞行本领不高，跑得却很快，它追着弟弟，也一头扎进水里。哥哥和弟弟早有准备，他们嘴含芦苇秆呼吸，人却躲进水底。

獦狚和蚳雀在水面上没找到自己追赶的猎物，把怒气发泄到眼前的怪兽身上，它们不约而同地向对方扑过去。

这一场怪兽之间的决斗太激烈了，河水翻滚，伴随着嗷嗷的猪叫声，一缕缕湿漉漉的鸡毛在河水中飘散开。獦狚和蚳雀两败俱伤，再加上它们都不会游泳，过了一会儿，它们都淹死了。

等河面静下来，兄弟俩这才从水底钻出来，他们放心地采了很多治疟疾病的果子，高高兴兴下了山。

【东山经·东次四经】

又东次四经之首，曰北号之山，临于北海。有木焉，其状如杨，赤华，其实如枣而无核，其味酸甘，食之不疟①。食水出焉，而东北流注于海。有兽焉，其状如狼，赤首鼠目，其音如豚，名曰獦狚，是食人。有鸟焉，其状如鸡而白首，鼠足而虎爪，其名曰蚳雀，亦食人②。

【注释】

① 食之不疟：吃了它就能使人不患疟疾。
② 亦食人：也吃人。亦，同样、也。

dāng kāng
当康
猪样獠牙兽

等级	颜值	形态	异兆
瑞兽	长着大獠牙	形状像小猪	它出现的地方当年会大丰收

钦山盛产金属矿物和玉石，一条名叫师水的河流从这座山发源，然后向北流入皋（gāo）泽，河水中有很多鳋（qiū）鱼，还有很多色彩斑斓的贝。据说，山中还有一种名叫当康的野兽，它喜欢呼喊自己的名字。人们还说，当康是吉兽，它出现的地方当年会获得大丰收。

钦山下的大多数村民的生活还是以种庄稼为主。因为当地经常有天灾，庄稼收成一直不好，再多的金玉也难换来足够的粮食，所以，当地的村民听说了当康的传说以后，都祈求当康现身。

钦山中的当康本来过着逍遥自在的日子：饿了，它在师水中抓鳋鱼吃；累了，它在山坡上舒舒服服睡大觉。但是，听到山下村民们的祈求，当康决定出山帮助大家。

当康先来到山南，它大声呼喊着自己的名字提醒山脚下的人们："当康来了！"山南的村民们听到当康的喊叫声，欢呼着迎接它。可是，等当康出现在村民面前，人们都愣住了：这个形状像小猪、长着大獠牙的丑家伙，怎么会是吉兽呢？说不定它会给大家带来灾祸呢！

"赶走它，千万别让它靠近我们的村庄！"人们拿着棍棒叫喊着，一起追打当康。当康没想到原先祈求自己现身的村民只是因为自己丑就这么对待自己，无奈地逃走了。

当康又来到了山北，它想试试自己在这里会不会也遇到被驱赶的情形。出乎意料，山北面的村民们看到当康，并没有因为它的丑陋而嫌弃它，大家敲锣打鼓地欢迎当康，还把最好的食物拿出来款待它。

【东山经·东次四经】

又东南二百里，曰钦山，多金玉而无石。师水出焉，而北流注于皋泽，其中多鳡鱼①，多文贝。有兽焉，其状如豚而有牙②，其名曰当康，其鸣自叫，见则天下大穰③。

【注释】

① 鳡鱼：松鱼，即"海鲇"。
② 其状如豚而有牙：形状像小猪，却长着大獠牙。牙，这里指尖锐锋利而令人可怕的露出嘴唇之外的大牙齿。
③ 见则天下大穰：出现天下就会大丰收。

当康喜欢上了山北的村民，它经常到村里做客。这一年秋天，当山南的村民都在为庄稼歉收而犯愁的时候，住在山北面的村民正家家户户庆丰收呢。

hé yǔ
合㶿

吃人怪兽

等级	颜值	形态	异兆
凶兽	人的面孔、黄色的身体、红色的尾巴	形状像猪	它一出现天下就会发生水灾

  在剡（shàn）山一带有一些传说：剡山上有丰富的金属矿物和玉石，山中还有吃人的怪兽合㶿，它一出现天下就会发生水灾。

  住在剡山下的老人总是告诫年轻一代："不要到山中去，遇到怪兽合㶿就没命了！"所以，多年来，都没有人上山寻宝。直到有一年，有一个名叫弓陆的村民被发财梦冲昏了头脑，他鼓动人们去山上找财宝。弓陆对大家说："哪有什么怪兽合㶿？那是骗人的！只有金矿和玉石的传说是真的。"

  很多人动心了，他们不顾老人的苦苦劝说，兴高采烈地往剡山上奔去。弓陆带着人们在山中找啊找啊，忽然他们听到了前面有婴儿的啼哭声。

  "山中怎么会有婴儿呢？这哭声一定有古怪！"

  "到底有什么古怪，我们去看看吧！"

  村民们一边议论一边往哭声传来的方向走去。走到近前，他们大惊失色：眼前有一群模样怪异的野兽，它们形状像猪，却长着人的面孔，黄色的身子上长着红色的尾巴，婴儿的啼哭声正是它们发出来的。此刻，它们正在大口吞食虫蛇之类的东西。它们发现了村民，张开血盆大口扑过来，其中领头的一个怪兽还说着人类的话："哈哈，我们终于不用吃虫子和蛇了，我们最喜欢吃的人送上门来了！"

  "天啊，这就是传说中的吃人怪兽合㶿啊！"人们慌忙逃跑，逃得慢的，立刻成了怪兽的猎物；逃得快的，纷纷跳进附近的河里躲起来。

  但是，合㶿追到河边，它们用怪叫声唤起了山洪，村民除了弓陆一人之外，所有人都葬身洪水中。村庄也被洪水吞没。弓陆疯了，他一边走一边不停地大喊："合㶿怪兽吃人啊！合㶿会召唤洪水啊！"

【东山经·东次四经】

（子桐之山）又东北二百里，曰剡山，多金玉。有兽焉，其状如彘（zhi）而人面[1]，黄身而赤尾，其名曰合窳，其音如婴儿，是兽也[2]，食人，亦食虫蛇，见则天下大水[3]。

【注释】

[1] 其状如彘而人面：形状像猪，却有人的面孔。
[2] 是兽也：这种合窳兽。是，这。
[3] 见则天下大水：一出现天下就会发生水灾。

fēi
蜚
不敢招惹的灾兽

等级	恶兽
颜值	白脑袋，长着一只眼睛和蛇一样的尾巴
形态	形状像牛
异兆	它一出现天下就会发生大瘟疫

太山上有丰富的金属矿物和玉石，找到这些宝物却不是一件简单的事情。太山脚下有一个经验丰富的采玉人，有一天，他带着自己的孙子进了山。祖孙俩爬过崎岖的山路，钻过茂密的女桢（zhēn）树林，来到一片灌木丛中。他们拨开荆棘，艰难地往前走。

突然，孙子发现了一个奇怪的现象：草木藤蔓缠绕的山坡上竟然有一

条用枯草枯树枝铺出来的小路。顺着这条小路往前走,他们发现了一条干涸的河道,河道中有很多死去的鳛(qiū)鱼。

"爷爷,你跟我说过,一条名叫钩水的小河从太山发源,向北流入劳水中。这就是钩水吧?它怎么会干涸呢?"孙子好奇地问。爷爷神色凝重地说:"一定是蜚出现了。"

"蜚是什么?"孙子更觉得奇怪。

"传说太山上有一种名叫蜚的野兽,它的身体像牛,白色的脑袋上长着一只眼睛,身后还拖着一条蛇尾巴。据说,它经过有水的地方,水就干涸,经过有草的地方草就枯死。"

"难道蜚身上有毒吗?"孙子惊讶地问。

"是呀,蜚身上带着病毒,它走到哪里就会把瘟疫带到哪里。"爷爷说。

孙子一下子紧张起来:"我听说咱们村的猎人今天要到山上打猎,万一他们捕获了蜚,带到村子里,全村的人都会染上瘟疫的。"

爷爷说:"不光是咱们村,也许方圆几百里的村庄里的人都要遭难。"

孙子着急地跳起来:"爷爷,我们不能去采玉了,我要去寻找猎人们,提醒大家不要捕蜚兽。"

"好孙子,救了大家也就是救我们自己。"望着孙子飞快地消失在山林中的背影,爷爷暗暗祈祷:"但愿一切还来得及!"

【东山经·东次四经】

又东二百里,曰太山,上多金玉、桢木[1]。有兽焉,其状如牛而白首,一目而蛇尾,其名曰蜚,行水则竭[2],行草则死[3],见(xiàn)则天下大疫[4]。钩水出焉,而北流注于劳水,其中多鳛鱼。

【注释】

[1] 桢木:即女桢,一种四季常青的灌木。
[2] 行水则竭:它行经有水的地方,水就干涸。
[3] 行草则死:行经有草的地方草就枯死。
[4] 见则天下大疫:一出现天下就会发生大瘟疫。

fěi fěi
胐胐

忘忧兽

等级	颜值	形态	异兆
灵兽	长长的白尾巴，脖子上有类似马鬃的鬃毛	长得像猫	饲养它可以让人忘记忧愁

很久以前，霍山（今山西霍山）之下有一个很大的村子，村里有一个大财主，大财主有一个八岁的儿子。横行乡里的财主也养了一个霸道儿子。

财主家有一个女佣，她的儿子也八岁了。女佣和儿子平时就住在财主家院子一角的柴房里。平时女佣给财主家干活的时候，就把儿子锁在柴房里，只有深夜回来的时候，她才能给儿子讲故事，陪着儿子睡觉。

有一天晚上，女佣又在给儿子讲故事：传说霍山上生长了很多构树，山中还有一种名叫胐胐的野兽。这胐胐长得就像山猫，但是它有一条白色的尾巴，脖子长着马鬃一样的鬃毛，饲养它可以使人忘记忧愁。

女佣的儿子高兴地说："母亲，我要是有一只胐胐就好了。我整天待在柴房里很难受，有胐胐陪着我，我就再也没有不开心的事情了。"

谁知女佣母子的对话让财主的儿子无意中听到了,他跑到财主跟前撒泼打滚,非要一只胐胐不可。财主派了很多人到霍山中抓胐胐,最后他们终于用兽夹捉到了一只胐胐,不过,胐胐的腿受了伤。财主的儿子用绳子拴住胐胐的脖子,把它当马骑,又让它陪自己玩。胐胐只顾舔腿上的伤口,根本不理会他。财主儿子生气了,把胐胐打了一顿,扔在柴房旁边。

女佣偷偷把胐胐抱进柴房里,她的儿子细心给胐胐包扎好伤口,心疼地把胐胐抱在怀里。胐胐温顺地靠在孩子的怀里睡着了。

从那以后,胐胐一直陪着小男孩,它古灵精怪,给小男孩带来很多快乐。后来,胐胐的伤彻底好了,它帮助女佣母子逃离财主家,他们来到霍山中,过上了无忧无虑的快乐生活。

【中山经·中山一经】

又北四十里,曰霍山,其木多榖(gǔ)①。有兽焉,其状如狸而白尾有鬣(liè),名曰胐胐②,养之可以已忧③。

【注释】

① 其木多榖:这里生长了很多构树。榖,构树。

② 胐胐:又名"朏朏",朏朏的原型是古代的猫。

③ 养之可以已忧:饲养它可以让人忘记忧愁。

鸣蛇 míng shé

荒山上传来乐器声

等级	颜值	形态	异兆
恶兽	长着四只翅膀	形状像蛇	它在哪里出现，哪里就会发生旱灾

　　鲜山（推测在河南省嵩县境内）上草木不生，一条名叫鲜水的河流从这座山发源，河水流过离鲜山不远的一个村庄，然后向北流入伊水。

　　村子里的人都听说山上有金属和玉石，但是没人敢上山去寻找。因为，人们靠近山脚的时候经常会听到山中隐隐约约传来悦耳的敲打磬（qìng）的声音。"谁会在一座荒山上敲磬呢？肯定有鬼怪！"人们这么想。

　　每天傍晚，家家户户都早早关门闭户，生怕鬼怪找上门来。这年从春天开始，村民们经常在晚上听到敲磬的声音在村子上空飘来飘去。第二天就会有不少人家发现少了鸡鸭兔羊。自从怪事发生之后，一连两个月了，当地再也没有下过雨。田地干裂，庄稼旱死，人们眼看就要活不下去了。

　　有一个名叫恒卓的年轻人，决心查清这件事。又一个夜晚，当敲磬

的声音在村中响起的时候,恒卓悄悄跑出去探查。他发现一条怪蛇在村子上空飞来飞去。

只见它形状像蛇,却长着两对翅膀,嘴里发出敲磬一样的鸣叫声。恒卓悄悄跟着怪蛇,见它飞到一户人家的鸡笼前俯冲下去,用长长的尾巴一甩击碎了鸡笼,把里面的鸡一口一只吞进肚子里,然后发出敲磬似的叫声飞向村边的鲜水,一头扎进河水中,飞速地逆流游回山里去了。恒卓把自己看到的情形跟父亲说了,父亲大吃一惊:"传说鲜山上有一种会飞的鸣蛇,它出现的地方就会发生大旱灾啊!"

"原来旱灾是鸣蛇带来的啊!"恒卓召集了几个伙伴,又在鲜水中布下三道渔网,当鸣蛇又一次从河中向村子里游来的时候,陷在了渔网中。鸣蛇被消灭,当地马上迎来了一场大雨。

【中山经·中次二经】

(豪山)又西三百里,曰鲜山,多金玉,无草木。鲜水出焉,而北流注于伊水。其中多鸣蛇,其状如蛇而四翼,其音如磬①,见则其邑大旱。

【注释】

① 其音如磬:叫声就像敲磬的声音。磬,古代打击乐器,用石或玉制成,形状像曲尺。

huà shé
化蛇

骂人蛇

等级	灾兽
颜值	人的面孔，长着一双翅膀，像蛇一样爬行
形态	身形似豺
异兆	它在哪里出现，哪里就会发大水

　　阳山（今嵩山山脉）是一座草木不生的石头山，一条名叫阳水的河流从这座山发源，然后向北流入伊水。

　　不知什么缘故，阳山一带几乎年年发水灾，当地百姓日子过得非常艰难。这一年，又发了大水，有一个名叫幸秋的村民家的庄稼全都被水淹了。如果洪水近几天还不消退，他家今年将会颗粒无收。

幸秋不甘心，他一直在想办法排出洪水。可是，他的爷爷对他叹气："你怎么做也没用的，因为这场洪水是化蛇带来的。"

接着，爷爷讲了一个传说：阳水中有一种名叫化蛇的水兽，它的身体像豺（chái），但是它有人的面孔、长着一双翅膀，它没有脚，只能像蛇一样爬行。它在哪个地方出现那里就会发生水害。幸秋暗下决心：我要杀掉化蛇，为民除害。

幸秋把砍柴刀磨得锋利无比，又给家里的一只大公鸡灌足了酒，然后背着砍刀提着公鸡进山寻找化蛇。

幸秋沿着河岸在山中走啊走啊，忽然，他听到了前面汹涌的河水中有女人的叫骂声。

"谁在洪水里骂人？"幸秋小心翼翼地走过去，发现水中竟然有一只怪兽，那叫骂声正是它发出来的，看样子它就是化蛇。

幸秋把醉醺醺的公鸡放到离河岸不远的地方，然后躲在一块大石头后面。化蛇果然被公鸡吸引，扭动着从河里爬过来，一口就把公鸡吞下去了。

不一会儿，化蛇醉了，歪歪扭扭地往河里爬。幸秋猛地从石头后面跳出来，一刀就把化蛇的脑袋砍下来。奇迹发生了，刚刚还巨浪翻滚的河水，一下子变得风平浪静了。幸秋高兴地下山，看到洪水果然消退了，庄稼都保住了。从那以后，阳山一带再也没有发过水灾。

【中山经·中次二经】

又西三百里，曰阳山，多石，无草木。阳水出焉，而北流注于伊水。其中多化蛇，其状如人面而豺身[1]，鸟翼而蛇行[2]，其音如叱呼[3]，见则其邑大水。

【注释】

[1] 豺：一种凶猛的动物，比狼小一些，体色一般是棕红。

[2] 鸟翼而蛇行：有禽鸟的翅膀，却像蛇一样爬行。蛇行，像蛇一样蜿蜒曲折地伏地爬行。

[3] 其音如叱呼：发出的声音就像人在呵斥。

马腹 mǎ fù

人面虎身食人兽

等级	颜值	形态	异兆
凶兽	长着人一样的面孔	身形似虎	无

蔓渠山上有丰富的金属矿物和玉石，伊水从这座山发源，蜿蜒东流进洛水。山下附近部落的居民谁也不敢进山，因为传说山中有一种名叫马腹的吃人野兽，它长着虎身人脸，非常恐怖。

一天，一群人从山下郁郁葱葱的竹林旁经过，忽然，他们听到竹林中传出婴儿的啼哭声。"是不是有人把小孩儿丢在竹林里了？"大家猜测。

正巧，人群中间有一对中年夫妻，他们年过四十还没有孩子，盼孩子盼得望眼欲穿。男人对妻子说："要是竹林里的孩子真是被人丢弃的，咱们就把孩子抱回家养着。"中年夫妻走进竹林深处，等在外面的人们很久没有等到他们回来。大家在竹林边喊了半天也没有得到回应。

有人猜测："也许是他们捡了个健康好看的孩子，生怕扔孩子的人再回来找孩子，就带着孩子逃走了。"这事过去不久，又经常有人听到竹林里有婴儿的啼哭声。奇怪的是，所有进竹林找孩子的人都一去不回。

奇怪的事情接二连三地发生，引起了一个名叫蒙池的年轻人的注意。蒙池是部落里最聪明的勇士，他有高强的射箭本领。蒙池不相信"到竹林里捡孩子的人都逃跑了"这样的说法，他要亲自到竹林里一探究竟。

在竹林外，蒙池也听到了婴儿的啼哭声，他循声走进竹林，陆续发现了零零星星的骨头。他明白了失踪的人都去了哪里。他机警地往竹林深处走，发现里面有两只正在吃人的怪兽，它们的模样正是传说中的凶手马腹啊！蒙池满腔怒火，他同时把两支箭搭在弓弦上，用力拉弓，只听"嗖""噗噗"，两只马腹应声倒下。

从那以后，人们再也没有听到竹林里传出的婴儿啼哭声了。

【中山经·中次二经】

又西二百里，曰蔓渠之山，其上多金玉，其下多竹箭①。伊水出焉，而东流注于洛②。有兽焉，其名曰马腹，其状如人面虎身，其音如婴儿，是食人。

【注释】

① 其下多竹箭：山下到处是小竹丛。竹箭，细竹。
② 而东流注于洛：然后向东流入洛水。洛，洛水。

夫诸 fū zhū

带来水灾的白鹿精

等级 奇兽

颜值 有四角，全身洁白

形态 身形像鹿

异兆 在哪个地方出现，哪里就会发生水灾

敖岸山是㶸(bèi)山山系的首座山，站在山顶向北可以望见奔腾的黄河和茂密的茜草、榉柳丛林。据说，敖岸山盛产美玉、赭石和黄金。天神薰池隐居在这里，看守着山中的一切宝物。

山下的村民可不想招惹天神，他们不去采矿采玉，只是偶尔进山砍柴、狩猎、采药。这天，七八个村民进山打猎。刚到半山腰，丛林中走出来一只相貌俊美的野兽，只见它身形像鹿，通体洁白，头顶长着四只大角。

"好漂亮的鹿啊，它好像脾气温和，没有危险！"

"咱们把它抓回去，给孩子们当马骑！"人们议论纷纷。野兽似乎根本不怕人，它摇晃着脑袋，大摇大摆地从村民面前走过去。

不知是谁喊了一声："动手！"大家一起冲上去，三下两下就把野兽绑了起来。野兽挣扎着发出惊慌的叫声。

天神薰池被山腰的声音惊动，他赶过来，看到村民们正准备把那只四角怪兽抬下山去。他赶紧收敛天神的光芒，化身成一个普通人的模样，上前拦住人群："我劝你们把它放了！如果把它带回去，你们会倒霉的！"

"你凭什么说我们会倒霉？"有人气呼呼地问。"我真的没骗你们，这只怪兽名叫夫诸，它在哪个地方出现，哪里就会发生水灾啊！"

"哈哈，你是不是看到我们抓了一只怪兽眼馋了，编个瞎话来吓唬我们？"村民们不理会这个陌生人，抬着夫诸下山了，男女老少都高高兴兴地来看怪兽。谁知，当天晚上山洪暴发，把庄稼地和村庄都淹没了，带头抓住夫诸的人逃到高地上侥幸活下来，他明白了事情的原委，后悔不已。

【中山经·中次三经】

中次三经萯山之首,曰敖岸之山,其阳多㻬琈(tū fú)之玉①,其阴多赭、黄金。神熏池②居之。是常出美玉。北望河林,其状如茜(qiàn)如举③。有兽焉,其状如白鹿而四角,名曰夫诸,见则其邑大水。

【注释】

① 其阳多㻬琈之玉:山南面多出产美玉。㻬琈,一种美玉。
② 熏池:传说中的神名。
③ 其状如茜如举:它们的形状好像是茜草和榉柳。茜,茜草。举,榉柳。

鸰䴊
líng yāo
赶走噩梦的鸟

等级	颜值	形态	异兆
异兽	长着一条长长的尾巴，身上火红，嘴巴是青色的	形状像野鸡	吃了它的肉就能使人不做噩梦

　　厜（guī）山（今河南谷口山）上盛产美玉，峡谷中生长着茂密的柳树和构树。交觞水和俞随水这两条河从厜山中发源，一条向南流入洛水，一条向北流入谷水。传说山中有一种名叫鸰䴊的鸟，形状像野鸡，却拖着一条长长的尾巴，全身火红，青色的嘴巴，它的鸣叫声就像是在呼喊它自己的名字。有人说，吃了鸰䴊的肉能使人不做噩梦。

　　厜山下部落里的人也曾想到山中寻找玉石，可是，山高林密，进山都会迷路，人们只好打消那些念头。部落贵族听到鸰䴊的传说，很想尝尝鸰䴊的肉有多么神奇。他听说山脚下的茅家父子俩常年在山中采药，见过这种鸟，就派人找到茅家父子，要他们进山捕捉鸰䴊。茅父跟儿子说："鸰䴊是山中的灵鸟，我们不能做伤天害理的事。"爷俩拒绝了贵族的要求。

　　不久，外部落入侵，茅家父子所在部落中的年轻人纷纷出征，抗击外敌。在保卫家园的战斗中，部落的年轻人勇敢战斗，打退了敌人。可是，很多勇士在战斗中受了伤，茅家父子虽然用草药把他们的伤治好了，但战场上残酷的记忆让他们整天做噩梦，生活很痛苦。茅家儿子对茅父说："父亲，咱们能有安定的生活，都是用勇士们的生命换来的啊！现在他们这么难过，我们应该帮帮他们！"

　　茅父连连点头称是。爷俩赶紧到厜山中捉回了一只鸰䴊。勇士们喝了鸰䴊肉煮成的汤，一个个都好起来了，大家再也不做噩梦了。

　　茅父恳求部落里的人们："我们不得不用鸰䴊做药治好了勇士们的病痛，鸰䴊算是我们部落的恩人，希望以后大家再不要伤害它们。"从那以后，"绝不捕杀鸰䴊"成了当地百姓的一个约定。

【中山经·中次六经】

又西十里，曰廆山，其阴多㻬琈之玉。其西有谷焉①，名曰雚（guān）谷，其木多柳楮（chǔ）②。其中有鸟焉，状如山鸡而长尾，赤如丹火而青喙（huì），名曰鸰鹍，其鸣自呼，服之不眯（mī）③。

【注释】

① 其西有谷焉：在这座山的西面有一道峡谷。谷，峡谷。
② 楮：也叫榖，通称构树，落叶乔木。
③ 服之不眯：吃了它的肉就能使人不做噩梦。

rén yú
人鱼
四足人面鱼

等级	颜值	形态	异兆
怪兽	有四只脚和像公鸡一样的爪子	像四脚娃娃鱼	吃了这种鱼肉，可以治疗痴呆症

　　傅山（推测在河南省渑池县）是一座不生草木的荒山。传说山中有很多美玉，一条名叫厌染水的河从山的南面蜿蜒而下流入洛水，河中有很多可以治疗痴呆症的人鱼。

　　山下的很多村民有的进山找玉石，有的到河中找人鱼，但他们都空手而归。人们对这座光秃秃的山渐渐失去了兴趣。

山下村庄里有一个名叫归的穷孩子,家中只有他和体弱多病的老奶奶,他们没有田地,住在一间摇摇欲坠的草房子里,全靠归挖野菜为生。

一天,归正在河边挖野菜,忽然,一只大鸟飞过来,从水中叼起一条怪鱼,然后落到河中的石头上。怪鱼挥动着四只公鸡爪子一样的脚拼命挣扎着,嘴里发出婴儿般的哭声。

归见四脚鱼哭得可怜,就捡起一块小石子扔到大鸟身上,大鸟受到惊吓,丢下四脚鱼逃走了。

归又惊又喜:"你是人鱼吗?我听奶奶讲过,人鱼会像婴儿一样哭。"

人鱼点了点头:"我就是人鱼,我今天顺水游到山下玩耍,没想到会遇到危险,差点丢了命,谢谢你救了我!"

归对人鱼说:"你快游回河里去吧,要不然还会有危险。我也要回家了。"

人鱼赶紧说:"我还没有报答你的救命之恩呢!我知道哪里有玉石,你跟我来。"

人鱼在前面游,归在岸上跟着走,走着走着,来到一片河滩上。河滩上布满卵石,卵石中有很多光泽圆润的美玉。

归非常高兴,他捡了很多玉石。人鱼又说:"这座山的西面有一片名叫墦冢(fán zhǒng)的树林,谷水从树林里流过,然后向东南流入洛水,水中也有很多玉石呢。"

归告别人鱼,回到家中。从此,他按照人鱼的指点,经常到山中捡玉石,和奶奶过上了幸福美满的日子。

【中山经·中次六经】

又西一百四十里,曰傅山,无草木,多瑶碧。厌染之水出于其阳①,而南流注于洛,其中多人鱼。其西有林焉②,名曰墦冢③。谷水出焉,而东流注于洛,其中多㻬(yān)玉④。

【注释】

①厌染之水出于其阳:厌染水从这座山的南麓流出。
②其西有林焉:这座山的西面有一片树林。
③墦冢:墦,坟墓;冢,高坟也。
④㻬玉:玉的一种。

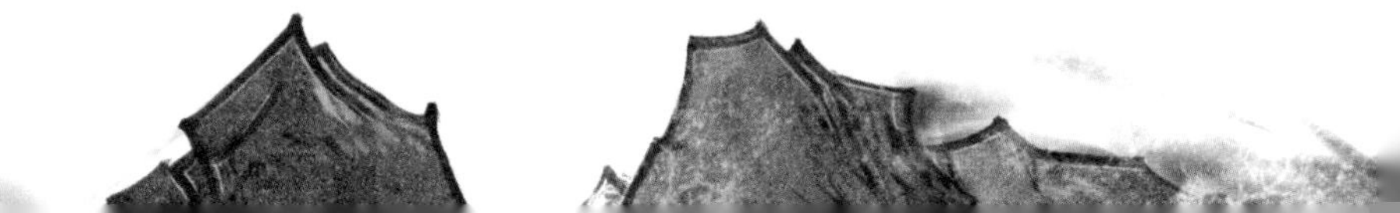

山膏 shān gāo

爱骂人的猪精

等级	颜值	形态	异兆
异兽	火红色的身体	形状像小猪	无

苦山下有一个姓易的老郎中。易郎中医术精湛，他开医馆行医几十年，给远近的乡民医治各种疑难杂症。他不顾年老体衰，总是亲自上山采药。易郎中有个儿子，名叫易秋，他见父亲采药太辛苦，就劝父亲不要再上山，自己去替父亲采药。

一天，医馆里来了一个脖子上长肿瘤的病人，易郎中就对儿子易秋说："今天，医馆病人太多，你就替我去山上采集一些无条的叶子回来吧。"

"父亲，无条是什么？它长什么样啊？"

"无条是一种中草药，可以治脖子上的肿瘤，它没有茎干，圆圆的叶子，开红色花朵却不结果实。"

"知道了，父亲！"易秋说完，背上药篓就要出发。

易郎中又嘱咐道:"山上还有一种树木,名字叫黄棘,它叶子圆圆的,开黄色的花,它的果实与兰草的果实很像,女人服用了它就不再生育孩子了。你要是看到黄棘,顺便也采一些果实回来。"

易秋没想到苦山上竟然有这么多新奇的东西,点头答应了。

易秋来到山中,真的看到了黄棘,也找到了治疗肿瘤的无条。正当他背着装满草药的药篓往回走的时候,忽听身后有人在大声叫骂。他转身一看,一只火红色的小猪从旁边草丛里钻出来,它指着易秋一边骂一边跳脚。

易秋是个血气方刚的小伙子,怎能容忍被一只野兽骂。他追上去,把这个骂人的家伙暴打了一顿。

易秋回家跟父亲说了自己打伤骂人野兽的经过,易郎中哭笑不得:"被你打的野兽是一只猪精,名叫山膏(gāo),它天生喜欢骂人。以前我到山上去经常被它骂,我都没有理睬它。山膏有骂人的习惯,看来它早晚是要吃苦头的。"

【中山经·中次七经】

　　又东二十里，曰苦山。有兽焉，名曰山膏，其状如逐①，赤若丹火，善詈(lì)②。其上有木焉，名曰黄棘，黄华而员叶③，其实如兰，服之不字④。有草焉，员叶而无茎，赤华而不实，名曰无条，服之不瘿(yǐng)⑤。

【注释】

①逐：豚，小猪。
②善詈：喜欢骂人。詈，骂，责骂。
③黄华而员叶：黄色的花而圆叶子。员，同"圆"。
④服之不字：女人服用了它就不生育孩子。字，怀孕，生育。
⑤服之不瘿：服用了它就能使人的脖子不生长肉瘤。瘿，生长在脖子上的瘤子，俗称大脖子。

wén wén
文文
反舌兽

等级	颜值	形态	异兆
灵兽	有翅膀，长着分叉的尾巴和倒转的舌头	形状像蜜蜂	无

放皋（gāo）山（今河南狼皥山）上有一条名叫"明水"的河流，它蜿蜒向南流入伊水，河水清澈见底，人们能看到水底的苍玉。传说，放皋山中有一种名叫蒙木的树，它的叶子像槐树叶，开黄色的花却不结果实，用它的枝叶熬水喝，糊涂人也能变聪明。

山下有一个很大的村庄，村里有个姓万的大户人家，万少爷天生愚

笨，出门必须有人跟着，要不然就会走丢了。有一次，万家人一时疏忽，少爷就不见了。万老爷命令所有家丁各路寻找，找了三天也没找到。

"是不是已经饿死了？"

"是不是走进山里去了呢？"家里人想了各种不好的结局，最后决定到山里去找。

万家的人在山中的树林和草丛中找啊找啊，正在着急的时候，忽然飞来一只怪兽，只见它形状像蜜蜂，长着分叉的尾巴和倒转的舌头，它边飞边大声鸣叫，好像在喊："跟我来啊。"

怪兽飞到人群上空，转身又往回飞。人们追着怪兽跑啊跑啊，一直来到一个深深的地穴前才停下。这时，地穴中传出喊声，"我在这里呢！"这声音竟然是万少爷的！大家往下探头一看，地穴里黑乎乎的。万少爷冷静的声音又传来："你们割一根藤条，我抓着藤条，你们把我拽上去。"

愚笨的万少爷竟然给大家出主意，这真是太奇怪了。万老爷又惊又喜，赶紧命人用儿子说的办法把他救上来。

回到家，万少爷讲述了事情的经过：他糊里糊涂进山，又掉进地穴，怪兽飞来，叼来了一种树叶给他吃，他吃了树叶，不饿不渴了，头脑还忽然开了窍，一下子变得聪明了。他从怪兽的叫声中听出来，它的名字叫文文，而那种树叶正是传说中能让人变得聪明的蒙木。从此，放皋山又多了一个关于怪兽文文的传说。

【中山经·中次七经】

又东五十二里，曰放皋之山。明水出焉，南流注于伊水，其中多苍玉。有木焉，其叶如槐，黄华而不实[1]，其名曰蒙木，服之不惑[2]。有兽焉，其状如蜂，枝尾而反舌[3]，善呼，其名曰文文。

【注释】

[1] 黄华而不实：开黄色花却不结果实。

[2] 服之不惑：服用了它就能使人不糊涂。惑，迷惑。

[3] 枝尾而反舌：长着分叉的尾巴和倒转的舌头。枝尾，分叉的尾巴。反，翻转。

鯑鱼 tí yú

治病辟兵鱼

等级 奇兽

颜值 有长长的像公鸡一样的爪子，白白的足趾相对着

形态 形状像猕猴

异兆 人吃了它的肉就没了疑心病，还能辟兵祸

少室山（在今河南境内）上的花草树木都长得一丛丛一簇簇，就像一个个圆圆的谷仓。休水从这座山发源，然后向北流入洛水。

山下有一个小国，老国君去世，他的儿子继承了王位。这个新国君脾气暴躁，疑心病很重。他总是怀疑身边人要害自己，动不动就要杀人。他还无缘无故与邻国开战。一个忠心的老臣对自己的儿子说："新国君把咱们的国家搞得一塌糊涂，他一定是得了暴躁症和疑心病。"

老臣儿子说："那怎么办啊？"

老臣给儿子讲了一个传说："少室山上有一种树木，名叫帝休，它的叶子的形状和杨树叶相似，树枝交叉伸向四方，开黄色的花，结黑色果实，吃了它的果实就能使人变得心平气和。休水河中有很多鯑鱼，它们的形状像猕猴，却长着公鸡一样的爪子，白色的足趾对称而生，人要是吃了它的肉就没了疑心病，捉到它，还能消除战祸呢。"

老臣父子俩赶到山中，采到了帝休的果实，又到休水中捉了很多鯑鱼，然后拜见国君。新国君大怒："你们要来害我？"

老臣赶紧说："我得到了一些好东西，不敢独自享用，先送给国君尝尝。"他把黑色的帝休果实奉上。新国君让老臣当面尝过之后，自己才肯吃。新国君吃了一颗又脆又甜的帝休果，刚才他还火气冲天，现在一下子变得不生气了。老臣又把一个带盖子的汤盆奉上，在新国君的怀疑的目光中，喝了一口鱼汤。新国君打消了疑虑，一口气把美味的鱼汤全都喝下去。新国君马上变得体恤大臣、爱民如子，再也不提跟邻国开战的事情了。

【中山经·中次七经】

又东五十里，曰少室之山，百草木成囷（qūn）①。其上有木焉，其名曰帝休，叶状如杨，其枝五衢（qú）②，黄华黑实，服者不怒。其上多玉，其其下多铁。休水出焉，而北流注于洛，其中多䱻鱼，状如盩蜼（zhōu wèi）而长距③，足白而对，食者无蛊（gǔ）疾④，可以御兵。

【注释】

① 囷：圆形谷仓。
② 其枝五衢：树枝相互交叉着伸向四方。衢，交错的样子。
③ 状如盩蜼而长距：形状像猕猴，却有长长的像公鸡一样的爪子。盩蜼，古人认为是一种与猕猴相似的野兽；距，雄鸡爪后面突出像脚趾的部分。
④ 食者无蛊疾：人吃了它的肉就没了疑心病。蛊，诱惑，欺骗。

狚狼
shì láng
带着战争而来

等级	凶兽
颜值	白尾巴、长耳朵
形态	形状像狐狸
异兆	在哪个国家出现，哪个国家就会有战争

　　高粱山（今四川大剑山）再往东四百里有座蛇山。蛇山上有丰富的黄金，山坡下盛产用来刷墙的白色土。长满栒（xún）树和樟树的森林茂盛葱郁，嘉荣、少辛等杂草长满山坡。人们传说山上还有一种名叫狚狼的野兽，它在哪个国家出现，哪个国家就会有战争。

　　蛇山下有一个小国，百姓靠着山中的资源，日子过得很富庶。不料，他们的国君过惯了安逸的日子，渐渐从一个勤于朝政的明君变成了追求享乐的昏君。国君痴迷打猎，他每天带着大臣和随从来蛇山上射山鸡、追野兔、捕野猪，像神仙一样逍遥自在。

　　宰相担心地对国君说："大王，您把时光都浪费在游乐上，这样下去会出乱子的！"

　　国君满不在乎："我的国家有黄金，百姓生活安乐，会出什么乱子？"

　　宰相继续劝说，国君大怒，命人把宰相打了一顿。大臣们都被吓住了，谁也不敢再劝国君。

　　一天，国君在追赶猎物的时候发现了一只外形像狐狸的怪兽，它长着长长的耳朵、白色的尾巴。国君让侍卫捕获了它。当侍卫提着流血的怪兽走过来的时候，国君旁边的宰相吃惊地喊："大王啊，这是传说中的狚狼啊！它出现预示着我们的国家要有战争了！"国君这才慌了神，他赶紧带领众人赶往京城。可是，他已经回不了京城了。邻国大兵压境，国内群龙无首，老百姓早就对这个不关心国家的君主不满意了，谁也不肯为他卖命。很快，京城被敌军占领。国君看大势已去，骑着他的快马一溜烟地逃跑了。

【中山经·中次九经】

又东四百里，曰蛇山，其上多黄金，其下多垩（è）①，其木多枸②、多豫（yù）章，其草多嘉荣、少辛。有兽焉，其状如狐而白尾长耳，名𨛬狼，见则国内有兵③。

【注释】

① 其下多垩：山坡下则有很多可用来刷墙的白色土。垩，白色的土。
② 枸：一种供观赏的落叶灌木。
③ 见则国内有兵：在哪个国家出现，哪个国家就会有战争。兵，战争。

跂踵
qǐ zhǒng

引发瘟疫的怪鸟

等级	怪兽
颜值	长着一只脚和猪一样的尾巴
形态	形状像猫头鹰
异兆	在哪个国家出现,哪个国家就会发生大瘟疫

复州山上有丰富的黄金,山上的树木中有很多珍贵的檀树。复州山下的村民家家户户都过着衣食无忧的日子。

很多村民喜欢吃野味,他们有空就到山里去捉一些飞禽走兽一饱口福。村子里的老人经常告诫大家:"千万不要捕捉跂踵鸟啊!"因为当地有一个传说:山上有一种名叫跂踵的怪鸟,它只有一只脚,样子像猫头鹰,有一条猪尾巴,只要是它出现的地方都会爆发大规模的瘟疫,很短时间就会让当地的人畜死绝。好长时间村里人对跂踵的传说深信不疑,都不敢萌生捕捉跂踵的念头。

有一次,十几个村民在山上捕猎,其中有一个愣头愣脑的年轻人突发奇想:"咱们去捉一只跂踵怪鸟尝尝怎么样?"

"不行啊,跂踵会引起瘟疫,咱们还是不要惹事吧!"一个胆小的村民说。

"哈哈,我可不信真有那么邪乎。我们就要做别人不敢做的事情!"年轻人大笑着说。

其他人也都跃跃欲试:吃几只怪鸟,既能尝个新鲜,又能在当地出名,这可是一件一举两得的好事。

于是,大家同意一起去捉跂踵。经过一番围追堵截,村民们果然捉到了几只跂踵。他们得意扬扬地把跂踵带回村子,当着全村人的面把跂踵做成了香气扑鼻的肉汤,然后美美地吃了一顿。果然很多人心生羡慕,暗暗盘算着什么时候自己也能捉住一两只跂踵。

【中山经·中次十经】

又西二十里，曰复州之山，其木多檀（tán），其阳多黄金。有鸟焉，其状如鸮（xiāo）而一足，彘（zhì）尾①，其名曰跂踵②，见则其国大疫③。

【注释】

① 一足、彘尾：长着一只爪子和猪一样的尾巴。
② 跂踵：本意是踮起脚跟，这里是指传说中的一种怪鸟。
③ 见则其国大疫：在哪个国家出现，哪个国家就会发生大瘟疫。疫，流行性急性传染病。

当天夜里，一场可怕的瘟疫在村里蔓延。几天之后，除了村头一户人家的一个小男孩侥幸逃出村庄外，村里再也没有人活下来。

多年以后，在复州山下的一个小村庄里，一个老人在给子孙们讲述那场由跂踵引发的可怕瘟疫。这个老人就是在当年的瘟疫中幸存下来的那个小男孩。

雍和 yōng hé
报灾兽

等级 灾兽

颜值 红色的眼睛,红嘴巴,黄色的皮毛

形态 样子像猿

异兆 出现在哪个国家,哪个国家就会发生恐怖的大灾难

丰山上盛产金子,山下有茂密的杂树林,构树、柞树、杻树、橿树交杂生长,遮天蔽日。山中还有九口钟,在下霜的天气它们会自动发出鸣响。这里还有一个传说:丰山中有一种名叫雍和的野兽,它在哪个国家出现哪个国家就会发生恐怖的灾难。

有一年初春的一个早上,山下的村民刚刚吃完早饭,忽听山中传来悠

远的钟声。

"这个时候一般不会下霜了啊,为什么响起了钟声?"村民们满心疑惑,他们不约而同地要进山一探究竟。

一路上,村民们看到了一些这个季节不应该出现的怪事:山路上不时爬过一条条花蛇,山坡上到处是缓慢跳动的蛤蟆,往日幽静清澈的山泉今天却变得沸腾浑浊,小溪里戏水的鱼儿纷纷跳到岸上。人们来到九只大钟所在的地方,发现竟然是一只怪兽在敲钟。只见它形状像猿猴,却长着红眼睛、红嘴巴、黄色的皮毛。看到村民到来,怪兽一溜烟地跑进树林里了。

有经验的老村民惊呼:"这一定是传说中的雍和,据说它在哪里出现,哪里就会发生恐怖的灾难。今天我们看到的那些怪事可能就是灾难到来的前兆啊。"

村民们忧心忡忡地回到村中,老村民对大家说:"既然雍和的出现预示着将会发生灾难,我们还是想个办法应对吧!"

大家商量了一会儿,最后决定:夜里全村人都离开各自的家,聚集到村中的空地上,围着篝火,一旦灾祸到来也好互相照应。半夜里,忽然地动山摇,墙倒屋塌,整个村子瞬间变成了废墟。幸亏大家都在屋外才没有人伤亡。

村民们终于明白,原来看到的反常现象是大地震的预兆,雍和敲钟是在给人们报警啊!

【中山经·中次十一经】

又东南三百里,曰丰山。有兽焉,其状如猿,赤目、赤喙(hui)、黄身,名曰雍和,见则国有大恐①。

【注释】

① 见则国有大恐:在哪个国家出现,哪个国家就会发生令人恐慌的大灾难。

鸩
zhèn
吃毒虫变毒鸟

等级	颜值	形态	异兆
凶兽	身体黑色，眼睛红色，羽毛紫绿色，脖子上有一圈发亮的羽毛	像鸟	有剧毒，常被人与毒杀案件联系在一起

皮山再往东六十里，有一座瑶碧山。瑶碧山风景秀美，远远望去，长满梓树和楠木树的丛林如烟如黛。山的北面盛产青雘（huò），山的南面盛产白银，这更使瑶碧山成了一座令人神往的宝山。

可是，山中的树林里、草丛中有很多名叫蜚（fěi）的毒虫。蜚椭圆形的身体，散发着令人作呕的恶臭，如果蜚飞到人的身上，人就会皮肤溃烂，轻则迟迟难以治愈，重则丢掉性命。

山下有不少村民吃过蜚的苦头，后来，大家谁也不敢进山了。

有一个名叫益巢的村民偶然在山下见到一群漂亮的大鸟，它们黑色的身体，红色的眼睛，身披紫绿色羽毛，脖子上有一圈羽毛闪闪发亮。它们正在啄食一窝让当地人谈之色变的毒蛇。

益巢把这件事告诉了村里人。村中一个老者说："你说的这种鸟名叫鸩，它是毒蛇的天敌。"

益巢赶紧说："鸩能吃毒蛇，说明它们不怕蛇毒，那它们一定也不怕蜚的毒。我们就让鸩去帮我们灭掉蜚吧！"

村民们都觉得益巢的话很有道理，大家把鸩引到山上。果然，鸩看到蜚虫就像看到了最可口的美味，狼吞虎咽地吃起来。

不久，山上的蜚虫减少了，再后来，蜚虫全被鸩消灭干净了。村民们终于可以放心地到山上做自己想做的事了。

有一次，村民们在山中伐木，休息时，他们在一棵有鸩栖息的树下饮酒，酒坛中落进了一根鸩的羽毛，之后，饮酒的人全都中毒身亡了。

村民们这才知道，鸩因为吃了太多有毒的蜚虫，它们身上也聚集了大量毒素，它们变成了毒鸟。人们大怒，用尽各种办法捕杀鸩。没过几年，鸩就在瑶碧山绝迹了。

于是，鸩成了一种只存在于传说中的毒鸟。这到底是人的过错呢，还是鸩的过错呢？

【中山经·中次十一经】

又东六十里，曰瑶碧之山，其木多梓（zǐ）楠①，其阴多青雘，其阳多白金。有鸟焉，其状如雉（zhì），恒食蜚②，名曰鸩③。

【注释】

① 其木多梓楠：这里的树木以梓树和楠木树最多。

② 恒食蜚：常吃蜚虫。恒，经常。蜚：一种有害的小飞虫，形状椭圆，散发恶臭。

③ 名曰鸩：名字叫鸩。鸩，鸩鸟。

qióng qí
穷奇

两种长相的怪兽

等级 恶兽

颜值 一种像全身长着刺猬毛的牛；一种像长着翅膀的老虎

形态 有两种，一种形状像牛，一种形状像老虎

异兆 邪恶的象征

　　很久以前，离邽山（今燕麦山）不远的地方有一个繁华热闹的集镇，人多的地方就免不了有好人，也有坏人。可是，不知道从什么时候开始，诡异的事情出现了：做了好事的人，夜里会无缘无故失踪；打架斗殴干坏事的人，早上起来就有野兔野鸡等野味摆在门前。

　　"好人没有好报，恶人却好运不断，这样的事情不能再发生了！"一个名叫水云的年轻人暗想。他打听到当地有一个最有智慧的老者，就上门请教："老人家，您觉得那些失踪的人会去哪里了？"

　　老者说："我只能告诉你一个古老的传说。在邽山的最深处，有一种吃人的猛兽，名叫穷奇。它专吃好人，对那些坏人，它却送野味奖励他们。"

　　水云说："我明白了，失踪的好人一定是被穷奇抓去吃掉了。穷奇长什

么样子呢?"

老者摇摇头说:"传说中穷奇长得像长了翅膀的老虎,也有的传说中穷奇长得像披着刺猬毛皮的牛,它会发出狗叫声。"

水云握紧了拳头:"不管穷奇有多么凶恶,我一定要杀死它。"水云召集年轻的村民,大家精心设计了一套连环计。白天,由两个人在街头演戏,一个扮演恶人,另一个扮演教训恶人的好人。当天夜里,一只插翅的老虎到扮演好人的年轻人家中抓人,它落进了一张巨大的鸟网之中。同时,扮演恶人的年轻人的家门前,也有一只怪兽掉到了陷阱里,它样子像牛,全身长着刺猬毛,它正是前来送野味的。两只被困住的怪兽都叫穷奇。大家把两只穷奇打死了,给被害的好人报了仇,也震慑了那些坏人。

【海内北经】

穷奇状如虎,有翼,食人从首始①。所食被(pī)发②。在蜪(táo)犬北。一曰从足③。

【注释】

① 食人从首始:穷奇能吃人,从头开始吃。
② 被发:即披散头发。被,通"披"。
③ 一曰从足:另一种说法认为,穷奇从人脚开始吃。